理想照耀中国

梁振华　王柯　主编

《理想照耀中国》编委会　编著

FAITH MAKES GREAT

深圳出版社

图书在版编目（CIP）数据

理想照耀中国 / 梁振华, 王柯主编；《理想照耀中国》编委会编著. -- 深圳 : 深圳出版社, 2021.7
(2024.7重印). -- ISBN 978-7-5507-3164-6

Ⅰ. I25

中国国家版本馆CIP数据核字第2024SE7689号

理想照耀中国
LIXIANG ZHAOYAO ZHONGGUO

出 品 人　聂雄前

项目策划　许全军　朱美燕

责任编辑　南　芳　童　芳
　　　　　易晴云　满　杰

责任校对　万妮霞

责任技编　郑　欢

封面设计　马天玲

内文制作　知行格致

出版发行　深圳出版社

地　　址　深圳市彩田南路海天综合大厦（518033）

网　　址　www.htph.com.cn

订购电话　0755-83460239（邮购、团购）

印　　刷　中华商务联合印刷（广东）有限公司

开　　本　787mm×1092mm　1/16

印　　张　29.25

字　　数　590千

版　　次　2021年7月第1版

印　　次　2024年7月第9次

定　　价　88.00元

本书根据系列短剧《理想照耀中国》剧本改编，
文字故事与实际播出系列短剧有所差异。

目录

● 王会悟

● 颜红英

● 何敬平

● 方大曾

● 熊大缜

● 陈望道

革命篇

● 陈毅安

● 张锦辉

● 蒋先云

● 张人亚、张爵谦

● 施洋

● 红三军团第六师十七团一连炊事班

● 蔡博真、伍仲文

真理的味道

本集编剧：张 显

陈望道

陈望道（1891—1977），浙江义乌人。

1920 年 8 月，陈望道翻译的《共产党宣言》中文首译本出版。《共产党宣言》深刻地影响着百年中国历史的发展进程，深刻地改变了中国的命运，持续影响着无数人的选择。

1920年春，上海的某个沙龙中，一个戴眼镜的年轻男子愤愤道：日本名义上说是交还，又说继承德国旧有的一切权利，司马昭之心路人皆知，这分明就是想占领青岛！

另一人愤然站起：中国虽弱，但人心未死，学生罢课，工人罢工，大家都在抵制日货！

又一人：就在前几日，日本人竟公然枪杀一名罢工工人，不仅不道歉、赔偿、惩凶，还公然挑衅，推卸恶行。

一年轻女子愤然站起：我们的政府在干什么？他们一面在为划分权力、争夺地盘争吵，一面派军警殴打逮捕学生、工人！

年纪稍长的男子忧心道：若不寻找新的出路，中国要亡啊！

邵力子慨然站起：列宁用马克思主义理论领导的俄国十月革命取得了胜利，已经给我们指明了方向！

甲激动地说：马克思主义就是过激主义！现在的中国积贫羸弱，当务之急是发展实业，大力发展资本主义。

乙抢白道：错！应该废止一切国家和权威，立即实行各取所需的分配原则，实行绝对自由的无政府主义。

丙含笑道：你们说的都只是理论，解决不了今日中国之实际问题。

有一位20多岁的年轻人坐在角落里，面无表情，聆听不语。他就是陈望道。

丙：西方文明的精髓就在于精神文化，我们要想得到西方的启示，就必须改造我们的民族精神。

突然，有人大笑，众人循声望去，只见一个仍留辫子、穿长袍的人仰天大笑：张口西方文明，闭口西方主义，可笑，可笑至极！

长袍男人徐徐站起：殊不知，西方人并不比中国人高尚丝毫，而且他们更加野蛮和肆无忌惮，他们只不过是拥有机枪和大炮而已。若今日之中国是一摊烂泥，那西方便是臭不可闻的一坨屎，而你们，不过是趴在屎上的一群苍蝇！

丙一改斯文地一把揪住长袍男人的辫子，长袍男人转身挥拳回击。辩论瞬间演变成了武斗，乱作一团。

窗外一道闪电划过，紧接着雷鸣滚滚，掩盖了打斗声。陈望道穿过混战的人群，只留下清瘦的背影。陈望道步下楼梯，来到一楼，从二楼扔下的一把椅子掉在他面前，有人喊着"三民主义才能救中国"，扬手撒下厚厚一沓传单。穿过漫天飞舞的传单，陈望道向外走去。一道闪电划破长空，一声惊雷，大雨瓢泼而下，行人四散而逃，纷纷找寻避雨场所。

一名和尚步履从容地敲着磬经过，对大雨置若罔闻。陈望道注视着他。突然有人从背后喊：望道。回头一看，原来是《民国日报》副刊《觉悟》主编邵力子追出来。两人站在门口，目送和尚缓缓而过，一声声敲着磬。

陈望道：今日之中国，山太多，庙太少。

两人边走边聊，来到了邵力子的办公室。邵力子和陈望道分坐书桌两侧。雨打窗户，噼啪作响。一道闪电划破天空，照亮了书桌上的两本薄书。

邵力子：俄国革命之所以取得了成功，就是因为布尔什维克政党，团结了工人、农民、贩夫走卒这些最广大的社会阶层。……仲甫来到上海之前，跟李大钊商议了，我们要建立中国的布尔什维克，一北一南，两人分头行动，尽快建立我们自己的政党。

陈望道：建立政党，就要有思想武器！

邵力子将外文版的《共产党宣言》推到陈望道面前，说道：你在日本留学时就开始信仰马克思主义，又精通日文和英文，所以，我们一致认为你是翻译的最佳人选。

上海火车站外，邵力子为陈望道送行。

邵力子：现在国内的一些先进分子，只读过一些片段，并不清楚《共产党宣言》到底讲的是什么。

陈望道：就像那惊秋的一片桐叶，只认识那一片桐叶，却不了解桐叶上的肌理。

邵力子：我们希望能尽快在《星期评论》上连载，盼你早日完成！

陈望道：我回老家，正是因为环境清静，无多干扰，可以尽快译好。

话音刚落，有人撞到了陈望道，他望去，只见一个背包袱、戴服丧的袖箍、脸上有伤的女人抱着襁褓中的婴孩回首向他鞠躬致歉，随即转身跑去。陈望道目送她跑进车站。

邵力子：那我就在上海静候佳音。

陈望道：定当全力以赴，不负诸公重托。

一等车厢里，富商巨贾、达官贵人、姨太太、军官、洋人鱼贯而入，一个男乘务对两名洋人谄媚地点头哈腰。陈望道提着行李箱走向二等车厢，在人潮中，他看到刚才撞到他的女人抱着婴孩匆匆奔跑。女人抱着婴孩挤过行人，跑到三等车厢，眼前尽是最底层的穷苦百姓，提着各式各样的包裹行李，甚至有人提着鸡鸭鹅等家禽，争先恐后地从车门和车窗挤上车厢，喧嚣嘈杂。她试图挤上车，却被拥挤的人群挤在后面。贩夫走卒和引车卖浆

者推着，挤着，喊着，骂着，自顾自，全然不顾他人。女人被撞倒在地，孩子哇哇哭起来。此时，一只手伸在她面前，她抬头望去，陈望道将手里的二等车厢的车票递给女人，自己则向三等车厢走去。

　　1920 年春，浙江义乌分水塘村。一只风筝在空中随风摇摇摆摆地飘着，浓雾笼罩，风声呼啸，隐约传来两个孩童的笑声。一阵强风吹来，风筝疾速俯冲，冲破浓雾，摇晃着渐趋平稳。大宝拿着线槌子和风筝在前，春儿在后，绕过分水塘，水泛着冷冷的光。两人走过石桥，有三两只乌鸦飞过。透过浓雾，可见远处有人烧东西，火光旋起旋灭，余光霭霭。

　　学堂的地上堆着一堆书。江流抱着一摞书扔到书堆里，一次次，书越堆越多。他扔下最后一摞书，拿起油灯，看着眼前的书堆，一抹嘲讽的笑浮现脸颊，随即把油灯扔在书堆上。油灯破碎，火苗燃起，愈来愈旺，大火熊熊。

　　春儿：江疯子又在烧书了。

　　大宝：他真疯了吗？

　　两人边说边经过陈家柴房。柴房里面一个人划燃了一根火柴，点燃油灯后，火苗跳动，柴房内顿时明亮温暖起来。

　　陈望道甩甩手，将火柴熄灭。用门板搭起的简陋书案上陈放着笔墨纸砚。他打开公文包，拿出两本薄薄的书，分别是日文版和英文版的《共产党宣言》。他在第一页纸上写下标题——《共产党宣言》。

陈望道伏案翻译着：资产者和无产者，至今一切社会的历史都是阶级斗争的历史……

远处，春儿和大宝边跑边喊：江疯子烧学堂咧……

学堂熊熊燃烧，火光通天，浓烟漫天。江流癫狂地笑着，十足疯癫相，围观的人群指指点点。陈望道闻声跑来，看着燃烧的学堂，再看疯癫的江流，愕然。江流转头看见陈望道，止了笑。四目相对，江流转身离去。陈望道目送他清瘦孑然的背影，耳边响起琅琅诵诗声，依稀记起自己的少年时代。

在私塾里，少年陈望道吟诵道：行路难！行路难！多歧路，今安在？长风破浪会有时，直挂云帆济沧海！

少年江流豪气满怀地接上：参一，我们一定要考上秀才，考上秀才才能当官，当了官才能为天地立心，为生民立命……

二人异口同声：为往圣继绝学，为万世开太平。

一名僧侣走在田间，步履从容，一声声敲着磬，丁丁回响，渐行渐远。

江流家里，桌上摆着两个斟满酒的酒杯。江流端起一杯，与白天的疯癫模样判若两人。

江流：干！

陈望道：我改了名字了。

江流给他斟酒：改了什么名字？

陈望道：望道。

江流陡然发笑。陈望道凝视着他。

江流：多歧路，今安在？

陈望道：所以，你把书烧了，把学堂也烧了？

江流笑：百无一用是书生。

陈望道：你已经不是我认识的江流了。

江流苦笑：参一，前些日子，有一对孤儿寡母从上海回来了，母亲叫娟子——

大雨落在吴氏宗族祠堂的天井里。

浑身湿透的娟子被两个披着蓑衣的男人拖了出去，她哭喊挣扎着，手里握着儿子的一只小鞋子，眼睁睁地看着儿子被一个男人抱着啼哭。

祠堂里，或坐或站披着蓑衣的宗族长老和男人，看不清他们的真容，却透着威严阴森。

娟子的丈夫在上海罢工被日本人打死了，她带着刚满月的儿子回来，没想到眼珠子是黑的，洋钱是白的，原先家里的几亩田、几间屋子，被宗族的人占了卖了，还抢走她的儿子。

娟子被扔出祠堂。黑漆漆的大门重重地关上，把她挡在门外。她撕心裂肺地捶门，无力地瘫坐在地，手抓着大门，留下一道道血印。她抱着儿子的小鞋子，痛哭流涕。

江流：我读了一辈子书，还办学堂，可连一对孤儿寡母都救不了，读书何用？留着学堂又有何用？参一，我经常在梦里看到一个小小的人，伛偻着身子，在一条没有光亮的道上走，一步一步，没有尽头！

陈望道突然想起火车上碰到的女人，陷入了深思中……

深夜，陈家柴房里，油灯的火苗摇曳着。陈望道目光坚毅，凝神沉思。须臾，他伏案书写——

共产党人可以把自己的理论概括为一句话：消灭私有制。

…………

代替那存在着阶级和阶级对立的资产阶级旧社会的，将是这样一个联合体，在那里，每个人的自由发展是一切人的自由发展的条件。

门被轻轻推开了，陈母轻手轻脚地进来，怜爱地看着儿子消瘦的背影。陈望道凝神沉思，笔蘸墨水，疾速书写。陈母走到书案前，将一盘整齐摆放的粽子和一小碟红糖放在油灯下的墨水旁。陈望道抬起头来，母亲微笑看着他，他也笑了。母亲脱下外套给儿子披上，含笑离开，轻轻带上门，临了又看儿子一眼。

陈望道拿起一个粽子剥开，边吃边看着外文版《共产党宣言》，过分投入的他将墨水当红糖蘸了，吃到了嘴里。

母亲站在窗外问：红糖够不够？要不要再添些？

陈望道应道：够甜，够甜！

风吹灯苗，摇曳不定，笔在纸上书写。东方既白，光芒泛起，一声鸡啼，搁笔。

红糖和墨汁并放着，墨汁已干，红糖丝毫未减。

在邵力子的办公室，一只色彩斑斓的蝴蝶落在窗外盛放的花朵上。陈望道和邵力子二人立于窗前。

邵力子：先在上海建立共产主义小组，再函约各地组织支部，推动建党，你翻译的《共产党宣言》将是各地党员建立马克思主义信仰的重要读物。

在浙江义乌分水塘村，江流将一群鸭子赶进分水塘。大宝拿着线棰子和风筝，春儿拿着一个包裹，走近江流。

春儿：江疯子，有人给你寄来一个包裹。

江流看也不看。

春儿：摸上去像是一本书。

江流大笑：哪个蠢货给我寄书啊。

他接过打开，是一本中译本《共产党宣言》和一封信。那是老同学陈望道的殷殷期望：江流，你梦里的那条小道没有光亮，没有尽头，但在这本书里，我寻找的希望大道就在其中。

大宝放开了线棰子，拖了几丈长。

春儿：举高，快跑，再举高，跑起来。

大宝举着跑起来，风筝摇摇摆摆地升上去了。

在上海昏暗潮湿、肮脏不堪的纺织女工宿舍，一盏油灯旁，一个年轻女工捧着一本《共产党宣言》诵读。娟子怀抱着儿子的小鞋子，和其他女工围听。

女工：让统治阶级在共产主义革命面前发抖吧。无产者在这个革命中失去的只是锁链。他们获得的将是整个世界。

在上海外国语学社的教室里，陈望道在黑板上铿锵有力地一笔一画书写，粉笔灰飘然落下，黑板上出现了三个大字——共产党！

面对台下全国各地的进步青年，陈望道高高举起手中的《共产党宣言》，慷慨激昂道：这就是未来中国的答案！

门外来了一个人，竟是江流，他脱去长袍，剃掉长发和胡子，焕然一新。

两人相视一笑。

青春之歌

本集编剧：刘 沈

王会悟

　　王会悟（1898—1993），浙江嘉兴人。

　　1921年7月到8月，负责中共一大会务组织及保卫工作。

　　1922年7月，怀抱刚出生的女儿，再次为中共二大执行警卫工作。

　　1937年5月，协助李达出版发行《社会学大纲》。毛泽东称这本书是"中国人自己写的第一部马列主义哲学教科书"，在给李达的回信中，称赞李达、王会悟夫妇为"真正的人"。

1904年冬，浙江嘉兴乌镇飘起了雪。江南的雪，绒花般从天空轻轻簌簌地落着，不似北方鹅毛大雪的漫天飞舞的重压，却像绵绵白丝，坚定而柔韧……那些临水而居、面水而居、跨水而居的房屋，都被蒙上了一层氤氲的白色，远远看去，像漂在水上的小白船。

北风吹过，仿佛这些水阁也随着河水的流动而飘摇，好一幅天然纯净的水墨雪景画。一片俏皮的雪花，被风裹挟着，带进一个院落的门内，忽忽悠悠，柔柔落下。

立志书院里面传来琅琅的读书声，一双充满好奇的眼睛，正透过门缝看向门内，浓黑色的睫毛上，轻轻落下一片洁白的雪花，雪花遇到人的温度，星星点点地融化。这双眼睛灵动地探究着门内的世界。

王彦臣弯下腰，轻轻呼唤：囡囡……

小会悟收回目光，抬头看着爹爹，做个嘘声的手势，撒娇嗔怪：爹爹，您答应在外面不叫我囡囡了，我叫王会悟！

王彦臣清瘦的面庞上露出了宠溺的笑容，轻轻摸摸会悟的小脑袋瓜：好，会悟，咱们进去吧。

小会悟看看父亲期许的目光，和他一起，伸手敲响了立志书院的大门。王会悟跟在父亲身边，穿过院落，走过一间间课堂。

有的学生在课堂里上课，老师正在黑板上书写算术题。王会悟好奇地看着一串自己未曾见过的数字与符号，脸上充满了好奇。有的学生在学习音乐，歌声琅琅。有的学生在院落中上课，在老师的带领下丢沙包，男孩们兴奋地奔跑着，投掷着。

王会悟被这样热烈的画面所吸引，不自觉地停下了脚步。忽然，一个沙包落在王会悟脚边。远处的男孩们热情地对王会悟打着手势。

男孩：扔过来，扔过来呀！

运动后的小男孩们，浑身散发着薄薄的热气，热气与雪雾交织，红彤彤的小脸在白雪的映衬下显得分外红润而生动。

王会悟捡起沙包，略微观察一下方向，踮起脚尖，用力将沙包丢过去。站在中间负责"防守"的一个小男孩灵巧地闪过，没有被沙包砸中。另一边负责"攻击"的男孩迅速抓起沙包，再次攻击防守男孩，精准地击中。攻击方的两个男孩爆发出胜利的呼声，喜悦地跳跃着，其中一个男孩开心兴奋地冲王会悟做了个鬼脸。

王会悟被他们胜利的快乐所感染，甚至有种参与者的成就感，满心欢喜，不由自主地摇起了与父亲牵在一起的手。

父女二人来到孙校长的办公室，孙校长热情地迎接他们。

孙校长：哎呀，彦臣兄，小会悟好久不见啊……

小会悟：孙伯伯，您别动！

孙校长和王彦臣不明就里，孙校长一动不动，小会悟走到孙校长旁边，用手量身高，已经到了孙校长胸口的高度。

小会悟：孙伯伯，咱们的约定，我做到了哦。

孙校长先是一愣，然后哈哈大笑：彦臣，你这女儿了不得啊，两年前我答应她再见面时，如果她个头长到我胸口这么高，我就帮她完成她一个心愿，你看，她记得多清楚。

小会悟假装老成持重的夫子一般，摇头晃脑地边走动边说：孙伯伯，子曰：人无信不立……

王彦臣笑着说：会悟……

小会悟懂得父亲的意思，收敛起调皮，乖乖站在父亲身边，却冲孙校长眨了眨眼睛。

孙校长大笑：这话没错，小会悟，你想要什么，尽管说来吧。

小会悟看看父亲，王彦臣给予眼神鼓励。小会悟收敛起笑容，郑重地走到孙校长面前，深施一礼：孙伯伯，我想来立志书院读书。

孙校长本来笑意盈盈的脸上，迅速显露出一种意外和为难，但是为了不伤害小会悟，孙校长克制住自己的表情，起身走到一旁的茶几，端起一盘点心递给小会悟。

孙校长：会悟，这是你最喜欢吃的牛舌饼，你先尝尝。

孙校长示意王彦臣到窗边聊。

孙校长：彦臣兄，恐怕这次我要让你和会悟失望了。

孙校长推开窗户，指了指院中的男孩子们：你看，我这全是男学生，您是唯一一个送女儿来读书的家长。如果会悟是男孩，一切都好说，可……可她是女孩啊。

王彦臣：时代不同了，总要有人成为第一人，我们可以……

孙校长着急：哎呀，彦臣兄，你还不明白吗？目前这乱世，这所谓的"新"，那都是有度的……

虽然孙校长与父亲都尽量压低了声音，可小会悟还是感受到了阵阵不安。她决定不再被动地等待，径直走到两人身旁，口中唤着：孙伯伯。打断了两人的对话。

小会悟看看窗外的男学生们，又抬头略显焦急而期盼地看着孙校长：孙伯伯，我想和他们一样，在您这读书，可以吗？

孙校长沉默了，偌大的房间内，三人站在一起，却只剩下让人无助的安静……

雪，略大了一些，迷迷茫茫地笼罩在乌镇，让人几乎看不清前方的路。王彦臣紧紧地牵着女儿的手走在江南的青石板路上，安静得只有脚步声和风声。看着一路低着头沉默不语的女儿，王彦臣心中酸楚。忽然，小会悟挣脱父亲的手，用力地往回跑起来，即便差点摔倒，依然向着立志书院的方向跑回去，王彦臣紧追了上去。

小会悟站在立志书院门口，站在雪中，仰头看着立志书院的牌匾。她眼眶红红，却强忍着不肯落泪，恳求父亲。

小会悟：爹爹，我喜欢读书，我想在这里读书！

王彦臣心疼又欣慰地看着女儿：会悟，如果可以进学堂，但是离家很远，你愿意去吗？

小会悟：我要去！不管多远！

父亲看着女儿，扶着女儿的双肩，欣慰而用力地点点头。

（那一年，我6岁，第一次感受到了身为女孩的委屈……）

1914年秋，浙江嘉兴乌镇，大雨滂沱……凹凸不平的青石板小路上，杂乱的脚步踩在雨中，溅起一层层水花、泥巴。

秋燕父母和乡亲们有的穿着蓑衣戴着斗笠，有的撑着油纸伞，奔跑着，喧闹着。大家在一扇门前停下。秋燕父亲用力砸门。秋燕父母和乡亲们大喊：秋燕，秋燕……开门！开门！

门从内打开，乡亲们一拥而入。大雨中，王会悟与秋燕站在一起。一把伞，大部分用来遮住秋燕，王会悟被雨水不停地敲击着。秋燕父母及亲戚们站在对面，对二人怒目而视。秋燕父亲强势地伸出手去，想抓回秋燕。秋燕害怕地躲在王会悟身后，王会悟护住秋燕，不由自主地往后退。

秋燕母亲：秋燕，爹娘是为你好啊，你快回来！

秋燕从王会悟身后探出头来，大喊：我不要回去，我要在这里和小王老师一起！

秋燕母亲难过地瘫倒在雨中，坐地哭闹，乡亲们赶紧搀扶。

秋燕父亲：哭哭哭，就知道哭，如果不是同意她出来读什么新式学堂，她怎么会成这样？！

秋燕母亲委屈得大哭。王会悟于心不忍，把伞留给秋燕，在雨中蹲下，想扶起秋燕母亲。秋燕母亲看到王会悟来到身边，将满心的怨气都撒在了王会悟的身上，挣脱众人，一把推开王会悟。王会悟重重地摔倒在雨中。

秋燕母亲：你开什么女学堂，女人本就不该读书啊，你害了我女儿，都怪你！都怪你！

秋燕母亲号啕大哭起来。众人的指责，秋燕父母的怒吼，在这嘈杂的雨声中，在王会悟的世界里，越来越小。

王会悟陷入了回忆中。那天雨也不停地下着，院中的树枝被大雨打弯了腰身。王会悟创办的新式学堂里，不大的黑板上写着：平等，自由。

8岁的秋燕坐在一张椅子上，一只脚翘着，缠着裹脚布，一只脚低垂着，略显红肿，留着缠过的痕迹。王会悟小心翼翼地为她拆下第二只脚的裹脚布，看着秋燕被勒得红肿的小脚，王会悟心疼不已。

王会悟：缠多久了？

秋燕：4天了。

王会悟：疼吗？

秋燕先点头，看到王会悟心疼的眼神，立刻摇头，明媚一笑。王会悟给秋燕穿上鞋，轻轻地扶着她站起来，试着在教室里慢慢走着。

王会悟：秋燕，你这样跑出来，爹娘会担心的，等会儿我陪你回家……

秋燕激动地说：不，我不回去！小王老师，我不想跟我的姐姐们一样，被缠了脚之后嫁人，我想做你这样的人。

王会悟扶着秋燕，在黑板前坐下，温柔地看着她：做我这样的人，很难的，你怕吗？

秋燕毫不迟疑：我不怕！

王会悟笑笑，抓着秋燕的手：别担心，我一定会想办法说服你爹娘的！

秋燕信任地抓住王会悟的手，笑着用力点头。

小王老师！小王老师！一声声撕心裂肺的呼喊将王会悟从短暂的回忆中拉回到现实。

大雨中，秋燕被父母拖着，在乡亲们的簇拥下，走到了门口。王会悟挣扎着站起来，冲过去想要拉回秋燕，却被乡亲们紧紧挡着。秋燕的呼喊声越来越小，她终究还是被父母带走了。乡亲们也陆续离开，一个女乡亲走到会悟身边，把一柄油纸伞塞进王会悟手里。

女乡亲：会悟，再这么下去，你就真没法在咱们乌镇待下去了……

王会悟一言不发，任由雨水重重地打在她的脸上。女乡亲看看王会悟，叹气离开。顷刻间，喧闹的院落，只剩下被大雨浇透了的王会悟一人。

王会悟独自坐在家里堂屋的小凳子上，拿起剪刀，平静地剪向自己乌黑浓密的长发，头发轻轻地掉在青石板上……

（那一年，我16岁，我发现即便只是一方天地，我也无力改变它……）

1920年春天的上海，世界变成了彩色。《新青年》杂志社所在的法租界的一栋二层洋楼里，明黄色的迎春花正在墙头盛放。淡淡的绿草、绿树，这一堆、那一片地生长着。就连一楼院中晾晒的衣物，也有了鲜艳的色彩和图案，荡漾在暖阳和春风中。

王会悟抱着一摞足以挡住她半边脸的文稿，小心翼翼地侧着头，慢慢下楼。忽然，起风了，王会悟抱着的文稿瞬间被吹了起来，她赶紧一把捂住没被吹动的文稿，小心而又急切地向楼下跑去。

刚走进院内的李达，被这漫天稿纸飞舞的景象所震撼，他甚至有些看呆了。就在此时，王会悟从李达身边经过，焦急的她甚至没看清来的人是谁。王会悟跳着，蹲着，从空中，从地上，从花坛上，小心地捡起一张张文稿。

王会悟边捡边说：您高抬贵脚，小心别踩着稿子了。

李达看着王会悟忙碌的身影，深觉可爱，帮忙捡起王会悟漏掉的稿子。另一边，王会悟全神贯注地蹲在地上，翻看手中的稿子，嘴里念叨着什么。李达递稿子过来，她头都不抬地顺手接过。

王会悟暗自庆幸：幸好加上了页码。

李达微微一笑，轻轻地说：没关系，我记得。

王会悟忽然觉得这声音耳熟，抬头一看，眼前高大的男子，竟然就是李达本人，自己刚才弄飞的稿子的主人。王会悟略显尴尬，轻轻拍拍旁边整理好的稿子。

王会悟：李达先生，您可能也是第一次看到自己的稿子漫天飞舞吧。

李达微微一愣，然后大笑。王会悟也笑了起来，大方地与李达握手。

王会悟：介绍一下自己吧，我叫……

李达：你叫王会悟。

王会悟好奇地说：您知道？

李达点点头。

王会悟俏皮地问：那您还知道什么？

李达微微一笑，略带得意：我还知道你想办女校。

王会悟假装认真：您觉得我办不成吗？

李达：不，我觉得你能办成！

王会悟看着李达认真的样子，忍不住笑出了声。李达被王会悟爽朗的笑声感染。

1921年4月，李达在书桌旁认真地画着一本计划书的封面素描，铅笔在画纸上，沙沙作响。笔下是一座学校大门的样子，校名处是空白。李达的手边，一杯清茶被缓缓放下，李达抬头看，是短发清丽的王会悟。王会悟今天身穿一件粗布红蔷薇色的旗袍，明亮而不妖冶，美丽得恰到好处。

李达示意王会悟仔细看看封面。王会悟翻看着，原本平静的脸上，渐露惊喜，原来在校门的远处慢慢走来的，竟是几位身穿旗袍、手拿书本的女性学生。王会悟兴奋地扭头看向李达。李达笑而不语，握着王会悟的手，在空白之处写下"平民女校"四个字。

王会悟激动地拿起图，边走边仔细端详着，兴奋地说：是！是我想象中它该有的样子。

李达满面笑容地看着激动的王会悟，说：我想在今天送你一份特殊的礼物……

王会悟感动地看着李达：你是最懂我的朋友，是最关心我的爱人，更是与我并肩作战的战友，有了你，我就有了伴，有了家。

李达拉过王会悟的手在图的空白处写下两人的名字。两人面前的红蔷薇浓烈地绽放着，房间内，一对红烛灼灼燃烧，不大的房间，幸福而温暖。

（那一年，我 23 岁，我看到希望在春天里，破土而出，生根发芽……）

1921 年 7 月 30 日晚，知了在不停地叫着，向人们宣告着，上海炽热的夏天到来了。

望志路 106 号的法式客厅内，一条深红色的桌布被利落地在空中抖落开来，轻轻地落在长桌上。王会悟俯下身子，仔细地检查着桌布的方向与平整度。她轻轻用手将桌布抚平，

微微调整，摆正，然后迅速地将分别装着瓜子、点心和水果的盘子，摆在桌子的中央。

王会悟轻轻地将滚水倒入一个个洁白的杯中，一注热水滚落进来，杯内数片深绿色的茶叶渐渐舒展，翻转跳跃。王会悟将茶杯依次盖上盖子，摆在桌子上。她收起茶盘，拿起水壶，走到门口，再一次仔细回望了一下整洁而有会议氛围的客厅。

李达从门口疾步走进来：都到了。

王会悟：侧面那张方桌上，有一副散开的麻将，我就在外面。

李达懂得王会悟准备麻将的用意是以防万一，向她点头示意自己明白。

王会悟转身走出客厅。王会悟守在客厅外的小厨房里，屋里安静得只听得到炉火燃烧的声音。隔着客厅窗户的玻璃，能看到里面人影晃动，那是一大的代表们正在准备开会。

时钟敲了八下。会场主持人说道：会议现在开始……

灶台上，正在蒸煮的嘉兴粽子阵阵飘香，王会悟将锅盖掀开，烟雾升腾。她轻轻吹散烟雾，拿起筷子，轻轻检查着粽子的煮熟程度，熟练地把粽子装盘，同时也警惕地观察着周围的动静。

忽然，门口人影幢幢，王会悟仔细听了听门外，脚步匆匆。机警的她感受到了危险，迅速地敲击了三下客厅的门，客厅内传来整理资料和摆放碗碟的声音。就在此时，大门再次被重重地捶打。李汉俊从客厅出来，向王会悟点头示意可以开门。

王会悟边开门边问：这么晚了，谁啊？

包打听一言不发，推开王会悟，想往客厅闯。就在两人推搡中，包打听越来越接近客厅。

李汉俊从客厅中走出来，伸手拦住包打听：请问你找谁？

包打听脱下礼帽，假意客气：你好，我找社联王主席。

抬头的瞬间，包打听想透过门缝看看客厅的状况，李汉俊略略歪头，挡住他的视线。

李汉俊：这里没有什么社联王主席，你找错地方了。

包打听略微迟疑了一下，假意道歉，继而离开。

因包打听的介入，会议被迫中止。

1921 年 8 月，夏天的嘉兴南湖，盈盈垂柳绿，点点荷花红。一点点的江南薄雨，丝丝柔柔地滋润着大地。一艘画舫静静地停靠在岸边，似乎已经等待了许久。

王会悟：李老板，水烧好了吗，姑嫂饼送来了吗？

李老板：来了来了……

画舫内，干净精致。王会悟拿着一块洁白的手绢，在画舫中到处擦擦看看，做着最后

的清洁检查。

　　李老板：哎哟，王小姐，您可真是我见过的最细致的主人家了，这是招待什么客人啊？

　　王会悟回头，笑意盈盈地看着李老板，说：我最重要的客人！

　　南湖之上，波光粼粼。代表们在光影中，陆续登船，李达最后一个走进船舱，回头看看王会悟，两人会心一笑。

　　江南烟雨不知道何时悄然停止，夏日炽热的光芒，笼罩着整个大地，画舫木色的船身，在此时，显得格外庄严厚重。忽然，船舱内传来了令人振奋的声音：中国共产党万岁！

　　王会悟静静地站在画舫船头，双拳紧握，看向远方。平静的表情下，她早已心潮澎湃，终于，她露出了胜利的微笑，轻柔而坚定地发声：中国共产党，万岁！

劳工万岁

本集编剧：李 花

施洋

施洋（1889—1923），湖北竹山人。

先后就读于湖北警察学校、湖北法政专门学校。1917年，开始组织法政学会，主张律师必须保障人权、伸张公理，成为著名劳工律师。

1920年，加入马克思学说研究会，参与创办工人夜校，开始信仰共产主义。

1921年，赴长沙向毛泽东学习农民运动经验。

1922年，加入中国共产党，并领导汉阳铁厂工人取得罢工胜利，参与组建武汉工团联合会。

1923年，参与组织领导京汉铁路工人大罢工，被反动军警逮捕。2月15日，被反动派执行枪决，牺牲前高呼"劳工万岁"，时年34岁。

施洋站在造型简单、材质粗陋的书架前，视线从书架上摆放的若干本和法律相关的书上掠过，一副心事重重的模样：吾之所以从农务会长，去考警察学校，再到法政学校专门学习法律，就是因为吾相信，法律是这个世界上最公正的东西，所有人在它面前一律平等。直到……

在宽敞肃穆的法庭台下，张保罗正拿着一个证物放到施洋手边。施洋没有任何反应，张保罗索性站起身，把手上的证物往前送了送。

张保罗：法官大人，现呈上的证物，为我们每个月支付薪水的凭证。领薪水的账簿上，白纸黑字均已签妥。

原告席上，阿莲脱下了自己的鞋，不管不顾地朝着被告席上的张保罗等人扔了过去。张保罗吓得一躲。

阿莲：打死你个骗子！放屁，你哪个时候给过钱了？

女工甲：你的良心让狗吃了，没给就是没给！

女工乙：不要脸，说瞎话不怕遭雷劈！

法官很不高兴地拿起法槌，敲响：原告肃静！此乃法庭，再撒泼就赶出去！

随后，法官看向女工的方向：原告，尔等的律师何在？

女工们愣了愣，此时梁佩英站起身来：法官大人，我们没钱请律师。

法官：那书记官记录一下，原告放弃律师，自行申诉。原告，尔等宣称未收到报酬，可有证据？

梁佩英站起来，一脸愤怒地撸起袖子，露出满是青紫伤痕的胳膊：法官大人，这就是证据！

女工甲站起身，一脸悲愤：我上次生病，躺在床上起不来。那天冷得外面江水都快冻上了，工头直接给我泼了盆冷水，非把我叫起来干活。（呜咽）这日子，根本就不是人过的！

法官不得不再次敲响法槌：吾要的是尔等未拿到钱的证据！

女工们面面相觑，说不出话来。

法官：没有证据，尔等来打的是什么官司？你们还是请个律师为好。

梁佩英：法官大人，整个武汉，哪个律师敢接我们的案子？

法官没说话，转过视线，看着施洋：被告律师，尔等还需询问什么？

施洋站起身环顾四周，视线落在了坐在自己身边的张保罗身上。只见张保罗双手交叉，气定神闲地坐在椅子上，他朝法官微笑着点了点头，像熟人一样。

施洋想起二人之前的对话。

施洋：岂有此理，如此拙劣的伪证，真是荒谬。张保罗，这些女工的诉求很简单，她们只是想得到应得的酬劳。只要你把费用给足，趁着没开庭，我自可以去调节。

张保罗：应得？哪个应得？她们要是听话一点，这钱早晚会给她们。可是现如今闹成这个样子，如果不杀一儆百，你让我如何收场？那卷烟厂、面粉厂、铁路的工人呢，如果他们都闹起来了，还不翻了天？我也是身不由己啊。

施洋收回看向张保罗的视线，看向女工的方向。女工们望向自己的眼神里，有祈求，有责怪，有鄙夷，有愤怒，也有失望。

施洋的眼神逐一扫过女工们，最终望向法官：吾，无话可说！

现场哗然。

法庭外，一群记者手持照相机，把张保罗和施洋团团围住。

张保罗气定神闲：在这里，鄙人只想说一句，法律还是公正的。不过，官司我们虽然大获全胜，但是出于人道，纺织厂还是会给这些值得同情的女工一定的金钱补偿。当然，对于带头滋事且拒不认错的梁佩英，我们也不会轻饶。我已经和律师商量过了，我们将会对她进行反诉。

所有记者都对着施洋拍照，施洋却越过人群看向不远处的梁佩英，她正在阻拦想要离去的女工。

梁佩英：大家别走，咱们不都说好了，要斗到底！

阿莲：我们打官司也是为了钱，现在有钱拿，还斗什么？

梁佩英：那些打都白挨了？他们还让我们道歉，错的是他们，凭什么！

女工甲：佩英啊，我们上有老下有小，得养家糊口，你别怪我们啊。

女工们说着，纷纷快步离开，梁佩英如何阻拦都拦不住，气得跺脚。

梁佩英：你们别走！都别走！

施洋皱眉将这一切看在眼里。

两根金条放在施洋面前的桌面上。

张保罗：这是反诉案的佣金。

施洋望着张保罗，面露嘲讽：反诉？笑话，你为了赢下这场官司，不但资料造假，还收买法官，知法犯法，竟然还有脸去反诉？

张保罗：要不是我做了两手准备，你这不败的金身，可就要破了。你应该谢谢我才对，怎么还怪我了？

施洋：我本以为你们只是克扣薪水，可你们居然还殴打、欺压女工！我要是知道你们如此霸蛮，是绝对不会为你们这种人辩护一个字的。

张保罗：别说得这么见外，在那些女工看来，你我原本就是同一类人。

施洋语噎。

张保罗：我既已从被告变成了原告，律师如果更换，那不就是侧面向世人证明，我心里有鬼吗？

张保罗说着，拿起酒杯和放在施洋面前的酒杯轻轻碰了一下。

张保罗：施洋，你不要为了几个女工一错再错，我期待你的表现。当然，你也应该知道，即便在庭上你依旧无话可说，我还是会赢。

施洋没有理会，打开门离开。

傍晚的天空，乌云渐起，天空隐约传来几声闷雷。施洋拎着公文包，落寞地往外走。脑海中回想着张保罗的话：你以为是在救她们？你以为官司赢了，她们就能高枕无忧一辈子？别天真了，她们很快就会回来的，你信吗？

施洋不知不觉地来到了纺织厂的大门口，阿莲和几个女工正跟在工头身后往工厂里走，施洋见到她们一愣，停下了脚步。施洋转身，想要叫住阿莲，不料阿莲脸上露出慌乱的神色，加快了脚步，跟其他女工一起走进了工厂。施洋眼看工头狰狞着朝她们举起了鞭子。工厂大门缓缓关上，切断了施洋的视线。这时，一道闪电划破了傍晚的天空。一滴雨滴落在施洋的肩头。

梁佩英家中，梁父躺在床上，满面愁容地望着坐在一边熬药的梁佩英，他剧烈地咳嗽，以布挡口，血迹染红了布，放到枕边。

梁父：爹怕是快不行了，你就别再和大老爷们斗了，斗不赢的。拿了钱，把爹随便葬了……

背过身的梁佩英泪如雨下，她强忍着擦了擦泪水，说道：爹！你好好养病，那么多工厂，找份工还不容易？

梁父：你把老爷们告了，还有哪个工厂敢要你？听爹一句劝吧……

梁佩英：爹，我告他们，不是为了我自己……

梁佩英说着，把刚熬好的药倒进缺口的碗里，端着药来到床边。

梁佩英：爹，喝药。

这时，门外响起敲门声，梁佩英把药放下，起身开门。门打开，施洋走了进来。梁佩英看见施洋的身影，脸色一变。

梁佩英：官司都打完了，你现在来干什么？

梁父看见来人，挣扎着试图坐起来。

梁父：老爷！是我们家英儿不懂事……英儿，快给老爷赔不是……

梁父话还没说完，就又剧烈地咳嗽了起来。梁佩英见状，赶忙奔回床边，给父亲捶背。

施洋从西服口袋里，掏出一个装满钞票的信封塞到梁佩英手里：这个请你收下，一点心意，算是对你的补偿。

梁佩英冷哼一声，把钞票抽出，直接扔到施洋脸上，恶狠狠地冲着施洋吐了口口水：是工厂让你来的吧？赶紧滚！脏钱，我不要！

施洋：请不要误会，我今天来只是为了……

施洋话未说完，几个警察突然闯了进来，把施洋推到一边，迅速将梁佩英控制住，拉着就往外走。

梁佩英挣扎：你们为什么抓我？

警察：我们接到报警，说你得了痨病，故意传染给别人，我们现在要把你带走。

梁佩英：痨病？你们胡说，我没病，你们凭什么抓我？

施洋气愤地冲上前，挡在警察面前：你们有什么证据，能证明梁佩英得了痨病？

警察从梁父的床边，捡起一块带血的布，轻蔑地说：带走！

警察甩开施洋，拉着梁佩英就往外走。

梁父拼死从床上爬起来，拉住一个警察的胳膊：长官、老爷，饶命啊，求求你了。

警察：废什么话，老东西，给我松开！

警察不耐烦地一挥胳膊，挣脱开梁父的手，梁父应声倒地。施洋赶紧上前扶起。

梁佩英撕心裂肺地呼喊：爹！爹！我跟你们拼了！

梁佩英双手使劲拉住自家门框，哭喊着求救：杨大哥，崔大婶，救救我吧！

一扇门打开，一个女人的身影，被灯光拉着长长的，倒映在雨水里。

梁佩英：崔大婶，救救我！求求你了！

不等崔大婶说话，门瞬间被关上，屋里传来了男人低低的训斥声。

这时，警车车门大开，梁佩英被警察掰开手指，强行塞进了车内。及时赶到的施洋再

次冲上前，想要把梁佩英救下，不料却被警察拦住，用枪托使劲一砸，砸中了脑袋，鲜血瞬间流了出来。施洋下意识地伸手捂住了伤处，双膝一松，跪在了泥泞的路上。随后，警车车门一关，呼啸而去。

施洋跪在雨里，发现周围几家门都已打开，邻居们站在自己周围。每个人虽然长相各不相同，但脸上都是一副麻木的表情，目光木然地望向自己。施洋张了张嘴正要说话，却被雨水的声音淹没。这时，大家避开了施洋的眼神，纷纷转身回到了各自家中，再次把门紧紧关了起来。施洋挣扎着站起身，往前蹒跚地走了几步，随后往后仰面摔了下来。

（就在这一刻我才发现，法律救不了已经在黑暗里、眼睛里没有任何光的人。）

回到家中，身上满是泥泞的施洋，正站在书架前，脸色复杂地看着书架上摆放着的书。这时，妻子郭秀兰端着一盆水，推开门匆匆走了进来，随后把水盆放在洗脸架上，走过来，伸手帮施洋把外套脱了。

郭秀兰抱怨：这些人怎么能这样呢？见死不救！要我说，你也别再管这些事了，毕竟他们自己都已经认命了。

施洋：他们认命是因为他们没有办法改变。

郭秀兰：他们没有办法，你就有了？

施洋没说话，推开郭秀兰的手，快步往外走去。

在一间狭小、昏暗又潮湿的牢房内，梁佩英正蓬头垢面、额头淌血地趴在地上。狱警打开了牢门，施洋走了进来，一股浓烈的血腥味让施洋下意识地抬起手，捂住了鼻子。

梁佩英气若游丝地低声呢喃：我没病……我没病……

施洋慢慢往前走，只见梁佩英半张脸都已经被打到肿起，整个人已经认不出原来的样子了。

施洋气到颤抖：他们对你用刑了？！岂有此理！岂有此理！

梁佩英看见施洋，伸出满是鲜血的手，拽住了施洋的裤腿，哀求：律师老爷，你帮我告诉保罗先生，我不告了，我错了，让我出去吧。

施洋蹲到梁佩英身边：可是现在，是张保罗要告你。

梁佩英：告我？告我什么？

施洋看着遍体鳞伤的梁佩英，无言以对。

梁佩英：我认错，我道歉，还不行吗？可我真的没有痨病。我以后还要去别的工厂，我要给爹赚药钱治病。

施洋握紧了拳头，轻轻扶着瘫在地上的梁佩英坐起来。

施洋：你之前说整个武汉，没人敢接你的官司，我想告诉你，我接。

梁佩英：我现在没有钱付给你。

施洋：此案我全部免费。

施洋拿出律师代理合同和钢笔递到梁佩英面前。

梁佩英：这是什么？

施洋：这是律师代理合同，需要你签字我才能代表你。

梁佩英的眼睛使劲看着施洋，眼神里流露出疑惑、不相信。

梁佩英：为什么要帮我？

施洋看着梁佩英，没说话。

（月亮本身是不会发光的，是太阳给了它光亮，就算再漆黑的夜，我们也能看到它。只有光，才不怕黑夜，黑夜也永远无法掩盖它。）

张保罗和几个随从从外面闯了进来。

张保罗：施律师，你今天输定了，还是别去了。

施洋看着张保罗，脸上露出冷笑：我知道你能颠倒黑白。但事到如今，你以为我还在乎一时的输赢吗？你们为了给梁佩英定罪，替她准备的药方、大夫，根本就是一个月 3 块钱工钱的女工负担不起的，这么显而易见的假证，居然能堂而皇之地成为呈堂证据，凭什么？就凭你们的只手遮天？有恃无恐？我不会让你们得逞的！

张保罗：你从这个门走出去，就不只是与我为敌，纺织厂是谁开的，你不是不知道。

施洋坦然：我不怕人，不怕事，不怕死，堂堂正正做人。

法庭内，施洋坐在被告席上，张保罗和律师坐在原告席，两人深深看了施洋一眼。

法官走到位置上，坐下宣布：开庭！

施洋：我的委托人梁佩英还未到场，各位请稍待片刻。

法官抬起头看了施洋一眼：吾方才得到消息，梁佩英已因病重，于一小时之前死在了狱里。

施洋震惊地站起身，死死盯着张保罗，手中的笔应声折断。

张保罗一脸坦然地站起身，看着法官：既然梁佩英已故，死者为大，我们也就不究其过，撤诉吧。另外，出于人道，厂里会出一笔钱，用于她的后事处理。

张保罗说完正准备离开，身后传来了施洋的声音：这起官司可以不打，但是梁佩英不能白死！

法庭瞬间安静下来，张保罗转身，看着施洋。施洋看向高高在上的法官。

施洋：梁佩英哪里有病！有病的是你们！你们为了一场官司！杀了一个活生生的人！女工的命就不是命了吗！

法官敲击法槌，施洋视若无睹，继续慷慨陈词：今日之法官，你代表的是什么法？你们这些买办，又仰仗何人之威风？

在施洋的咄咄追逼下，法官根本说不出话，只能站起身仓皇而逃。

施洋随后走上前，抓住也要离开的张保罗：今日之中国，穷人悲惨，工人可怜，我们万不能再自相残杀……

1920年4月，施洋发起组织平民教育社，创办工人夜校和工人子弟学校，宣传劳工神圣和共产主义。

施洋站在讲台上，缓缓道来：革命总是要流血的，但我们要一代一代讲下去，才能让

下一代都能继承烈士的遗志。梁佩英虽然死了，但她并不是一个人，她是你、是我、是我们大家！

讲台下，只有一个小乞丐坐着在听施洋说话。

施洋站在讲台上：我希望借民主、法制的宝剑，削平这不平的世道。虽败犹荣，虽死无憾。

小乞丐：那你到底为什么要帮梁佩英呢？

施洋抬起头往远处望去。此时在施洋的眼前，出现了庭审时女工们祈求、责怪、鄙夷的眼神；工厂里，女工们被工头残酷虐待时，痛苦不堪的眼神；雨夜，邻居们冷漠的眼神；监狱里，梁佩英向死而生的眼神；最终所有的眼神都叠化到小乞丐脸上，清澈而坚定的眼神。

施洋直视着小乞丐：因为梁佩英和你一样，眼里有光，这道光不能灭。

施洋话音刚落，教室的门被推开，乞丐们、女工们、车夫们陆续走了进来。施洋看着他们，脸上露出了微笑。

抉择

本集编剧：初 征

蒋先云

蒋先云（1902—1927），湖南新田人。

1924年，以第一名的成绩考入黄埔军校第一期，成为"黄埔三杰"之首。

1926年"中山舰事件"后，率先退出国民党及第一军，坚守共产主义信仰。

1927年5月，在北伐临颍之战中英勇牺牲，时年25岁。

1924 年，陆军军官学校，拔旗山训练场正进行着一场激烈的比武总决赛。烈日当空，暑气蒸腾，"战斗、射击大比武"如火如荼。所有军校学生队形整齐而立，蒋介石、廖仲恺、何应钦及军校教官都在认真观战。比武考核的总决赛，即将开始。

战术总教官何应钦宣布：经各队选拔赛与半决赛，总决赛的两名学生为蒋先云与许之舟！

两个意气风发的年轻军人各自走出队列，蒋先云与许之舟互相对视，眼神交锋，火光四射。

何应钦举枪向天，一声枪响，最后对决开始。

蒋先云手提俄式步枪，正在向前奔跑，冲向比武阵地。另一边，许之舟也向前冲去，不时转头看蒋先云。他们面前，是两个长二百米、宽五十米的狭长区域，内有各种军事障碍，和二十四个不确定位置、距离的隐藏靶位。在各自阵地中，蒋先云与许之舟利用屈身姿势和地形掩护前进。两个人速度都很快，几乎不分先后。

蒋先云翻越一个障碍，就看到眼前出现两个目标"敌人"（靶子）。他立刻寻找掩体，举枪瞄准，冷静迅速扣动扳机，击倒靶子。与此同时，另一边的枪声响起，许之舟也击倒了靶子。随着枪声间歇响起，一个又一个的靶子被击倒。

终点位置，是一面红色的旗子，迎风招展，猎猎舞动。

两个阵地之间，教官正边走边高声喊话，声音铿锵有力：你们，为什么来军校？为什么要成为军人？为什么要走上战场去战斗？想想，你们为何而战？为谁而战？！

在教官的嘶吼训诫声中，蒋先云和许之舟都咬着牙全力冲向前。他们灵敏而又不顾一切，只为快速到达终点。

两人进入铁丝网通道，俯身在地，匍匐前进。身姿更灵活的许之舟很快就领先蒋先云八九米远。蒋先云竭力追赶。在通过最后一片铁丝网通道时，许之舟的枪背带挂到铁丝网上，他用力挣扎，却越扯越紧。许之舟面目绷紧，热汗滚落。很快，蒋先云就反超许之舟。

蒋先云爬过了铁丝网通道，他单膝跪地，举枪精准射击，消灭了区域内的最后几个"敌人"。靶子一一倒下。许之舟一脸丧气地望着蒋先云所在的方向，眼睁睁看着蒋先云将要赶到终点，他仍在铁丝网下，拼命挣脱。

观战的一众军校学生，开始大喊蒋先云的名字。所有人都把目光投向蒋先云。再有三十米的距离，蒋先云就能冲到终点拔旗。蒋介石看着不远处的蒋先云，眼神流露赞许。

就在这一刻，比赛区内的蒋先云没有奔向终点。他重新装弹上膛，侧身指向另一个区域中许之舟面前出现的几个"敌人"。蒋先云开枪射击，将那些靶子一一击倒。之后，他利落地将步枪甩到背后，全力向前奔跑而去。这时，许之舟也挣脱铁丝网，向终点奔去。两个人几乎同时到达终点，蒋先云更快一步拔起红旗，举在手中挥动。蒋先云拿到了第一名。

军校生们爆出一片欢呼声。许之舟看着意气风发的蒋先云，十分沮丧。蒋先云走过来，拍了拍他的肩膀。

蓝天如洗，烈日如目。队列集结，校长蒋介石等人站在队列之前。蒋介石正在训话。

蒋介石：团结之精神，对革命军人而言，难能可贵！今日操场，他日战场，黄埔同学，亲爱精诚！……蒋先云，是本场比武状元，更是当之无愧的黄埔军人！

众学生热血沸腾，抬手敬礼。蒋介石目光望向蒋先云。

军校学生列队，在烈日下奔跑。边跑，边齐声唱着校歌：莘莘学子，亲爱精诚，三民主义，是我革命先声。革命英雄，国民先锋，再接再厉，继续先烈成功。同学同道，乐遵教导，始终生死，毋忘今日本校……

1925年，军校礼堂里，青年军人联合会与孙文主义学会两方互殴。两派人操着板凳、旗杆，已经打得不可开交。现场一片狼藉，争吵声不断响起。

孙文主义学会学生七嘴八舌：赤化分子！滚出黄埔！……你们这群共产党，背离三民主义！……你们早就忘了孙先生遗愿，忘了校长的教诲！……军校叛徒！把他们打出去！

青军会学生不甘示弱：破坏分子！反动派！……你们才是背离孙先生初衷和遗愿！……独夫民贼！军校之耻！……谁是叛徒，你们心知肚明！……革命的军校，轮不到你们做主！

蒋先云站在两派之间，试图拉开混战的两派军校生。有人举起长凳砸向对方，被蒋先云一把撑住，将长凳按落在地。大门被一把拉开，许之舟带着几个人冲进来。许之舟直接掏出枪，对空射击，以作警告。枪声响起，现场安静下来。互殴暂停，双方僵持，怒目而视。

许之舟几步走到蒋先云面前，两个人几乎同时开口，你言我语，话语交叠，火药味十足。

许之舟：革命之成，全凭同志相爱与相亲。一个革命政党内，绝不允许两种主义的信仰者长久存在！

蒋先云：国共合作，是孙总理的三民主义。你们学会分子，反对共产党、破坏合作，是对三民主义的背叛！

两个人互不相让地高声对吵，几乎难以听清对方说了些什么。争吵过后是无尽的沉默，空气中只有彼此愤怒的喘气声。

蒋先云后退两步，他摆了摆手，青军会的人先砸下了手里的各种"武器"，脸上却依然是不服不忿的表情。所有青军会一派的军官们退出了礼堂。蒋先云最后一个转身，大步离开。许之舟眼睁睁看着他们离去，面色阴沉，眼神喷火。他身后，孙文主义学会的人还欲上前，许之舟挥手拦住了他们。

夜色凝重，月影凄迷。珠江码头水面一只艇仔泊在江岸边。船内一方小桌，两碟小菜，火炉上，温着壶老酒。

许之舟取过酒壶倒酒，感慨：两会关系越闹越僵。如此下去，迟早要四分五裂。

蒋先云：两会之争已久。革命军中，不同信仰的裂缝早有了。

许之舟直截了当：你会选哪边？

蒋先云看着他，不吭声。

许之舟：校长对你，是何等器重。他将你视为本校的希望、革命的希望、国家的希望。我们这一班学生，哪个不想成为你？

蒋先云：我的立场，你一向很清楚。

许之舟：你记不记得，拔旗山对决，你帮我打倒了四个"敌人"。如果那是真正的战场，你救了我的命。

蒋先云：那时，我们是对手，也是战友。

许之舟：现在呢？我们不再是战友了？

蒋先云：革命还没完成，当然还要并肩作战。

许之舟：这里只有我们两个人。抛开立场和大道理，我跟你说句心里话，选哪边让你前途更光明，明摆着。湘耘，良禽择木而栖啊！

蒋先云沉声道：我们革命的目的，只为个人前途吗？

许之舟：个人前途与家国理想不相悖！校长对你，何等器重，何必执迷不悟？

蒋先云摇头：高官厚禄，非我所求。你才应该想想，身为军人，如何才是真正为国民利益考虑。

许之舟：当年拔旗山是你赢。可对未来的抉择，我比你看得更清晰。

许之舟说着，向蒋先云举起酒杯，打算与其碰杯。

蒋先云握杯在手，苦笑一声，说道：夜行江面，暗礁遍布。等天亮，才能看清楚江面下到底有什么。未来，哪个党派更适合我们的国家，历史会有选择。

蒋先云并未与他碰杯，自顾自饮下那一杯酒：酒冷了，再热的血也暖不过来。趁还有炭火，还来得及。

蒋先云说罢，放下酒杯起身离船而去。码头边，灯塔灯光亮起，蒋先云朝光亮处走去。

江水滔滔，微波翻涌。许之舟独自坐在艇仔的黑暗之中，他端起酒杯，仰头一饮而尽，难言滋味。

1926年，校长办公室的窗边，一个瘦削挺直的身影，默然伫立，望着操场上奔跑的蒋先云。蒋介石一动未动，立如松，目光深邃地望着操场方向，静静等待着他的学生蒋先云。雨滴叩窗，在玻璃上划出道道水线，有如帘幕。窗外操场上的身影从模糊到清晰……

一双沾泥的军靴出现在走廊一端，向着校长办公室走来。蒋先云沉着冷静，边走边抹去脸上的雨水，整理军容。值守在校长办公室门口的许之舟身姿挺拔，转头望着蒋先云走来的方向。两个人目光交汇，望着彼此。许之舟面容微变，眼神里思绪万千。蒋先云的眼睛，也一直紧盯着许之舟。

门口，响起了一声"报告"。站在窗口的蒋介石没有回头，静默不语。一阵急风吹乱桌上的《曾文正公嘉言钞》，书页翻飞，一行文字映入眼帘：专从危难之际，默察朴拙之人，则几矣。

蒋介石开口：湘耘，我等你很久了。

蒋先云：校长抬爱，愧不敢当。

蒋介石：黄埔军人，皆是栋梁。你一向是我最信得过的。

蒋先云看到桌上，放着一份文件，上书几个大字：委任状。

蒋先云抬头看向蒋介石，蒋介石朝他点头，等待回答。

蒋介石：一笔写不出我们两个蒋字。将来我们胜利了，我回去读书写字。这班黄埔学生，个个龙虎之将，只有你能统领他们！

蒋先云看着蒋介石，没有回答。

1926年4月初，军校礼堂内，坐满国民革命军青年军官们，灰蓝军装，整齐划一。所有人都身姿挺拔、目视前方。礼堂内一片肃静，落针可闻。第一排中央位置，有一个空缺座位。全场的人，似乎都在等待着还未到场的那个人。

礼堂大门推开，所有人的目光齐齐望向门口。蒋先云第一个走进来，在众人注视之下，走到第一排的位置，坐下。随后进来的，是许之舟和两名军官，他们手中各拿一摞表格并开始分发。

许之舟走上演讲台，大声说道：诸位，近日发生许多事端，校本部希望各位保持清醒判断。第一军因本党与共产党之裂痕日深一日，几成水火之势。军中官长，信仰不一，精神必难团结。在此代为转达校长命令——我们军队中不可有跨党分子。跨党党员退出共产党可留在军中。否则，一律退出军队……

此言一出，会场鸦雀无声。蒋先云看向手中表格，表格上写着：党籍声明表。

许之舟：国民党党籍声明表，每个人都要填！无论之前什么党派，这是一次重新选择的机会。填写后视为自动放弃其他党派立场！

许之舟话还没说完，蒋先云已经站起来了。蒋先云与许之舟望着彼此，眼神交锋，剑拔弩张。

蒋先云掷地有声：我蒋先云，是共产党员，此生永做共产党员！

众人静下来，凝神望向蒋先云。蒋先云上前，朝许之舟走近几步。

蒋先云朗声道：官，可以不做！革命，不可不革！脱离共产党，就是背叛革命。头可断，共产党籍不可牺牲！我退出国民党！

许之舟喝问：蒋先云，你对得起校长的厚爱和栽培吗？！

蒋先云：从入黄埔那天起，我就想明白了。假如今日校长逼迫我退出共产党，明日我便可退出国民党，后日还会背叛校长。一个不忠的学生，校长留有何用？！

会场有瞬息的寂静，蒋先云抬起手，行了个军礼，以作诀别。这时，另一位青年军官起立，走到最前排，站在蒋先云身边，举手行军礼。一个又一个的军官起立，行礼。声音此起彼伏，震彻会场："我退出国民党！""我退出国民党！"他们毫不犹豫地追随着蒋先云的步伐离开了礼堂。

许之舟目光阴鸷，望着那一群人走出礼堂的身影。

校门口，戒严士兵让开一条路，蒋先云带着军官们向外走去。阳光洒落，照在他们身上，一张张年轻的脸上有了光。这光，让蒋先云想起 5 年前的湖南省立第三师范学校。

日光穿过枝丫，学校的林荫路上，蒋先云迎向面前一个身着蓝布长衫、身材高大的男子走去。

蒋先云：毛先生，真早啊。

毛泽东：你才是早行人！

二人相视而笑，走向书斋。

黑板上，书写着"社会主义"四个大字。

毛泽东正在对十几个年轻学生演讲：要改造社会，必须要有一种正确的远大理想。有了这种理想，才能够坚定地为实现这个理想奋斗。最好的最正确的理想，是社会主义的理想……

蒋先云全神贯注地聆听着。

毛泽东：青年学生对新事物具有更敏锐的感觉，如同湘江水，愈上游愈清澈。你们要保持这种敏锐，坚持革命理想，团结更多的人为我们的远大理想而奋斗。那么，我们的理想就一定能够实现。

那天夜晚，一盏油灯，光影闪动，刺破暗夜，也照亮几个年轻人充满朝气的脸。他们正在庄重宣誓，在蒋先云那双坚定而又无所畏惧的眼睛上，写满了对理想中国的憧憬与期盼。

41

第五十五封信

本集编剧：胡雅婷

陈毅安

陈毅安（1905—1930），湖南湘阴人。

参与创建井冈山革命根据地，曾率不足一个营的兵力，在黄洋界阵地战胜十倍于己的敌人。

1930年，在红军长沙战役中牺牲，时年25岁。

新中国成立后，毛泽东主席亲笔签发首批革命牺牲军人家属光荣纪念证，陈毅安烈士的证书位列第九。

2002 年，北京鼓楼的一个院子里，老袁正拿着一个相机，认真摆弄、擦拭镜头。一个声音响起：请问，是老袁家吗？老袁一回头，门口，隐隐约约站着一个人。

窄小的沙发上，两人对坐，陈晃明小心翼翼地从胸口掏出一个红布包，里面是一个黄信封。陈晃明从信封中取出老照片，递给老袁。老袁双手接过，抄起一旁的放大镜。

照片上是两个模糊不清的黑白人物，两个人一站一坐，坐着的男子一身军人装扮，旁边站立的女子，上身穿着黑色丝绸夹袄，下身穿着半身长裙，胸口和脸部很模糊。

老袁摩挲着相纸，观察着相片，说道：做不了。

陈晃明眉头一蹙。

老袁表情和蔼：不是我不想修，这照片太模糊了，上面污渍过多，修复效果也未必好。看着是很重要的照片，我眼睛这两天重影厉害，怕误了你的事。

陈晃明想说什么，却又叹气，接过照片，准备离开。

老袁：你这老照片，得有六十年了吧。

陈晃明：七十二年了。

老袁一听惊讶：再给我看看。

照片又递了过去。老袁拿上了放大镜，认认真真地看，时而眯着眼。

老袁：大画幅相机，五乘七英寸的照片。七十多年了还保存着，不容易。

陈晃明：这是我父母最后一张合照，也是我父亲牺牲前的最后一张照片。他是一名烈士。

老袁一愣。照片模糊不清，尤其是男子的脸。老袁皱眉：这上面蹭了什么东西吗？

陈晃明：血，我父亲牺牲时候的血。

老袁看着陈毅安模糊的脸，颇为触动。

陈晃明试探着：您……能修吗？

老袁眼神有些为难。

陈晃明：这么多年，我找遍了北京，所有人都说修复不了，我也是好不容易打听到您。如果您也修不成，我真没办法了。这辈子，我没见过我父亲，想见见他最后的样子。

老袁目光凝重。

陈晃明：我的父亲叫陈毅安，母亲叫李志强。他们少时一见钟情，很快订了婚约，可父亲一心革命，早早成为中共党员。之后近十年的时间，相聚很短，别离很长。在漫长的分离中，他们只能靠写信，互诉衷肠……

1927年6月，长沙火车北站人流如织，李志强风尘仆仆，在人群中望眼欲穿。车刚停稳，陈毅安从车上跳出来。两人穿过人流拼命艰难前进，越来越近，相互招手。穿越人群的两人终于见面，却克制着没有深情相拥，只是热烈又仔细地看着对方。两人被来往的行人偶尔碰撞着，陈毅安小心护着李志强。

陈毅安：我只有五分钟……

李志强惊讶：信上不是说，要在长沙多待几天吗？

陈毅安摇头：停不下脚，队伍里离不了我。

李志强想了想：那我和你去武汉。

陈毅安：不行，我即将奔赴战区，等着我，我会给你写信的。

陈毅安顿了顿，言语坚定：革命的大势就要来了，你相信我……

汽笛鸣叫，打断陈毅安的话，他看着李志强，百般不舍，急忙拿出一个信封，里面是一张合影，说道：这是我们在韶关的合照，想我了，就看看这张照片吧。

汽笛再次鸣叫，火车马上就要开动。两人四目相对，熙攘的站台，此刻只有彼此。李志强握着照片，看着陈毅安上了火车。

陈毅安回头：我会给你写信的！

1927 年 8 月，江西武宁。山林密布，战壕内炮声隆隆。陈毅安在战壕中被敌人的火力压制，周围不断有战士倒下，但陈毅安果敢神勇，举起枪拼命迎战。

陈毅安受了伤，有些狼狈地蜷缩在帐篷里，借着马灯，给李志强写信：我人甚好，不必挂念，但行军时不便写信给你，同时工作也忙，请原谅。

身在湘阴的李志强时刻思念着陈毅安。看着报纸上的战况通报，李志强神情紧张；李志强将陈毅安在火车站留给她的合照装进相框；李志强将桌上的信收好，放进一个小木箱，小木箱里，已经整整齐齐放了一些信了；邮差从门口经过，李志强还没张口询问，邮差习以为常抢先回答：今天没信……

1929 年 3 月的一天，李志强在江边洗衣服，忽然，她听到了马铃清脆的声音，猛然转头。她恍惚看到，逆着阳光，一匹枣红马驮着陈毅安，向她走来。陈毅安穿着水衣骑马走近，左腿上还缠着绷带，对着李志强微笑，唤道：志强……

床上，李志强帮陈毅安裹上纱布，搭在旁边的裤子上的血已经斑驳凝固。陈毅安看着梳妆台上的那张合影。

李志强拿着旧纱布：我先出去，你把衣服换上。

李志强走到门口，听到陈毅安的声音：咱们把婚事办了吧。

李志强意外而喜悦地一笑。

陈毅安和李志强的屋子，朴素、简陋，仅有一些简单的柴木家具。满屋一个"喜"字，红得灼人眼。卧室红烛摇曳，两人依偎着，正在读信。

李志强：安得身生双翅，飞入重帷，一睹玉人之面，以慰余苦忆之情。

陈毅安笑了：这么多信，你就记住这个了啊？

桌上的小木箱空了，一封封信排开，从1922年开始，到1929年3月前的。信封各异，风格多种多样。

经过一段时间的休养，陈毅安的身体渐渐康复了。

李志强：站起来走走，还疼吗？

陈毅安：好全了！肯定不影响上战场！

李志强脸上微微变色，背身对着陈毅安，收拾衣服。

李志强：后来，你去了井冈山打仗，信怎么就收不到了？

陈毅安：其实我路上有机会就写，但战况紧急，邮路断了，真寄不出。

李志强哽咽：收不到信的时候……我很害怕的。

陈毅安：革命形势越来越好，我肯定按时给你寄信。……万一哪天我牺牲了，也会托人给你寄去一封没有字的信。

李志强：不许说傻话，你不会让我收到这样的信的……

陈毅安拿起李志强正盯着的照片，哄着妻子：这照片我们拍了两年多了吧？咱们再拍一张新的结婚照吧！

李志强转头看着陈毅安，笑了起来：这可是你答应我的！

两人相拥。

江水淙淙，草长莺飞。枣红马在江边饮水，忽而抬头，马铃清脆。李志强正在江边用衣槌认真洗衣服，脸上漾着幸福的微笑。陈毅安走过来，看着妻子的背影，若有所思。

李志强看到陈毅安：你怎么来了，饭烧了吗？

陈毅安愣愣地，欲言又止。

李志强颇有些责怪地嗔道：你啊，伤已经好了，我每天洗衣服你就得烧饭啊！何况你每次都嫌我放的辣椒少，以后你自己放……

陈毅安拿出一封信，递给李志强。李志强从陈毅安的神色中知道是大事，她赶紧擦擦手，把水擦干后接过信。只见信中写道：如今革命之势蔚然大观，毅安伤好否，望速归。

陈毅安：邓萍送了这封信给我，说如今战况紧急，红五军扩编成了红三军团，彭老总任军团长。如今人手紧缺……

李志强：什么时候要走？

陈毅安有些内疚：就这两天，志强，拍照怕是来不及了，要不下次，下次等我回来……

李志强不作声，眼圈慢慢红了，她重新坐到岸边，啪啪地用力捶打着衣服。

陈毅安：志强，你不会以为我这次回来就不走了吧？

李志强不理他。

陈毅安：这次情况真的很紧急。

李志强不理陈毅安，陈毅安拉过李志强的手，李志强甩开他。几次三番，陈毅安索性一把抱住了妻子。李志强心中委屈难耐，眼泪簌簌流下。

李志强：你这一走，我要什么时候才能再见到你？

陈毅安心也软了，他为李志强擦去眼泪，安抚她，搂着李志强的肩膀。两人肩并肩看着江面。

陈毅安：志强，你不是一直问，我总念叨的小张是谁吗？

李志强有了一丝兴趣，抬眼看丈夫。

陈毅安：他是我们营里一个年轻的伢子，才十六，每天乐呵呵的。这伢子搞暗器很厉害，在黄洋界的时候，四个团的敌人围攻，他不晓得从哪儿弄来几百条鸟铳，带人一起滚落石、推檑木，堵住了敌人……没有他，我不可能三炮就稳了黄洋界。

陈毅安回忆着：可是后来在大汾，我们遇到了赣敌第九军陶柳团，敌人围追堵截了三天三夜。我带着八大队切进去，奉命从敌侧打掉敌指挥所，小张一直在我身边……突围成功了，可小张走了，还有无数战士，也牺牲在了井冈山。

李志强知道丈夫心系战场，她欲言又止。

陈毅安：毛委员还给咱井冈山的将士们写了首诗：早已森严壁垒，更加众志成城。黄洋界上炮声隆，报道敌军宵遁。是不是很有气势！

李志强情绪渐渐平复，眼神充满敬仰。

陈毅安：志强，彭老总说，目前战局大好，我们必须乘胜追击。

李志强的眼神已经充满理解和支持。

李志强正在信封上写下自己的姓名、地址。

收件人：李志强，地址：湖南……

桌面上，已经有很多写完的信封了。

陈毅安数着：……十七，十八……

李志强：写完这三十封，我就不写了。

陈毅安：你越发不放心我了，连信封都提前准备。

李志强：当然，以前是我一个人等信，现在可是两个人了。

陈毅安：你说什么？

李志强放下笔，迎向丈夫的眼神，带着娇羞、喜悦：毅安，我们有孩子了。

陈毅安有点儿蒙，从震惊到激动：真的？

李志强：当然是真的。

陈毅安：你为什么不早告诉我？

李志强：我哪知道你这么快要走……

陈毅安：孩子多大了？

李志强：约莫，两个月大了。

陈毅安顿了顿，掰着手指开始算月份：现在六月，七，八，九……那孩子出生是明年三月。是吗？

李志强点头笑着看着陈毅安，陈毅安拉着李志强的手。

陈毅安：孩子出生的时候，我一定赶回来！

两人恋恋不舍，李志强笑着，伤感又涌上来，眼睛酸了。陈毅安亲吻李志强的额头，亲昵无间。

江边，陈毅安牵着枣红马，和李志强并肩走着。阳光灿烂，湘江波光粼粼，是湖南难得的好天气。两人即将分别，李志强恋恋不舍，掏出家里相框中的合照，放进陈毅安胸口的衣袋。

李志强：想我了，就看看这张照片吧。

陈毅安仔细收好放进口袋。

陈毅安：等我下次回来，咱们一家三口去拍全家福啊。

李志强点头，面带微笑，充满幸福地望着陈毅安翻身上马。逆光中，陈毅安勒紧缰绳，转头微笑又留恋地望着李志强。

陈毅安策马飞奔，李志强目送丈夫离开，听见他远远地还喊了一句：等我回来，拍全家福啊……

李志强下意识地摸着自己的小腹，充满希望。

很快，省城爆发了激烈的战役，李志强搜索着每个关于陈毅安的消息，期盼着他的来信。邮差送信来，她开心地笑着感谢。李志强摸着微微隆起的小腹，幸福地一边看信一边看着空相框。

李志强的肚子渐渐大了起来，行动也越发不便。她挺着大肚子，在门口等候邮差，邮差路过，对她摆手，李志强充满了失望……

陈晃明接着讲述父母之间的故事：我出生后不久，母亲终于收到了一封信，这是好久没有来信的父亲，寄给她的第五十五封信——这是一张空白的信纸，什么字都没有。母亲瘫坐在地。……母亲想起了父亲关于无字信的约定，但她始终无法相信父亲的离去，她依然等待着父亲的消息。她不停地找照相师傅看看这封信，所有的师傅都说这信上确实没有隐藏字迹。……很多字，我都是通过父亲的信认识的。信的开头都是"志强吾爱"，我真希望这最后一封信上也有这四个字。……1937 年，母亲等来了迟来的噩耗——父亲已于1930 年牺牲，和噩耗一起来的，还有这张她亲手放在父亲胸口衣袋里的合照。

房间里，桐油灯下，李志强焦急地打开彭德怀的书信，一行文字触目惊心：毅安同志为革命奔走，素著功绩，不幸在 1930 年已阵亡，为民族解放中一大损失……

李志强小心翼翼地，又取出他们那张合照，血已经把照片染得面目全非。

李志强强忍悲痛，陈晃明正在院子里写字。李志强酸楚涌上心头，走到院子，将儿子紧紧抱住。

陈晃明：我父亲为国捐躯，母亲终生未再嫁，等了父亲一辈子。这就是他们的故事。

老袁对着电脑，放大图片，用 PS 擦除工具一点点仔细地抹掉污渍。老袁眼中蓄泪、落泪。他认真地修复照片，一丝不苟。

…………

修复师老袁双手郑重地递给陈晃明一个精致的单页相册夹。

陈晃明双手接过，慢慢打开，陈毅安的样子清晰呈现出来，他面貌俊美，英姿爽朗，身旁，站着妻子李志强，两人看着前方意气风发。

陈晃明激动不已。透过这张修复后的珍贵照片，他仿佛看到了父母合影的那一日。

　　那是 1927 年 4 月的一天，在广东韶关的一家照相馆中，李志强帮陈毅安绑绑腿，陈毅安帮妻子整理额发。幕布前，两人一站一立，陈毅安坐着，李志强站着，她轻轻扶着丈夫的肩膀，将他的衣服整理得更笔挺一些。

　　对面，摄影师用大画幅相机准备拍照。

　　摄影师：准备好了吗？来，看这里，3，2，1。

　　镜头里，两个人非常庄重，"啪"的一声，强光闪烁。

同行

本集编剧：张　显、陈　萱

蔡博真、伍仲文

蔡博真（1905—1931），广东梅州人。伍仲文（1903—1931），广东南海人。

1931年初，蔡博真、伍仲文因叛徒告密一起在上海被捕。

1931年2月7日，一共二十四人被国民党反动派枪杀于上海龙华淞沪警备司令部刑场，后人称之为"龙华二十四烈士"。在去往刑场的囚车上，同志们为他俩举行了一场特殊的婚礼。

1926 年，广州。伍仲文收拾行李，将物品放进床上的手提箱。一旁的蔡博真欲言又止，想帮忙又爱莫能助。伍仲文转身去拿书，蔡博真察觉她的脸色有异样。

蔡博真：伍仲文同志，你怎么了？

伍仲文拿着一本书回来，放进手提箱，合上箱子：革命形势越来越严峻了，我怕……我怕再也见不到你了……

蔡博真掏出木刻小人，递给伍仲文：我刻的，送给你。

伍仲文看了一眼，没有接，深情地凝视着蔡博真。蔡博真躲避她炽热的目光，将木刻放进手提箱，合上箱子，手略微有些颤抖地拎起箱子，突然，箱子的把手断了，里面的书籍、衣服等散落一地。

两人怔了一下，随即蔡博真笑了：你要去新世界了，需要一个新的箱子，把这个留给我。

伍仲文含情脉脉地望向蔡博真，蔡博真也回望着她：我们会再见的，相信我！

1927年12月11日，由中国共产党在广州领导的武装起义爆发了。在街巷深处的逆光里，以蔡博真为首的一群男儿，端着枪，奔赴战场。蔡博真奋勇作战，遍体鳞伤，浑身是血。突然一次爆炸，将他掀起，重重地摔落……

1927年4月，莫斯科中山大学。礼堂里面聚满了义愤填膺的中国留学生，声讨国民党反动派的气氛笼罩着整个礼堂。

伍仲文：同学们，4月12日，蒋介石派军队进攻上海总工会，用机枪扫射反抗的工人，第二天，上海二十万工人大罢工，十万群众大游行，蒋介石又派军队镇压，当场枪杀一百多人，伤者无数，下落不明者无数，血流成河！

同学们怒不可遏，大声齐喊：打倒叛徒蒋介石！血债血偿！

伍仲文愤怒地说道：蒋介石还在南京、无锡、宁波、杭州、福州等地，大肆屠杀共产党员和革命群众！

同学们齐呼：打倒蒋介石！打倒反革命蒋介石！

伍仲文：我们要行动起来！致电武汉革命政府，严惩革命叛徒！

同学们齐呼：严惩革命叛徒！

在一片呐喊声中，有人点燃了一面青天白日旗，火熊熊燃烧起来，映着一张张义愤填膺的脸。

1928年，莫斯科中山大学，礼堂内人头攒动，众多来自世界各地的青年正在报到。

蔡博真提着手提箱，推开礼堂的门，一名中国青年热情地迎过来。

青年：你好，同志，是从中国来的吗？

蔡博真点头：你好，同志。

青年：请跟我来。

两人走到一堆行李前。

青年：你可以先放下行李，然后再报到。

蔡博真放下箱子，跟随青年来到一个报到点前排队。

礼堂门口，热情洋溢的伍仲文领着几名外国青年进来。

伍仲文：大家可以先放下行李，再报到。

她带着众人走过蔡博真报到的行列，来到行李堆前，热情地接过一名女生的行李帮忙放下。此时，伍仲文发现了熟悉的箱子，她摩挲着新把手，感慨万千，随即拎起箱子，激动地在人群中奔跑寻找，却始终没看见蔡博真，最后她索性跑上主席台。

伍仲文大喊：蔡博真！

听到自己的名字，蔡博真正在填报名表的手悬空停住，一时竟愣住了。

伍仲文再次大声呼喊：蔡博真！

当自己的名字再次响起时，蔡博真放下笔，循着声音，穿过拥挤的人群，走向伍仲文。伍仲文看到蔡博真缓缓走到礼堂中央，经过战场洗礼的他，变了模样，脚穿皮靴，身着夹克，留着胡子，脸上还有伤疤。伍仲文情不自禁地松开了手，箱子垂落地上。两人深情凝视，眼噙泪花，缓缓走向彼此，最终紧紧地拥抱在一起。

1931 年 1 月 16 日，上海。蔡博真站在一个摊位前，看到对面的一家书店门口写着"今日盘点"，随即走向书店，推门进去。

书店老板：今日盘点，不营业。

蔡博真：老板，有《裴多菲诗集》吗？

老板闻声从一排书架后探出头来。蔡博真与书店老板对视一眼，走到老板身边。

老板：您要什么版本？

蔡博真：德语版。

老板走到一间暗间前，推门进去，蔡博真紧随其后，关上房门。

老板：组织上有新指示……

街道两侧商铺林立，人来人往。伍仲文和几名青年学生走在小巷里，他们的步伐越来越快，随即奔跑起来，冲到商铺街上，迅速分散开来，奋力扬起手中的传单，高喊着"打倒反革命蒋介石！""打倒国民党反动派！"，随即，迅速分头撤离。

两名警察听闻，立刻边吹哨召集同伙边奋力追赶。一名警察看到伍仲文拐进一条小巷，立刻追了上去。

伍仲文向前奔跑，不料前方传来脚步声，脚步声越来越近，前后皆兵，她不禁凛然，正当走投无路之际，前面的人现出身影，是蔡博真。伍仲文提着的心才放下，蔡博真拉起伍仲文继续奔跑，来到十字路口，拐进另一条小巷。待警察追到十字路口时，二人早已去无踪迹。

蔡博真和伍仲文在小巷里疾步行走，时不时地看有无警察追上来。

蔡博真：刚刚接到组织上指示，明天下午一点半，在中山旅社开会。

伍仲文点点头。

蔡博真：最近形势比较紧张，党内又接连出现叛徒，组织上让我明天转移，你也务必小心！

伍仲文：你也要小心。

两人走出小巷，来到一条大街上，街上人来人往，热闹非凡。蔡博真挥手拦下一辆黄包车，送伍仲文上车。蔡博真看着伍仲文的身影渐行渐远，方才转身离开。

国民党中央党部组织部党务调查科驻上海科长史明升站在审讯室内等待着。很快，一个头戴礼帽、身穿风衣的神秘人出现。

神秘人：明天下午一点半，东方旅社 31 号房，中山旅社 6 号房，还有华德路小学。说完便起身离开。

次日，蔡博真和伍仲文在路口会合，蔡博真提着把手明显修补过的手提箱，伍仲文挽着蔡博真的胳膊，二人走向中山旅社。

旅社对面的一间屋内，史明升透过窗户观察着中山旅社的 6 号房。旅社门口客人进出，乔装打扮成车夫、摊贩、擦鞋匠和顾客等的特务潜伏在门口。

蔡博真和伍仲文准时走进旅社大堂，一名坐在椅子上佯装看报的同志向他们微微点头示意。两人径直上楼来到 6 号房门口。蔡博真轻轻敲门，三短一长，须臾，一名年轻的同

志开门，屋里还站着一名年长的同志。蔡博真和伍仲文进屋。年轻的同志看左右无人，将门关上。

年长的同志：博真同志，文件带来了吗？

蔡博真：带来了。

蔡博真打开皮箱，挪开木刻小人，取出衣服下藏的文件，分发给众人。四人围坐在一起开始开会。

此时，史明升走出旅社对面的楼，看一眼怀表，时间显示为 1：40，他一挥手，周围乔装打扮的特务立刻拔枪，冲向中山旅社。站在门口放风的同志见势不妙，立刻关上旅社的门，拔出了枪。突然传来的枪响让开会的四人惊起。蔡博真趴在窗口一看，只见楼下特务正在开枪射击旅舍内放风的同志。

蔡博真：快撤！

两名同志急忙开门出去，伍仲文走到门口，回头看到蔡博真正抓紧收拾文件，迅速回来帮他一起收拾。

蔡博真：你快走！

伍仲文没理他，将文件扔进箱子。文件收好后，蔡博真合上箱子，一手提起箱子，一手拉起伍仲文往外走，刚走到门口，听到外面传来特务冲上楼的脚步声。

两人怔住，对视一眼。随即，蔡博真把箱子放在桌上，重新打开，取出文件，划燃火柴，点燃了一纸文件。伍仲文也跟着拿起文件烧起来。

此时，外面传来砸门声。蔡博真迅速搬桌椅顶住门，死死地用力顶着。外面的人砸门越来越起劲，堵门的桌椅眼看着将被推开，蔡博真死死顶住，逐渐力不能支。

情急之下，伍仲文突然看见桌上的油灯，抓过来摔碎在箱子里的文件上，划火柴扔在上面，文件瞬间烧起来。随即，伍仲文冲到门口和蔡博真一道，死死地顶住门。

大火熊熊，手提箱烧成一团火球，伍仲文和蔡博真死死顶住门，火光中，四目相对，热泪盈眶，两人的手紧紧地握在一起。

此时，轰然一声，门被砸开，露出史明升阴鸷的脸。

上海市公安局审讯室内，史明升端详着桌上被熏黑了的两个木刻小人，神色不明。

须臾，受过酷刑、戴着手铐的蔡博真在一名警察押送下来到审讯室，与史明升相对而坐。

史明升：蔡博真，中共江南省委沪中区委书记，我没说错吧？

蔡博真泰然自若。

经过几日的严刑拷打后，蔡博真伤痕累累，史明升却没有得到任何信息，于是他改变了策略：我刚刚又收到了南京来电，我希望我们能开诚布公地谈谈。我希望你能明白自己现在的处境。

蔡博真沉默。

史明升：只要你登报声明说离共产党，交代你们的组织机构，还有被你们烧掉的文件内容和人员名单，你就能出去，还可以受到优待。

蔡博真仍然沉默不语。

史明升：别再走弯路了。

蔡博真嗤笑。

史明升：你们在广州发动叛乱失败，就证明了你们的路走不通。

蔡博真：我可以问你一个问题吗？

史明升：请讲。

蔡博真：你会相信一个双手沾满鲜血的刽子手吗？

史明升无言。

蔡博真：当然，你和他本来就一样，肯定无法回答这个问题。——在蒋介石露出他的獠牙之前，我确实对他抱有希望和幻想，那才是我走过的弯路。

史明升掏出木刻小人，放在蔡博真面前。蔡博真看着木刻，神色动容。

史明升：难道你愿意就这样跟她永别吗？

蔡博真默然。

史明升以同样的方式套路伍仲文。

史明升：你的伤怎么样了？需不需要找医生治疗一下？

伍仲文：用不着了，反正旧伤治好还会有新伤。

史明升：你们党内有人觉悟得早，已经站到了党国这边，像你这样有才华有能力的人，站错了队，太可惜了！

伍仲文嗤笑：站错了队吗？我和你说的那些觉悟早的人，到底是谁站错了队？

史明升：我劝你不要做一个不识时务者。

伍仲文：我也劝你一句，别再枉费心机了！我和那些叛徒不一样！

史明升掏出木刻小人，放在她面前。

伍仲文神色有所动。

史明升：难道你愿意就这样跟他永别吗？

伍仲文默然。

1931 年的早春，一行军警车队行驶在郊外人迹罕见的小路上，中间两辆囚车被前后警戒。

蔡博真和伍仲文靠在囚车窗前，望着窗外泛起的春意，两人的手紧紧地握在一起。其他同志神色凝重，伤痕累累，车内偶尔响起脚镣手铐发出的碰撞声。

伍仲文：你看，这里的树叶都开始发芽了。

蔡博真：我记得咱俩第一次见面的时候，也是刚刚立春。

伍仲文：从第一次见面，到今天，我一直有一点对你不满。

蔡博真一怔。

伍仲文笑道：你该叫我一声姐姐才对。

蔡博真笑着回应：与你相爱的这几年，我也有一点对自己不满。

伍仲文看着他。

蔡博真：幸好，我现在还有改正的机会。

伍仲文似乎明白了他想说什么，眼噙泪花，深情注视。

蔡博真：你愿意……愿意嫁给我吗？

伍仲文泪流无声：我愿意！

蔡博真：同志们，今天，请你们为我和伍仲文同志见证，我们结为夫妻了。

同志甲：这一路，你们的手就没有松开过，我祝福你们！

蔡博真和伍仲文：谢谢……

同志乙：今天，就让我们，为你们办一场婚礼！

同志丙：就在这里，在囚车上……

同志丁：婚礼，要有走进殿堂的音乐，能配得上你们的音乐，只有《国际歌》！

众人激动得热泪盈眶。同志丁哼起《国际歌》，众人相继加入，蔡博真和伍仲文眼含热泪唱起来。

看守的警察挥起警棍砸在同志们的头上，高声呵斥：闭嘴！但同志们并不屈服，继续唱着。囚车内回荡着高亢激昂的旋律，声音传到另一辆囚车里，那里的同志们也一起唱起来。

伴着嘹亮的歌声，蔡博真跺着脚、颤着手，手铐和脚镣发出哗哗的响声，随即，伍仲文和众人跟着蔡博真的节奏，一起跺脚、颤手，泪流满面。两辆囚车内所有同志的手铐声、脚镣声、嘹亮的歌声，越来越响，汇聚成一股钢铁洪流，响彻天地。

守护

本集编剧：陈　萱

张人亚、张爵谦

张人亚（1898—1932），浙江宁波人。

1922年，领导上海金银业罢工斗争。

1932年，在中央苏区任职的他由江西瑞金去往长汀途中，因病去世，时年34岁。

其父张爵谦受儿子生前委托，将一批党的珍贵文件守护了二十多年。这些历史文献，如今收藏于中央档案馆、国家博物馆、中国共产党第一次全国代表大会会址纪念馆。

2005 年，爷孙二人在博物馆中参观。博物馆中央一张精致的玻璃展台里摆放着一本发黄的《共产党宣言》。

孩子：爷爷，这就是你守护的那些资料吗？

爷爷：不是我，是我的爷爷……他要是还在，你该叫高祖父。

孩子点点头，目光又落在书上，封面上"共产党宣言"几个字映在他的眼睛里。

1928 年的一天，张爵谦在牛棚忙活完，看见水缸快要见底，抄起扁担水桶要去挑水，老牛也跟着要走。张爵谦拍拍老牛，示意它回去。刚走出牛棚，身后传来一声轻唤。

张人亚：爸。

张爵谦愣了一下，回头四下里看了看，又看了一眼老牛，老牛也盯着他，想是自己听错了，接着伸手开门。

张人亚：爸，是我……

张爵谦再次循声望去，紧靠院墙外边的大树上，儿子张人亚撩开遮掩的枝杈树叶，从墙头跳了下来。

张爵谦：静泉！你……你怎么从树上……

张人亚打断了父亲的话，拉着他躲进牛棚，声音压得很低，神情紧张：从大门进来，怕被人看见……爸，这个您拿着。

张人亚说着取下随身带的包袱塞给父亲，张爵谦一眼看见包袱上的鲜红血迹。

张爵谦：你的手怎么了……

张人亚：划破了，没事……您听我说，这个一定要帮我藏好，千万不能弄坏、弄丢！更不能让人知道……您帮我藏好，等我回来取。

张爵谦有些茫然：这是什么？

张人亚：文件。

张爵谦：啊？

张人亚：一两句话跟您也说不清。

张爵谦：那就进屋！进去慢慢跟爸说。张爵谦想拉儿子进屋，却没有拉动。

张人亚：爸，我不进去了，我不能耽误，马上就得走！

张爵谦盯着张人亚，沉默了片刻，问道：你到底怎么了？你干什么了，是不是闯祸了？！

张人亚：没有！……阿爸，我加入了共产党……这包东西就是党的！

张爵谦听得更是一头雾水：什么党的，你跟我进屋！

张人亚：阿爸……以后您慢慢就懂了！

张爵谦：别以后！你现在就给我说清楚！

张人亚：我真的一两句说不清楚！但您一定要相信我，我绝没有做坏事！我对天，对您，对张家的列祖列宗发誓！

张人亚一下跪在了父亲面前，张爵谦赶忙扶住了张人亚。

张爵谦：哎呀！你这是干什么，我相信，相信你，快起来。

张人亚没有起来，紧紧拉着父亲的手：阿爸，我再说一遍，这包东西千万不敢有闪失，今天这事除了你我，不能让任何人知道。

张爵谦：那你弟弟呢？他老问起你。

张人亚：静茂也不行！

张爵谦看着儿子，半天说不出一个字。

张人亚：爸，我知道我两年都没有回来，突然来这么一下，让您担惊受怕。

张爵谦：你知道就好！

张人亚：我，我……您等我吧，等我再回来的时候，跟您慢慢说。

张爵谦不置可否地点着头，两人沉默了一会儿。

张人亚：假如我回不来……

张爵谦：什么？你怎么就回不来？

张人亚：不是，我是说假如。

张爵谦：什么假如！假如也不许这么说！

张人亚：好好，我不说……如果……很长时间您都等不到我回来，一定要把这包东西，交给共产党。它们比我的命还重要！切记切记啊！

张爵谦：我记住啦！

张人亚：还有，我工作的时候还有一个名字，叫张人亚……

张爵谦：啊？

张人亚：您在听我说话吗？

张爵谦：听着呢，比命还重要！张人亚！

张人亚心里还是很忐忑，可也没有别的办法了。

张人亚慢慢站了起来：爸……我得走了。

张爵谦：你真要走啊？

张人亚：嗯。

张爵谦有些手足无措：你等等……让爸看看你的手。

张人亚把手伸给父亲。张爵谦捧着儿子的手，突然抹了把眼泪，这让张人亚有点受不了，眼睛一下也红了。

张人亚：爸，没事的，我又不是孩子。

张爵谦：你在我跟前，怎么不是孩子！怎么就不小心呢？你看看，还流血呢！疼不疼？

张人亚：不疼。

张爵谦：不疼！不疼才怪呢！小时候你就是这样，磕了碰了也不说，你等着，等着我。张爵谦起身出了牛棚。

张人亚：阿爸。

张爵谦：啊？

张人亚：你也要保重啊。

张爵谦：我好着呢，出门在外你管好自己，别让我担心就好……唉……

张人亚看着父亲进屋，眼泪终究没止住，流了下来。

等张爵谦手里捧着五六个鸡蛋和一块柔软的布头回到牛棚时，张人亚已经离开了。

张爵谦：静……

突然想起刚才的对话，张爵谦愣是没敢喊出来。他看看墙边的树，又跑到院门口，捧着鸡蛋和布头，久久地看着门前小路的尽头。

墙外大树被深秋的风扫过，落叶纷飞。张静茂在扫院落，张静茂媳妇把张爵谦的被子搭上院子的晾衣绳。张爵谦拉着老牛回来，愣在了门口。

张静茂媳妇：爸，今天太阳好，给您晒晒被褥。

张静茂媳妇话还没说完，张爵谦已经冲进了屋里，张静茂夫妇吓了一跳，张静茂刚要跟进屋里，张爵谦突然堵住了门口。

张静茂：爸……

张爵谦"砰"的一声关上了门，张静茂和媳妇面面相觑。张爵谦进屋翻开床角，看到褥子下面藏着的包袱原封未动，方才长出了一口气，坐在了床边。

张爵谦撅着屁股将改用厚厚的油纸捆扎的包裹藏进干草垛里，折腾了半天才坐起身，整理好草垛表面，老牛扭身一鼻子，便把张爵谦费了半天劲的杰作给拱塌了。

张爵谦：唉！……哎呀！

张爵谦推开老牛，赶忙把包裹又抱在怀里。张爵谦窝在草垛子里琢磨着，忽然目光不经意落在了墙外那棵大树上，然后，他慢慢起身拉着老牛出了牛棚。等到晚上，张爵谦小心翼翼地把包裹塞进老树洞，又用干草结结实实地堵好洞口。

县城街道两旁的集市，人群熙熙攘攘，张爵谦一边从老牛身上搬下菜筐，一边和周围的老乡们打着招呼。突然，警笛大作，大批的军警、车辆出现，开始呼喝着清理遣散集市上的人群，张爵谦赶忙拽着菜筐，拉着老牛躲到了路边一处屋檐下。

原本平和的街道乱成一片。突然，远处一阵急促的警哨传来，一个青年男子拨开人群，一边狂奔，一边不时从怀里拿出传单抛撒向天空，口中喊着"中国共产党万岁！打倒国民党反动派！"。身后一群军警追赶着，正当人们纷纷躲避时，一声枪响，青年应声倒在了离张爵谦几米远的地方。张爵谦一瞬间竟看花了眼，以为是张人亚，差点失声喊出来。鲜血从青年的身下漫开，传单飘散到四处，军警们赶忙捡起收缴。

路对面小楼里忽然冲出一大群军警，推搡着四五个五花大绑的年轻人。最前面的女孩一眼看见中枪死去的同志，撕心裂肺地哭喊起来，其他几名青年也一起高喊抗争起来。众人高喊：中国共产党万岁！打倒军阀！……呼喊声此起彼伏，他们和警察的殴打抗争着，有的人已经血流如注，声音变得含糊微弱，却依然在喊着口号。街上异常安静，老百姓被这一幕惊呆了，老人们在微微颤抖，母亲遮住孩子的眼睛……口号声渐渐没有了，一名军官挥手，军警们一拥而上，把浑身是血的年轻人架起来，往路边拖去……

张爵谦好像看见张人亚就站在那些人的后面，再看时又不见了人影，他努力地想拨开人群往张人亚那里跑，口中喊着：静泉……静泉……

突然传来一阵猛烈的枪声，张爵谦脚下踉跄，退回屋檐下扶着墙慢慢坐了下去，人群在他眼前穿梭逃避，他却听不见任何声音，耳朵里一直回响着枪声余音。

良久，一声炸雷，大雨瓢泼而下，惊醒了还瘫坐在墙边的张爵谦。张爵谦下意识地看看身边，才知道看见张人亚只不过是自己的幻觉。他看见地面残留的血迹随着雨水流淌，拉成无数条长长的红线。忽然，他看见一张被遗漏的传单浸泡在雨水里，他赶忙捡起来，被血迹和雨水浸湿的传单上，油印的字已经模糊晕开，只能勉强辨别出"中国共产党"几个字。张爵谦突然想起了什么，拉着老牛走进大雨瓢泼中，催促着老牛：走，快走！

雨停了，水滴顺着牛棚棚檐滴滴答答。浑身湿透的张爵谦坐在干草垛中，怀里抱着油纸包裹，擦干上面的水渍，庆幸：还好包了油纸……唉，这比命还重要的东西，我藏哪儿啊……放哪儿心里都不踏实啊……

张爵谦把包裹放在身旁，下意识用干草覆盖上，愣了一会，忽然想起了什么，从怀里拿出了那张沾着血迹被雨水浸泡过的传单，借着夜色中的一点光亮，使劲辨认着：写了些什么啊……

恍惚间，张人亚仿佛蹲在自己身边：写了什么，即使能看清，或者那些字您都认得，可能您也不太理解。

张爵谦似是自言自语，又似是跟张人亚在对话：我就想知道，那些年轻人一点都不怕，死都不怕，就是为了这个吗？

张人亚：我不也是吗？现在您知道，我为什么那么说了吧。

张爵谦轻轻触摸着传单上的血迹，感慨：这就比自己的命还重要……可长什么样，叫什么名字，都没人知道……

张人亚：那又如何，只要我们的理想得以实现，未来中国，国富民强。

张爵谦：那孩子倒下的时候，我看花眼了，以为是你呢，你可要好好活着，给我好好活着回来！

夜里，张爵谦在床上辗转反侧，突然，他坐了起来。想了想，披着衣服跑到了院子里。

张爵谦：静茂！静茂！

听到喊声，张静茂夫妇慌慌张张从另一间屋里出来，睡眼惺忪。

张静茂：爸！深更半夜的……怎么了？

张爵谦：有件事我一直瞒着你俩，现在要跟你们说。

张静茂：什么事啊？

张爵谦：你哥，没了！

张静茂夫妇傻了，头脑一片空白。

张爵谦：我要给他立个衣冠冢！

清晨的雾气还未散去，新立的墓碑上刻着"泉张公墓"，旁边还有一行小字，"顾氏玉娥"。坟旁不远处，张静茂夫妇搭建着一座简易的木棚，张爵谦坐在一块青石上，手里拿着一个粗布包，低头不语。

张静茂媳妇：爸，你咋没把这粗布包也放进大哥的衣冠冢？

张爵谦：这是静泉小时候上私塾，我给他缝的……留个念想。

张爵谦接着问：木棚好了吧？

张静茂：好了，你们下去吧，我守着！

张爵谦：不用，我守！

张爵谦日复一日地守着衣冠冢。落雨天，他披着蓑衣，在坟头上铺盖草甸，用石头围堵，不让雨水渗透侵蚀；烈日下，他坐在木棚里，从张人亚儿时的粗布包里，拿出木质的小玩具，又翻出了几本张人亚小时写的字，还有一本字典；清晨，张爵谦拉着老牛，来到坟前，整理着杂草落叶；黄昏，他打开字典，里面夹着那张带血的传单，上面的字迹已经晕开模糊，他慢慢地辨认。

1931年的一天，张爵谦正和老牛说着话：老伙计，我小时候也能读上书就好了，就能多认识些字……那静泉说的什么理想啊主义啊……可能我也就懂了……你看现在，捧着个字典都不会用……

突然张静茂扛着工具，气呼呼地上来了。

张爵谦：静茂……

张静茂也不搭话，直奔木棚，抬手就开始拆。张爵谦冲上去一把拉住静茂。

张静茂：爸！……您这什么时候是个头啊？我知道您伤心，想我哥……可……可，哪有当爹的给儿子守墓的？一守就是三年！三年啦！

张爵谦一愣，手慢慢松开了：三年？

张静茂：对！三年！咱家都成村里的笑话啦！

张爵谦：三年了……

张静茂喘着粗气看着父亲。

张爵谦：那就拆吧……

张爵谦蹲在衣冠冢前，小声说：一转眼就三年了？你弟把棚子也给我拆了，唉……你好好给我回来，自己跟静茂说！这衣冠冢到底为了什么！

张静茂已经把拆下的木料毡棚捆绑在了牛背上。

张静茂：爸，走了。

张爵谦看了一眼墓碑，突然冒出了一句：静茂！我不是给你哥守墓！

张静茂：我知道。

张爵谦：你知道个屁！

张爵谦气呼呼地一把抢过老牛的缰绳，先走了。留下张静茂愣在原地。

棚子虽然拆了，但是张爵谦还是每天都来守墓。秋天，张爵谦和老牛在村口一棵手臂粗的小树下，翘首远望，一阵风吹来，树上的叶子飘得到处是；冬天，山上衣冠冢前，张爵谦清理着枯叶杂草，他整了整毡帽，紧了紧棉坎肩，搓搓手，驱除着冬天的寒气，阳光渐渐穿破阴霾，张爵谦仰头看着；春天，坟头上有几株嫩绿的小草，张爵谦有些不忍心地拔除，他稍显艰难地直起腰，放眼看去，满山都是春天气息；夏天，张爵谦拉着老牛，走在山路上，捧起山涧的泉水喝了几口，出了山，穿过稻田，在田埂边歇脚，扇着衣襟擦着汗，跟路过的乡亲打着招呼，然后扶着老牛艰难起身继续前行……就这样年复一年，村口的小树逐渐长成了大树。

1941年的一天。张静茂媳妇在小河边和村里的妇女们洗衣服，儿子提着个小竹篮从前面经过。

儿子：妈，我去村口接爷爷回家。

张静茂媳妇：哦。

村妇甲：静茂媳妇，都十几年了吧？老爷子是天天一趟山上一趟村口，都没断过，他等谁呢？

张静茂媳妇：没等谁，晒太阳呢……

村妇甲：哪有，没太阳的时候老爷子也在嘛。

村妇乙：就是从那年立下静泉的衣冠冢以后，老爷子整个人都变了。

村妇丙：对呀，我爸爸还老说呢，以前张阿伯可开心啦，后来变得话都不说了。

众人：就是呀，就是从那个时候开始的。

张静茂媳妇有些烦，低头洗着衣服不搭话。

村妇甲：哎，村里人都猜，你家衣冠冢里是不是埋着金银财宝呢？

当天晚上，一家人围坐在桌前吃饭，张爵谦听到白天村妇们聊天的事情，气得一把将碗扔在了桌上。

张爵谦：胡说！哪有什么金银财宝。

张静茂：您是说没有，可谁信？没有，您天天上山，干什么？

张静茂媳妇：爸，您现在年纪也大了，腿脚又不好，以后少上山吧。

张静茂：是的呀，您不去不就没人说了嘛。

张爵谦没法解释，起身气呼呼地出去了。

当天夜里，张爵谦做起了噩梦，梦到张人亚和衣冠冢都不见了。被雷声惊醒的他，喘着气，愣了片刻，接着猛地起身，慌乱地穿衣，拿起拐杖踉跄着冲出门。

夜雨中，一把铁锹狠狠插进了衣冠冢坟头，两名盗墓者正在挖着。突然传来张爵谦的一声大吼，吓得两人一屁股坐在了泥水里，还没反应过来，张爵谦已经扑上来，三人在泥里打成了一团，张爵谦哪里是二人的对手，不过二人做贼心虚，掉头跑了。

张爵谦满脸鲜血，躺在泥泞里大口地喘着粗气，连翻身起来的力气都没有了，雨水混杂着血水让他睁不开眼，渐渐地视线模糊了。雨势渐渐弱了，张爵谦感觉张人亚出现在自己身边。张人亚慢慢俯身下来，轻轻擦掉了他眼前的泥水，把他抱在了怀里，衰老虚弱的张爵谦在儿子怀里泣不成声……

阿爸！阿爸！在张静茂夫妇的大声呼唤中，张爵谦慢慢睁开眼睛，发现自己是在张静茂的怀中。

张静茂：阿爸！您这是何苦呢！

1948 年的一天，张爵谦拄着拐杖，佝偻着腰，跟在老牛后面不远处，走得很慢。老牛驻足回头看着张爵谦。突然，前腿一软，跪在了地上，张爵谦愣住了，看着老牛慢慢倒下，张爵谦喊不出声，老泪纵横。老牛用最后的一点力气望向张爵谦，张爵谦慢慢走到了它身边，坐在地上，轻轻抚摸着它：你走吧，你先走……我自己等，自己守……

1949 年，牛棚里，张爵谦慢慢打理着，牛棚里除了没有老牛，其他还是原样，老牛用过的铃铛挂在木梁上，张爵谦拿了下来，索性坐在了草垛里。

张爵谦自言自语：当初给你挂这铃铛，你还不愿意……脾气大得很……

忽然，远处隐隐传来烟花爆竹声，夜空中，突然绽放出一朵朵礼花。

张爵谦：什么日子啊？……

后来张爵谦竟躺在草垛子里睡着了。

清晨，大门被一把推开，张静茂一家回来了。

孩子：爷爷！爷爷！您怎么在草垛里睡着了。

张爵谦：哦……你们回来了。

张静茂：爸，有件天大的喜事。

张爵谦：什么？

张静茂：新中国成立了！

张爵谦：你慢点说，说清楚！

张静茂：爸，解放了，咱们有了自己的国家，新中国！叫中华人民共和国，是共产党领导的新中国！

张爵谦愣了一会儿，突然要站起来，大家赶紧去搀扶，张爵谦甩开搀扶的手。

张爵谦：共产党领导的？

张静茂：对。

张爵谦又想了一会儿，忽然四处寻找，看见墙角的铁锹，一把拿起来。

孩子：爷爷！你干什么？

张爵谦：上山！

衣冠冢已经被挖开，四个人看着油纸包裹。

张静茂：爸！这么多年，您怎么就不跟说我实话呢！我还是不是您儿子？

张爵谦：我答应过你哥，谁都不能说，你别怪爸。

张静茂：嗯。

张爵谦：来，你打开。

张静茂打开包裹，露出了《共产党宣言》。

张爵谦：人亚，张人亚……这是你哥另一个名字，共产党员的名字，你记清楚，叫张人亚。走，咱们等他去，他若还不回来，你就去找，找！

1951年，张爵谦坐在桌前，众人围在四周。桌上放着规规整整的一件油纸包裹，张静茂手里拿着一份报纸。

张爵谦：都在这里，就是这些。

张爵谦把包裹轻轻推到干部们面前。一名干部，戴上手套，小心翼翼地打开了包裹，

第一个映入眼帘的便是《共产党宣言》，干部们凑近看，一份份珍贵的文件，一一展现在眼前。

张爵谦：人亚说，这些比他的命还重要，是吗？

干部：张伯伯，人亚同志的意思是，这些文件弥足珍贵，这里每一份都是我们党仅存甚至唯一的原件，这些年风雨飘摇，我们真是不敢想，这些珍贵的资料还能保留下来。您和人亚同志守护的这些资料，对党和国家，意义非凡，不可估量啊！

张爵谦：那就好，有用就好，静茂，你那里呢？

张静茂：爸，您看，这是 3 月 24 日的《解放日报》，登了寻人启事的。我给您念，"张静泉（人亚）1932 年后无音讯，见报速来信，知者请告"。

干部：张伯伯，您放心，我们会和您的家人一起努力寻找，一定会找到人亚同志的消息。

张爵谦点点头，接着吩咐：静茂他媳妇，你去，我枕头下面有块布，你拿来。

张静茂媳妇拿来了那块沾着静泉血迹的包袱布：爸，这上面是什么？我去给您洗洗吧。

张爵谦：不要。

张爵谦摸了摸已经变成黑褐色的印记，想了想，也没解释，叠整齐塞进了怀里。

张爵谦：人活着，怎么可能没音讯呢？

张静茂：阿爸……

张爵谦：找，找到他，跟他说……阿爸不怪他，就算没等到他，也不怪他……只要他好好的，就好。

张静茂：阿爸，您放心，就算我没了力气，我儿子找，以后，还有他的孩子，孩子的孩子，无论多久，直到找到我哥……

2005 年，在博物馆内精致的玻璃柜前，小孩子看向眼前的纸张，他回头看了看身后的家人，默默地说：高祖父，这是 1933 年中央苏区《红色中华报》第三版：《追悼张人亚同志》……张人亚同志，于 1932 年 12 月 23 日病故于由瑞金赴汀州的路上……

八妹

本集编剧：韩可一、何庆平、姜瑜婷

张锦辉

张锦辉（1915—1930），福建永定人。

14岁加入溪南区苏维埃政府宣传队，以唱歌的方式宣传革命。

1930年5月，因反革命分子告密被捕，被押送至峰市镇行刑。在刑场引吭高歌，英勇就义，时年15岁。

21世纪的一所校园里，窗外传来阵阵悠扬的合唱声。一男一女两位老师面对面坐在办公室里，女老师童英拿出一张纸。

童英：主任，您看一下，这是下周我们学校合唱队代表区里参赛的合唱曲目。

主任：这是你们专业的事，校领导绝对相信。

童英：服装上我和孩子们也有一些想法，您看这都是他们自己设计的。

主任：童老师，你先等一等。

主任把她递过来的第二张纸按下，也递给她一张纸，童英接过来，低头看着没动。

童英：我现在不想离开这里。

主任：这次可是区里领导考虑到你的情况，亲自调你去新学校，咱们要服从安排，你看一下还有什么要求尽管提，那里的学生也很需要你嘛。

童英：那合唱团怎么办呢？我觉得他们今年进步很大，我就再多带一年，他们一定会不一样的。

主任：童老师，是这样的，区里已经给咱们学校派了新的音乐老师了。

童英看着他，又低头看着桌上的调令。

教室里，传出整齐的嘶嘶声，合唱团的同学们在一起叉着腰练气。

扎着马尾辫的钱小芳像一个小军官似的走在大家中间，带领大家练气，在她经过的时候，总有几个调皮的孩子会互相使眼色，打哈欠做鬼脸。

钱小芳：稳住！挺胸！抬头！距离比赛只有十五天了！我说你们怎么一点都不着急啊！

宋子豪做了个鬼脸，对大家使个眼色。大喊一声：报告！

钱小芳：什么事？

宋子豪：没事！我刚才想上厕所，现在又不想上了。

大家一阵哄笑。

钱小芳：讨厌！

钱小芳一甩辫子转过身，宋子豪趁机把一张画贴在了钱小芳背后。上面画着钱小芳戴着眼镜，拿着指挥棒张牙舞爪，旁边写着：我是小童老师。大家爆发出更大的哄笑声，钱小芳察觉到不对，摸到背后的画气坏了，一把撕下来。

钱小芳：你！我！我去告诉童老师去！

钱小芳气冲冲地开门出去，跟进来的童老师撞了个满怀。

钱小芳：童老师！宋子豪他……

童英：好了，我都看见了，回去吧。

童英把画拿过来看。

童英：宋子豪。

宋子豪：到！

童英：你过来。

宋子豪抠着手挪出来，偷偷看童英老师。

童英：画儿画得不错，我来考考你歌唱得怎么样。宋子豪我问你，唱歌用什么地方唱？

宋子豪：用嘴唱！

大家又一阵哄笑，钱小芳举手。

童英：钱小芳。

钱小芳：老师说过，用颅腔（手摸头顶）、胸腔（手按胸口）、腹腔（手按肚子）一起唱，才能共鸣，唱得好听。

童英：很好，回去吧。宋子豪，你看队长还是很专业的吧，这一点你要跟她看齐，要互相学习互相尊重，知道了吗？

宋子豪：知道了，童老师。

童英边说边走到钢琴前面，坐下打开钢琴盖，打开歌谱，可是良久没有动作，出了一会儿神。同学们面面相觑。

钱小芳：老师，我们今天练什么啊？

童英回过神，想了想：这样吧，今天我们先不练了，老师带你们去一个地方郊游好不好？

好！大家爆发出欢呼声。

童英和孩子们坐在大巴上唱着歌，大巴驶向郊外。大巴停下，大家下车来到一座红军纪念馆。馆内，童英带领学生们走到张锦辉介绍墙前，听女讲解员讲解。

讲解员：同学们，我们继续往前走，现在出现在我们眼前的这尊雕像，是一个像你们一样大的孩子，她叫八妹。

宋子豪：八妹？像我们一样大？她也是红军吗？

讲解员：对，她出生于1915年，是福建省永定金砂人，中国现代少年英雄。八妹从小爱唱歌，而且天生一副金嗓子，又能创作，她热情而富有鼓动力的歌声，成为永定苏区最富感召力的宣传方式，她本人被群众亲切地称为"红色小歌仙"。

宋子豪：她可真厉害！

钱小芳：童老师，她也是唱歌的，那不是和我们一样吗？

童英：对，八妹跟你们一样，都是勇敢善良的孩子。

二十世纪二三十年代，福建。

八妹唱着山歌，歌声辽远清亮：鸟儿唱歌向天明，叶儿迎风向天晴，羊儿咩咩爱青草，我爱山歌唔人听……

八妹对着小羊自问自答：好听吗？太阳快下山了，我们该回家了。

粗布麻衣、挽着裤脚的八妹，抱起自己养的小羊羔，快步跑起来，她边唱着歌，边穿过田野、小路。八妹唱着歌儿，跑到家门口，发现气氛不对，连忙闭嘴。坐在屋前中间椅子上的是地主少爷丘乾凤，他面色不善地看着八妹，两名家丁站在丘乾凤身后看着她。八妹的父亲在一旁战战兢兢赔着笑脸，母亲神色凄苦，几个邻居躲在一边。八妹放下小羊，走到父母身旁。

丘乾凤：还有心情唱歌呢，你们这日子我看也不怎么苦啊。

父亲：八妹子，快给大少爷请安。

八妹：大少爷好，怎么了？过苦日子的穷人就不能唱歌了吗？

丘乾凤：废话！穷人不赶紧挣钱还租子唱什么歌？

家丁甲：对了少爷，最近这附近闹赤匪，那些赤匪就爱教这些人唱一些无法无天的歌。

丘乾凤：你说，你唱的是不是赤化分子的反歌？谁教你唱的？

家丁乙：小小年纪，跟着人家学赤化，嚓嚓嚓，是要杀头的。

八妹：赤化是啥？没人教我！歌是我自己编的，凭什么唱歌也要杀头？犯了哪条王法？

父亲：哎呀，八妹子你就少说两句吧！大少爷，她可不懂什么叫赤化。

母亲：大少爷，她年纪小，不懂事，你别见怪。

八妹：我……

母亲一把将八妹拉回来，堵住她的嘴。

丘乾凤：我怎么会跟她一般见识，想唱歌也行啊，反歌不能唱，唱小曲儿还是可以听听的。

家丁乙：对了，丘家老太太就喜欢听小曲儿，又正好缺个人伺候。

家丁甲：张老汉，我看你们家八妹脾气烈点儿，模样还是不错，正好给大少爷唱曲儿。

丘乾凤：也行，算她造化，就让她跟着我享福去吧。

母亲：丘少爷这可使不得，八妹性子烈不懂事，怕冲撞了您母亲！

丘乾凤：唉，如今好人难做啊，给你活路你不走，那就交地吧。

父亲：大少爷！最后一块地，命根子啊，今年又是灾年，交了我们一家就要饿死了！

家丁甲：张老头儿，咱们都是老人儿了，规矩在那儿，三天内，要么交租子，要么见地契，要么按少爷给你指的明路走，正好八妹子也得调教。

八妹：呸！我才不要给你们调教！

母亲：八妹！

丘乾凤瞅了瞅八妹，哼了一声，站起来走到空场，用扇子指了指门口的小羊。

家丁乙抱起小羊：哎！少爷咱晚上炮羊肉！

八妹：你还我小羊！

母亲一把将八妹拉住。

家丁甲：你的小羊？！告诉你，连这山都是姓丘的！

丘乾凤大摇大摆地带着家丁们提着能拿走的东西抱着小羊离开。

八妹：还我小羊！你们这群强盗！

"啪"的一声，母亲一巴掌把哭喊着追出去的八妹打倒在地上。

母亲的泪水流下来：你还说！让你不要唱歌了，你偏唱，现在还得罪了丘家，你还让不让咱家活了？！

八妹哭着：娘！我唱歌怎么就得罪他们了？！

父亲：八妹，爹没出息，可你生在咱这个家里，如今唱歌哪是穷人干的事儿啊？

八妹看见父亲从屋里找出地契，颤巍巍拿在手上。

母亲拽住父亲的手：孩子她爹，卖了田，以后咱们可怎么过啊？

父亲：不卖田，总不能卖闺女吧。

八妹倔强地擦干泪水：爹，娘，我再也不唱了，我去做工，去帮你们还租子。

父亲：孩子，不是你的错，是这老天不公道啊。

父亲颓然拿着地契缓缓地蹲坐在了门槛的一边，母亲哽咽。

镇上粮仓前支着一张桌子，年轻的红军干部张鼎丞正在桌上签署地契，几名战士张贴告示、分米，八妹背着高高的柴火走在人群中，大家纷纷跑过来看热闹，八妹也挤进来。

张鼎丞：老乡，这是苏区政府给你的地契，以后田就是你自己的了，拿好吧。

老乡：老总，我不识字，这地契到哪年啊？是不是你们啥时候走，啥时候就不管用了？

张鼎丞：到哪年都管用，我们不会走的。

八妹：哥！鼎丞哥！

张鼎丞：八妹子！

八妹和张鼎丞坐在小河边，身边放着柴堆，八妹看着张鼎丞身边带着的枪。

八妹：哥，村里人都说你去投军了，这几年你都去哪里了，跟谁打仗？

张鼎丞：那我跑过的地方可多了，不过去的都是穷人被人欺负的地方，跟地主恶霸打仗。

八妹：地主？丘老爷家不就是地主？所以你们一来他们就跑了？

张鼎丞：对啊，我去投红军就是为了让大家不再受他们欺负。

八妹：我知道了，以前听老人们说过，你们是闯王，你们打赢了我们就有好皇帝了。

张鼎丞：我们不当皇帝，这就是红军不一样的地方，我们打仗是为了要让咱们老百姓自己做主。

八妹听得目瞪口呆，张鼎丞从口袋里拿出一本小册子——《共产党宣言》。

张鼎丞：这可不是我说的，在这本小册子里都写着，红军打仗就是为了让大家都过上好日子，人人有田种，人人有衣穿。

八妹：那人人都能唱歌吗？

张鼎丞：能啊！

八妹：穷人也能唱吗？

张鼎丞：丫头，那时候就没有穷人富人了，只要不伤天害理，人人都可以做自己想做的事。

八妹出神地看着张鼎丞手里的《共产党宣言》。

八妹：真有这么好的地方吗？那地方在哪儿？鼎丞哥你也带我去吧，我也要投红军。

张鼎丞：那地方啊，就在这里啊，就在咱们的家乡啊。

八妹：这里？

八妹看着他，眼里闪着光。

茅草覆盖的夜校屋子里，教室前方点着煤油灯，放着一块板子，张鼎丞站在板子旁边，教室里坐着年纪不同的几个男孩子。

张鼎丞：今天我们学四个字，谁会念？

一个男同学举起手。

张鼎丞：刘财福同学。

刘财福：以前私塾先生教过，大、小、工、农。

八妹站在教室外面，挎着一个自己绣的书包，羡慕地往里看。

张鼎丞：很好。八妹，你怎么来了？找我的吗？进来。

八妹有些羞涩地走进来，手紧紧地攥着书包，一言不发，张鼎丞看着她笑了。

张鼎丞：来了怎么不进来呢？你是来上学的吧？其实我一直等着你来呢。快找地方坐下吧。

刘财福：八妹子，你一个女娃子上什么学啊？我娘说识字的女娃子不好找婆家。

大家哄堂大笑，八妹脸涨得通红。

张鼎丞：刘财福同学，怎么能这么说呢？我跟大家说过，我们要建立一个人人平等的社会，你们说说，人人平等，男女是不是也应该平等？

大家点点头，张鼎丞走到八妹旁边，把她的书包接过来，放在一张桌子上。

张鼎丞：八妹你就坐这里吧。

八妹：我真的能学字念书吗？我就是想知道，你那本小册子里写的是啥。

张鼎丞从口袋里掏出油印的《共产党宣言》：这个吗？那今天我就把这本书送给你，希望你努力学习，早日自己看懂！

八妹如获至宝地赶紧接过来捧在胸前。

张鼎丞：好了！现在我们夜校来了第一位女学员，大家欢迎！

刘财福：欢迎八妹子同学！

所有人在欢笑声中热烈鼓掌，八妹却高高举起手。

张鼎丞：怎么了？

八妹：鼎丞哥，男学员们都有自己的大名，我还没有呢！既然大家平等，总不能一直叫我八妹子同学吧？

张鼎丞：嗯，有道理，看来是我疏忽了，那我们今天就给八妹起个新名字。八妹你想叫什么大名？

八妹：我，我还不认识字，我不知道。

刘财福：你姓张，要不叫张阿玲吧，你唱歌像铃铛一样，丁零丁零的。

八妹：不好不好，牛才丁零丁零的。

另一个男同学：对啊，你歌唱这么好，像百灵鸟一样，要不叫百灵，张百灵。

八妹：百灵也是鸟儿的名字，我要人的大名。

张鼎丞：那可得好好想一个。一个人的名字，含义可能很丰富，或者表示祝福，或者寄托希望，或者抒发志向。八妹，你想做个什么样的人呢？

八妹：我想，我想像你们一样，你们一来，就让家乡变得亮堂堂的。

张鼎丞沉吟一会儿，走到黑板前，写下"锦辉"两个字。

张鼎丞：锦，辉，张锦辉，怎么样？

八妹：锦辉，是什么意思？

张鼎丞：山河锦绣的锦，就是五彩绚丽的意思，光辉照耀的辉，就是光亮的意思，你不是想把家乡照亮吗？希望你的歌声像锦绣的朝霞一样，把大家照得亮堂堂的。

八妹：我一定会的！太好了！我以后就叫锦辉了！我也有名字了！

大家纷纷上来祝贺八妹。

刘财福：八妹，不对，张锦辉同学，唱一首吧！

八妹：唱就唱！我刚编了一首新歌，正好给你们听听！

大家欢呼，八妹唱起歌来：鸟儿唱歌向光明，穷人唱歌盼太平，人人有姓又有名，砸碎锁链不信命……大家听得极其入神。

在树林里的红军行军临时聚集地，张鼎丞和几个战士正在临时搭起的行李包上看地图。

突然一阵异动响起，大家拔枪在手，张鼎丞喝道：谁？口令！

一阵鹧鸪叫声传来。

张鼎丞：是刘财福回来了。

说话间，一个上身穿着老百姓布袄的红军战士从树丛里跃出，正是刘财福。他掏出信给张鼎丞，接过竹筒咕咚咕咚地喝了几大口水，张鼎丞一边看信一边关心刘财福。

张鼎丞：路上还好吧。

刘财福：没事，我跑得比山里的兔子还快，他们可撵不上我。

张鼎丞看信：看来敌人明天就要赶往下一个据点，传令员通知铁血团的同志们，天一亮就出发急行军，一定要赶在他们会合之前切断他们，其他人梯次迂回断后。

树丛里传来窸窸窣窣的声音。

张鼎丞：谁？口令！

八妹：鼎丞哥，是我，八妹，张锦辉。

张鼎丞：八妹子？你怎么来了？

八妹：妇女会给你们送饼子来了，鼎丞哥，你们要走了？

张鼎丞：是的，我们马上就要开拔了，你快回去，现在情况很紧急。

八妹：可是，你不是说过，你们来了就不走了吗？！

张鼎丞：我们不是要走，我们是要去跟敌人斗争，还会回来的。

八妹：那我也要跟你们走。

张鼎丞：八妹，你还小，你要在家好好学习，这里更需要你。

八妹：我不！我也是团员！我也是战士！我还学会了打枪！我也要跟他们斗！凭什么刘财福能去我不能去？你们这是搞不平等！

张鼎丞：八妹子！张锦辉同志！

八妹一愣，张鼎丞表情严肃起来。

张鼎丞：服从命令是一个共产党人的职责！妇女会团员张锦辉同志！组织需要你留在金砂地区，在部队转移作战期间，做好苏区敌后战区老百姓的保护工作！能完成任务吗？

八妹眼里含泪，咬紧了嘴唇：能！说完转身就跑到树林里去了。

刘财福：唉，到底还是个女娃子啊。

八妹抱着膝盖坐在山顶树林边，张鼎丞举着一盏油灯走过来，也坐在她身边，八妹没有回头看他。

八妹：去年我爹在集上，卖了粮食给我换了只小羊羔，为这个，我娘念了他半年，我知道他是想让我有个伴儿，平时我带它来这里，我唱歌，它吃草，我唱歌没人听，只有它，一听我唱歌就咩咩叫。

张鼎丞：后来小羊长大了吧。

八妹：后来，小羊被丘家大少爷和他的狗腿子抢走吃了，它再也没机会长大了。

张鼎丞低下头，咬着草棍不知道该说什么。

八妹：鼎丞哥，我知道我是个女孩子，力气小，可是我生来就恨那些欺负人的家伙，你相信我，我就是拼了这条命都不会放过他们。

张鼎丞：我相信你，而且你知道吗，你的力气一点也不小。

八妹看着张鼎丞。

张鼎丞：八妹，在革命里我们每个人的职责都不一样，我觉得你在你的职责上能起的作用也不比别人小啊。

八妹：那我的职责是什么？

张鼎丞：你可以带领群众学习，教他们唱歌，他们不是都叫你"红色小歌仙"吗？

八妹：唱歌？你们去拼死拼活，我在家里唱歌？

张鼎丞：八妹，你可别小看唱歌啊，唱歌也是革命。你看现在这里漆黑一片，可是一会儿就要天亮了，其实天亮以后，这里是很美的，现在我们的家乡就像这黎明前的黑暗，尤其是我们部队走了以后，这里的乡亲更容易觉得漆黑一团，看不到希望，你的歌声就像这盏油灯一样，就像火种，让大家在黑暗里向往着光明，这就是你张锦辉与众不同的力量和职责啊！

八妹站起来，热泪盈眶。

此时的东方显出鱼肚白，远处传来集合的号声，张鼎丞站起来拍拍八妹的肩膀。

张鼎丞：八妹子，我要出发了。

八妹：鼎丞哥，我都明白了。

张鼎丞把手里的油灯递给八妹，从口袋里掏出一顶红军八角帽，给八妹郑重地戴上，然后后退一步，敬了一个军礼，八妹也给他郑重地敬了一个标准的军礼。

张鼎丞：张锦辉同志，后方交给你了，好好照顾乡亲们。

八妹：嗯！保证完成任务！

张鼎丞笑了，两人敬礼的身影留在了黎明中。

山谷里一队红军战士正在行军，他们背着斗笠大刀，每人脖子上都系上一条鲜艳的红领巾，像烈火一样飘在胸前。

忽然，山间飘来一阵清脆嘹亮的歌声：彩云光光映我身，烈火熊熊照我心，当兵就爱当红军，艰苦拢去换乾坤……

大家不约而同地向山上望去。只见山丘上，一个小姑娘正在引吭高歌。

刘财福：八妹！

战士甲：你认识她？来送你的？

战士乙：她就是"红色小歌仙"吧？唱得真好啊。

刘财福：当然认识，我们一个村的妹子，她叫张锦辉。

战士们纷纷挥手致意，喊道：八妹！八妹子！张锦辉同志！再见了！告诉乡亲们等着我们的捷报！

张鼎丞：好了，铁血团的同志们，继续前进！八妹是来给咱们鼓劲儿的。

张鼎丞看着八妹远远的身影挥挥手。八妹看着远去的队伍，不断挥手。

夜校内，八妹戴着八角帽，在黑板上写《救穷歌》，教室里坐着男女老少十几个乡亲。

八妹：今天我教大家唱这首《救穷歌》，什么叫救穷，大家先说说什么是穷？

乡亲甲：没得钱，没得地，没得吃的，就是穷。

八妹：那为什么没有呢？

乡亲乙：命不好嘛。

八妹：不对，穷不是我们穷人的命，穷是因为不公平，你看地主有那么多田，可是他宁可看着穷人饿死，也不分给大家一点，这对吗？

宣传队员跑进来：八妹！出事了！

八妹：怎么了？

宣传队员：丘乾凤引着民团回来了，趁红军不在到处抓人，现在要奔这里抓你来了。

反动民团的陈团长骑在马上挥舞着马鞭杀气腾腾，到处火光逼人，村民们被匪兵牵着狼狗驱赶到空场中间。

陈团长：都说说！谁是通赤匪的内应？都不说！都不说的话你们都是！

已经换了国民党军装的丘乾凤从外边走了进来，后面跟着他的家丁匪兵。

丘乾凤：团长！陈团长，我知道，那个小共匪八妹就在这个村！

陈团长：八妹？

丘乾凤：她就是永定共匪头子张鼎丞的堂妹。

家丁甲：她还到处教人唱反歌，叫什么"红色小歌仙"，我呸！这就是她爹娘，你！你们出来！

张锦辉的爹娘被匪兵推搡出人群。

陈团长：八妹人呢？

父亲：不知道。

丘乾凤：不说？你以为陈团长说的话是跟你闹着玩的，不说就把你开膛破肚！

陈团长从马上跳下来，抽出刀架在八妹母亲的脖子上，恶狠狠地看着八妹父亲。

陈团长：你再好好想想。

狼狗疯狂地吠叫了几声，八妹母亲流泪闭上了眼。

家丁乙突然从外面气喘吁吁地跑进来。

家丁乙：少爷！团长！八……八妹，就在……就在那边旧学堂呢！她跑不了了！

陈团长：快！都跟我走！

八妹提着油灯带着乡亲们扶老携幼地在树林里蹒跚而行，他们停下来看着远处村庄的熊熊大火，还有一队火把，从山下冲着他们疾驰而来，喧哗声里掺杂着狼狗的吠叫。

宣传队员：八妹，村子是回不去了，只能继续上山了。

八妹看着乡亲们老的老，小的小，他们实在跑不动了。

八妹：让大家歇歇吧。

宣传队员：不能歇啊！眼看就要追上来了，他们就是来抓你的。

另一边，匪兵民团穷追不舍，狼狗在前面引着路。

丘乾凤：老总，没错！在那边！上山就这一条路，别让八妹跑了。

陈团长：给我追！

丘乾凤带着陈团长追向八妹他们跑走的方向。

陈团长带着匪兵跑到一块空地，狼狗冲着树丛吠叫，树丛里躲着乡亲们，大娘紧张地捂住了孩子的嘴，眼看狼狗离树丛越来越近。

丘乾凤：团长，我看八妹他们就在这儿，她不可能跑太远。

匪兵拿着刺刀在草里乱扎，眼看就要刺到乡亲们了。

忽然，对面的山上传来歌声。山上亮起一束火光，陈团长他们循声看去。

丘乾凤：那儿！没错，那就是八妹！

陈团长：接着追！我让她唱！给我捉活的！

八妹一边唱着歌上山，一边把油灯砸开，用松枝点起一只火把。

她爬上山巅，看着下面的匪兵们向着自己冲上来，愈来愈近，大声地无所畏惧地唱着山歌……

第三届晨曦杯合唱比赛正如火如荼地进行着。合唱团的孩子们在后台互相整理衣服，等待着上场。童英和工作人员在幕间交流，之后走过来。

童英：同学们，还有 10 分钟就到我们了，准备好了吗？

钱小芳：老师，我们准备好了。同学们，你们准备好了吗？

所有人忽然齐刷刷地对着童英站成了一排，钱小芳拉着童英坐下，童英莫名其妙地看着他们。每一个同学都从身后拿出一张歌谱，他们把歌谱翻过来，唰啦啦地在自己胸前打开。

童英看着他们，每一张歌谱上，都有一个孩子自己画的童英老师的画像，上面都写着：谢谢您，童老师。看着他们一张张稚气的脸，童英眼睛里泛着泪光，不好意思地捋了捋头发。

童英：你们都知道了。

宋子豪：童老师，你还会回来看我们吗？

童英眼中闪烁着泪光：当然会了，宋子豪，我看看你画的我。

宋子豪走过来，童英接过他的画，上面画着三个人，画里的童英老师拉着宋子豪的手，另一只手拉着一个戴红军八角帽的农村女孩。

童英：这是我，这是你，这是八妹吗？

宋子豪：嗯。

童英：画得真好。

同学们：童老师，看看我的。

大家都走上来，把画递给童英，童英一一收起，有些孩子开始抽泣，童英擦擦眼角强忍着眼泪。

童英：不许哭，大家都不许哭，一哭嗓子就哑了，还要上台呢。而且我还会回来呢，你们别以为我就不管你们了。宋子豪，我考考你，唱歌要用什么地方？

宋子豪郑重地后退一步：我知道！老师说过，用颅腔（手摸头顶）、胸腔（手按胸口）、腹腔（手按肚子）一起唱，才能共鸣，唱得好听。

童英带头和大家一起给他鼓掌。

童英：很好，看来宋子豪这次下功夫记住了，但是今天我想告诉你们，这个问题还有另一个答案，你们想知道吗？

合唱团的孩子们点头。

童英：唱歌还需要用到另外三样更重要的东西，那就是你们的想法（手摸着头）、心灵（手按着胸口）和勇气（手按着肚子）。

童英边说边从椅子上站起来。

童英：这也是我为什么带你们去认识八妹，没有人教八妹怎么唱歌，用什么发声，但是，她有这三样最重要的东西。

钱小芳：老师，我好像明白了。

童英：好了，钱小芳组织大家列队准备上台吧，以后不管在哪里唱歌，记住我今天说的话，这是我给你们上的最后一课，也是我最想告诉你们的。

大幕拉开，观众掌声响起。

报幕员：下面请听，今天比赛的最后一个作品，来自采荷合唱团的《八妹》。

童英打开钢琴，音乐从她的手指尖流淌而出，孩子们的歌声随之响起：高高的山上，青草年年荒，有个小姑娘抱着小羊高声唱，她唱穷人的泪水多冰凉，她唱哥哥的远行好雄壮。高高的山上，石头堆成岗，有个小姑娘举着火把高声唱，她唱人间的真理多滚烫，她唱心中的自由如阳光。彩云光光映我身，烈火熊熊照我心，当兵就爱当红军，艰苦拢去换乾坤。她唱着唱着，唱到天光光，她唱着唱着，唱到久久长……

通过孩子们清亮的歌声，人们仿佛看到了八妹唱歌的场景：

八妹举着火把，在山顶引吭高歌，看着夜空下的山峦边缘，天边渐渐显出黎明的颜色。太阳出来了，八妹的一张笑脸唱得更加坚定昂扬，眼神里充满了希望。

雪国的篝火

本集编剧：初　征

红三军团第六师十七团一连炊事班

　　红三军团第六师十七团一连炊事班，共九人，名字、生平不详。在长征途中，红三军团第六师十七团一连，作战部队除战斗减员外没有一名战士牺牲。但九名炊事员全部长眠于雪山草地。

雪山苍莽，垭口处凛风如刀，呼号着撕扯天地间的一切。高处一块山石旁，插着一杆军旗，赤红的旗帜在风中猎猎舞动。天幕阴沉，星辰寥落。远远近近，搭了不少简易的红军帐篷，破烂，漏风，碎布条乱飞。天边，深色浓云滚滚，压迫似的逼近。

白雪皑皑，远远看见炊事班用石头搭起的半圈窝棚。点起的篝火在燃烧，在半明半暗的黎明中十分醒目。班长老钱裹着块油布蹲在窝棚外，仰着头，半眯着眼看天，密布的云令他心忧。

一脸机灵的糖豆看着军旗飞舞的方向，汇报：班长，北风！

老钱没说话，起身扯下油布，糖豆接过去，掉头就跑。老钱低头看着糖豆那双穿着草鞋裹着烂布的脚踏在雪地上。冷风灌进怀里，老钱佝偻着身子捂嘴一阵咳嗽。

篝火顶上一口大铜锅咕嘟着冒着热气。锅盔守着火直打瞌睡，手里举着半根柴。副班长不烂账手里拎着块破毯片一样的羊毛毯子，戴着副残破不堪的眼镜，凑着火光缝补着。旁边，五花和高粱已经整理起锅碗瓢盆，叮当作响。冲天炮撅着屁股对着石磨，小心地用竹片刮着石磨里残存的一点点青稞粉末，装进自己的粮袋里。

糖豆进来：起北风。

糖豆扯着油布系到一根木棍上挡住吹过来的风。不烂账立刻放下手里活计，抓起大勺子搅和几下。锅盔也醒了，赶紧添柴。几个人动作流畅，一气呵成。

黎明未临，司号员站在斜坡上，举起军号，吹响起床号。军号嘹亮，刺破整个营地的宁静。远近各处，红军战士们陆陆续续从简陋的宿营帐篷里起来。

不烂账、五花、高粱、冲天炮等人已背起炊事班的各种东西。糖豆和锅盔守在火边，搅和着锅里的稀汤。老钱进来，到锅边拿勺子捞两下，稀汤寡水，只有点野菜干。老钱小心地从腰上拿过粮袋，那是个很特殊的粮袋，上面还缝了七七八八好几个小口袋。老钱从一个口袋里掏出块盐巴，小心翼翼地掰下一块扔进锅里。老钱收起根烧着的树枝，吹了几下，裹着干草叶子，放进竹筒里。

不烂账紧着又补两针，把手里刚补好的破毯子丢给老钱：八十一个洞！烂成渔网了！

老钱接过，扭脸看火边的糖豆。糖豆草鞋破了，脚趾露出来。老钱边撕开毯子边走过去，在糖豆面前蹲下。不烂账无奈地看着。糖豆为难地往后退一步。老钱按住他的脚，把毯子给他裹缠在脚上，用麻绳扎紧了。

老钱皱眉：脑袋不大，脚倒像船。

糖豆孩子气的脸上满是天真：班长，你真像俺娘……

老钱起身拍了拍他的脸，干裂的嘴扯开个笑容。回头一一看向炊事班的其他人，眼神

复杂。

老钱：我和不烂账在前面，其他人跟上，糖豆、锅盔跟连队走，我们到前面给战士们准备口热的，暖暖身子。

不烂账：是，班长。

众人忙着把锅碗瓢盆挂在身上。不烂账跟着老钱出了窝棚。

循着篝火方向，早起的战士们三三两两走向炊事班窝棚。老钱和不烂账往前走，遇上了指导员。指导员看到窝棚那边，冲天炮扛起那盘石磨。

指导员：石磨别背着了。过雪山要轻装！

老钱脚步不停：不背，吃生青稞？人又不是牲口！

指导员问不烂账：不烂账，报账！

不烂账：今早半斤野菜干是我们炊事班的口粮。

指导员愣了一下。

不烂账：连着三天风雪，比原计划晚半天路程。出发前战士们每人五斤青稞面，前天就见底了。

老钱：走吧，不走来不及了。

指导员：你们先走吧，我们连队跟着你们。

不烂账：八十多里地，不赶去会合，就真孤立无援了……

指导员忧心，抬头看天。天色阴沉，北风嘶吼。

指导员拍了拍老钱肩膀：全连百十来号人的命，指望你们了。

老钱停下脚步，朝指导员伸手。

指导员无奈：没了。

指导员说着，手在自己口袋里摸了一下，举起来给老钱看，说道：真没了！

老钱直接伸手在指导员身上翻腾。不烂账也帮忙翻腾，两下夹攻，一无所获。不烂账眼尖，看见指导员攥着的手，强行掰开，从里面拿出半截卷纸烟，递给老钱。老钱心满意足接过半根烟，便往前走去。不烂账也跟了上去。

锅边，胡子拉碴的胡大刀举着自己的缸子往嘴里倒汤底，那饭缸用一根绳子拴在他腰上。放下缸子，胡大刀就蹲到铜锅边，抓着勺子刮锅底，一下又一下，声音刺耳。锅盔过去，拽住胡大刀胳膊。胡大刀挣脱开。

锅盔：别刮了，再刮我锅漏了。

胡大刀：我饿！

胡大刀眼睛死死盯着锅底，不死心地刮着。糖豆站在一边看着。指导员端着饭缸过来，拿起胡大刀的饭缸，要把自己的汤倒给他。胡大刀一把攥住指导员的手，拒绝。

胡大刀：我不喝你的！

指导员：你倒下，重机枪谁扛？

一只手伸过来端起胡大刀的饭缸，直接倒了半缸菜汤进去。是糖豆。指导员和胡大刀都愣了，看着糖豆。糖豆摆了摆手，从怀里像掏出宝贝似的掏出饭盒，朝他们一晃。

糖豆笑嘻嘻：我有糖！说着，糖豆小心翼翼从饭盒里取出块糖，他剥开皱巴巴的糖纸，把糖块塞进嘴里，咂巴得津津有味。

糖豆颠了颠胸前的包裹：全是糖，咱炊事班还能没有吃的？

胡大刀忍不住喉结滚动，咽了下口水。

垭口山路上，班长老钱手里拄着烂木棍，一步一步前行。不烂账跟在身边。老钱忍不住咳嗽，胸口传来拉风箱一样的声音。不烂账给他裹紧身上的油布，又从他身上拿下几样东西挂在自己身上。

不烂账：歇会儿！肺病，要人命的！

老钱喘着气摇头：不赶在前头点起火，更要命。

两人继续前进，默然不语。

老钱忽然道：过了这山，你就去连部吧。

不烂账愣了一下，扶了下破眼镜，皱眉看着老钱。

老钱：有个秀才不容易啊。搁在我这个炊事班里，浪费了。

不烂账：灶台边也是战场，烧火做饭也是冲锋陷阵！这话是你说的吧？

老钱咧嘴笑：我骗你的。冲什么锋啊，拿烧火棍冲锋啊？说完，老钱又是一阵咳嗽，闷着头继续往前走。

冲天炮、五花、高粱三人在半路停下来短暂休息。冲天炮把石磨搭在一块石头上，撑着腰喘气。

高粱：换我。

冲天炮摇了摇头。

五花和高粱的肚子咕噜噜叫起来。两个人的眼神直直盯着冲天炮腰间的粮袋。冲天炮明白他俩的眼神，他捏了捏干瘪的粮袋，一狠心，把粮袋摘下来。这时，五花和高粱已经

扭身继续前进了。冲天炮递出粮袋的手，无人回应。冲天炮看着他们的背影，咬牙背着石磨继续前进。

铜锅被擦得锃光发亮背在糖豆身上，不时折射刺目的日光。红军战士们在雪地上前进。雪山巍峨，皑皑白雪中，千疮百孔的军旗飞扬，粗布军装的队伍在蜿蜒前行，是雪色中的一道异色。糖豆和锅盔跟随队伍一起前进。他们在队伍里追上扛机枪的胡大刀。胡大刀朝糖豆咧嘴一笑。

胡大刀：小鬼，糖甜吗？

糖豆犹豫一下：甜掉牙！

胡大刀：那盒里还有什么好吃的，给瞧瞧。

糖豆：你瞧了，给我摸你机枪？

胡大刀：行啊，等过了雪山，随便给你摸！

糖豆：我去追班长。

糖豆说着和锅盔一起加快脚步向前。半空，雪花开始飞落。

天幕苍青，雪色漫漫。老钱找了背风处，不烂账拢着一堆柴火。底下一捧干草。老钱小心翼翼从竹筒里取出火种，用力吹两口，试图引燃干草。风雪打湿了干草，点不起来。

不烂账：这两天顶风冒雪，都潮了。

老钱低头，看到自己棉衣袖子破了，露出一点黄白的棉花。雪，正落在他生冻疮的手上。

老钱：别费劲了，弄雪去，我想法子！

不烂账接过水壶走开。

风雪中，背铜锅的糖豆和锅盔并肩往前走着。雪地上，两行脚印。锅盔冷得佝偻发抖，缩着袖子，眼神茫然。

糖豆：班长他们在哪儿……怎么还没追上……

锅盔：糖豆，加把劲……

锅盔嘴里念念叨叨：以后胜利了，大家就都能吃糖了。

糖豆应了一声。他身上的饭盒随着他的步子叮当作响。

锅盔：哥把你那盒子都给装满，让你天天顿顿有糖吃……

糖豆嘴里答应着，脚步却慢下来，落在了锅盔身后。

锅盔独自一个人，顶风冒雪往前走，嘴里还在叨叨着。

锅盔：班长他们……应该就在前面了……到处都是糖，满地都是，白花花的糖块……我要用糖水泡青稞，拿糖水煮野菜干……

锅盔说着，忍不住咽口水。忽然发现身边无人回应。锅盔停下脚步，低头，看到走过来的雪地上，只有他自己的脚印。糖豆不知道什么时候已经不见了。

锅盔回头去找糖豆，看见糖豆似乎半蹲在地上不动。锅盔喘着气，一步一步走回去，想去拽糖豆。糖豆坐在雪地上，一动不动。手里攥着块糖捂在胸口。他的脸上，稚气未脱，睫毛已经结了晶莹的冰霜。

锅盔一脸迷惑地招呼：豆啊……

这时，指导员和胡大刀走过来，看到他们，加快了脚步。看到已经失去呼吸的糖豆，胡大刀神情悲切。指导员低下头，拿过糖豆手里那块糖，剥开糖纸想放进他嘴里，可手在半空中僵住了——糖纸里，只是块光溜圆滑的小石子。

指导员拿过糖豆的饭盒，往外一倒，里面全是小石子。指导员眼含热泪高呼：继续前进！

锅盔背起铜锅，继续前进。走出几步，他忍不住回头，看着雪落在糖豆瘦弱的身体上。

其他战士在经过的时候，没有停下脚步，可身子却都扭向糖豆，注视着这个坐在雪地里、脸上覆盖冰雪的孩子。

雪势减弱，火在烧着，大水壶里，辣椒水翻滚着。

五花、高粱、冲天炮已经到了，五花拿两块破布片垫在冲天炮磨出血印的肩膀处。一连的队伍狼狈地走过来，几个战士太累，一到就坐下起不来。冲天炮赶紧过去，拽起那几个战士。不烂账端着辣椒水挨个给他们喝下去。五花和高粱也上前帮忙，给刚过来的战士们分倒辣椒水，又阻止他们倒下去。

老钱朝远处张望。远远的，铜锅镜面似的反光，老钱咧开干裂的嘴唇，笑了一下。不烂账捞出里面煮水的干辣椒，一共三根，他塞给了老钱。老钱小心翼翼捧着那三根辣椒。一个戴着卫生院袖箍的年轻女战士走过来，手里端着碗水，冷得哆嗦不止。老钱看着她，把一根辣椒扔进碗里。

远远看见指导员带头走过来，老钱攥着辣椒迎上去。一见老钱，指导员面容悲戚。老钱琢磨着指导员的表情，就看到锅盔一个人从指导员身后走过来，手里还抱着糖豆的饭盒。

老钱拨开指导员高喊：糖豆！糖豆……无人回应。

老钱一下子明白了，揪住指导员衣领：你把孩子丢了！他是个孩子呀，怎么就丢下了呢，不能丢啊，他还是个孩子啊……

指导员的声音有气无力：留点力气吧，过了山，你怎么着我都行。

老钱放开了他，接过糖豆的饭盒打开，里面，是两块焦黑的牛骨、几枚石子和两张皱巴巴的糖纸。

老钱不说话，紧紧抱着饭盒转身一步一步走开了。指导员定定地看着他的背影。老钱渐行渐远，对着来时路的方向，双膝一软，跪了下来。

雪山路上，一连的队伍继续前进。炊事班小分队走在最前面。大铜锅背在不烂账身上。身后休息点，高粱和锅盔守着篝火，等着掉队的战士赶上来。冲天炮背着石磨，闷声不响地跟着向前走。风吹起老钱的棉衣，露出块破洞。

不烂账：衣服破了！晚上再给你补两针！

老钱裹紧了棉衣闷头往前走。指导员跟了上来。老钱递给他一个纸包。

指导员嘴里没话找话：再给你添两个人。

老钱没说话，继续前行。指导员打开纸包一看，是一根辣椒，他小心地收进了怀里。

冲天炮脚步越发沉重。老钱想要拉冲天炮的绳子，冲天炮扒拉开他的手。五花伸手来拉另一边，冲天炮本能地又扒拉开。老钱把一根辣椒塞进了冲天炮嘴里。冲天炮咬着辣椒，一下一下本能地嚼着，脚步机械地往前走。

炊事班的队伍在前进，忽然，有人一头栽倒在地。冲天炮脸朝下倒地，石磨就压在他身上。五花和不烂账翻过冲天炮，他已经停止了呼吸，嘴里还有半根干辣椒。

五花半跪下给冲天炮整理好军装，让他看上去更齐整一些。众人向冲天炮敬了一个军礼。

老钱率先出发，不烂账一声不吭，拿过五花身上的东西背在了自己身上。五花咬着牙背起冲天炮的石磨。他弯下腰，从冲天炮的腰上解下那个干瘪的只装了一点青稞粉末的粮袋，继续前进。风雪凌乱，冲天炮僵硬的身影，永远地留在了原地。

炊事班窝棚里，不烂账正在糖豆留下的饭盒盖上刻下"糖豆"和"冲天炮"的名字。老钱在一旁看着，手里摩挲着装火种的竹筒，羡慕地说：识字真好。

不烂账头也不抬：我不走！你需要我。

老钱微微咧嘴笑了一下，嘴唇干裂处有几道血痕。他拿着纸烟闻了闻，又重新揣进口袋里。

风雪正紧，山路上的队伍依旧在前进着。一个矮小的战士举着军旗，虽然步履艰难，但旗帜始终飘扬。一个战士腰上拴着根绳子，两个矮小单薄的小战士拽着那根绳子，在向前走。一个战士腿发软，另一个战士上前，二话不说解下他的行李背在自己身上，拉着那个战士向前走。

老钱架起铜锅。他半弯着腰，熟稔地搓着棉花，搓成条。老钱拿着棉条，对着火种，吹着，星星点点的火慢慢燃起来。

雪花纷飞，冰天雪地。黑夜将至。天色越来越阴沉了，每一个人此刻都疲惫而又艰难。一个战士指着前方：火！炊事班的火！整个队伍有些振奋，像是看到了希望的光芒。火苗腾腾地燃烧着，铜锅里的雪已经化开，在翻腾。老钱坐在避风处，面朝着篝火方向，半倚半坐。他从怀中掏出半截纸烟，撕出一点烟丝，放进嘴里嚼着，一副心满意足的模样。战士们围拢在篝火边，破旧的军旗戳在地上。

指导员：同志们，今夜有更大的暴风雪，天黑之前我们必须得翻过去，现在大家把能吃的，都拿出来，我们吃一口热的。

指导员拿出自己的粮袋，倒出来最后一口青稞面，仔细抖了抖。又把仅有的一根干辣椒也扔进铜锅里。一个一个的战士走上来，把自己最后的粮都倒进那口大铜锅。有人扔进半根干瘪皱巴的萝卜，有人扔进一把野菜干。一个小战士上前，掏出包了好几层纸的小块肉干，扔进去。五花手里抖着粮袋：冲天炮的。

战士们三三两两地坐在窝棚附近，等着吃饭。火苗腾腾燃烧，铜锅烧得发亮。所有人都在这一刻放松下来。

不烂账在锅里搅和几下，盛了半碗出来，端着碗走到老钱身边：班长，喝点水吧……班长……班长……

老钱一动不动，毫无回应，他嘴里咬着烟丝，神情舒缓平静。不烂账摸到了老钱单薄的衣衫，他轻轻推了推老钱，老钱僵硬倒下，倒在了雪地之中。

指导员拉开自己的棉衣，从怀里掏出一面崭新的军旗。带着体温的旗举了起来，郑重交给了小战士。

指导员：大家都喝了汤，烤了火，现在我命令你们，都给我活着，冲过这座山，出发！

皑皑白雪中，鲜艳的旗帜挥动起来。雪一点点落在了老钱身上。

旗帜飞扬，战士们的身影仿佛被点燃，向前急行而去，他们一个又一个经过篝火边，经过老钱身边。

装火种的竹筒，挂在了不烂账的腰间。炊事班的战士们不舍地看着雪地中的老钱，却

都没有停下前进的脚步。

老钱静静躺在雪地上，风雪渐渐将他覆盖。他已与雪山融为一体。指导员向老钱敬了一个军礼。

冷雪依旧在落下，火焰依旧在燃烧，队伍在向前行进。

日光煦暖，满山青翠，红军的队伍走到山野上。红色的旗帜挥动着，迎风招展。队列中一个背着铜锅的人，却是一张陌生的脸。那个背着铜锅的背影，一直向着山野走去，向着太阳走去。

山梁的某一处，戳着一块饭盒盖，饭盒盖上刻着七个名字：老钱、不烂账、糖豆、冲天炮、锅盔、五花、高粱。

我是小方

本集编剧：姜大乔

方大曾

方大曾，1912年生，北平人，笔名小方。

1931年，"九一八"事变后，以相机和文字为武器，奔走在抗日救亡一线，是抗战之初最重要的战地摄影师之一。

1936年绥远抗战爆发后，到前线采访，写下多篇附有摄影作品的通讯发表于《世界知识》，报道抗日救亡爱国的英勇事迹。

1937年9月，由河北蠡县寄出最后一篇战地通讯后失踪，再无音讯。

1936年冬，绥远战场。相机快门发出清脆的咔嚓声，两名背负弹药的战士在毫无掩体的平原上狂奔，照片的拍摄者方大曾和一名年轻战士紧紧跟在后面。此时满耳都是急促的呼吸声和飞机引擎由远及近的轰鸣声。

年轻战士：别拍了！跑！

方大曾：知道！

前方战壕里的机枪开始对着天空猛烈开火，有人探出头对着这边挥手。

战士甲：快！进掩体！进掩体！

飞机的呼啸声从头顶掠过，炮弹打得方大曾周围尘土飞扬，他不禁发出惊呼，脚下稍稍一滞。年轻战士立刻拉住方大曾，连拉带拽地拖着他进了战壕，方大曾几乎是倒栽葱地一头扎进去。

年轻战士看着方大曾，低声唤着：方记者……方记者！没伤着吧？

方大曾：差点摔死我……

年轻战士笑了，方大曾也跟着笑起来。年轻战士将他拉起来，两人猫着腰在战壕中穿行。方大曾看见一名正在射击的士兵，停步拍下照片。年轻战士已经到了防空洞门口，转身催促方大曾：进来！方大曾跟了进去。

外面的飞机引擎声渐渐远去，机枪也停止了射击，四周安静下来。方大曾这才发现防空洞里还有几名士兵。

方大曾喘着粗气：我这也算是……鬼门关里走一遭了？

年轻战士：头一回上战场？

方大曾：算是吧……头一回来这么靠前的前线。

年轻战士点点头，不说话了。

方大曾：你看我这手抖的……

方大曾看自己的手，眼角余光却看见坐在旁边的士兵抖得比自己还厉害。他有些错愕，再仔细看防空洞里的其他人，发现所有人都表现得极为紧张。

方大曾：不是吧弟兄们？你们比我见的世面多……

年轻战士用膝盖撞了一下方大曾，小声地：刚才是侦察机，侦察机飞过去，一会儿就该挨炮了。

方大曾愣住。

年轻战士：日本人指不定还要进攻，到时候才算鬼门关里走一遭。

方大曾点了点头，使劲捏紧拳头。

年轻战士：方记者，一会儿要是打起来，你就老实待在这儿。

方大曾一愣：那不行！我来都来了……我就是来拍这个的。

年轻战士见方大曾态度坚定，只好叹了口气：那你记着一条。

方大曾：你说。

年轻战士：腿别软。甭管咋样，别瘫着不动。

方大曾：行……

一名军官闯进来，疾呼：增援西侧阵地！日本人上来了！

言毕，防空洞里的那些战士只是看着他，并没有做出反应。

军官恼怒：尿啥！抬屁股！

众人这才反应过来，跟着军官鱼贯冲出了防空洞。

方大曾刚要起身跟过去，炮击开始了。整个防空洞都在抖动，方大曾愣住。年轻战士用询问的目光看着他。

方大曾深吸一口气，扶了扶钢盔：走！

方大曾猫着腰冲出掩体，年轻战士紧随其后，两人沿着战壕向西快速穿行。

军官：狗日的又放毒气了！防毒面具！

方大曾看见机枪阵地的机枪手们动作麻利地戴上了面具，连忙挑选角度拍下照片。

年轻战士：方记者！给你面具！

　　方大曾刚要回头，一颗炮弹落在战壕里，就在附近爆炸了。一时间天旋地转，相机飞落到了一旁。方大曾也被掀翻在地，他艰难爬起身，耳朵里只剩下嗡鸣声。方大曾的视线落到了相机上，他艰难地爬过去，捡起来检查。

　　突然间，方大曾像是想到了什么，猛地回头。硝烟弥漫中，战壕炸塌了一半，年轻战士不见了踪影，只剩下地上的一副防毒面具。

　　方大曾怔在原地半晌，突然开始发了疯似的呐喊，但他连自己的声音都听不见。就在一瞬间，听觉恢复。方大曾：小唐！小唐！活着回句话！……

　　没有人回应，耳边只有爆炸的轰鸣声和机枪接连不断的射击声。

　　1937 年 7 月 8 日，方大曾北平家中，光线昏暗的暗室中挂满照片。方大曾目不转睛地盯着刚冲洗出来的照片，似乎在回忆着绥远的那段经历。良久，方大曾回过神来，将照片挂好。挂好最后一张照片，他推门离开暗房。

　　方大曾走出来，他瞥了眼门口的妹妹，拿起放在门边的背包。方澄敏抓住背包带，不让方大曾背上。

　　方澄敏不高兴：去哪儿？

　　方大曾笑：我去哪儿，还得你批准？

　　方澄敏：你是不是去卢沟桥？

　　方大曾撇了撇嘴，从妹妹手里抽回了背包带，把包背上。

　　方大曾：等明天照片干了，你记得帮我……

　　方澄敏突然：妈！

　　方大曾皱眉：你干吗啊？

　　方澄敏：你上次说什么来着？再也不往前线跑了，是不是你自己说的？

　　方大曾：不是……日本人都打到家门口了，我能不去吗？

　　方母从房间出来，走进院子。

　　方澄敏：那是谁半夜做梦吓得鬼哭狼嚎……

　　方大曾看见母亲过来，连忙捂住方澄敏的嘴。

　　方大曾小声：别说了。

　　方母走过来：又怎么了这是？

　　方大曾用威胁的目光看着方澄敏。

　　方澄敏稍加犹豫：他……他要去卢沟桥。

　　方母看了看兄妹俩，表情淡然。

方母问方大曾：不是说吃完饭走吗？带鱼都下锅了。

方大曾：真来不及了……

方澄敏：妈，您知道还让他去？

方母：你拦得住？

方澄敏愣住。

方大曾笑着摸了摸方澄敏的头，方澄敏生气地躲开。

方大曾：这样……等我回来给你拍张单人照，好吧？

方澄敏嘟囔着：小气鬼，谁信你……

方大曾也不再啰唆，推上自行车往院外走。

方大曾：妈，我走啦！

方澄敏和方母一直跟着，送到门口。方大曾跨上自行车，沿着胡同往外骑，方母和方澄敏眼巴巴地望着他。

方澄敏：哥！你小心点，别瞎逞能！

方大曾没有回头，抬起胳膊挥了挥，答道：放心！

方母：你有时有点的！早点回来！

方大曾转头对母亲露出笑容：知道了！

方澄敏退回院子里，但方母一直站在门口，目送儿子骑车消失在胡同尽头。

方大曾推车上了主路，街道上的氛围骤变。几辆满载着军人的卡车从他面前开过，街道上零零散散的行人和难民都在埋头疾行。方大曾紧了紧包带，右转继续往前。在路口，方大曾看见一处临时街头工事，他停下来，拿起相机按下了快门。

方大曾骑上车继续往前走，突然听到身后有人叫他。循声回头，方大曾看见有辆小车开过来，开车的是个和他年纪相仿的青年。

刘信达：干吗去啊？

方大曾：又开着你这破玩意儿显摆呢？

刘信达：显摆……我这是要去打探军情！听说了吗？卢沟桥，丢啦！现在宛平城里到处是日本人！

方大曾：得了吧你……嘴巴严实点，战争期间散布谣言，不怕挨枪子？

刘信达讨了个没趣，但他随即又想到了什么，恢复兴奋。

刘信达：我说，你不是战地记者吗？不去报道报道？

方大曾：那你觉着我这是干吗去？

刘信达：真的？！

方大曾笑了笑，没说话。

刘信达：你方向不对啊……现在只剩右安门那边还能过。

方大曾：知道……

说话间，方大曾望向街对面的一家照相馆，他发现店铺老板正在锁门，连忙脚下加速，把车骑了过去。刘信达把车停稳，下车追过去。

方大曾：这才刚几点？您这么早就歇了？

老板：哪还有生意？

方大曾：别啊，生意这不来了吗？

老板已经挂好了锁，抬头看着方大曾：赶紧回家吧，外头乱成这样……

刘信达三步两步赶了过来。

方大曾：劳烦您，我得买点胶卷，急用。

刘信达：有生意您还不做？

老板有些犹豫：要多少？

方大曾：您这儿还剩多少？

老板一听更疑惑了：这是干吗去？

方大曾：上前线，去卢沟桥。我怕手里的胶卷到时候不够用。

老板：你们是……报社的记者？

刘信达看向方大曾，方大曾郑重地点头。

方大曾：战地记者。我叫方大曾，笔名小方。

老板琢磨着：小方……小方？报纸上绥远前线的照片，是你拍的？

刘信达笑：就是他！

老板露出几分钦佩的神情，重新打量方大曾。

老板：行……你们在外面等会儿。

老板掏出钥匙，开门走了进去。

刘信达：行啊！你小子名声大噪了！

方大曾不无得意地挑眉一笑。

老板捧着一个铁盒走出来，直接递到方大曾手里。

老板：就这么多了。

方大曾：一共多少钱？说着，从口袋里掏钱。

老板摆手：拿走，也算我捐助抗日了！

方大曾一愣，和刘信达面面相觑。

老板：枪林弹雨的，你俩小心着点。

方大曾和刘信达笑了：谢谢您！

老板笑：快去吧……

方大曾和刘信达郑重点头，转身离开。

方大曾：你跟着我干吗？

刘信达：刚才老板都说了，让咱俩小心着点，咱俩！

方大曾停步看着刘信达：你真要去？

刘信达点头：刘爷我亲自给你当助手，够有面子吧？

方大曾：你行吗？

刘信达：肯定行啊！

林荫道上，三三两两的难民从前面走来，他们背负着各式各样的行囊，拖家带口地前行，大多数人都目光呆滞。

刘信达愕然：刚出北平城就乱成这样……宛平那边还去得成吗？

方大曾的表情严肃许多，沉默不语。

女青年：同胞们！请大家振奋精神！团结起来！保卫卢沟桥！保卫宛平城！保卫北平城！

方大曾和刘信达循声望去，路边有群打着"慰劳队"旗号的青年聚集在一起，一名女青年正在大声地宣讲。

女青年：社会各界都在关注着我们！远在延安的共产党人也发表了抗战宣言……全中国的同胞们！平津危急！华北危急！中华民族危急！只有全民族实行抗战，才是我们的出路！

方大曾走到近前，举起相机拍摄。这时，一群士兵从街道对面快步走来，他们或背负伤员，或抬着担架。能正常行走的士兵身上也都带着伤，军服被炮火和鲜血染得看不清本来的颜色。

士兵甲：谁的车？！

刘信达：我的我的……

刘信达话说一半，表情僵住了。他看到担架上的伤兵全身烧得皮开肉绽，残留的衣服已经和皮肤粘在了一起。

士兵甲：有两个兄弟伤得重，再不送医院就没了！

方大曾：钥匙！

刘信达哆哆嗦嗦地掏钥匙，方大曾劈手夺过来，上前开车门。

女青年：大家帮忙！

青年们围上去，帮忙将重伤伤员抬上车。

方大曾上前帮忙，不小心碰到了烧伤士兵的手，结果自己手上立刻粘下来一块皮肉。

刘信达：方大曾……方大曾……

刘信达把方大曾拉到一边，他看见方大曾手上的脏污，差点吐出来。

方大曾：你到底行不行？

刘信达：不是……怎么能伤成这样……

方大曾：真到了战场上，比这吓人。

刘信达：我不是尿……我就是……

方大曾看着刘信达的模样，态度软化了一些：腿软？动不了？

刘信达连连点头。

方大曾：头一回，我也这样。

刘信达：要不……咱们还是别去了？

方大曾：你别管了，把伤员送医院去。

刘信达：那你呢？

士兵甲：司机？！

方大曾回头招了招手：来了……（按住刘信达肩膀）车开得稳一点，但是要尽快。

刘信达急了：子弹不长眼！不是说你拿的是照相机，它就绕着你飞……

方大曾：快去！

刘信达一咬牙，一步三回头地上了车，掉头驶离。

方大曾叹了口气，他看了看那群目送轿车远去的青年，又转头看着那几个伤得轻一些的士兵，他们筋疲力尽地瘫坐在马路边。

方大曾走上前，掏出背包里的水壶：喝口水吧，润润嗓子。

士兵甲感激地点了点头，接过水壶灌了一口，又递给身边的士兵。

方大曾：兄弟，卢沟桥那边……我们胜了？

士兵甲摇头。

方大曾：那……败了？

士兵甲有些激动：没有！

方大曾点点头：我是记者，能不能跟我说说前线的情况？

方大曾从背包里掏出笔记本和笔。

士兵甲沉默片刻，抬头正视方大曾。

士兵乙虚弱地说道：俺们不是逃兵……

方大曾看向士兵乙，这才注意到他两眼无神地望着空处，正摸索着把水壶递给另一名伤兵，他似乎已经失明了。

士兵乙：俺们一个排……全打没了……他们说就活了俺一个……

士兵甲：我们大刀队没剩几个人了，刚才那俩也不知道……

士兵甲想到什么，掩面抽泣。

士兵甲：连长让我送去陆军总医院，我没完成任务……

方大曾也很是动容，伸手按住士兵甲的肩膀。

方大曾：你尽力了。

方大曾举起相机，却被士兵甲发现，伸手拦住。

方大曾：我……

士兵甲站起来：不能让人看见，我们军人这副模样……

士兵甲艰难起身，牵动了腹部的伤口，疼得龇牙。但他强忍着整理军服，尽量装作轻松地对着方大曾敬军礼。

方大曾连忙拍下这一幕。

拍完照，士兵甲的手却依旧没有放下。

士兵甲：我们是二十九军二一九团三营。我们接到的命令是，卢沟桥即尔等之坟墓，与桥共存亡，不得后退！

方大曾：请放心，我一定会如实记录！

士兵甲这才放下手，点了点头。

远处一阵轰隆声接连响起，路上的难民队伍顿时慌乱起来。方大曾道了一声保重，最后看了士兵甲一眼，循着爆炸声而去。他目光坚定，逆着逃离战火的难民队伍，独自走向炮声传来的方向。

无边的原野之上一朵白云缓缓浮动，永定河水安静流淌着。方大曾轻轻扶着那块"卢沟晓月"的石碑，望着眼前这幅美景愣神。

年轻士兵：方记者。

方大曾回头，看到一名背着步枪和大刀的士兵正看着自己。士兵身后的方向狼烟四起，那就是卢沟桥阵地。士兵们正忙碌地加固阵地，搬运弹药。

年轻士兵：营长让我负责你的安全。

年轻士兵说着，将一顶钢盔递给方大曾。

方大曾将目光从士兵脸上移开，默默地戴好钢盔。

年轻士兵：你刚才琢磨啥呢？

方大曾笑了笑，轻叹一声：我在想……伟大的卢沟桥……说不定，就是咱们伟大的民族解放战争的发祥地了。

方大曾退后两步，对石碑按下了快门，然后放下相机，转身走向守军阵地。

年轻士兵：你以前上过战场没？

方大曾：上过。

年轻士兵：那就好。等打起来，你手脚可得听使唤，要不我也保护不了你。

方大曾微微一愣，只是点头。

两人走到桥头，望着卢沟桥上标志性的石雕狮子。

方大曾：你上去，我给你拍一张。

年轻士兵犹犹豫豫地走到石狮子旁，却是背对着方大曾。

方大曾：你背对着我干吗？

年轻士兵立正站好，不说话。

方大曾：害羞啊？

年轻士兵：就……就这样，挺好。

方大曾笑了：行……

方大曾调整角度，按下了快门。

年轻士兵三步两步回到方大曾身边，凑近相机：能看看啥样吗？

方大曾：那不行，照片得洗出来才能看。

年轻士兵有些遗憾地撇了撇嘴。

方大曾拉着他坐下：跟你商量个事。

年轻士兵：你说。

方大曾：打起来了，别管我行吗？

年轻士兵：为啥？

方大曾：我得找角度拍照片，来回换地方，危险。

年轻士兵有些不解：你都这么不怕死了，把这照相机扔了，我发你把枪呗？

方大曾：那不行……它是不能杀敌，但是通过照片，我能把你们英勇抗敌的精神传递出去，是不是？

年轻士兵：那有啥用？

方大曾笑了：怎么没用？让全世界都看到你们抗击日本人的勇气和风采，不好吗？当下的中国，最需要的就是这种精神洗礼。

年轻士兵似懂非懂地点了点头。

方大曾：你看，就刚才给你拍的那张，怎么讲呢……到时候登上报纸，全国人民都能看见你守望卢沟桥的样子，你就是榜样了……

年轻士兵露出羞怯的笑容，抓着脑袋。

方大曾：全国四万万同胞的心，那就相当于跟你一起跳动。这么齐心协力，咱们卢沟桥，咱们中国，是不是坚不可摧？

年轻士兵使劲点头，想要说什么，突然空中有尖啸声迅速靠近。

军官：炮击！隐蔽！

年轻士兵脸色一变，将方大曾扑倒在地，炮弹在二人附近接连炸响。方大曾挣扎着爬起来，却发现年轻士兵没了动静。方大曾愣住，眼睛红了。他试探着晃了晃对方，年轻士兵突然转醒，不住地咳嗽。方大曾露出如释重负的笑容，他拍了拍年轻士兵的后背，探头张望一番，冒着炮火纵身爬出掩体。

方大曾匍匐向前，看见有名士兵趴在掩体后面举枪瞄准。轰隆爆炸声中，方大曾怔怔地看着那名士兵，举起相机。

年轻士兵：方记者！你快回来！

　　方大曾回望过去，他满是泥污的脸上流露一丝微笑，眼中燃着狂热的光芒，他没有退却，反而猫着腰冲入浓烈的硝烟之中。

烈性

熊大缜

本集编剧：李正虎

　　熊大缜（1913—1939），上海人。

　　1938年，投笔从戎参加八路军，前往冀中革命根据地。他与清华大学同窗从事烈性炸药、无线电和雷管等研制工作，为根据地大规模生产烈性炸药做出巨大贡献，沉重打击了侵华日军。

　　后人称之为"地雷战之父"。

1938 年春，天津。熊大缜骑着自行车行驶在街道上，车的后座上绑着一只手提箱。街道上，人车嘈杂，混乱不堪。一辆载满日本宪兵的卡车从熊大缜身后驶来，路边的巡警手持警棍维持秩序，路人纷纷退让。

火车站人来人往，从冀中根据地来津的中共地下交通员陈光从出口走出，两名便衣伪装的日本特务跟在陈光身后。陈光察觉异样，放下行李箱，蹲下身佯装系鞋带，暗暗观察。随着陈光起身，人群中的日本特务立即转身。

陈光远远地看到了对面人群中的熊大缜，熊大缜兴奋地举起手向陈光示意。陈光站立不动，摇头示警。熊大缜不明所以，取下皮箱穿过人流向陈光走来。陈光突然拔出手枪，向天开了一枪。人群炸开，大家四散奔逃。陈光随即转身，将身后一个持枪的特务击倒。其他隐藏在人群中的日本特务纷纷拔枪向陈光射击，一队日本士兵也冲了过来。陈光依靠柱子遮挡，数名日本特务中枪倒地。

熊大缜躲在一辆轿车侧面。一个特务大喊：他没子弹了！抓活的！枪声停止，熊大缜慢慢地起身观察，看到特务和日本兵正在向柱子聚拢。突然一颗冒着烟的手榴弹扔了出来，众人就地趴下。手榴弹在地上打转，直到硝烟散去，却并未炸开。日本特务纷纷从地上爬起，疑惑地看向没有炸的手榴弹。此时浑身是血的陈光猛地从柱子后转了出来，军特同时开枪，陈光不幸中弹，靠着柱子瘫坐在地上。

熊大缜与陈光四目相对，陈光微笑了一下，努力想抬起手挥别。一个日军军官上前，举枪抵住了陈光的后脑，一声枪响，陈光扑倒死去。熊大缜泪流满面。

清华大学天津同学会临时办事处一楼堆满了图书和学社的物资设备，汪德熙等七八名同学正在准备打包装箱。

汪德熙迎上来：大缜……

熊大缜将手提箱交给汪德熙，然后径自走进叶企孙的办公室。办公室内堆满图书和物资设备，叶企孙一边咳嗽一边清点着南迁的物资设备账簿。

叶企孙：大缜，你知道你在做什么吗？

熊大缜：我知道。

叶企孙停下手中的动作，缓缓起身：你如今选修的专业，红外线也好，核物理也好，都是未来的国之重器。你放弃德国的留学机会去造炸药，这不是大材小用吗？

熊大缜：国难当头，匹夫以头颅报国，知识分子自当以所学报国！学生以为，现今的中国，更需要能赶走日寇的烈性炸药！

熊大缜沉重地从叶企孙办公室内走出来，汪德熙跟上两步抓住熊大缜的胳膊，将他拉到一边。

汪德熙：怎么又把箱子拿回来了？没见到人吗？

熊大缜：这些书籍材料就算交给他们，他们也未必能很快地造出来。

汪德熙：那……

熊大缜：德熙，你上次说，我去你就去……

汪德熙：我随时能走！

熊大缜：好。

照相馆老板目瞪口呆地看着对面背景板前西装革履的熊大缜和身着婚纱的陈宜茗。

老板：我说姑娘，这只是拍照，还没到出嫁呢，能先别哭了吗？

熊大缜：宜茗，我向你保证，最多两个月，我把那边的人教会了就回来。到那时候，我们再举行婚礼，好不好？

陈宜茗低声啜泣着。

老板：你们到底照还是不照啊？后面还有客人在等着呢！

熊大缜：先不照了。

陈宜茗：两个月。如果到时候你没回来，就不用再来找我了。老板，我们照！

镁光灯闪烁，拍下了二人珍贵的合影。

根据地的一间房屋内，熊大缜和陈宜茗的婚纱照放在桌子上，桌旁是一面有些磨花了的半身镜子。熊大缜穿着八路军的服装照着镜子，正了正帽子，笑了。身后，已经穿好军服的汪德熙正将书箱中的书一本本地摆放在另一张书桌上。

根据地参谋长齐鲁在外敲门：大缜，德熙，收拾好了吗？

熊大缜：来了！

齐鲁、汪德熙和一群负责研制炸药的八路军战士围着熊大缜，看他写着制造烈性炸药的多种化学方程式。

齐鲁：你这写的什么啊？我们这里认字的人可不多。

众战士也纷纷表示看不懂。

汪德熙：哎，你就直接说吧！

熊大缜：哦。那就先说下你们做的黑火药吧！黑火药容易制作但是威力太小，手榴弹扔出去，响了，只能炸成两瓣，最多五六瓣，形不成有效杀伤，而且稳定性也差，要么哑火，要么提前炸，容易伤到自己人。

齐鲁身边的一个同志嘿嘿一笑，指指自己被绷带包着的脑袋：对！对！就是这样！我这就是前几天炸伤的！

熊大缜：所以，我们急需的是烈性炸药，威力大，稳定性好。但是不管是 TNT、黑索金还是苦味酸，原材料呢都被日本人严格封存，别说买不到，就是买到了，也运不进来。

一个老战士：就是运进来了我们也不会用啊！

另一个战士：那咋办呢？

齐鲁：别吵吵！听专家的！

熊大缜：所以我想到了一个能快速生产烈性炸药的办法。

（熊大缜写了三个大字：肥田粉。）

熊大缜：肥田粉。我和德熙同志在来根据地的路上，看到日本人为了在冀中征粮，强制老乡们购买肥田粉施肥。肥田粉的主要成分是硫酸钾，只要经过提炼，就可以变成烈性炸药！

一袋袋的肥田粉被战士们背来运来。研制炸药的破旧院子里堆积着越来越多的肥田粉。院内支起了一口大铁锅，生起了火，半袋肥田粉被倒进锅内，随着温度的升高慢慢地熔化。

熊大缜：糠。

汪德熙把一袋谷糠倒进去，熊大缜用铲子迅速地搅拌，待谷糠变黄。

熊大缜：起锅！

两人一起抬起锅将原料混合物倒进木槽中……两个战士推动石碾，板结的原料被碾成了粉末……

一根引线被火柴点燃，引入一个军用铁皮罐头盒中。片刻之后，罐头盒发生了猛烈的爆炸。熊大缜和围观的战士们欢呼着跳起来：哎！成了！成了！

熊大缜和汪德熙在河边散步。

汪德熙：这样看来，你很快就可以回去跟宜茗成亲了。

熊大缜：嗯，等有需要了我随时再回来。你呢？

汪德熙：我想等兵工厂建成规模了再走，然后继续学业。

熊大缜：好，毕竟将来胜利了，重新建设国家也会需要我们。

齐鲁带着几个士兵匆匆赶来。

齐鲁：出事了！肥田粉脱销，引起了日本人的怀疑，不卖给老乡了！而且还在挨家挨户地收回去！

熊大缜和汪德熙怔住了。

熊大缜写着化学方程式。

齐鲁：这又是写的啥？

熊大缜：这是指硝化甘油。

汪德熙：但是研制硝化甘油需要先有硫酸。提炼硫酸一般有两种办法，以白金为媒的接触法和以铅为培养皿的铅室法，也就是说，我们需要白金和铅。

齐鲁：我们这儿连铁和铜都缺，还白金呢！白金啥样啊？

熊大缜：硫黄有吗？

齐鲁：多的是啊！

熊大缜站起来，走到旁边的一个陶瓷釉面的水缸前，用力拍了拍。

战士们挨家挨户地收购水缸。研制炸药的院落内，十几个大小不一的水缸排列着。

齐鲁：怎么样？

熊大缜挨个看着摇摇头：陶瓷釉面！这没几个合格的啊！

齐鲁：那怎么办？周围能找的都找了啊！

几小堆不同颜色的土放在木板上。

熊大缜抓起一把黄土检查：提炼硫酸的陶瓷釉面缸，第一要求就是高强度耐腐蚀。这是黄土，沙子太多了，土质黏性差，烧出来的表面还粗糙，不适合上釉。不行！

齐鲁抓起一把白土：这个呢？老乡们说这种白土烧出来的陶器特别滑溜。

熊大缜：这种的容易开裂，也不行。

齐鲁：那你就说哪种行吧！

熊大缜：观音土。

一口口大缸在烈火中烧制，几个军民在窑洞口巡视着。熊大缜检查洞口一个又一个的陶瓷釉面缸。

熊大缜：这个不行，这个也不行。缸塔法，最重要的就是这个缸！你得告诉把头，温度必须严格控制在 900 摄氏度到 1300 摄氏度之间。

齐鲁：好。多少摄氏度之间？

熊大缜：我去跟他说吧！

一个又一个烧制出来的陶瓷釉面缸摆列起来，摆成提炼硫酸的缸塔状。

熊大缜、齐鲁和汪德熙三人看向院落内摆起来的陶瓷缸塔。

齐鲁：这下够了吧？

熊大缜：德熙，看你的了！

汪德熙：没问题！

汪德熙带人打造冷凝瓷管。熊大缜在陶瓷缸前方装上冷凝管。齐鲁带着八路军战士往缸内倒入硫黄等原料。一股黑色液体从水缸前面的冷凝瓷管内流了出来……熊大缜小心地用木瓢接过黑色的液体。

齐鲁：这就是硫酸？

熊大缜：这是硫酸铁。

汪德熙：生产不出硫酸，就没办法提炼硝酸，没有硝酸，就研制不出硝化甘油。

熊大缜把木瓢用力丢在地上走进屋内，将门狠狠地摔上，众人面面相觑。过了一会儿，熊大缜又走了出来：来，再试一次！

深夜。炉火将熄，院子里已经没有别人了。熊大缜盯着大缸，焦躁地踱着步。

熊大缜和汪德熙等人在院落内筛选原材料，一次次实验，但依旧失败。

　　油灯下，熊大缜正在写信：老师……天津一别，甚为想念。到了根据地后才发现，这里需要我们工作的实在太多且进展缓慢，我辜负了您的期待，惭愧之至。想向您请教塔式法提炼硫酸的方法，屡试屡败，望老师给予指点。另外，这边也急需引爆炸药的电雷管，不知您是否有渠道……

　　熊大缜沉吟片刻，将信放在油灯上点燃了。正在另一张桌上维修无线电设备的汪德熙惊讶地回过头来。

　　汪德熙：大缜……

　　熊大缜：日本人一直在严密地监视着办事处，信寄过去一定会给老师带来危险。

　　汪德熙：那怎么办？

　　一辆马车停在门外，一个老头坐在车架上抽着烟，不时地瞅向院内。熊大缜穿着西装戴着礼帽，汪德熙拎着行李箱走出门，惊讶地看到院子里已经站满了八路军战友。

　　熊大缜：你们这是干什么啊，我又不是不回来了！

　　齐鲁：你可是我们的金疙瘩啊，你要是出了事，吕司令可饶不了我！你再想想吧，咱这一院子的同志都能代替你去！

　　熊大缜：有些事真的是非我不可啊！大家放心，等我的好消息吧！

　　熊大缜接过箱子，向院外走去，众人紧紧跟随。

　　天津火车站，熊大缜随着人流出来，坐上了一辆黄包车向站外驶去。一个特务发现了

熊大缜，他丢掉烟头，骑着单车跟了上去。另有一辆单车尾随其后。两辆单车不紧不慢地跟着，心事重重的熊大缜浑然不觉。熊大缜下了车，付了钱给车夫，然后径直走进小楼。一个特务看着熊大缜进去后，骑车掉头离开。

安静的巷子里，特务骑车疾驰，一辆黄包车突然横冲出来，特务避之不及撞了上去，摔倒在地。他刚要起身，身后出现两个身着长衫、头戴礼帽的人将他捂住口鼻拖进巷子里。片刻，两人出来，一人上了黄包车，另一人扶起自行车，从容地分头离去。

叶企孙：你能在天津多待两天吗？我去想办法搞一些电雷管和药品让你带回去。

熊大缜：没问题。

叶企孙：还有，李琳和阎裕昌以及其他的几个化学系的同学也想去根据地，你们可以一起走，或许他们能帮助你解决提炼硫酸的问题。

熊大缜：那太好了！

叶企孙：大缜，自你走后，我想过很多，那日的谈话或许是重了。作为你的老师，当然希望你赴德留学在学术界取得更好的成就，为国家日后的强大打下更坚实的基础。但是作为一名中国人，我更应该支持你现在的决定。中国可能从此以后少了一个一流的物理学家，但是多了一个用知识和行动去保家卫国的战士。这个时代，需要更多像你这样的人。

熊大缜眼含泪花深深一鞠躬：谢谢老师。

熊大缜捧着一束花来到宅院门前，发现大门紧锁，他趴在门缝张望着。

卖烟卷的小男孩经过：哎，干什么呢？

熊大缜：哦，这家人……

小孩：搬走啦！

熊大缜：什么时候？

小孩：五六天了吧，拉了好几大车东西！

熊大缜：你知道搬去哪里了吗？

小孩：不知道。来盒烟吧！

熊大缜摇摇头，小孩失望地吆喝着走了。熊大缜叹了口气，把花束放在台阶上便离开。身后，穿长衫戴礼帽的两人不紧不慢地跟了上去。

根据地里，齐鲁和一群八路军战士围绕在熊大缜身边，同学会办事处的两三个同学也穿着军装站在一边。熊大缜和汪德熙在水缸前面安装增加观察反应的烧瓶。一个个陶瓷缸内盛满黑色的液体，液体和三氧化硫发生化学反应通过冷凝提炼出硫酸。一股股白色、纯净的硫酸缓缓地从冷凝瓷管内流出。熊大缜和汪德熙相视一笑。

熊大缜等人趴在田地里，熊大缜手里拉着一根连接地雷的绳子，众人紧张地盯着前方堆积的爆炸试用的木箱子和戴着日军钢盔举着日本旗用稻草做的假人。

齐鲁口中喊着：3！2！1！熊大缜猛地拉下连接地雷的绳子。前方土包猛的一声巨响，埋下的地雷炸开了，周围的木箱子和竖着的假人全部被炸得粉碎。八路军战士纷纷站起来欢呼，熊大缜和汪德熙、齐鲁紧紧地拥抱在一起。

熊大缜坐在屋顶，手里拿着与陈宜茗合影的小镜框，端详着，神情落寞。

汪德熙走过来与他并肩坐下，熊大缜赶紧将镜框装进兜里。

汪德熙：想好了吗？准备哪天回去？

熊大缜：等咱们解决了电动起爆器和无线电台的问题再说吧！

汪德熙：那宜茗呢？不娶了？

熊大缜：怎么娶？人都找不着了。难怪之前的每封信都是石沉大海。以她的性格，我们不可能了。

汪德熙突然再也绷不住了，从憋着笑到大笑。

熊大缜疑惑地看向汪德熙：你笑什么啊？

陈宜茗：熊大缜，这可是你说的！

熊大缜慌忙地站起身，左右查看，却看到院子里在齐鲁的陪同下，已经站了五六个提着行李、学生模样的年轻人，为首的正是笑吟吟的陈宜茗。

熊大缜激动地笑了起来。

我送亲人过大江

本集编剧：初 征

颜红英

颜红英，1930年生，江苏宝应人。

1949年渡江战役中，颜家父女三人以自家船只支援解放军，父女一起驾船将人民解放军战士送过长江。时任新华社华东野战军前线总分社摄影记者的邹健东，拍下《我送亲人过大江》照片。

1999 年 5 月，北京。初夏的天空，流云浮掠。北京 292 医院花园内，绿草青翠如茵，欣欣向荣。石桌上放着相框，里面有一张放大的黑白照片。白发苍苍的老记者邹健东（84岁）坐在桌边，扶着眼镜，仔细看着照片，不时抬头张望，静待来客。

步道上，传来匆匆的脚步声。来的是两个身穿一式蓝衣，头发依旧乌黑的老太太。她们身材瘦小，步履轻快急促。身后，跟着几个陪同人员。远远看到他们走来，邹健东站起身，神情变得十分激动。

颜红英（69 岁）和颜小妹（67 岁）一前一后地快步走过来，两姐妹上前一左一右握住了邹健东的手。颜红英对着邹健东笑起来。邹健东也笑了，他带着两姐妹在石桌边坐下。三人一起看向那张相框里的照片。

颜红英看着照片上那个穿白衫、梳长辫子的船家女背影，拍了拍自己的胸口，语气骄傲：是我，是我！

邹健东点头：小姑娘，我找了你五十年……

1949 年 4 月，渡江战役前夕。骄阳似火，水面一片波光粼粼。船桨刺入水中划过，搅动了水面的平静。日头下，几艘满载解放军战士的渔船，正破水而来，竞先冲向岸边。江岸上，一派战前紧张演练的气氛。

随军记者邹健东（34 岁）站在江边，正举起相机取景。他手中端着一只老式徕卡相机，身上挎着军用包和水壶，风尘仆仆。邹健东调整镜头，看着取景画面，推进镜头。

　　江面驶来的船上，半蹲着蓄势待发的解放军战士们。他们手持步枪，全身绷紧。划船的是两个渔家姑娘。靠前位置，稳稳站着身穿白衫、梳长辫子的船家女颜红英，辫梢系根红绸带。她身材瘦弱，在用力划动船桨。颜红英盯着船行靠岸的距离，手臂紧绷，表情专注，越来越快地划船。后面，颜小妹也跟随姐姐的节奏卖力划船。

　　船头，雷排长半蹲着，全神盯着木船靠岸的距离和行进的速度。忽然，雷排长举起了手，半伸空中握拳，猛然张开挥向前。船还在行进，他身后一排排的战士们已经跃入水中，向着岸边游去。他们动作迅速，却安静无声，很快就端枪冲上了岸边。雷排长也跳下船，带领战士们游向岸边。远远的，邹健东举起相机对准冲上岸的战士们，按下快门。

　　水中，落在最后的小战士大海呛了水，挣扎不已。雷排长快到岸边，回头瞧见，过去拉着大海一起冲向岸边。又朝其他战士们挥手比画两下，战士们三三两两向营地走去。大海弯腰把呛的水吐出来，吐得七荤八素。

　　雷排长在旁边叉着腰：练多少回了？还呛！去那边再练二十遍！

　　大海个子不矮，却满脸稚气未脱，听了雷排长的话，咧嘴，一副苦瓜脸。

　　雷排长朝停船方向高喊：英子，过来！

　　颜红英脆声答应着，利落地跳下船，赤着一双脚朝雷排长这边奔跑过来。

雷排长冲颜红英指着大海：他这样怎么渡江？再给你们一天时间，能不能完成任务！

颜红英立正，努力敬个标准军礼：是，保证完成任务！

颜红英拽着大海去水边，推了他一把，板起脸：怎么回事，教你的都忘了？不是让你憋气吗！

大海一脸无辜：我憋了，憋了啊！

颜红英：憋了怎么会呛？你是不是笨？

两个孩子一边斗嘴一边开始在水边练习，颜红英直接把大海按到水里。这边，雷排长脱了军装外套拧水，江水滴答，里面衬衫也湿透了，样子有点狼狈。迎面，邹健东朝他走过来，脸上挂着笑。

邹健东扯扯军装，正了下帽子，敬礼：新华社华东野战军前线总分社记者邹健东，前来报到。

邹健东说着，从随身的挎包里取出封介绍信，递给雷排长。雷排长看着他，一脸茫然地接过，打开。水边训练大海的颜红英扭头看着雷排长这边。雷排长眯起眼睛，煞有介事地看着那封介绍信。邹健东小心地伸手将那封介绍信上下颠倒，又放回雷排长手里。

邹健东重新做自我介绍：记者，负责采访报道。雷排长，师部安排我跟你们一起渡江……

雷排长打断：胡闹！写字照相的派到我这儿干什么？！不用采我们，去别的连队吧！

邹健东：因为你们是英雄连队，是渡江尖刀排……

雷排长不耐烦地挥手：少戴高帽，训练打仗都来不及，哪顾得上你啊，还得安排人手保护你。

雷排长说着，直接把介绍信塞回邹健东手里。邹健东有点尴尬。

邹健东：雷排长……我还有些要采访你的问题……

雷排长不理会：英子，跟你爹说，明天喊两个真船工来划，你们下船吧！

颜红英一听就急了，奔过来拦在雷排长面前，问道：什么意思？什么叫真船工？我划得不好，还是表现不好？不就是大海没给你训好嘛，刚才说好了再给我一天时间呢……

大海也从水里站起来：排长，我保证能练好！

雷排长：跟他没关系。丫头，我们是去打仗，跟演练不是一回事。你不能去。跟你爹说，换人！

颜红英：凭什么换人啊？！我不干，我要参加渡江！我得去啊！

雷排长耐着性子劝说：你还小呢，渡江太危险了。听话！

颜红英指着大海：他呢？见水就怕，上船就吐！我比他强吧？岸边长大，我是江里的鱼、船上的桨。只要能跟你们渡江，什么危险我都不怕！

雷排长一时不知如何反驳，邹健东走上前。

邹健东一字一句试图讲理：排长同志，我认为，你要为你刚才的态度向我道歉！渡江是你的任务，采访宣传是我的任务……

颜红英过来：你说啊，到底为什么我不能去？我哪儿不如他，我可以跟他比！划船还是渡水？

雷排长：大海他……他去吹号啊，没吹号的行吗？

颜红英毫不示弱：那我划船哪，没划船的行吗？

雷排长：那么多战士呢，都能划船，不缺你一个小姑娘！

颜红英：那船还是我们家的呢！船在人就在，我不下去。

邹健东在旁边看着他们争吵，举起了相机，雷排长立刻伸手挡住相机镜头。

雷排长：别拍！别以为我不知道！现在胶卷多金贵啊！

邹健东推了推眼镜：采访记录训练和备战情况，也是我的工作任务！请你配合！

颜红英梗着脖子还在吵闹：我们家的船，谁也别想让我下去！

颜红英和邹健东一左一右夹住雷排长，各说各的，使他无力招架。

雷排长拉过邹健东到一边，压低声音：你干点正事！这样，你把这丫头给我说服了，让她乖乖下船，就是你现在的任务。完成了，我，你想怎么采就怎么采！

雷排长说完，直接伸出一双大手，用力握住邹健东的手摇晃，大笑着：记者同志，我热烈欢迎你！

雷排长说完，突然撒开手，转身就走。邹健东猝不及防，手都来不及收，一脸蒙地杵在那儿。

颜红英还安抚他：雷排长他就是道雷，劈完就没事了。

颜红英打量邹健东一番，忽然转头提高声音：大海，别偷懒，你给我好好练！

颜红英喊着，风风火火地跑开了。邹健东实在哭笑不得。

流云浮动，江水连天。船边浅水处，颜红英正在训练大海。大海埋头在水里，颜红英蹲在一旁数数：十四、十五、十六……

大海已经耐不住，狼狈地从水里抬起头，一口水喷出来，央求着：憋不住了，英子姐……

颜红英也不回答，伸手再次将大海的头按到水里去。

邹健东走过来，从包里拿出小本子和钢笔，也在颜红英身边蹲下来。

邹健东：小姑娘，跟我聊聊吧。你叫什么名字？

颜红英不理他。大海抬起头，喷出一口水来。

大海：她叫颜红英，还有个妹妹叫颜小妹，都是岸边长大的，划船可快了。

大海趁说话工夫换气，颜红英毫不留情地再次把他的头按进水里。

邹健东：英子，你为什么一定要参加渡江？

颜红英瞥他一眼：你不想去啊？打到南京，活捉蒋介石，解放全中国……你问问这些船上的人，谁不想去？

邹健东：你还小，还是个孩子。

颜红英这次把大海从水里扯出来，把他的脸拽到邹健东面前给他看。

颜红英：他比我还小呢！

邹健东看向大海：你多大了？

大海费力喘着气，脸上笑得真挚：十六。我是大海，司号员！

颜红英瞪了他一眼：又不会划船，又不会游水，搞不好要拖后腿。他这样都能去，我为什么不能？

邹健东很耐心：部队有很多分工，司号员也很重要。号声就是命令，所有人都得听。

大海很重要。而且一旦上战场，大家都会保护他。到战场上，谁来保护你呢？

颜红英：我不需要保护，我能行！

邹健东乐了：这就是孩子话了！

颜红英一下子站起来：我就是不需要！我问你，这次大军渡江，能不能成功！

邹健东：这话问的，能不成功吗？我们得渡江过去，解放全中国啊。

颜红英点头：这么光荣的事，我这辈子也就赶上这一次。你说说，我是不是应该去？你们说我小，说有危险，可我从小在船上。每天起什么风，有没有雨，划多少下能到对岸，哪有漩涡哪有风浪，我都知道。你说，我该不该去？大军渡江，我不划船谁划船？

邹健东听得有点动摇了，接着问：你家大人呢？你爸妈同意吗？

颜红英：我娘……早就没了，饿死的。以前，水里岸上的帮头，都欺负咱们。赶上风浪出不了船，十天半月挨饿是常有的事。解放军大军不来，我们都没好日子过。就冲这，我也得亲手划船送大军过江！

邹健东：那你爸要是不同意呢？

颜红英理直气壮：他说了不算！我跟着雷排长练好多天了，什么时候跳船，什么时候上岸，我都记住了。我还以为我也是他的兵了，结果他张嘴就说要找真船工，那我是什么？他瞧不起人，老把我当小孩！

颜红英越说越委屈，眼圈都红了。邹健东听着，有些同情地点了点头，收起纸笔。颜红英忽然打量起邹健东，围着他转了一圈，看得邹健东发毛。

颜红英眼睛亮了：你……看着像个干部哎。你帮我说说去吧！

邹健东：我说什么？

颜红英推着邹健东：去跟雷排长说啊。刚才你不是挺能说的吗？我都看见了，他说不过你。你去帮我说！我……我给你熬鱼汤去……

邹健东看着颜红英兴冲冲跑船上去了。大海小声对邹健东：邹记者，你帮帮英子吧，她太想渡江了。上了船，不管有什么危险，我都保护她！有炮弹，我挡。

邹健东看着大海年轻而又诚恳的脸，被触动了。

桌面是渡江演练的沙盘：长江岸边，摆放着多艘船只。几个野战军首长正围着沙盘商量着渡江作战计划。雷排长也在其中。

首长甲对沙盘比画：从这条河出发，向这边进入长江渡江。到对岸会合……

首长乙：各连排都已经明确了，偷渡、抢渡相结合，贯彻独立自主、有进无退、主动协同的作战思想。

众人纷纷点头。邹健东悄无声息地走进来，站在不起眼的位置。他在采访本上书写记录。

雷排长走出指挥所，邹健东跟了上来。一看见他，雷排长换上笑脸。

雷排长：邹记者，今天我情绪不好，你多原谅。仗一打起来，责任都在我身上，压力大。

邹健东：理解。现在我能采访你几句了吗？

雷排长转转眼睛：我配合你采访，采完你找师部换个连队，怎么样？

邹健东不接茬，直接发问：雷排长，这次渡江，你想立功吗？

雷排长一脸骄傲：当然，我们是尖刀排啊。哪次训练不是我们第一啊。

邹健东：那个不会水的小战士，拖慢了你们的速度。

雷排长：那孩子是个困难户，旱鸭子。不过，有那个会水的丫头，马上能练好。

邹健东：船家小姑娘我也采访了，人家说跟着训练两个月了，整个演练流程都熟悉，你为什么不让人家渡江？

雷排长一听，才明白自己被绕进去了。脸色一下子就变了，怒气冲冲：记者同志！你什么觉悟？我问你，你什么觉悟？

邹健东茫然不解。雷排长耐着性子解释：英子她爹，是个老船工。一直跟着渡江侦察营行动，负过伤。大军渡江，他带头报名，还动员了其他船工兄弟。我们不想让他再去，死活说不通，一定要参加。现在两个闺女又要去。我们是去打仗啊。这要是一家子都牺牲了，我们怎么对得起支持我们打过长江去的老百姓？……这种话，你让我怎么跟那丫头说？

邹健东恍然，颇为动容：这样一家人，的确，我们要照顾好。

雷排长大力拍在邹健东肩头：还是你们读书人懂事！那些话我说不出口，你有文化，你去说！邹记者，你最应该采访的不是我们，是他们。你镜头里最应该照的，是那些要粮给粮，要人出人，不管不顾全家上阵支持咱们的老百姓啊。

邹健东咂摸着雷排长的话，点了点头。

月冷如钩，一只桅灯挂在船头，刺破夜色。船上，邹健东正坐在小桌边，端着碗喝着鱼汤。颜红英和颜小妹蹲在一旁看着他。不远处，大海坐在那儿，仔细擦拭着他的军号。邹健东放下碗，对上了颜红英期待的眼神。

邹健东一时不知如何开口，清了清嗓子。

颜红英：好喝吗？

邹健东微笑着点头。

邹健东：英子，你爹呢？

颜红英：过江了。他每次走，从来不说哪天回来。

邹健东想了想：我想跟你爹聊几句。

颜红英：爹说了，他不在，我们家船上我做主。邹记者，你跟我说。

邹健东：你们想参加渡江的心情我理解，愿望我也都理解。可一户人家里，有一个人参加渡江，已经可以代表你们了。你爹参加渡江，就是你们也参加了……

颜红英急了：他怎么能代表我们呢？我训练了那么长时间，来来回回多少次……谁也代表不了我！

颜红英越说越委屈，眼泪都落下来了。颜小妹过去，直接端走了邹健东面前的鱼汤，瞪他一眼：白给你喝鱼汤。

邹健东哭笑不得，看着三个情绪低落的孩子，他举起相机：来吧孩子们，我给你们拍张照片吧。

颜红英抽泣：不拍，过了江，胜利了再拍！

邹健东放下了相机。

大海小声嘟囔：我长这么大还没照过相呢。

邹健东离船上岸，走在岸边。夜风中，他听见船上传来三个年轻人说话的声音。

颜红英：大海，我真的去不成渡江了。你替我们去吧。

颜小妹：你吹个号给我们听吧。

大海一本正经保护军号：这不能随便吹。军号，代表命令！不过，我可以给你们学一下。嗒嗒嗒嗒，这个是起床号。嗒嗒嗒嗒嗒，这个，就是要熄灯了。

颜红英：渡江那天，你吹什么？

大海：等我们到对岸，下达抢滩登陆命令，就吹冲锋号！我最喜欢冲锋号，特别有气势！

颜红英眼睛里充满期待和憧憬。她解下辫子上的红绸带，给大海系在军号上。

颜红英：等你们在对岸吹冲锋号，我听到就知道，我们胜利了！

月色旖旎，渔家姐妹唱起了渔歌，歌声婉转，飘向远方。

日出东方，颜红英站在船头，向着太阳升起的地方，双手在胸前交叉握拳。嘴里念叨：先祖保佑，大军渡江，顺风顺浪，打到南京，活捉老蒋！

晨曦中的石桌上，放着邹健东的相机。邹健东在院子里，端着搪瓷缸，拿牙刷刷牙。邹健东弯着腰漱口，站起身才看到颜红英不知道什么时候走了进来，正趴在石桌边研究他的相机，一副很感兴趣的样子。

颜红英：它怎么把人装进去的？

邹健东：是凸透镜原理，有点复杂，有机会慢慢讲。怎么，现在又想拍照片了？

颜红英：我要是让你拍照片，你能帮我再去找雷排长谈谈吗？

邹健东哭笑不得：咱们谁求谁啊。多少战士想找我拍照片呢。来，别想上船的事了。我先给你拍照片。

邹健东说着拿起相机，对准了颜红英，调试镜头。就在这时，颜小妹出现在门口，开心地喊道：姐，爹回来了！颜红英一听，甩过辫子掉头就跑。邹健东放下相机，也跟了过去。

皮肤黝黑的老颜站在船上，正躬身在拆除船上的杂物。颜小妹拉着颜红英过来。看到父亲，颜红英上前。

颜红英：爹，出大事了。他们说渡江不让我和小妹去，让你再找两个船工！

老颜停下手里的活：谁说的？

颜红英一脸委屈：雷排长！

老颜：不可能。

颜红英：真的。他说我们还小，又说渡江危险，说了好多理由……

颜红英看到跟来的邹健东，指了指他：他是解放军的记者，他都没说动老雷。反正就是不让我们上船！

邹健东尴尬地朝老颜点了点头。老颜皱着眉收拾着手里的东西，动作迅速而有力量。

雷排长刚一出门，就被老颜堵住了。颜红英和邹健东都跟在身边。

老颜直截了当：雷排长，你说，我跑船送了多少侦察兵过江去！

雷排长尴尬：老颜大哥，你为我们渡江做的贡献，我们都很清楚……

老颜板着脸：少来这套，我就问你，来来去去那些趟，我出过一回事吗？让一个战士受过伤吗？我女儿为什么不能上船？你还信得过我吗？她们俩从小跟我跑船，什么风浪没见过。我信得过她们！

雷排长：这是战场，她们是孩子！

老颜：你们部队里有多少比她们年纪还小的战士？他们都能去，我闺女也能！这事，我做主！

颜红英和颜小妹拼命点头，信心十足。雷排长不知该如何回答，抬头看见邹健东，赶紧拉他过来。

雷排长介绍：这是新华社来的记者……你跟他说！

邹健东看看雷排长，又看着老颜，硬着头皮开口。

邹健东：老乡，你听我说一句……不让她们上船，这是军队的爱护。我们是有纪律的，你家就三口人，渡江是有危险的。如果牺牲……我们该怎么交代。她们还年轻，我们上战场，为的是她们的未来。我们渡江冲锋，你、雷排长，还有我，咱们都可以不顾一切、牺牲自己，可我们不能让她们牺牲。我们希望她们能看到新中国的明天。新中国是为了她们而存在的。您能理解吗？

邹健东说得动情，老颜不说话了。他转头看着两个女儿，颜红英的眼睛里闪动着光芒。

邹健东又问颜红英：英子，我说的，你能明白吗？

颜红英想了很久，才开口：道理我听明白了。可是，我们村还有五六岁的小孩呢，张婶昨天才刚生娃。他们比我们更小，新中国为他们也行啊。我要和你们一起，我也要为新中国战斗。我一定要上船，和我爹一起送解放军渡江！

颜红英说完，所有人都安静下来，所有的目光都看着她。

颜小妹：我也是！

黄昏时分，落日入江，江边的渡船上纷纷挂上桅灯，一片灯火摇曳。江边，雷排长集结队伍。大海挺直胸膛，军号上的红绸分外鲜艳。邹健东也走过来，寻找可以拍摄的角度。

战士们队列整齐，一个一个跳上船。大海一上船，就在颜红英身边坐下。最后一个上船的是雷排长，他走到大海身边，用眼神示意大海让开。大海起身，雷排长取代了大海的位置。

雷排长：开船后一切听我的，让你趴就趴，让你跳就跳，服从命令，听清楚没有！

雷排长面无表情，命令式的语气。颜红英愣住了，一时没有反应过来。

雷排长再次提高声音重复：颜红英，服从命令，听清楚没有！

颜红英这才反应过来，昂首挺胸，笨拙地敬礼：是！

雷排长下令：坐！

所有战士坐了下来，全身绷紧，等待着出发那一刻。

邹健东也迅速上了后边另外一条船。他摆弄着相机，寻找拍摄角度和画面。镜头中可以看到：所有战士都已上船做好准备，所有船只蓄势待发，等待着出发命令。安静，一片无边无际的安静，唯有浪，在江岸边翻涌。每一个人，每一艘船，都蓄满力量，整装待发。

所有人，都在静静地等待，等待出发的信号。

三颗信号弹同时升空，船只竞发渡江。老颜转动船舵，颜红英摇船，群情激昂，望向对岸。霞光万道，芦苇飘动。木船开动，驶向江面。颜红英奋力划桨。大海军号上的红绸迎风飞舞，如火焰一般。

最后一艘船上的邹健东对着前面已经出发的众多船只举起相机，留下了极为经典的渡江画面。

颜红英手中握着这张历经半个世纪风雨沧桑的照片，情绪激动。

邹健东大声道：五十年，一直找不到你！我当年答应了要把这张照片给你。

颜红英努力凑近听着邹健东在说什么，微笑点头。颜红英指了指照片上的一个人。

邹健东：雷排长后来作战受伤，成了战斗英雄。

颜红英又指向另外一个身影：军号上的红绸还是我送的。渡江过去，我听到冲锋号，后来就没见过他。

邹健东：登陆的时候，他是带伤吹的冲锋号……后来，他牺牲了！

颜红英：那年，他才十六岁。

三个人看着照片，唏嘘感慨。

叛逆者

本集编剧：刘 沈

何敬平

何敬平（1918—1949），四川巴县人。

1948年4月，因叛徒出卖被捕。后来在渣滓洞集中营内创作《为了免除下一代的苦难》一诗，后更名为《把牢底坐穿》。

1949年11月27日，何敬平、蒲小路等二百多位革命志士，在白公馆、渣滓洞被国民党反动派杀害。

1948 年，重庆渣滓洞监狱。一双男性的手拿出一团小小的灰暗的棉花，小心翼翼地在煤油灯上点燃，在棉花即将化为灰烬的时候，将它放进装满水的碗里，然后用旁边的一根小木棍轻轻搅动，一碗清澈的水，渐渐呈现黑色。

"沙沙——沙沙——"监室的一角，狱友明天手中紧紧握住一个小竹片，在一不太起眼的小铁片上，专注地摩擦着小竹片的一头，小竹片的一头愈发尖锐。明天抬头对光满意地看着竹片，透过竹片望去，是狱友老万的身影。老万小心地用双手捧着一小沓平整的草纸，放在摆放煤油灯的桌子上，爱惜地用手抚摸平整，摆放整齐。一张小小的斑驳的木桌子边，一个男人端坐着，他抚平手边这张略显粗糙的纸，拿起小竹片，轻轻点了点"墨水"，似乎准备马上就要落笔。然而，他停了下来，抬头看了看自己面前的狱友小路、老万、向阳和明天。

老万：老何你看啥？倒是写呀。

何敬平略微思索，微微一笑，饱含激情地用"竹签笔"写下字迹：我们是天生的叛逆者。

小路一字一句，认真地读着何敬平写出的每一个他认识的字。

老万冲小路竖起大拇指，鼓励：小路，你比我可聪明多了！

何敬平示意小路站在自己前面，他抓起小路的手，握住"竹签笔"，蘸了蘸"墨水"，在颗粒粗糙的纸上继续写着。

何敬平边写边教小路识字：我——们——要——把——这——颠——倒——的——乾——坤——扭——转！

写到最后一个字的时候，由于两人激动，锋利的"笔尖"划破了"稿纸"，看着那个略微破损的小洞，何敬平和小路都笑了。

小路兴奋而小心地拿起纸，走到监室正中，举起纸张，认真地再次复习，一字一句：我们是天生的叛逆者，我们要把这颠倒的乾坤扭转！准确念完的小路，开心地看着众人，期待着大家的肯定。就在何敬平准备开口时，外面传来声音。

小路：你们听？好像……

何敬平认真听着，然后迅速起身，外面的呼喊声和敲击声越来越清晰！

"延安！咚咚！延安！咚咚……"

向阳第一个冲到监室门口，仔细听着呼喊声。

"延安！咚咚！延安！咚咚……"

呼喊声在这寂静的深夜，越来越响亮，震撼人心。

何敬平激动地回头看着大家：延安收复了！一定是延安收复了！

向阳：对！对！对！

明天看看左右，一把拿起旁边的竹签和破旧的饭碗，跟着节奏敲击。

明天：延安！延安！

向阳兴奋地冲到门口，声嘶力竭地大喊：延安！延安！

小路不太明白，看着大家兴奋得无以言表的样子，不停地问大家：老何，延安在哪？延安怎么了？

何敬平兴奋地对小路说：小路，延安是我们的老家，老家前段时间被敌人占了，现在又被咱们夺回来啦！！

就在此时，老万激动地一把举起小路，把小路扛在肩上，大喊：延安！延安！

小路也拍手大喊：延安！延安！

所有人都沉浸在收复延安的兴奋当中，整个渣滓洞的革命者们，用各种各样而又整齐划一的方式呼喊着、庆贺着。

忽然间，渣滓洞所有的大灯全亮，惨白刺眼的灯光顷刻间笼罩了整个渣滓洞监狱，狱警们持枪对着每个监室，然而，呐喊声面对枪口，依然持续，震彻夜空！空荡荡的渣滓洞平坝上，监狱长徐磊站立院中，冷冷地看着所有监室，听着令他心惊的呐喊声。

渣滓洞平坝上，狱警们持枪站立，枪口对准狱友们。狱友们成排站立，并按照规定，每人中间留有一步间距。徐磊穿梭在狱友之中，扫视着面前的每一个人，边走边问：谁告诉你们消息的！消息从哪来的？

全场安静，无人回答。徐磊继续扫视着沉默的大家，忽然，他看到了人群中最削瘦矮小的小路，走过去，欲拉走小路。离小路最近的何敬平和向阳见状，上前阻拦。徐磊示意狱警们扯开二人，拖走小路。

狱友们群情激愤，向前拥挤：凭什么打人！放了孩子！放了孩子！狱警们一拥而上，拦住众人。小路挣扎着回头看向何敬平。看着小路的危险境遇，何敬平更加急切地要挤出去，却被几个狱警推倒，被挤入了混乱的人群。

小路站在徐磊面前，因害怕而低着头。徐磊倒了一杯牛奶，把杯子塞到小路手里。徐磊眯着眼睛，嘴角挂着一丝微笑，坐在椅子上，眼睛看着眼前怯生生端着牛奶的小路。

徐磊哄骗着：这是牛奶，尝尝，很好喝的。

小路因为恐惧而不自觉地往后退了一步。

徐磊：别害怕。

小路依然不说话，不喝，不动。

徐磊开始不耐烦：给我喝！说着将牛奶杯子重重地怼在小路嘴边，灌小路喝。

小路被灌得呛到，咳嗽了起来，杯子掉落，牛奶撒了一地。牛奶喷溅到徐磊的身上。徐磊赶紧后退，嫌弃地拿着手帕擦拭着自己的衣服。

徐磊：你说说，他们怎么知道这个消息的。

小路还在咳嗽平息的过程当中，一句话都说不出来，眼神惊恐地看着徐磊，默默退到墙边。徐磊看小路没有反应，越发地不耐烦。外面传来要求放人的呼喊声，徐磊看看外面，走到小路面前，压迫性地看着小路。

徐磊加大声音：我问你，每天在监室里，他们都说些什么？说！

小路此时被徐磊圈住，无路可逃。

小路用微弱的声音说：我们……我们是天生的叛逆者……

外面嘈杂的声音越来越大，徐磊没听清小路的话，问道：什么？

小路轻轻退了一小步，几乎靠墙站立，略微大声：我们要把这颠倒的乾坤扭转！

徐磊听后，暴怒，用力地扇了小路一个耳光。小路被打倒在地。

渣滓洞院内，狱友与狱警对抗着，狱友们群情激愤，高呼放人，随后冲破了狱警们的包围。就在一片混乱中，何敬平看了看徐磊办公室，又看了看后院的方向。忽然，他看到了不远处的向阳，两人对视，何敬平看了一眼后院，向阳明白，微微点头。两人在人群中，从不同方向，向后院跑去。

何敬平和向阳安静无言，从两个方向，顺着后墙，半蹲着，摸索着墙体，慢慢前进。忽然间，何敬平在后墙拐角不远处停了下来，用力摸索着手边的这片墙体。向阳看到何敬平停下，迅速过来，低声问道：是这儿吗？

何敬平：是这儿！上次下大雨这儿塌了，让咱们来修补墙的时候，我塞了很多棉花进去，我还特意在这儿做了记号。

说着，何敬平开始用手挖这块墙，向阳见状，立刻加入。两人手边的土越来越松，挖出一个洞，渐渐露出亮光。何敬平示意向阳停手，他小心翼翼地抽出了墙底的一块砖头，然后用手丈量一下挖出的洞口大小。

何敬平兴奋地回头看看向阳：我们成功了，小路从这里爬出去没有问题，只要再下下雨，这堵墙肯定能被推倒。

向阳：太好了。

何敬平小心地将砖头填回原位，和向阳默契地迅速将洞口松松地填满。洞口的那抹亮光，被黑暗遮盖住。

监室内，老万等人互相帮忙包扎伤口，每个人的身上、脸上或多或少都挂了彩。何敬平坐在门口，凝视着空荡荡的楼道。忽然，响起了狱警的脚步声，越来越近。小路被狱警拎着脖领子，满身伤痕地出现在众人面前。

何敬平和狱友们急切地走到监室门口，狱警打开门，将小路扔了进来。何敬平伸出双手，抱住小路无力的身躯。何敬平强忍心痛，眉头紧锁，小心翼翼地把小路放在床上，轻轻地给小路垫好，生怕触痛小路的任何一个伤口。何敬平守在小路身边，紧紧地握住小路的手。小路看着何敬平，眼泪顺着眼角流了下来。何敬平瞬间也红了眼眶，却强迫自己忍住，轻轻为小路擦掉眼角的泪水。

何敬平：疼吗？

小路轻轻地张了张嘴：疼。

何敬平：小路别怕，天就要亮了，我们马上要胜利了，在新中国，像你这样的孩子，不会再有鞭打，不会再被欺负。

小路轻轻地说：我想去那样的地方……

何敬平眼圈红红，看着小路，哽咽得一句话都说不出来。

小路看着何敬平，认真地说：老何，我们继续认字吧。

何敬平看看小路，充满欣慰。他拿过那张两人一起写下的诗句，扶起小路，让小路依偎在自己怀里，教小路认识每一个字。

何敬平：来，我们再认一遍。我们是天生的叛逆者。

小路：我们是天生的叛逆者。

何敬平：我们要把这颠倒的乾坤扭转。

小路：我们要把这颠倒的乾坤扭转。

冬天悄悄来临了。放风场上，何敬平带着小路跑步、做俯卧撑，悄悄为小路指点后院路线。监室中、平坝上，何敬平用一切机会教小路读书写字。监室中，何敬平把自己的饭给小路一半，让小路多吃。监室里众人其乐融融。

1949 年 11 月 27 日，在监室最深处，何敬平握着小路的手，认真地写下"中华人民共和国"这几个大字。

小路边写边轻轻地念：中——华——人——民——共——和——国。

何敬平：对，小路，我们国家的名字现在叫中华人民共和国，这是我们人民自己的国家，你要记得，更要会写我们国家的名字。

小路点点头，拿起"笔"认真地边写边读：中华人民共和国！

何敬平欣慰地看着小路。

明天：我听说，毛主席在开国大典上还说了一句话！

老万：说了啥？！

明天环视四周，老万急不可待：你快说啊！

明天站起来，挺直腰杆，声音虽低，但是掷地有声：毛主席说"中华人民共和国成立了！中国人民从此站起来了！"。

何敬平激动地重复：中国人民从此站起来了……

明天：对！毛主席说的就是，中国人民从此站起来了！

忽然外面传来一阵脚步声，越来越近，何敬平和小路迅速收好笔纸。监室的门被狱警打开，向阳被推了进来。看着狱警走远，大家又聚了起来。

向阳兴奋的情绪溢于言表，压低声音：组织上对咱们的武装营救应该就在未来这几天了，传信儿来了，再次提醒咱们，做好随时被营救的一切准备。

老万：哎呀妈呀，太好了，终于盼到这一天了。

向阳：而且重庆解放也指日可待了！

小路兴奋地小声说：那我就可以光明正大地读书上学了？！

向阳：当然，小路，等咱们出去了，你一定去看看，咱们中国有多大。

老万：小路，跟我回东北老家去，我给你做黏豆包，吃大葱蘸大酱，老香了。

明天回头看看何敬平：老何，你最想去哪？

何敬平面带微笑：我想去北京，看看天安门。

小路：老何，我也要去。

何敬平宠溺地拍拍身边的小路。

向阳：对了，组织上还特别说了，对于小路他们这些孩子，除了咱们保护好，他们自己也一定要做好准备，以防万一！

何敬平转身对小路说：小路，最近教你的，你再来一遍。

小路：老何，我真的记得了。

小路边说边调皮地"表演"。

小路：小路小路沿边儿走，看人扎人堆儿，尽量不显眼儿，后院儿推墙根儿。

何敬平：墙根儿在哪儿？

小路：后院儿右边墙角底下。

何敬平示意小路继续。

小路继续边表演边说：墙根儿挖土，抽出砖头，用力推墙，跑出去，别回头。

明天等人被小路逗得哈哈大笑。

明天：放心吧老何，就这几句话，小路背了一个月了，忘不了。

何敬平忽然想起了什么，从自己的被子一角翻出一张小纸条，递给小路。

何敬平：小路，万一咱们走散了，你拿着这个，找到穿着解放军军装的人。

小路看着纸条，认真念着：我是一个好孩子，贫农出身，我逃出来了，我要找共产党！

何敬平满意地看着小路，点头。看看小路和纸条，何敬平又觉得不妥。他拉过小路，检查着小路的衣服各处，最终将眼光落在了小路破了的袖口。何敬平将小纸条卷起来，试着将纸条塞到破洞中去。

嘀嘀——嘀嘀——一阵刺耳的汽车喇叭声响起！一辆车驶进渣滓洞，上面迅速跳下来二三十个荷枪实弹的枪手，在院内一字排开站立。徐磊与领头枪手交谈，对着监牢比比画画。每个监室里的人听到动静，都争相到门口看外面的情况。

深夜的渣滓洞监狱内，充满着肃杀的气氛。探照灯全亮，将渣滓洞照得惨白。外面传来：重要通知！重要通知！现在开始进行转移关押，所有人迅速配合执行，迅速配合执行！

狱友们挤在门口向外看着。

老万：这是要干啥？

何敬平小声地说：他们，要动手了……

狱警驱赶渣滓洞二楼所有狱友下楼，进入一楼不同的监室。何敬平紧紧抓住小路，跟随大家下楼，趁机轻声再次交代小路。

何敬平：抓紧我，万一走散，就想办法去后院，按照我教你的，跑出去，别回头。

小路看着何敬平，双手紧紧抓住何敬平的手。

一楼的每一间监室，都已经严重超负荷，狱友们像牲口一样，被狱警们推推搡搡挤进一楼监室。本就狭小的监室拥挤不堪，有人站着，有人坐着，甚至躺着。何敬平和小路被挤到了监室的一角。

　　枪手们在平坝中站成一排，全员美式装备，手拿着冲锋枪，腰带上挂着子弹盒，胸部上也挂满了子弹盒。徐磊缓缓抬起手，枪手冲到每间牢房门口，冲锋枪对准监室那个小窗口。

　　监牢内，院中，一片死寂。随着一声哨响，渣滓洞内立刻枪声大作。整个渣滓洞监狱弥漫着硝烟，革命者一个接一个倒下。无数子弹从门口射入，前面的狱友们纷纷被击中，倒下。

　　何敬平迅速把小路掩护在自己身后。身边的狱友见此情景，自发地围到何敬平和小路面前。枪手们的枪口不断打出子弹，冒着烟，不停地有人在何敬平和小路身边倒下。

　　然而，倒下一个，就有另一个人来补位保护小路。狱友们高喊着：中国共产党万岁！毛主席万岁！虽然不断有人被打倒，可是只要还活着，就继续坚持站起来，保护小路。

　　何敬平死死地用身体护住小路。小路虽然身处危险，却因为有何敬平的守护，脸上平静。他抬头看着高大的何敬平，正在高呼着共产党万岁的何敬平热血澎湃，眼神无所畏惧！就在此时，一颗子弹击中了何敬平的胸口，何敬平面向小路，缓缓倒下。全世界在此刻，安静下来。

　　小路平静地双眼直视前方，耳边仿佛响起曾经学习的诗歌：我们是天生的叛逆者，我们要把这颠倒的乾坤扭转！我们要把这不合理的一切打翻！今天，我们坐牢了，坐牢又有什么稀罕？为了免除下一代的苦难，我们愿——愿把这牢底坐穿！

王莘

齐越

关崇贵

祁建华

| 建设篇 |

吴祖太

顾方舟

乌兰牧骑

邓稼先

吴登云

歌唱祖国

本集编剧：韩可一、姜瑜婷

王莘

王莘（1918—2007），江苏无锡人。

1938年，奔赴延安，在鲁迅文艺学院开始革命歌曲创作。

1950年9月，创作歌曲《歌唱祖国》。

一年后，文化部发出《关于国庆节唱歌的通知》，规定《歌唱祖国》为全国民众普遍歌唱的基本歌曲。

2007 年，天津某医院。病房里的电视机，不停转换着频道。王斌拿着遥控器，在一个频道停下来。

一个护士走进来：4 床的药，王莘是吧？

王斌：对，我父亲，您给我吧。

床上躺着一位老人，他无声地看向护士。

护士：老先生今天挺好的吧？

王斌：挺好的，是吧，爸？

老人没有动作，但是眼里闪出对护士感谢的温情。

护士走出去，王斌给王莘倒了一杯水，把药送到嘴边。

王斌：吃药吧，爸。

王莘没有动作，眼睛直直地看着电视。电视里正在播报奥运歌曲征集的消息。王斌回过头看电视，又回过头来看了父亲一会儿。

王斌：爸，您是想写歌参加这个北京奥运歌曲征集吗？

王莘眼里闪出肯定的光芒。

王斌：这样，您先好好休息，回头再写。

王莘眼里显出倔强焦急。

王斌：爸您别着急，您看您现在说不了话，也动不了，我们没有办法知道您脑子里的旋律啊。

王莘的眼神暗淡了，他怔怔地看着电视，一颗热泪顺着脸颊落下。

1950 年秋，新中国成立初期的北京西单大街上，三三两两走过一些青年男女。一个背着挎包戴着眼镜的年轻知识分子走过来，他按着手里纸条上的地址寻找，站在了一家信用社的门前辨认门牌。

老板从里面楼梯上边唱着曲儿边搬东西出来：站立店中用目洒——不由得叔宝怒气发——明明认得他是响马——唉？这位您是？

王莘：同志您好！我叫王莘，在天津的音工团工作，是来北京采购乐器的，这是我的介绍信。

老板：音工团？哦，您是唱戏的。我这儿不用介绍信，不过您不巧，我这儿胡琴儿什么的都刚卖了，没货。

王莘：不是，我不会唱戏，我是唱，那种，对了，（唱）风在吼，马在叫，黄河在咆哮，黄河在咆哮……《黄河大合唱》，您听过吧？

老板走到留声机旁，抬起唱针：没有！不是，也听说过。这曲子您写的？

王莘：不是我写的，是冼星海先生，也就是我的老师写的。

老板又上下打量了他一遍：《黄河大合唱》是您老师写的？

王莘眼神一亮，来了精神：是啊，我 14 岁到上海的百货公司当学徒，就认识了先生，1935 年，日本人打上海，冼星海先生搞抗日救亡歌咏运动，就是教大家靠唱歌抗日，我就参加了。

老板：唱歌能抗日？唱歌就能把日本人唱跑了？

王莘：也不是说唱跑了，就是鼓鼓劲儿，有时候困难的人都要灰心了，大家一起唱唱歌，就又可以坚持一阵，只要心不死，我们不就坚持下来，最后胜利了吗？

老板笑了：我可是第一次听说唱歌有这么大用。

王莘：可有用了，后来先生去了延安，我就跟随他去了鲁迅文艺学院，我们一边学习一边写歌。

他一边说一边从口袋里掏出一支自动铅笔。

王莘：1939 年的时候，我报名去了抗日前线，临走时，先生送给我这支笔，我一直带在身上，这是一支外国自动铅笔。

老板坐下，接过笔研究。

王莘：先生用这支笔写了《救国军歌》《黄河大合唱》，先生送给我的时候说，希望我能用它写出传世佳作！

老板把笔还给他：乖乖，还真是个稀罕物，看不出您本事还不小呢。

王莘接回笔，若有所思：我哪有什么本事，不过从那时起，我就对自己说——要努力为人民、为时代写出好歌。

老板：那您写了吗？

王莘：不瞒您说，陆陆续续我已经写了上百首，可是没有一首满意的。

王莘低头看着手里的自动铅笔。

老板：不着急，没准儿哪天您来了主意就写出来了，跟您打听，您这笔，是想留在我这里周兑周兑？

王莘回过神来：啊？不是不是，这个我必须自己保留着。

王莘把笔装回口袋，老板奇怪地笑着看着他。

老板：我也不瞒您说，来我这儿讲故事的我见多了，不过都是为了当东西，您不当东西是说书来的？

王莘：我是来买东西的，进来的时候我就说了，我是天津音工团的，听说您这里有一整套军乐队的乐器，我想买。

老板：哦，是这个吧？

老板往上一指，两人抬头，头顶上悬挂着一些乐器。

王莘：对对对，就是这些，麻烦您拿下来我看看可以吗？

老板：可以啊，您等着。

老板爬上桌子，一件件把乐器取下来，王莘小心翼翼地接着，看着乐器爱不释手。

老板：一共就这十几件，都是军乐团正经家伙事儿，英国货，蒋介石逃跑的时候一个旧军官留在这儿的，当票也就算废了，您要是看上了我就都便宜给您。

王莘：我都要，多少钱？

老板：我想想啊，您看您是大音乐家，最便宜了给您，怎么也得这个数。老板伸出五个手指。

王莘从上衣口袋里掏出一个布包，打开，里面有一些钱。

王莘：您看我只有这些钱，我留下这些买回天津的车票，剩下的都给您，可以卖给我吗？

老板低头看了看：您这个，太少了点儿，这真不行，您看看别的，咱下回。

王莘抢过一把圆号抱在怀里，赶紧拦住他：别别别，我知道钱不多，这样吧，我少买几样行不行？

老板：您把一套拆开了，剩下的我卖谁去？

王莘：同志，您帮帮忙，我们团等着这些乐器给大家演出呢，我一听说您这里有乐器

就赶紧赶过来了，老婆还在家里大着肚子，这几天就要生了，为了我出门还跟我生气了，您看我还不是真的着急想买吗？剩下的我凑够了钱就来买，您给我留着，我一定来。

老板：看您也是个老实人。得嘞！我信您一回，您今天拿哪几样？

王莘看着乐器犯了难，都舍不得。

老板：那这大件我先收起来了。

老板把一个大号拿走了，王莘心疼得满眼焦急。

老板：这个我也先收着。

老板把一个大鼓也拿走了，手又伸向了小号，王莘赶紧拦住他。

王莘：这个小，不值钱，您就留给我吧。

老板：您还挺会做生意，到底是大上海百货公司喝过洋墨水的，小不一定不值钱，不过我也是真不懂这些洋玩意儿，您喜欢您就留着。

王莘：谢谢！还有这个，这两个，都留给我吧。

王莘抱住了桌上的好几样乐器。

老板：这可太多了，您这钱也就够一两样，要不这么着？您那自动铅笔先留我这儿，您再多拿几样。

王莘：这，不好意思同志，这真的不行！这支笔对我太重要了，我一刻也离不开它。您知道吗，它陪我曾经到过延安，曾经跨过长江和黄河，看见它我就会想起冼星海先生，想起黄河长江的浪涛，想起太行山的巍峨。我觉得只要它在我身边，我就会永远有创作的力量，我一定会想别的办法凑钱，您相信我可以吗？

老板：得！听您说了这么多，那您就拿着，我等您回来。

王莘双手拉住老板的双手：老板同志！谢谢您！

老板：您继续努力啊，大音乐家同志。

王莘用麻绳背了一身的乐器，胸前挂着小号，两手各提了一把圆号，满身大汗，气喘吁吁地走在长安街上。他过了马路，停下来休息，这时耳边传来歌声。旁边有一个老师带着一群小学生在唱《没有共产党就没有新中国》。王莘走过去，坐在地上，听他们唱歌。

老师：唱得很好，原地解散，休息一会儿，大家不要跑远了。

孩子们欢呼着散开，一个小学生走到王莘身边。

小学生：叔叔，您是杂技团的吧？

王莘：不是啊，你怎么会这么问呢？

小学生：我看见您背了一身亮闪闪的东西，不是杂技团的怎么会背这么多东西啊？

王莘：这些都是乐器，就是给你们唱歌伴奏的东西啊。

一群孩子都围上来，对着王莘的乐器七手八脚地摩挲，老师也走了过来。

老师：哎，不要乱摸人家的东西。同志您好！我们是幸福庄三小的，我是老师，我姓刘。

王莘连忙起身握手。

王莘：刘老师您好，我是天津音工团的，我姓王，我叫王莘。

刘老师：我看您出了不少汗，口渴了吧？把水壶拿过来。

小学生把水壶拿了过来：叔叔！您喝水。

王莘：谢谢。

王莘把水壶里的水一饮而尽：哎呀，我都给喝完了，你们该不够了吧。

小学生：没事，我们有的是！

刘老师：王同志，我看您背了这么多东西，您去哪里？顺路的话，我们一起走，可以帮你拿一些。对不对，同学们？

孩子们欢呼，上来就要帮王莘拿乐器。

王莘：不用不用，谢谢大家！我去火车站回天津，过了广场就到了。我自己就可以，不用耽误大家了，你们也很忙。

刘老师：我们也是刚参加完国庆彩排要回学校，没什么事情。

王莘：你们是参加彩排的？那真是太好了，有你们，今年的国庆一定很精彩。

刘老师：您客气了，不过这毕竟是我们新中国第一个国庆，我和学生们都很自豪啊，对不对？

孩子们欢呼着答应。

王莘：你们太棒了，我真的很想到时候再来看看，一年以前，我就在这里参加了开国大典！看着游行的队伍那么雄壮，当时我就对我爱人说，我要写一首歌颂祖国的歌，让大伙唱着走过天安门广场，队伍多长，歌就有多长！

小学生：您唱给我们听听！

王莘：说来惭愧，写到现在还没有满意的。

刘老师：您是个音乐家，不要着急，您写出来的歌一定很好。

小学生：我觉得您今年一定会写出来，回头我们就唱着您写的歌走过天安门。

王莘：谢谢大家的鼓励，我要去坐火车了，你们继续加油。同学们，要和新中国一起茁壮成长啊！

王莘起身离去，孩子们和老师在后面挥手告别。

小学生：音乐家叔叔再见！我们等着你的歌！

王莘走到广场的中央，停下来歇歇，抬起头擦汗，正看见头顶的五星红旗，在风中猎猎展动。他看着五星红旗出了神，嘴唇喃喃动了起来，一个小号吹奏的旋律，若有似无地出现在他的脑海里，似是远远从风中飘来一样。王莘看着国旗，心中莫名激动，两行热泪夺眶而出。他连忙翻身上的衣兜，从口袋里找出自动铅笔和一个烟盒，他把烟盒撕开展平，趴在地上，飞快地在上面写下旋律和歌词。他写完后，趴在地上，打着拍子又轻声哼了一遍，看一眼手表，连忙站起来，背起一身乐器，飞快地往车站跑去。

王莘气喘吁吁地背着一身乐器从车站过道跑进去，他跑到车站售票处，掏出口袋里的所有东西，打开布包，拿出里面所有的钱。

王莘：同志，一张去天津的车票。

售票员：这趟马上就要开了。

王莘：对对对！麻烦您，我赶时间。

王莘接过票就往里跑，突然又停下来，跑回售票处，拿起落在柜台上的烟盒。

王莘跑进站台检票。

检票员：快！还有一分钟就要开车了。

王莘：好的！

王莘穿过蒸汽的烟雾，越过站台，列车员拉了他一把，他就登上了火车，刚一上车，随着一声汽笛响起，火车就开动了。

列车员：多悬啊。

王莘：谢谢。

列车员：这么多东西，赶紧找座吧。

王莘走进车厢，车里有十几个人，他在一个靠窗的位置坐下。王莘手里紧紧攥着烟盒，看着窗外倒退的景色出神，窗外的山川景色飞快后退，一辆火车交错而过，车内光影变幻。王莘靠着车窗睡着了。

列车员拍拍他：同志，同志！醒醒！你到家了。

王莘醒来，环顾四周，车上一个乘客都没有了，他道谢后连忙跑下车。王莘走到一座楼，他跑进楼道，使劲地拍门。

王莘：惠芬！惠芬！我回来了！快开门！

门里响起了婴儿的哭声，过了一会儿，一个大着肚子还抱着一个婴儿的女人披着睡衣打开了门。

王莘：惠芬！我写出来了！

惠芬：你干什么！现在都半夜了！你知道吗？

王莘进屋，接过孩子，连声哄她和孩子。

王莘：对不起对不起！哦，斌儿不哭了哦，都是爸爸不好，哦——但是惠芬，你知道吗，我写出来了，好好好……（惠芬示意他小声）嘘——我小点声，我太激动了，我跟你说我今天去北京买乐器嘛，回来路过天安门，天空那个蓝，广场上好多人，五星红旗在广场上空飘扬，我一下子就特别感动，想起了很多事情，我想起了冼先生，想起我们受的那些苦难，想起延安还想起太行山，想起我们曾经一起渡过的黄河长江，我的眼泪就流下来了，你猜怎么着？

王莘追着她：惠芬，你记得吗？开国大典那天我跟你说，我要写一首歌，让大伙唱着走过天安门广场，队伍多长，歌就有多长！我好像写出来了！

惠芬：嘘！在哪儿呢？

王莘从上衣口袋里掏出一个拆开展平的空烟盒，上面用铅笔写着一些字和音谱。

王莘：在这里，我当时身上只有这个，我小声唱给你听啊？

惠芬：不用。

惠芬把孩子放回床上，孩子睡着了。她接过烟盒，走到写字台旁坐下，打开台灯，在灯下仔细地看着，嘴唇微动无声念唱，并用手轻轻打着拍子。

王莘忐忑得像小学生一样，搓着手在她旁边站着，怯生生地问：怎么样，你觉得怎么样？

惠芬抬起头，看了他一会儿，说道：我觉得很好。祝贺你，王莘同志！这首歌一定会成为一首伟大的歌曲的。

王莘喜出望外：真的吗？太好了！那太好了，惠芬，我知道你一向是很严格的，你知道我写了这么多了，没有一首满意的，我还有点担心，怎么说呢，不够民族，就是个四二拍子的进行曲，可是当时它一下子就涌进我的脑海里来了。

惠芬：不会的！怎么能说不够民族呢？你就是学民乐出身的啊！虽然它是个进行曲，但是你看它的歌词，"越过高山越过平原"这句，这是一个起势，很像爬山吧，然后"跨过奔腾的黄河长江"就转为一个长句，弯曲绵长，很像黄河长江吧。这就是我们民族古诗词里的常用方法，古曲最讲究词和曲的意境结合。而且进行曲很有力量，西方音乐和民族的东西也是可以融合的，我觉得这样的东西才真正能够被咱们的老百姓接受，你看冼星海先生写的《黄河大合唱》。

王莘：对对对，《黄河大合唱》，太好了，惠芬。

王莘看着手里的烟盒，反复检查。

王莘：哎，可是，惠芬，你在哪里看到的？我还没有写到"越过高山越过平原"这一句啊！

　　王莘头靠着车窗醒来，和妻子的对话原来是个梦。他看着手里攥着的烟盒，赶紧摊开，掏出自动铅笔，把后面几句梦到的词曲写了上去，一边写，一边流泪，一边小声哼唱。

　　对面的大娘看着他，有些惊恐地起来换了个座位，走到列车员身边，指着王莘说：列车员同志，这小伙子一会儿哭一会儿唱的，怕是个疯子，您看看去吧。

　　列车员观察了一会儿，安抚大娘：我看啊，这要是疯子也是文疯子，不是武疯子，不打人的，不碍事。

　　列车员走过来：这位同志，查票了。

　　王莘把票递给他，摘掉眼镜擦了擦眼泪。列车员观察着他，把票还给他。

　　列车员：怎么了这是？有什么难事吗？

　　王莘：哦，谢谢，没有。啊，有！您识字吗？我想让您帮我看看我写的歌。

　　列车员：笑话！不识字怎么当列车员？我看看。

　　列车员接过烟盒仔细看：五星红旗迎风飘扬，胜利歌声多么响亮，嘿！不错，头一句我就喜欢，押韵！讲究！可是这谱我不认得啊，怎么唱啊？我也不是音乐家，我看你这一身行头，你是音乐家吧？这歌你写的？

　　王莘：音乐家不敢当，我确实是搞音乐的，我可以唱给你听。

　　一个女孩和一个男孩坐在后面，身边放着个手风琴，男孩举起手。

　　男孩：叔叔，我是少年宫的！我认识谱！

　　列车员手一挥：你过来！

　　男孩跑过来，列车员站起来：坐我这儿，唱吧！

　　男孩：叔叔，我是吹小号的，今天没带，您这小号借我用用行吗？

　　王莘赶紧把小号解下来递给他。

　　列车员给他举着歌谱，男孩举起小号，按着歌谱吹出了前奏，王莘看着他们愣了神儿。

　　列车员：唱啊，刚才不唱得挺带劲，怎么这会儿还害臊了？

　　王莘：五星红旗迎风飘扬，胜利歌声多么响亮。

　　王莘小声唱了起来，小号又再次响起。

　　王莘：歌唱我们亲爱的祖国，从今走向繁荣富强！歌唱我们亲爱的祖国，从今走向繁荣富强！

　　王莘越唱声音越大，他站了起来，全车的人都开始给他们拍手打着拍子。坐在后座的女孩也背起了手风琴走过来，加入了伴奏。

　　王莘：越过高山，越过平原，跨过奔腾的黄河长江。宽广美丽的土地，是我们亲爱的

家乡……我们爱和平，我们爱家乡……

大家七嘴八舌地说真好听，朗朗上口。全车的人都跟着唱了起来，一个老工人从另一个车厢闻声走来，从包里拿出一支笛子，加入了伴奏。大家在伴奏中继续歌唱：五星红旗迎风飘扬，胜利歌声多么响亮。歌唱我们亲爱的祖国，从今走向繁荣富强！

王莘的眼睛湿润了，很多乘客走过来跟他说话，烟盒在大家手中传递。

大学生：音乐家同志，这首歌真好听，而且我一学就会，我要把谱子记下来，回我们学校去教同学们唱。

工人：我也要教我们厂的工人唱。

农民：我们农村干活儿的时候也能唱啊。

大家哈哈大笑，王莘跟他们一一握手，激动不已。

全车人：五星红旗迎风飘扬，胜利歌声多么响亮。歌唱我们亲爱的祖国，从今走向繁荣富强。歌唱我们亲爱的祖国，从今走向繁荣富强……

火车满载着大家的歌声，歌唱着祖国，在崇山峻岭中驶向远方。

2008 年 8 月 8 日，电视机里正在直播北京奥运会开幕式，林妙可在演唱《歌唱祖国》。窗外烟火绚烂，床上铺着白色的床单，空空无人。床头柜上立着一个放着王莘照片的相框，相框旁边的花瓶里插着一束鲜花，在烟火的映衬下，鲜花显得格外美丽鲜艳。

我们的阵地

本集编剧：周涤非

关崇贵

关崇贵（1924—1988），吉林梅河口人。

抗美援朝时，他用轻机枪打下美军F4U"海盗式"战斗机一架，并与全班战友坚守龙头里614高地两天三夜，作为我军阵地唯一幸存的战士，打退500余人次的多次进攻并打死打伤敌人60余名，完成了坚守阵地的任务。

中国人民志愿军司令员彭德怀将其连升三级，志愿军嘉奖其为"二级英雄、特等功臣"。

1951 年 2 月，朝鲜龙头里。新的一轮轰炸开始了，阵地在爆炸，坑道里的一切也都被炸得晃动起来，坑道顶部的泥土不断落下，关崇贵捂着脑袋，将身体蜷缩在一起以躲避轰炸。

他刚刚经过的坑道口，三名年轻的志愿军战士，手臂上绑着红十字，抬着一副担架跑了进来，在坑道的尽头放下了担架，担架上躺着一个志愿军伤兵，情况危急。

医务长：快！把止血钳给我！

另一名医务兵从挎在身侧的急救包中翻找，很快就找到了金属制的止血钳，递给了医务长。

医务长接过止血钳，立即着手为担架上的伤兵止血，他看到了在一旁的关崇贵，朝着他喊：别光看着！过来帮忙！把他的衣服剪开！

关崇贵毫不迟疑地冲上去帮忙，伤兵此时发出了痛苦的声音。关崇贵刚拿着战士的棉袄放到一旁，航弹就顺着坑道口打了进来。爆炸、跳弹、血雾，都同时在关崇贵眼前展开，他措手不及。

因为 T 字形坑道口的掩护，关崇贵幸免于难。但是他面前的两名医务兵，和那名担架上的伤兵，连反应的机会都没有，就都被航弹打穿了。关崇贵的脸上布满了战友的鲜血，他愣在那儿，空气中还满是未散尽的灰尘、烟雾和血雾。刚刚还活着的战友，此时已经没有了任何动静，场面惨不忍睹。

此时，坑道口外传来了敌机飞过头顶的轰鸣声。关崇贵反应了过来，他愤怒至极，青筋暴露，回手抄起自己的布伦机枪就往坑道外面冲，边冲边喊：副射手！跟我来！

一出坑道口，满脸血污的关崇贵就给机枪上膛，然后瞪圆了双眼，寻找着敌机。

很快，他就发现刚飞过头顶的两架美军飞机，此时正在做半爬升回旋动作，看来是还想再来一轮俯冲攻击。

怒火中烧的关崇贵，架起了机枪，校正射击诸元。正在此时，副射手老李也冲到了他的身边，手中抱着一堆弹夹，他观察到了关崇贵瞄准的方向，然后迅速举手压住了关崇贵的机枪。

副射手：副班长！你疯了吗？你要干什么？

关崇贵：你给老子松手！

副射手也急了：不能对空射击是咱们铁的纪律啊！轻机枪打不着飞机，反而会暴露咱们自己！违反军令的后果你是不知道吗？

关崇贵好似疯了一般：医务长都叫狗日的打成筛子了！你让开！大不了枪毙老子！

关崇贵推开副射手，朝着此时正在做着爬升动作的敌机就是一次长点射，但是因为敌机机身是侧面对着关崇贵的射击位置，射出的七发子弹都没有打着。

领头的长机迅速修正了进攻航迹，还未完成爬升，就嚣张地朝着关崇贵所在的射击位置俯冲了下来。

这一次，关崇贵没有任何要躲避的意思，他再次调整射击诸元，口中默念提前量，用右眼瞄准着敌机机身的重心位置。又一次长点射，清脆的"哒哒"声，是安静的志愿军阵地唯一射向天空的火力。

关崇贵射出了弹夹内所有剩余的子弹，然后迅速卧倒，紧接着，航弹就打到了关崇贵和副射手所在的位置。因为工事的阻挡，关崇贵和副射手都毫发无损。飞机再次带着巨大的轰鸣声飞过头顶，距离之近，差点把关崇贵的帽子给掀掉。两人站了起来，看着飞机离去的背影，表情似乎有些失落。但是紧接着，让人难以置信的一幕出现了，让关崇贵和副射手都看呆了。

这架美军的战斗机翅膀一斜，机身冒着黑烟栽进了山沟，然后就是剧烈的爆炸声和一团冲天的火焰。飞机上的美军飞行员跳了伞，但由于高度太低，没等伞张开就掉在树上被树枝戳死了。美军的另一架僚机见长机被击落，再也没有掉头回来的意思，确认战斗机被击落的方位后就迅速朝南飞去。

关崇贵和副射手兴奋地抱在了一起。但还没来得及高兴太久，冲出坑道口的连长一脸愤怒：刚才谁开的枪？

副射手指向了远处的熊熊大火和依然挂在树上的飞行员尸体，连长定睛一看，表情由愤怒转为吃惊。

远在后方的坑道内，是四周挂满了作战地图的志愿军团部指挥所，电报的嘀嘀声音不绝于耳。此时一名电报兵将一封电报送到了团长的手中。团长接过了电报，看了看内容，随后皱起了眉头：我们团有人违抗军令对空开火了？

三七五团政委带着一个勤务兵，低头进入了龙头里地下坑道。坑道内灯光昏暗，两侧有不少士兵，在整理装备和保养武器，不时也有反方向通过的战士，侧身让政委和勤务兵通过。

政委来到一处稍微宽敞些的坑道内，在坑道的两侧，放着弹药箱和武器装备等物资，弹药箱上则坐满了志愿军士兵。士兵们见政委进入坑道，纷纷站起来敬礼，政委回礼。

政委：是哪位同志对空开的枪？

战士们一个个面面相觑。

关崇贵和副射手此刻正在坑道口外放哨，注意着阵地外面的情形，两人眼睛一边盯着外面，一边聊着天。

副射手：副班长，你老家什么最好吃？

关崇贵：锅包肉！猪肉炖粉条！

副射手：哎呀！我这口水都下来了……

关崇贵：打完仗带你去吃，你想吃多少都行！

副射手：我小的时候，最大的梦想就是当厨子，可是家里穷，过年吃的都是红薯面包的饺子，你猜饺子馅是什么？……也是红薯！

两人笑了起来。这时战士小刘着急地从坑道里走出来。

小刘：副班长，政委来阵地了，在问是谁开的枪……

关崇贵收起了笑容，把手里的机枪交给副射手，转身回到了坑道内，剩下两人有点愣住，随后也跟着回到坑道内。政委面对着一言不发的一群士兵，有点不太高兴，此时，身后传来了关崇贵的声音。

关崇贵：政委同志，是我开的枪，跟战友们没有关系。

政委扭过头来，上下打量了一番关崇贵。关崇贵立正敬礼，看上去大义凛然。

政委：军令在你眼里就是儿戏呗？你是怕敌机不知道我们在哪里吗？

关崇贵没有说话，依然保持着军姿。政委盯着他的眼睛看了看，说道：走吧。

政委没有再废话，带着关崇贵往后方的坑道外走。战士们纷纷向关崇贵投来关切的目光。很快，关崇贵就被带到了团部指挥所，他进门后见到众人围绕在团长周围忙碌着。团长停下了手里的工作，走到了关崇贵身边，关崇贵看上去有些忐忑。

团长：你叫什么名字啊？

关崇贵立正敬礼：报告团长！三七五团一营一连一排二班副班长，关崇贵！报告完毕！

团长：副班长同志，你知道违抗军令的后果是什么吗？

关崇贵紧张地看了看团长：报告团长，为了以正军法……

团长没有说话，表情看上去难以捉摸。关崇贵更紧张了。

关崇贵：报告团长，违反命令的只有我一个人，我愿意接受组织的一切处罚，我只有一个请求……不要剥夺我上阵杀敌的机会，我想在自己死前多杀几个敌人……

团长露出了一丝难以察觉的微笑，他伸出手，旁边的勤务兵递给了团长一封电报，团长接过来，在手中展开。

团长：本来应该好好修理一下你，但是听说你把敌机打了下来。可以啊，关崇贵同志……

关崇贵有点愣住，团长笑了起来。

团长：不用太紧张，你打下飞机的事迹被逐级上报，最终报到了彭老总那里。他正在为咱们的防空力量薄弱着急，听说你干的好事以后，特意给我们发了电报，你想不想知道彭老总说了什么？

关崇贵露出了吃惊的表情，团长开始读电报内容：我读给你听，彭老总说，这个违纪犯出了条经验，就是轻武器是可以打下敌人飞机的，鼓舞了战士对空作战的信心，要对这个战士重奖！

关崇贵此刻一脸的不可思议。团长拿出军功章，走到了关崇贵面前。

团长：三七五团一营一连一排二班副班长，关崇贵同志！

关崇贵敬礼：到！

团长：经过志愿军司令部研究决定，授予你"二级英雄"称号，记个人特等功！

说着，团长就将闪亮的军功章别在了关崇贵的胸前，然后一名女兵上前给关崇贵戴上大红花，团长深深地回敬了一个军礼。关崇贵觉得自己是在做梦。

关崇贵：团长……我毕竟是先违反了纪律，好歹也给我记一个处分吧！

指挥所内的众人哄的一声都笑了，政委在关崇贵后脑勺轻轻扇了一巴掌。

政委：别犯傻了，再犟我真处理你！

神情恍惚的关崇贵在政委的带领下，走出指挥部。没想到，他迎来了有史以来的最高

礼遇——此时，在指挥所门口所有的志愿军战士，全部停下了手中的动作，站在坑道的两侧，注视着关崇贵的双眼，一个个向他敬起了军礼。关崇贵有些感动，他一边向前走，一边回敬军礼。

此时，不知谁喊了一句：向关崇贵学习！

整个指挥所内外，坑道两侧，所有的志愿军战士都伸出自己的拳头，向着关崇贵齐刷刷地喊着：志愿军万岁！中国人民万岁！向关崇贵学习！！打倒美帝国主义！！

排山倒海的口号，一遍一遍地回响在坑道内外，一步一蹒跚的关崇贵，迎着众人炙热的目光，热泪盈眶，他再也控制不住自己，流下了激动的泪水。

政委站在坑道内的宽敞处，面前是黑压压的一片志愿军战士。

政委：敌人现在妄图包围我们，所以咱们这次战略转移至关重要，为了掩护大部队撤出，哪个班愿意留下来在龙头里 614 高地打阻击？

关崇贵从后排向前挤了出来，立正敬礼：报告政委，我们在阵地上的时间最长，经验最多，我们来！

政委盯着关崇贵的双眼，许久说不出话来。

政委：我记得你，关崇贵，你现在可是咱们团的战斗英雄……

关崇贵：我只是一个普通的志愿军战士！请祖国和人民放心！二班保证完成任务！

伴随着炮弹的呼啸声，众人抬头看向坑道顶，很快，敌人的炮弹就落了下来，坑道被炸得剧烈地震动起来，顶部的土也开始落下。

1951 年 3 月，朝鲜龙头里 614 高地。在夜色中，远处传来了隆隆的炮声。一颗照明弹打在了空中，随着照明弹的缓缓落下，惨白色的光线开始隐隐约约、忽明忽暗地照射着一片凌乱的阵地和战壕。

中国人民志愿军 614 高地的地表阵地和工事，坐落在已经被敌人几乎削平了的山头上，不大的地方几乎有一半被炮火摧毁。而工事的周围，几株零零散散的树干，也早被炮火炸得没有了树木原来的样子。在树干的下面，还依旧弥漫着不愿散去的硝烟。在硝烟里，照明弹的光线隐约照着横七竖八、四处散落的尸体，这其中有身穿深橄榄色军服的敌军，也有身着棕黄色军服的志愿军。这些尸体交缠在一起，很显然，这里刚刚爆发过一场惨烈的战斗。

关崇贵站在反斜面坑道口，他的身边放着一台步话机，他调整了一下步话机天线，拿起听筒，试图再次建立联系，但是步话机明显已经被炮火损坏，关崇贵狠狠地拍了拍步话机，没有任何反应，只好挂断。这时，一股鲜血从关崇贵的额头上流了下来，但他似乎并没有注意到。

副射手：副班长！

副射手老李走上前来，帮他摘下了帽子，查看伤口，看上去似乎并不致命。副射手从身上掏出一个敌军的急救医疗包，用牙齿咬开之后，开始帮关崇贵包扎起来。

副射手：疼不？

关崇贵摇了摇头，他看见不远处的战壕内，另一个身材相对瘦小的战士小刘正在翻腾着敌军的尸体，搜寻还能使用的物资。

关崇贵：我没事，小刘咋样了？

副射手看了看小刘的方向，笑了笑：没事，轻伤，还能再打几轮。

关崇贵看了看小刘，叹了口气：就咱们仨了吧？

副射手一边包扎，一边沉重地点了点头。关崇贵沉默了一下，开始念叨：快两天了吧？

副射手：两天两夜了……

副射手完成了包扎，顺手扔掉了手中的急救包，血水渐渐地渗出绷带。关崇贵冷静地环视四周凌乱的阵地，然后站了起来。副射手和小刘喘着气，盯着关崇贵，目光坚毅，一言不发。

关崇贵：不知道大部队现在情况怎么样了，老子决定今晚就交代在高地上了，老李，这地形你熟悉，你带着小刘，可以撤下去了！

副射手：关崇贵同志，你是战斗英雄，咱也不能是狗熊！任务是给咱们班的，只要咱们多守住一秒，大部队就能往北多走一步！

小刘：老子走的时候，至少也能给你们带走仨！

关崇贵：那接下来没法这么打了，你俩跟我来。

副射手：是！

关崇贵带着副射手和战士小刘，跳下了战壕，四周观察了一番，向着南边的几个方向一指。

关崇贵：现在敌人还不知道咱们的情况，一会儿哨子一响，老李去那儿，小刘，你去那儿，所有自动武器都放在最前面，打完一梭子就换地方，不停地换，让狗日的觉得咱们还有一个连！

副射手和小刘点了点头，开始执行。

三人在阵地上寻找着所有能用的自动武器，换着位置，摆放在阵地上还完好的射击位置，几人偶尔也会发现已经被炮火炸成了几截的武器，就随手扔到山下，继续寻找可以用的枪支。紧接着，三人又在附近寻找适合的弹药，放在距离武器最近的位置，开保险，上膛。一番动作之后，三人聚在一起，都有点气喘吁吁，小刘凑过来，递给关崇贵一个水壶，关崇贵小口抿了一下，又把水壶递给老李。

关崇贵：咱们一个班十二条汉子，现在就只剩下咱仨了……话还没有说完，几发新的照明弹在空中炸开，光线一下就变得刺眼了很多，不远处的山下，传来了刺耳的哨声。敌人新一轮的冲锋，即将开始。三个人立即散开，猫着腰奔向了各自的战斗位置。

关崇贵冲向了自己的布伦轻机枪。一个敌军的身影，此刻已经冲到了眼前，关崇贵毫不犹豫地扣响了扳机。一阵布伦轻机枪特有的清脆节奏的嗒嗒声响了起来，子弹壳从抛壳窗飞了出来，迷雾中的敌人还没搞清楚哪里来的火力点，就被扫倒了一片。

不远处的一个敌军迫击炮班朝着阵地开火，关崇贵听到空中传来的尖锐的迫击炮弹飞行的声音，立即跳出一步，卧倒在地。炮弹落地，一阵猛烈的爆炸，掀起了大量的泥土，几乎将关崇贵埋了起来。

爆炸过后，阵地上跳出五六个敌军士兵，他们检查了一圈，发现似乎已经没有活着的人了，军士长松了口气。他们开始放松了警惕，朝着后面招手。

不远处，军士长背后的土地中，同时站起来三个志愿军的身影，关崇贵带着两个人，如同涅槃的凤凰一般，用手中的机枪打向了面前来不及反应的几名敌军士兵，其中的三人中弹，另外几人一边开火掩护，一边从阵地边缘翻滚了下去。

关崇贵等人迅速组织反击，他们利用地形和此前准备好的武器弹药，打完弹药就换一个地方继续战斗，同时还不忘在转移射击阵地的时候丢下去几颗手榴弹。

照明弹隐隐约约的光线下，布满烟雾和火光的614高地之下，密密麻麻地布满了正在往上爬的敌人，但是从高地顶上射下的火力和不断投出的手榴弹，打得他们抬不起头来，他们只有朝着高地漫无目的地进行着徒劳的火力压制。

这一幕，从敌方的视角看来，似乎阵地上到处都充满了志愿军战士和自动武器的射击，完全不像是个只有三个人镇守的高地。但是随着射击的深入展开，关崇贵手中的武器因为过热发生了卡壳。他拿起来稍作检查，却忽然皱起了眉头。

关崇贵：老李！快把备用枪管给我拿过来换上，这根烧坏了！

副射手跑回到了关崇贵的身边，拿着一根新的枪管，干脆利索地换上。

副射手：最后一根了啊，省着点打！

关崇贵：照咱们这么个打法，多少都得打坏了。

副射手换完就跑回了自己的位置，他边跑边说：那可不行！你这挺机枪可是个英雄

枪！打下来过飞机的！将来会被摆进博物馆里的！

　　一时间的火力中断，让三名敌军趁着火力的间隙跳入了战壕，老李和其中一名敌军士兵扭打了起来，另外两名敌军士兵因为顾忌会射到自己人，不敢开枪，其中一人拿起了刺刀，跳入战壕加入了惨烈的白刃战。一番二打一的肉搏战，老李的腹部被敌人的刺刀捅穿，他强忍着剧痛，咬紧牙关，拿起石头继续抱着敌人搏斗。剩下的敌军士兵见肉搏战出现了间隙，拿手中一直瞄着老李的枪正准备射击……

　　一阵急促的射击声传来，及时赶到的关崇贵先将举枪的士兵射倒，地面的两名敌军见状，一人向关崇贵扑了过来，另一人爬起就跑，关崇贵没有丝毫的犹豫，再次开枪，先后将两人放倒。阵地上的枪声逐渐减少，敌军暂时撤退了下去。

　　关崇贵跑到副射手面前，跪在地上帮他检查伤势。

　　副射手：没事儿，擦破点皮……

　　话还没说完，大口的鲜血就从嘴里涌了出来。关崇贵见状，急红了眼，拿出急救包准备进行包扎。还没有准备好，敌人的炮火就再次响起，空中响起了炮弹呼啸而至的声音。关崇贵将副射手老李的手臂交叉在胸前，然后拖着身受重伤的他，在炮弹的轰炸中，再次进入坑道。

在地下坑道内，副射手老李此时双目圆睁，已经完全停止了呼吸。随着爆炸声的减弱，关崇贵擦干了自己的泪水，站起了身。这时他才发现，自己也已经中弹，腹部侧面有一处贯穿伤。方才意识到疼痛的关崇贵，咬紧了牙关，站了起来。此时的表面阵地已经被敌人炮火摧毁得面目全非，完全没有了利用价值，关崇贵吐着鲜血，决定利用最后的坑道和敌人决一死战。

关崇贵和小刘在几个坑道死角和拐角处放好机枪和缴获来的各种武器；确认子弹全部压弹上膛；同时准备好手榴弹，将安全盖全部打开，引线外露，做好了随时抛出的准备。

正在这时，轰炸停止了，紧接着，坑道外面传来了哨声。关崇贵正在坑道口埋反步兵地雷和绊雷，他看了一眼坑道内忽明忽暗的灯光，回头对小刘说：快！要来了！把灯都关上！把手提子给我！

小刘：是！

小刘递给关崇贵一把缴获的冲锋枪，然后快速跑到坑道口不远处，正准备拉断电闸，但还没有来得及熄灭坑道内的照明光源，一名敌军士兵的刺刀枪就已经伸了进来。显然，此次敌军的冲锋提前了，他们已经摸到了坑道口。一声清脆的枪声响起，小刘应声倒地，倒地前他切断了电源，坑道内顿时一片漆黑。

坑道内的战斗迅速打响，关崇贵端起冲锋枪，对着洞口外面打完了弹匣内所有的子弹，火力的优势让他暂时压制住了敌人。

关崇贵冲到坑道口，发现小刘胸部中弹，已经牺牲，整个坑道此时仅剩下他一个人还在坚持战斗。因为对坑道内地形的熟悉，关崇贵几乎可以闭着眼射击，于是他在提前预设好的战斗位置，不断地向敌人发起了一轮又一轮的致命射击。

此时进入坑道内的敌军虽然装备有手电筒，但这却给关崇贵的机枪提供了更明显的靶子。不断更换着武器和射击阵地的关崇贵以一夫当关、万夫莫开的气势，狠狠地教训着坑道内无法展开战斗队形和几乎两眼一抹黑的敌人。坑道内的敌军所装备的大威力半自动武器，在狭小的坑道内回旋无力，几无用武之地。

关崇贵打完预备好的武器，不换子弹，立马奔向下一个射击点，拿起新武器，持续射击。敌人很快就被关崇贵打得晕头转向，从他们的角度看来，坑道内的志愿军火力没有间断，应该至少还有半个连。在坑道内受到了大量攻击的敌人，再次败下阵来。

关崇贵几乎是用尽了全部的勇气和力气，冲出了坑道，在表面阵地上追着敌人打，他打完手中武器的子弹后，就捡起地上的武器，继续射击。逃跑中的敌人被关崇贵的气势彻底压倒，不断有敌军士兵中弹倒地。敌军撤退时第一防线的火力掩护，此时再次击中了已是遍体鳞伤的关崇贵，他的胸部侧面，被敌人火力再次射中。敌人虽然退去了，但是关崇贵也不幸中弹倒下。

不知过了多久，关崇贵在一堆尸体中间醒了过来，轰炸已经停止，他试着坐起身，却因为疼痛而大口地喘着粗气，紧接着，因为肺部被击穿，开始大口咳血。关崇贵缓了缓，半跪在地上，开始继续搜集武器弹药，为下次反冲锋做准备。因为伤情，关崇贵的动作极为缓慢。

远处山下，再次传来哨声和脚步声。关崇贵背靠着尸体，坐在地上，把枪用膝盖顶起来，朝着敌人即将出现的方向，做出了准备继续射击的动作。他虽然满脸血污，但是布满血丝的眼睛里却充满了刚毅，视死如归。

不远处的迷雾里，冲出几个人影。关崇贵正准备开枪，忽然发现出现的是被派来增援的志愿军战士。

令所有人震惊的一幕出现在了增援部队面前：

关崇贵瘫坐在布满尸体的阵地上，他的胸前、腰部，多处致命的重伤令人触目惊心，被炸弹炸烂的军服上已经遍布发黑的血迹。然而在他的面前，却堆砌着从敌军尸体中搜集来的大量枪支弹药，其中步枪、机枪、冲锋枪，竟有三十多支！

关崇贵在这个阵地上坚守了两天三夜，始终没有让敌人占领这个阵地。当中国志愿军冲上阵地时，他们看见的，是坐在尸体中，准备再次投入战斗的关崇贵。而此时浑身是伤的关崇贵，已经站都站不起来了。

增援的战士们眼含热泪、发自肺腑地举起拳头喊着：向关崇贵学习！志愿军万岁！！中国人民万岁！！！震耳欲聋的口号，响彻阵地。

秀才遇到兵

本集编剧：姜大乔

祁建华

祁建华（1921—2001），河南平顶山人。

1948年，参加中国人民解放军。先后创造并编写《速成识字法》《速成珠算法》《拼音新案》，帮助数以千万计的人摘掉文盲帽子。

祁建华的扫盲创举是一个奇迹。毛泽东称他为"名副其实的识字专家"，刘少奇称他为"当代仓颉"。

师部走廊尽头的办公室中传来训斥声。

师长：就你这样还上前线打美帝？！这么点事都能办砸！我还敢让你带兵？！让你带着我的兵送死啊？！

师长又吼：说话！臊眉耷眼装给谁看？！

警卫员对祁建华点了点头，示意他进去。

祁建华：要不等等？

警卫员：训人的跟挨训的都是在等你。

祁建华有些发蒙。

警卫员：报告！

师长：进！

警卫员推开门，敬礼：报告，祁干事到了。

祁建华看见师长按着办公桌，怒视着面前一名五大三粗的军官。师长带着余怒未消的表情看过来，对警卫员点了点头。警卫员将祁建华让进办公室，自己退出来，将门轻轻关上。

师长办公室内的气氛有些凝重，祁建华收敛尴尬的表情，立正敬礼。

祁建华：报告师长！文化干事祁建华报到！

师长脸色缓和，走向祁建华，抬手回礼。

师长：政治部天天宣传你的脱盲班，我还以为是个老学究……了不得！没想到这么年轻！

祁建华：我就是把识字窍门总结一下。

师长：你不用谦虚……（冷脸看苗石）识字扫盲，天大的事！

师长走回桌边，喝了口茶，接着说：就说我们这位苗石同志，这不，刚吃了没文化的亏……

师长突然拿水杯狠敲桌面：站好了！祁建华吓得一颤，苗石只是不慌不忙地站直了些。

师长：你自己讲！

苗石：事，我办砸了。降职的处分，我也认了……

师长：不想说是吧？说不出口是吧？

苗石闭口不言。两人对峙了片刻，师长无奈地摇了摇头。

师长：祁干事，我把你叫过来，是有个任务交给你。

祁建华敬礼：保证完成任务！

师长：还没说任务是什么，你就敢保证？

祁建华：我保证帮苗石同志脱盲。

师长：好，我就是要你这个保证！

祁建华偷瞄苗石，发现苗石转头看着自己，他那副"凶神恶煞"的模样，仿佛正盯着敌人。祁建华咽了口唾沫。

苗石望着讲台方向，他眯着眼，嘴不自觉地半张着，满脸茫然。讲台上，祁建华正在让学员甲示范。

祁建华：按照读音相近的规律记忆，也是一种有效的学习方法。比方说……来，你随便想一个词。

学员甲摸着脑袋，一时想不起来。

苗石大声：美国鬼子！

祁建华笑了笑：行，那就写鬼字……

学员甲写下歪歪扭扭的"鬼"字。祁建华写了"鬼"字的拼音。

祁建华：按照这个拼音，再想一个同音字。

学员甲：鬼……鬼……诡计。

181

祁建华：好，这个字也学过，写下来吧。

粉笔在黑板上刮出咯吱声响，讲台下的苗石已经满脸不耐烦，嘀咕着：鬼鬼鬼，我看是鬼画符……这东西谁看得懂？说完，苗石拿胳膊肘捅了捅同桌的王连长。

苗石：老王，你说……去年年底就在板门店搞谈判，这仗该不会不打了吧？

王连长小声：听课听课，先听课。

苗石：你少在这儿假正经……

祁建华：请大家注意课堂纪律。

苗石恶狠狠地往讲台那边瞪了一眼，又转回头来跟王连长说话。

苗石：你说谈什么谈嘛？美帝的飞机大炮，拿咱们的反斜面战术一点辙都没有，继续打呗……

讲台上，祁建华很是不满地看着聊得兴起的苗石，又不敢再说什么。

学员甲：祁干事，我还想到一个字……刽子手的刽。

祁建华收回神来：好，写下来。

学员甲在黑板上写"刽"字，却是先写右边再写左边。

祁建华：是这样……我演示一下。

祁建华拿起粉笔写下"刽"字，同时提高音量向所有学员解释。

祁建华：大家要记得写字的规律……比如这个刽字，应该是从左到右，对吧……然后呢？

众学员：从左到右……从上到下……从外到里……先横后直……先撇后捺……

突然一阵低笑声传来，祁建华皱眉看去。苗石正对着王连长说笑，王连长则是满脸尴尬地看着祁建华，苗石反倒根本不在乎。

课后学员们陆续走出教室，苗石在门口伸了个懒腰，背着手溜溜达达地走了。王连长走在最后，祁建华追上了他。

祁建华：我想请你……先进带动后进，稍微帮助一下苗排长。

王连长摇头摆手：老苗我可管不了。

祁建华：你是连长，他是排长，怎么管不了？

王连长讪笑：我们都是学生，课堂的事还是得你这当老师的解决。再说了，人家老苗前天还是营长，是我的上级。

祁建华狐疑地看了王连长片刻：他到底犯了什么错误？连降两级。

王连长苦笑：他啊……他带队去抓特务，结果没问清楚那个特务叫什么，又看不懂指令书……也是他倒霉，到了地方，想找个识字的人认一下名字，结果全村唯一识字的，就是那个特务……

祁建华没憋住，扑哧一声笑了出来，接着问：放跑了？

王连长：差一点，最后给兄弟部队抓回来了……可别说是我告诉你的！

祁建华若有所思：这我知道，那……老苗平时有什么爱好吗？

王连长：爱好……他这大半辈子都在打仗，能有啥爱好？不过……好像偶尔听个评书听个戏什么的，三国啊，水浒啊，也都是打打杀杀的东西。

祁建华点了点头，他还想问什么，却发现王连长看着他的背后，脸色变了。祁建华转头看过去，发现苗石站在教室门口，皮笑肉不笑地看着这边。

王连长：我先走了……话音未落就逃跑似的转身就走。

祁建华和苗石对视，苗石的表情变得有些吓人。

苗石：你来，咱俩好好掰扯掰扯。说完，背着手走进教室。

苗石背着手站在讲台上，祁建华走进来，站在讲台下面。

苗石：祁建华，祁干事！你说你……我就知道，书读得越多，越是喜欢嚼舌根子。

苗石冷嘲热讽，祁建华皱眉忍着。讲台上的苗石居高临下，乜斜地看着祁建华。

苗石：我跟你丑话说到前头。有意见，你直接跟我讲，我最看不得那些个打小报告的……

祁建华打断：这你放心，我不是那种人。还有……下马威可以省了，你到底想说什么，直说吧。

苗石：好，还算你痛快！

祁建华又好气又好笑，无奈地摇了摇头。

苗石：今天你也看见了，不是我老苗不想识字……我是真学不进去，是吧！我呢，在这儿耗着，反倒耽误同志们学习，对不对？你看要不这样……

苗石说着，换上一副笑脸：回头你开张证明，就说我已经脱盲了。你的问题，我的问题，不就都不成问题了？！

祁建华一愣，上前一步走上讲台，反驳道：这是弄虚作假欺骗上级！

苗石的脸瞬间耷拉下来：你一个书生，跟你废这么些个话，我已经够意思了！

祁建华：那我问你，既然你这么不愿意学，为什么还要来脱盲班？

苗石：你以为我乐意？我得先拿到脱盲证明，才能到朝鲜打仗去！

祁建华正色：苗石同志，你真想去前线，就请认真学习，争取早日摘掉文盲的帽子。

苗石指着祁建华，憋红了脸：那得什么时候？！到时候美帝都被赶进太平洋了！祁建华！你不要坏了我的大事！

宿舍书桌上摆着厚厚一沓稿纸，祁建华正伏案书写教学方案。夜深人静，但祁建华手里的笔走走停停，眉头也不自觉地皱起，显然心里并不平静。祁建华终于耐不住性子，烦躁地把钢笔往桌上一拍。他长声叹着气，靠到椅背上，就这么呆愣愣地出神。

半晌，祁建华似乎想到什么，他猛地转头看向书柜，上前抽出一本《三国志》。祁建华随意翻阅，翻着翻着，舒展眉头露出了笑容。祁建华放下《三国志》，伸手指点着整齐排列的书脊，手指最后定在了《三十六计》上，将它抽出来。

众学员疑惑地看着讲台。黑板上写满了字，"三十六计"四个大字尤其显眼。

祁建华：这几个字大家都学过。

王连长：三十六计……今天讲这个？

趴在桌上的苗石睁开了眼。

祁建华：先不按教材讲了。咱们指战员学认字，应该优先认和战斗生活息息相关的字……

苗石明显有了兴趣，抬起头看向黑板。祁建华瞥了他一眼，装作没看到他的反应。

祁建华：今天重点讲第一计……

祁建华点了点黑板上的"瞒天过海"四个字，示意学员们来认。

苗石坐正，拿胳膊肘捅了捅身边的王连长，问道：是啥？

王连长：……天……过……海……哦，瞒天过海。这个是瞒字。

祁建华笑：没错，瞒。瞒通常是隐藏的意思，但是这个字本身也有闭眼的意思，所以大家看，它里面有个目字，对吧？

苗石不自觉地连连点头，彻底被吸引了注意力。

祁建华：大家回忆一下，咱们学过的，带目字旁的生字有哪些？

苗石：昨天是不是有一个……瞄准的瞄？也是这个目字，加我姓的苗字。

祁建华：没错，瞄准的瞄！苗排长，要不你上来，试着把它写出来？

苗石连连摆手：不写不写！你赶紧的，第一计瞒天过海，第二计是啥？

祁建华一脸严肃地点了点头，转身在黑板上书写时却悄悄露出得意的笑容。

学员们三三两两散去，苗石追上祁建华。

苗石：祁建华……

祁建华转头看向苗石，故作一副不明所以的模样。

苗石：祁干事……

苗石瞅着祁建华手里的书，问：这书上面是三十六计？

祁建华：你有兴趣？

苗石：你讲得太慢了！借我，我找人念去。

苗石伸手去拿，祁建华把书拉回来，正色：那不行。

苗石看出祁建华有戏耍的感觉，眼看脸色要变。

祁建华：要不这样……你真想听的话，我给你讲。

苗石怒气消退，转而狐疑。

祁建华：讲一个，你把字都认全了，再讲下一个。

苗石：那得讲到什么时候？！书给我！

苗石又要去夺，祁建华死死抓着书没放。

祁建华：一篇故事，认二十个字！

苗石停下来看着祁建华，没作声。

祁建华：你还想不想去前线？我拿自己的休息时间帮你，够意思了吧……

苗石打断：行行行！

祁建华笑：一言为定。

几名军官聚在祁建华的宿舍里，苗石正在小黑板上书写。他歪歪扭扭写了"明修"两个字，"栈"字写不出来。

祁建华：明修栈道，栈道是用什么做的？

苗石挠头。王连长急得拍大腿，催促：木头啊！木字旁！

闭嘴！苗石面红耳赤吼回去，王连长悻悻不说话了。

苗石在黑板上写着三十六计，很多地方画个圈代替不会写的字。写到"打草惊蛇，疑为叩实"时，他把"惊"和"疑"都写错了，又卡在"叩"字上。学员或摇头叹气，或暗自嘲笑。

祁建华上前拍拍苗石肩膀，安慰：别着急。疑为叩实，叩，想想这个读音，应该是口字旁对吧？

苗石憋着火，将粉笔在黑板上按成碎渣。祁建华连忙收回手，后退两步。

祁建华和苗石捧着饭盒坐在长椅上。苗石断断续续地读着，祁建华一边啃馒头一边听。

苗石磕磕巴巴：乘隙啊……插啊……足，扼啊……其啊……主机……

祁建华：口诀别忘了。手指字，眼看字，脑想字，口念字，字连句。读书得连起来。

苗石皱眉点了点头，伸手指着书，接着念：反客为主……乘隙插足……扼啊……其啊……

祁建华郁闷地扶额叹气。

明媚的阳光照进教室。苗石已经快将黑板写满，画圈的地方很少。学员们满脸期待，有的还站了起来。苗石写完最后一句，王连长带头叫好，众学员鼓掌。苗石得意地看了祁建华一眼，把粉笔头抛给他。

夜晚宿舍中，祁建华伏案疾书，在一张新的稿纸上写下：怎样进行思想动员？怎样组织和鼓励学习？旁边那叠厚厚的稿纸，第一张开头写着"速成识字法"几个大字……连续几日的写作，稿纸上密密麻麻写满了字，祁建华写下最后一句：另外，还可以用举行测验、开成绩展览会等方式鼓励和巩固学习。祁建华面色欣喜地将这个篇章的稿纸整理好，又翻开那沓原本已经完成的书稿，把新添加的内容放到"怎样教注音字母"的篇章之前。

雨过天晴，阳光明媚。祁建华看见学员们挤在门口议论纷纷。

祁建华：查成绩呢？

学员们看过来，气氛有些不对。

祁建华：怎么……

王连长有些不满：祁干事，我们高低都有军职，你排个名次不好看吧？

祁建华分开人群，看到成绩单，愣住。成绩单被人扯下半张。

王连长：老苗一看自己倒数第一，立马就发疯了。

祁建华回过神来，叹了口气：苗排长说什么了？

王连长：说你骗他认字，到头来就是为了让他丢人现眼。

祁建华推开人群往外跑。

苗石气冲冲走着，把半截成绩单团成一团。

祁建华追上来：老苗！老苗！

苗石转过身，满脸怒意，指着祁建华走上去：哪回冲锋，老子不是跑最前头？！

祁建华：你冷静点……

苗石：你算个什么东西？！把我排最后！

祁建华：不一样，这是考试。

苗石：行……不一样……苗石突然一拳挥来，祁建华狼狈闪开。

祁建华：你疯了？！

苗石揪住祁建华的军装，两人撕扯。

祁建华：放开！

苗石：耍笔杆子的，没一个好东西！

几名军人赶来，将两人分开。

警卫员惴惴不安地站在办公室门外。

师长：抗拒学习！公然闹事！战场上你这就是逃兵！

苗石：战场上是你领导，现在是叛徒内奸领导，能一样吗？！

师长：我懒得跟你掰扯，我对你失望透顶……警卫员！

警卫员赶紧推门进去。

师长：把他枪下了，禁闭一周！

苗石：放开！禁闭室我认路！说完便夺门而出。

办公室里气氛紧张。警卫员察言观色，小心翼翼地退出去，把门关上。门关上的瞬间，师长一巴掌拍在桌上。

师长：祁干事，这是军官学习班！考试就考试，放榜就放榜，你排什么名次？

祁建华想争辩，忍住了。

师长：就算姓苗的不闹，其他人就不会有意见？！

祁建华：报告师长！我认为……既然是考试，那就应该有名次，否则对成绩好的学员，就是不公平。

师长：你！你这是书生意气！

祁建华皱眉：师长，您怎么也这么说？

师长烦躁：我说什么了？

祁建华：苗石同志从一开始就对我有敌意，老说我是书生，是耍笔杆子的。

师长愣了片刻，态度渐渐缓和。

师长：这个……我要替他解释两句。老苗早些年打游击的时候，他们村的秀才当了汉奸，结果整个队伍……就活了他一个。

祁建华不知该说什么，只得长声叹气。师长也叹了一声，走到祁建华面前。

师长：我啊，刚才说你书生意气，本意不是贬低你。但我还是要向你道歉，是我说错话了。

祁建华：师长……

师长摆摆手：老苗的抵触情绪有他的特殊性，但在咱们部队，这种情况也有一定的普遍性。

祁建华默默低下头。

师长：你想想，大半辈子抱着枪杆子吃饭睡觉，为了革命事业出生入死。结果仗打完了，枪林弹雨里活下来了，回头发现耍枪杆子的本事没啥用了……

祁建华：所以觉得……我这种耍笔杆子的钻了空子捡了便宜？

师长点了点头。

祁建华若有所思，沉默了。

师长：算了……这个任务完不成，我不怪你。

祁建华：说实话，这段时间跟苗排长相处下来，我也得到了不少教学经验，尤其让我明白了……知识和文化，不能是硬塞给别人的……师长，我想再试试。

禁闭室打开，满脸胡茬的苗石走出来，被阳光刺得眯着眼。

祁建华：师长说了，下次考试通不过，你就别在部队待了。

苗石转身看向祁建华，捏紧拳头。

苗石：你说什么？！

祁建华：是我的建议。

苗石：你！

苗石跟祁建华脸贴脸，气得眼都红了，强忍着怒火。祁建华则寸步未退。

祁建华：我还向师长建议，你的脱盲考试，就是写一篇志愿入朝抗美的申请书……只要你能写出来，师长亲自帮你递交上级。

苗石愣住，他缓缓退开，蹲到地上。

祁建华：尿了？

苗石：祁建华……你厉害啊……你把我往死路上逼。

祁建华叹息一声：苗石同志，我教人识个字就能混身军装穿，你是不是特瞧不上？仗都没打过的人，对你指手画脚，是不是特憋屈？

苗石红着眼，盯着祁建华不说话。

祁建华：你说自己每次冲锋都冲在最前面……但我告诉你，你这样下去，只能在建设新中国的战斗里当个逃兵。

苗石站起来：你再说一遍！

祁建华：难道不是吗？我们要继续跟帝国主义战斗，也要开始建设新中国的战斗。以后，知识就是武器，扫盲识字，就跟新兵学用枪一样，必不可少。

苗石的表情变得凝重。

祁建华：不管以前打仗多英勇，只要当了一次逃兵，就永远是逃兵。你是军人，这个道理你肯定懂……要不要脱盲，说到底看你自己。今天之内给我答复。

宿舍书桌上整整齐齐地摆着"速成识字法"教案，桌边的小黑板也支好了，祁建华静静坐在桌边等着什么。他掏出怀表看了一眼，已经 11 点 58 分了。祁建华轻叹一声，失望地摇了摇头，开始收拾桌子。就在这时，敲门声响了。祁建华露出笑容，又赶紧收敛起来，上前开门。苗石站在门口，两人对视。苗石从口袋里掏出一个布袋，从里面抓出满满一把勋章。

苗石：我不是逃兵。

祁建华郑重点头：我知道。

苗石：我再相信你一次，你说啥就是啥……你得把我教会了，让我把文盲的帽子给摘了。

祁建华稍稍让开，给苗石看他准备好的教具。

祁建华：咱们现在就开始。

苗石微微一愣，他点头答应，跟着祁建华走进去。祁建华将书桌上的文稿整理好，递到苗石手里。

苗石：速……成……识字法？

苗石有些狐疑地看着祁建华，目光渐渐变得坚定。

苗石：那就来吧……

祁建华露出笑容。

一个月后，考核当天。师长站在窗外静静看着，连连点头。祁建华站在师长身边。

祁建华：师长，您定的标准是不是太高了？一个字都不准写错……

师长笑：你看这老小子气定神闲的，这不是很有底气吗？

祁建华犹豫：可万一有点笔误，您真的要让他复员？

师长摆了摆手，转身往外走。

师长：老苗跟我说，他现在能认三千个字？

祁建华：是。

师长拿起手里的文件袋，摩挲着。

师长：你就是按这个教他的？《速成识字法》。

祁建华点了点头。

师长：老苗的考试能不能通过，还重要吗？

祁建华面露喜色，立正站好，敬礼。

师长笑了笑：祁建华同志，我要替苗石同志感谢你，也要替那些即将脱盲的同志们感谢你……《速成识字法》就是放到全中国来说，也是功德无量啊！

师长说着，郑重地对祁建华敬礼。

十多年后，四川某地。

祁建华问女儿：最近学拼音，有什么不懂的吗？

女儿嘟着嘴点头。

祁建华脸带温和：是不是很难？

女儿：是……

祁建华笑：爸爸在搞一套简单好学的拼音教学方法，你要不要试试？

女儿笑：好！

父女俩走着，一阵读书声传来。

祁建华循声望去，不远处有个挂着"脱盲学习班"招牌的房子。祁建华拉着女儿，凑到教室后窗观望。教室内，讲台上的老师竟然是苗石。祁建华愣住，继而露出欣慰的笑容。

播音员

齐越

本集编剧：张　显

齐越（1922—1993），河北高阳人。

1947年，担任陕北新华广播电台播音员。

1949年10月1日，与丁一岚一起实况广播开国大典，这是新中国的声音第一次向全世界传播。

在中央人民广播电台工作的几十年播音生涯中，他还奉献了《谁是最可爱的人》《县委书记的榜样——焦裕禄》等经典名篇的播音，以特有的庄重、深沉的声音感染了亿万听众。

1951 年，北京，葛兰家中。靠窗的桌上放着一台收音机，窗台上的兰花在夕阳余晖下尤显淡雅素洁。

收音机里，齐越正在播送《谁是最可爱的人》——

在朝鲜的每一天，我都被一些东西感动着；我的思想感情的潮水，在放纵奔流着；我想把一切东西都告诉给我祖国的朋友们。但我最急于告诉你们的，是我思想感情的一段重要经历，这就是：我越来越深刻地感觉到谁是我们最可爱的人！

葛兰和几个青年男女围在一起，聚精会神地听着，他们的脸上流露出一种感动、一种敬畏、一种寄托和一种恭敬。

那一年，葛兰刚满 18 岁，和所有人一样，听了齐越播送的《谁是最可爱的人》，深受感动，她不禁好奇，这个声音背后是一个怎样的人。

客厅的桌上放着一份《人民日报》，中央人民广播电台和全国各省市电台招考播音员的广告清晰可见。

大街上，葛兰迎着朝阳奋力骑行，她决定要成为一名播音员，已经参加了中央人民广播电台的选拔……

中央人民广播电台走廊里，一名女同志领着葛兰和几名青年男女边走边介绍。葛兰兴奋地左看右看，一切都是那么新奇。女同志说：刚才是专稿组，这是联络组，前面是播音组。

这时，从播音组办公室内传来了齐越读信的声音——

亲爱的齐越同志，我是来自山东海阳的李昊，我和你虽然没有见过面，可是，你的名字我很熟悉，你的声音是我最喜欢而又经常听到的……

葛兰好奇地跟着女同志来到门口，只见齐越在给播音组的同志们读信——

听了你播送的《谁是最可爱的人》很感动，你的声音里有一种粗犷豪迈、气势磅礴的感情，一种潜伏着的火山爆发似的感情，这正是我们这个年轻的共和国所代表的感情，它鼓舞人们的精神永远上升。所以，我准备响应国家抗美援朝保家卫国的号召，报名参军……

众人看着齐越，静静倾听。葛兰第一次见到齐越是在考试的时候，他是主考官，葛兰对他的印象是可敬的，但有距离感。第二次见他，他竟然在给同志们念听众写给他的信，当众进行自我表扬。

播音室内，齐越播完最后一段台本：谢谢您的收听，接下来请听乐曲《春江花月夜》。

说完，齐越接过搭档手中的唱片，放入面前的唱盘机上，音乐声响起，齐越和搭档摘下耳机从播音间走出，来到导播间与另外两位等待的播音员完成交接。随后，齐越径直走向了葛兰。

齐越：小王同志，播音间的设备都熟悉了吗？

葛兰：都熟悉了！

齐越：台里讨论决定，先让你播记录新闻，每天上午8点到11点45分是第一次播音时间，第二次是晚上10点50到第二天凌晨4点50，工作量大，会很辛苦。

葛兰信誓旦旦：没事儿，对我来说，小菜一碟。

齐越隔着窗户看向播音室内的两位女播音员。

齐越：她正在播记录新闻，现在全国一切都在建设恢复时期，交通不便，尤其是边远地区通讯闭塞，只能由各地报馆的抄收员收听抄写记录新闻，然后印成报纸发出去，特别是在朝鲜前线，志愿军战士们关心祖国的消息，也靠收音员在战壕里抄写记录新闻印成小报供大家传阅。

就在这时一个监听员手中拿着一张纸条匆匆地从门口走进，随后走进播音室将纸条递给一位女播音员。

葛兰：他是什么人？

齐越：他是监听员，专门在监听室内监听播音员广播时的错误，一旦发现，立刻写在纸条上通知播音员及时纠正。监听室离得比较远，小跑过来要一分多钟。

监听员递完纸条后便又匆匆出门。

齐越：你们要时刻记住，记录新闻的收听对象是抄收员，速度很重要，一分钟念 25 个字，短句控制在 10 个字，10 个字以下的句子播两遍，10 个字以上的播三遍。还有，要加强对稿子的研究和学习，多方面校对，有问题立即解决，一点不能马虎，一个字都不能错！

葛兰听着齐越老师的话，看向两位播音的女播音员，眼神里充满了期待。

齐越：作为一个记录新闻播音员，你要记住，责任重大！

葛兰和几名年轻的播音员拿着不同的稿件，在各自办公桌前认真备稿。

齐越进来，目睹这一幕，颇为欣慰，随即走到葛兰近前。

齐越：小王，明天就要正式播音了，感觉怎么样？

葛兰笑道：又激动又紧张。

齐越笑笑。

葛兰：组长，您有过这种感觉吗？

齐越：有，永生难忘。

葛兰：也是在您第一次播音的时候？

齐越笑：不是。

齐越稍顿了一下：是在开国大典的时候。

葛兰期待地看着他，其他播音员也不禁好奇观望。

齐越：当时，中央广播事业管理处早在一个月前就制定了计划，从编辑、采访、播音、技术、行政等各方面做了准备。负责那次任务和现场总指挥的是梅益同志，李伍同志负责机务，胡若木、杨兆麟、高而公同志分工编写实况广播稿，我和丁一岚同志担任实况播音员。此前，我们两位播音员还参加了实况广播稿的反复讨论和修改，深入了解情况，领会稿件精神。

齐越脑海里的那些画面再次清晰起来：

开国大典当天下午 1 点钟，在天安门城楼下的机房内，齐越和丁一岚伏案认真备稿。

胡若木和杨兆麟在一旁审阅稿件，审阅完的稿件交给齐越和丁一岚。四人配合有序。李伍和李志海检查调试播音话筒。

这时，远处的门开了，只见一个人影走到齐越近前。齐越抬头，是梅益同志。

梅益：怎么样？

齐越：越来越激动。

丁一岚：我也是。

杨兆麟和胡若木笑着异口同声：都一样。

梅益笑了笑：我也是。

梅益环视众人，激动地说：同志们，下午3点，新中国的声音将第一次向天安门广场上的三十万群众，向全中国、全世界实况广播，我们不仅肩负着艰巨的任务，更承担着光荣的使命，务必要做到万无一失！

齐越和众人目光坚定地点点头。

下午2点55分，军乐队指挥一挥手，军乐队奏起了气势磅礴的《东方红》乐曲。

杨兆麟和胡若木拿着稿子站在一旁。齐越和丁一岚开始播音。

齐越：各位听众，庆祝中华人民共和国中央人民政府成立典礼就要开始了，现在，毛主席和他的亲密战友朱德、周恩来、刘少奇等同志登上天安门城楼……

毛泽东、朱德、周恩来、刘少奇等人走到了天安门城楼的正中央。广场上人山人海，红旗招展，万人欢呼。

下午3点整，中央人民政府秘书长林伯渠宣布典礼开始。

毛主席庄严响亮的声音响起：同胞们，中华人民共和国中央人民政府今天成立了！

顿时，广场上三十万群众欢呼雀跃，掌声雷动。

林伯渠：请毛主席升国旗。

只听军乐队奏起了《义勇军进行曲》。五星红旗迎风飘扬，冉冉升起。齐越肃然而立，看着五星红旗在蔚蓝的天空迎风飘扬，热泪盈眶。

夜深了。播音组内，齐越给大家动情地讲述着开国大典的情形。

葛兰心中一震：那一天，齐越和丁一岚同志在麦克风前站了近7个小时，但是他们丝毫不觉得疲劳，反而声音越来越响亮，越播越起劲，他们以无比豪迈的气概胜利完成了为开国大典播音这一伟大光荣的历史任务。

…………

齐越递给葛兰一个信封。葛兰接过来打开，拿出一封信和一个书签。

齐越：这是一位志愿军战士从朝鲜战场寄来的信和他用缴获的降落伞做成的书签。

葛兰看到信纸上还留存着炮火硝烟的痕迹，书签上写着"抗美援朝保家卫国"。

齐越：信里说，有一次敌人炮击他们的阵地，他的战友为了保护连里唯一一台收音机牺牲了。他说他们每次听到齐越的声音，都感到党和祖国人民就在他们身后。

葛兰不禁感动。

齐越：但是，信里说的齐越，不代表我自己，而是党和祖国人民。

葛兰看着信，有一种沉甸甸的力量。

齐越：小王，你妈妈姓什么？

葛兰：姓葛。

齐越思忖着……须臾，他用俄语打了个嘟噜（兰是俄语发音的打嘟噜颤音），突然有了主意。

齐越：小王，从现在起，你播音时就叫葛兰吧。

葛兰疑惑：组长，为什么要给我另起一个名字啊？

齐越：葛兰不代表你自己，就像齐越不是我的本名一样。听众写给葛兰的信你不能拆，因为那是写给电台、写给播音组的，得由听众工作部的同志拆信，由你为大家诵读。写给王静蓉的，才是你的私人信件，明白了吗？

葛兰目光坚定地点点头。

齐越：你坐在话筒前，葛兰就不再是你自己，而是代表党和祖国人民。

葛兰点头。

这是葛兰有了新名字后第一次播音。

葛兰：我们全国文学艺术工作者誓以一切力量来做好抗美援朝总会的三大号召……

齐越坐在收音机前聆听……阳光洒在收音机上，光影流动，时光流逝。

葛兰：以上就是今天记录新闻的全部内容，由中央人民广播电台播音员葛兰播送。

齐越欣慰地笑了。

此时的葛兰已经理解了齐越为什么要当众读信，她从齐越身上学到了很多。齐越常挂在嘴边的一句话是播音要动真的，但怎么才算是"动真的"呢？直到多年以后，葛兰才终于理解了其中的深刻含义。

1966 年，中央人民广播电台播音组办公室内。齐越匆匆走进播音组办公室。葛兰和一位女同事看见了他。

葛兰疑惑地问：组长今天不是休息吗？

女同事看到周主任也紧随其后：周主任！

只见周主任神态焦急地拿着一份稿件跑进来，齐越放下公文包快步迎过去，两人疾步走出播音组办公室。葛兰和女同事感到疑惑，面面相觑。

齐越边走边看稿件。

周主任：上面下达的紧急任务，点名让你来完成！今天下午必须录制完成！明天上午 10 点全文播出，晚上 9 点重播。

齐越：晚上 9 点以后是文艺节目、援越抗美专题节目和新闻节目啊。

周主任：撤销，全部撤销！

齐越难掩惊讶地看着周主任。

周主任语出惊人：不仅明天，8号、9号继续重播。

齐越更惊诧。

周主任：时间紧，任务重，你的责任重大！

齐越肃然。他和周主任推门进入录音室。

（变更、打乱原有的节目安排，当时在我国广播界是十分罕见的，除非是为一些重大事件、盛大节日所组织的特别节目。）

"嘘！"葛兰刚推开监听室的门，一名女同事就把手指放在嘴边，示意匆匆跑来的葛兰和另一位女同事小点声。两人见状急忙放慢脚步，轻声走进来。

监听室内十分安静。葛兰发现同事们都默默地看向一个方向——只见齐越伏案备稿，留给众人一个侧影。墙上的挂钟嘀嘀嗒嗒。

齐越聚精会神，阳光透过窗户洒在他的脸上，他的眼里泪光闪烁。

播音员经常会接到临时送来的稿件，越临时的稿件越重要，即使没有准备时间，也要做到一字不差地播出来。当时，齐越接到的是一篇一万多字的长篇通讯，这就更考验播音员平时勤学苦练的真功夫了。

齐越起身走向录音室。葛兰和众人目送他的背影。

录音室内，齐越沉稳地坐在话筒前，放下稿件。葛兰和众人隔着玻璃肃然地看着他。

齐越深呼吸，随即向录音编辑点头示意。录音编辑见状按下录制键，录音设备缓缓转动起来。

齐越看着手中的稿件，朗声播送：现在播送《人民日报》记者穆青、冯健、周原采写的通讯《县委书记的榜样——焦裕禄》……

话筒前，齐越情真意切——

那时候，焦裕禄正患着慢性的肝病，许多同志担心他在大风大雨中奔波，会加剧病情的发展，劝他不要参加，但他毫不犹豫地拒绝了同志们的劝告，他说，吃别人嚼过的馍没味道。他不愿意坐在办公室里依靠别人的汇报来进行工作，说完就背着干粮，拿起雨伞和大家一起出发了……

齐越突然止了声，他向录音编辑抬手示意，录音编辑按了停止键。录音设备停止转动。

葛兰和众人静静地看着齐越。齐越眼里含泪，他深呼吸平复着情绪……

　　录音设备再次缓缓转动。齐越眼噙泪花，再次朗声播送——

　　1964年春天，正当党领导着兰考人民同涝、沙、碱斗争胜利前进的时候，焦裕禄的肝病也越来越重了。很多人发现，无论开会还是作报告，他经常把右脚踩在椅子上，用右膝顶住肝部。他棉袄上的第二和第三个扣子是不扣的，左手经常揣在怀里。人们留心观察，原来他越来越多地用左手按着时时作痛的肝部……

　　读到这里，齐越已经泣不成声，急忙抬手示意暂停。录音编辑泪流满面地按下停止键，趴在桌子上极力控制着自己的哭泣。

　　录音设备停止了转动。

　　众人静静地看着齐越。齐越起身，打开门走出录音室，众人给齐越让路。葛兰和众人目送他开门离开了监听室……

　　那天下午，录音制作遇到了前所未有的障碍。录音不得不一次次中断。

　　安静的监听室里只有钟摆的嘀嗒声在回响，众人静静地等待着。

　　这时，门开了，齐越走了进来。他严肃地走进录音室，坐在了话筒前。录音编辑也擦干了眼泪，再次按下录音键，录音设备又缓缓转动起来。

齐越开始朗声播送——

他对自己的病，是从来不在意的。同志们问起来，他才说他对肝痛采取了一种压迫止疼法。县委的同志们劝他疗养，他笑着说，病是个欺软怕硬的东西，你压住它，它就不欺侮你了。焦裕禄暗中忍受了多大痛苦，连他的亲人也不清楚。他真是全心全意投到改变兰考面貌的斗争中去了……

葛兰含泪看着齐越播送——

1964 年的 3 月，兰考人民的除"三害"斗争达到高潮，焦裕禄的肝病也到了严重关头。躺在病床上，他的心潮汹涌澎湃，奔向那正在被改造着的大地。他满腔激情地坐在桌前，想动手写一篇文章，题目是：兰考人民多奇志，敢教日月换新天。他铺开稿纸，拟好了四个小题目：一、设想不等于现实；二、一个落后地区的改变，首先是领导思想的改变，领导思想不改变，外地的经验学不进，本地的经验总结不起来；三、榜样的力量是无穷的；四、精神原子弹——物质变精神，精神变物质……

葛兰和众人肃然，无不感动，或热泪盈眶，或泪流满面，或偷抹眼泪。

齐越继续播送——

你不愧为毛泽东思想哺育成长起来的好党员，不愧为党的好干部，不愧为人民的好儿子！你是千千万万在严重自然灾害面前，巍然屹立的共产党员英雄形象的代表。你没有死，你将永远活在千万人的心里！

播送完毕，齐越在录音室里静默许久。很久之后，他慢慢走出了录音室。周主任迎上前去，久久地握住了齐越的手，两人都没有说话，只是激动得红了眼眶。众人无不感动。

那天，葛兰终于知道"真"是什么了。作为一名播音员，要真体验、动真情、真热爱，这样才能用声音更好地传达党的真理，表达人民的愿望。

这一年，齐越同志的声音传播在祖国的大地上——

某炼钢厂，一台收音机放在炼钢厂车间的工作台上，工人们围听。齐越的播送从收音机中传来——

焦裕禄暗中忍受了多大痛苦，连他的亲人也不清楚。他真是全心全意投到改变兰考面貌的斗争中去了……

某农村，村里电线杆上的大喇叭，底下站着众多聆听的农民。齐越的播送从大喇叭里传来——

充满了革命乐观主义的焦裕禄，从兰考人民在抗灾斗争中表现出来的英雄气概，从兰考人民一步一个脚印的实干精神中，已经预见到新兰考美好的未来……

某边疆戍边的简陋礼堂，"支援边疆，建设边疆"横幅下的桌上放着一台收音机。众多戍边青年收听广播。齐越的播送从收音机中传来——

临行那一天，由于肝痛得厉害，他是弯着腰走向车站的。他是多么舍不得离开兰考呵！一年多来，全县一百四十九个大队，他已经跑遍了一百二十多个。他把整个身心，都交给了兰考的群众，兰考的斗争……

某建筑工地，几名大学生和建筑工人们围在一台收音机旁收听齐越播送。齐越的播送从收音机中传来——

党相信我们，派我们去领导，我们是有信心的。我们是灾区，我死了，不要多花钱。我死后只有一个要求，要求组织上把我运回兰考，埋在沙堆上，活着我没有治好沙丘，死了也要看着你们把沙丘治好！

大学宿舍内，一台收音机摆在大学宿舍靠窗的书桌上，窗外细雨绵绵。众多学生围在一起，默然聆听。齐越的播送从收音机中传来——

1962年冬天，正是豫东兰考县遭受内涝、风沙、盐碱三害最严重的时刻。这一年，春天风沙打毁了二十万亩麦子，秋天淹坏了三十多万亩庄稼，盐碱地上有十万亩禾苗碱死，全县的粮食产量下降到了历年的最低水平。就是在这样的关口，党派焦裕禄来到了兰考……

……

焦裕禄同志，你没有辜负党的希望，你出色地完成了党交给你的任务，兰考人民将永远忘不了你。

2020年，中国传媒大学。年迈的葛兰和齐越的学生们：姚喜双、敬一丹、娄玉舟等，带领朝气蓬勃的年轻学子们站在齐越的雕像前，每人左手持一枝白菊，高举右手，庄严宣誓——

我是中国人民的播音员、中国共产党的播音员。我传达的是中国人民战胜艰难险阻走向胜利的声音，我传达的是中国共产党的堂堂正正的真理之声。我以此引为自豪。

希望的方舟

本集编剧：李 花

顾方舟

顾方舟（1926—2019），医学科学家，病毒学专家，中国脊髓灰质炎疫苗之父。

1957年，首次用猴肾组织培养法分离出脊灰病毒并定出型别。1959年，成功研制出首批脊灰活疫苗。之后还主持制定了中国第一部"脊灰活疫苗制造及检定规程"，指导了数十亿份疫苗的生产与鉴定。

2000年7月21日，顾方舟作为代表，在中国消灭脊髓灰质炎证实报告签字仪式上，庄严地签下了自己的名字。由此，中国成为消灭小儿麻痹症的国家。

庆祝中华人民共和国成立70周年之际，国家主席习近平签署主席令：授予顾方舟等5人"人民科学家"国家荣誉称号。

1955 年的南宁，夏天异常炎热。闷热的街头，一丝风都没有，亦没有行人，家家户户的门窗都紧锁着，只有知了在树上不知疲倦地叫着。

简陋昏暗的屋内，满脸汗珠的阿楚和妈妈正躺在铺着草席的床上睡觉。阿楚醒了，揉揉眼睛，擦擦汗水，又看向妈妈。妈妈已经睡着了，拿着扇子的手无意识地垂下来，条件反射般猛地又抬起来，继续扇着。阿楚翻了个身坐了起来，悄悄下了床，蹑手蹑脚地走到窗边，小心翼翼地把窗子四周用米浆粘上的封条撕开，随后把窗子打开了一道小缝。

热气伴随着一丝微风从窗外吹了进来。阿楚站在窗缝边，使劲呼吸着外面的空气。这时，身后忽然响起了开门声。阿楚吓了一跳，下意识地伸手去关窗子。慌张中，阿楚并没有抓住窗框，反而把窗子往外推了出去。阿楚爸爸急切的声音伴随着匆忙的脚步声在阿楚身后响了起来：说了多少次，现在不能开窗，你怎么这么不听话？！

砰的一声，窗子被关上了。

窗外传来阿牛爸爸的哭喊声，阿楚赶紧跑到窗边。只见阿牛爸爸哭喊着抱着阿牛跑出去，阿牛在他怀中软绵绵的，手无力地垂下来。阿楚妈妈走过来将阿楚的眼睛遮住。

阿楚：阿牛这个大懒虫，这么大了还要爸爸抱着睡觉。羞羞！

阿楚爸爸开门走进来，和阿楚妈妈交换了下眼神。夫妻俩忧心忡忡地叹气。阿楚爸爸脱下外套和鞋子，想了想，又打开门，将外套和鞋子放到外面，然后仔细地关好门，进屋坐下。

阿楚妈妈：他爸，我看现在这情况越来越严重，咱们一直把阿楚关在家里也不是个办法呀。

阿楚爸爸：我一会儿给大哥去封信，问问乡下的情况怎么样。那边不严重的话，你就带着阿楚回娘家躲躲。

阿楚妈妈皱着的眉头顿时松开了，搂着阿楚轻轻笑着说：太好了，等回到乡下就好了。

阿楚自顾自地舔了舔松动的门牙：妈妈，我的牙要掉了。饽饽太硬，我想吃洋芋。

夫妻俩有些苦恼。

阿楚爸爸：我想办法去换点吧。

阿楚妈妈无奈又宠溺地叹口气：只要你乖乖在家，妈妈就给你烤洋芋。

阿楚妈妈坐在厨房的炉灶前，用炉灰把炉灶里的火熄灭。

阿楚妈妈：等咱们回到乡下，妈妈带你去玩水。阿婆家门前有条小河，我和你的舅舅们就是在那条河里长大的。

阿楚：那我们也叫阿牛一起去好不好？

阿楚妈妈没说话，麻利地用报纸把土豆包好，塞进早就没有了火光的灶膛里，顿了顿，说：担惊受怕的日子终于要熬到头了。

阿楚依偎在妈妈身边，舔了舔松动的门牙，紧紧盯着被炉灰盖住的土豆。

阿楚妈妈努力稳住颤抖的手，给土豆剥皮。阿楚闭眼躺在床上，脸颊通红，呼吸沉重。

阿楚：我想去阿婆家。

阿楚妈妈：等你的烧退了咱们就走。

阿楚妈妈把剥好皮的土豆掰成小块，放到阿楚的嘴边。阿楚费力地张开嘴，血水从嘴里流出来。

阿楚：妈妈！

阿楚妈妈：别怕，是你的牙快掉了。

阿楚妈妈强忍住难过，边给阿楚擦脸，边说：从前有个叫牙婆的人，她最喜欢做的事就是搜集小孩掉落的牙齿。每个小朋友都可以用自己掉落的牙齿，跟牙婆换一个实现心愿的机会。

阿楚：我也可以吗？

阿楚妈妈：当然啦。

阿楚舔了舔越发松动的门牙，脸上露出期待的神情：我最大的愿望是当个解放军，保卫祖国。

阿楚妈妈：我觉得医生也很厉害，能治病救人。

阿楚：那我应该怎么选？

阿楚妈妈：趁着牙婆还没来，你再想想。说着，将润湿的毛巾敷在阿楚的额头上。

医院走廊里，阿楚爸爸把头埋在膝盖里，独自坐在昏黄的医院走廊上。

这时，病房里传来一阵喧闹的人声：中央的专家来了！阿楚爸爸猛地起身，一脸兴奋地朝病房跑去。

病床上，阿楚妈妈正一脸憔悴地给阿楚按摩双腿。

阿楚：妈妈，我的腿还在吗？

阿楚妈妈：当然在。

阿楚想要抬起头，努力地往下看，却怎么也抬不起来。

阿楚：我怎么感觉不到呢？

阿楚妈妈：因为你现在生病了，所以才感觉不到。等你好了，要多吃饭，长高高。

阿楚妈妈眼眶通红，手上突然传来一种异样的感觉，顺眼看去，发现阿楚身下湿了一大片。妈妈一顿，随后强忍住悲痛：热了吧？妈妈给你擦擦背，换身干净衣服……

医院走廊上，顾方舟穿着白大褂，戴着口罩，拿着病历本匆匆走过。阿楚爸爸追了上来，一把抓住顾方舟：专家！快救救我的孩子！

顾方舟忙解释：同志，你搞错了。

阿楚爸爸：你是不是从中央来的？

顾方舟：我是从北京来的。

阿楚爸爸：你是不是医生？

顾方舟：我是医生，但是……

阿楚爸爸：那就对了。我求你，赶紧去看看我儿子吧。

阿楚爸爸拉着顾方舟往病房里走。

病房内，阿楚妈妈把阿楚换下来的脏衣服放到盆里，随后在阿楚身边坐了下来继续给阿楚按摩双腿。阿楚看着放在枕边的木雕玩具对妈妈说：帮我还给阿牛。

阿楚妈妈点点头：好。

这时，阿楚爸爸拉着顾方舟走了进来，兴奋地对阿楚说：阿楚，中央的医生来给你看病了。

阿楚妈妈赶忙朝着顾方舟迎了过来：医生，你快救救阿楚吧。

顾方舟面露难色：说实话，我只是个病毒学家，我来是为了搜集数据做研究的，并不能治病。

阿楚的爸爸妈妈对视一眼，夫妻俩的脸上露出了明显失望的神情。阿楚妈妈再也忍不住了，用手捂住嘴，脸上的泪水却像断了线的珠子往下滑。

顾方舟走到阿楚床边坐下。

阿楚虚弱地说：妈妈说只要牙婆把我的牙齿拿走了，我的愿望就能实现。

说完，阿楚使劲想抬起手，但只是手指尖微弱地颤了颤。

阿楚妈妈赶紧擦擦干眼泪走上前，从阿楚的枕头下面拿出了一颗小小的乳牙。

阿楚：医生叔叔，这颗牙送给你，等牙婆来的时候，你帮我告诉她，我以前的愿望是当解放军，但是我现在想要当医生，把所有的小朋友都治好。

阿楚停下来，大口地喘着气，然后虚弱地说：我也希望，以后的小朋友再也不会得这

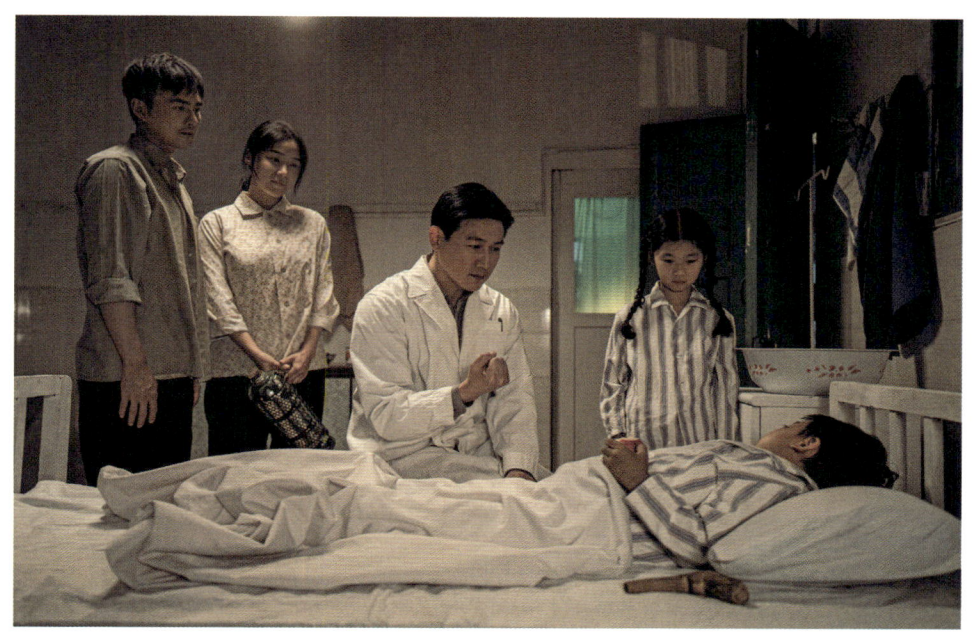

个病了。

　　阿楚越说越无力，只能停下来喘口气。

　　顾方舟依言接过了乳牙：好孩子，我答应你！

　　顾方舟眉头紧锁，眼睛通红。

　　1959 年，昆明。月明星稀的乡野村路上，小丘背着竹筐匆匆而行，几声古怪的声音从黑漆漆的远方响起，他略显紧张，干脆哼起了《歌唱祖国》的旋律，脚下的步伐明显加快了。

　　夜晚的猿猴实验室里寂静无声。实验台上，飘扬的白布单轻轻落下，盖住了一只已经死去的恒河猴的尸体。

　　办公室的黑板上写满了公式，其中"恒河猴试验""牛血清分离"等字眼被特别标记了出来。桌上铺满了写满数据的草纸，一角放着一封反扣着的电报。顾方舟静静地坐在桌边，看着这份电报，手里摩挲着一个古朴的木盒。

　　这时，门被推开了，蒋竞武匆匆走了进来，试探地问：实验体三号？

　　顾方舟没有说话，轻轻地摇了摇头。

　　蒋竞武叹了口气：趁着牛血清来之前，你抓紧时间休息一下吧。我听说以莞在劳动的时候受了伤。她毕竟是个女同志，放弃了城里的生活，跟着咱们又是开垦荒地，又是盖房……

蒋竞武的话被推门声打断了。一身冰霜的小丘走了进来，他的眼镜瞬间凝结起了白色的雾气。小丘情绪有些激动：顾老师，这工作我实在干不下去了！

顾方舟抬眼看向小丘，小丘仿佛是一个冰雕人，狼狈不堪。小丘接着说：我回国是为了跟您一起研究脊灰疫苗的，可不是为了每天跑4个小时山路取血清的！

顾方舟不语，蒋竞武出言解释，想缓和一下气氛。

蒋竞武：电路是我们自己开的，不稳定。牛血清珍贵，不能有差池。放在山下肉联厂也是没有办法的办法。况且年轻人多点历练是好事，我们都说你像冰雪战士。

顾方舟没有接话，递给蒋竞武一张纸，说：按照计划继续。

说着，顾方舟也递给小丘一张纸。小丘赶紧接过来，擦了擦眼镜，定睛一看：困难都是能克服的。小丘无奈苦笑。

这时，电话响了，顾方舟接通了电话：谢谢领导关心，困难都是能克服的。我跟您保证三周内会取得突破性进展。

电话一挂断，小丘看向顾方舟，问道：是不是上面给您的压力太大了？

顾方舟：领导一直很尊重我们的专业意见。

小丘指着顾方舟办公桌上反扣着的电报：那这是什么？

蒋竞武脸色一变，呵斥小丘：不要再说了！

小丘此时有点不管不顾了：我观察您好几天了，电报放在那里，您从来不看，肯定是上面催得紧！您不看，我看！

小丘说着，一把拿起电报，打开看。电报上只写着"31228"几个数字，小丘不明所以。

昆明猿猴实验室内，顾方舟、蒋竞武、闻仲权和董德祥聚在一起开会。

蒋竞武：我已经核对过所有的数据，实验体三号的死亡不排除是自身基因缺陷造成的过敏反应，我建议继续实验。

闻仲权：可我们只有一只猴了……如果……老顾，你怎么看？

站在窗前的顾方舟望着窗外，语气坚定：还记得总理送我们去苏联研究疫苗时说的话吗？

蒋竞武：临危受命，任重道远。

窗外，一片落叶从窗前飘过。

顾方舟沉默地坐在实验室炉灶前，手里摩挲着木盒。门开了，小丘走了进来。顾方舟指了指炉灶前的小板凳，小丘坐下。顾方舟把手里的木盒放到办公桌上，随后打开炉膛，拿起火钳，从里面夹出了几颗小土豆，依次放到了搪瓷碗里。

小丘：要不是我知道毒种不耐高温，我都怀疑这个木盒里面，是不是放着当年从苏联拿回来的毒种。

顾方舟：木盒的故事，以后有机会讲给你听。

说着，顾方舟把烤好的土豆放到小丘面前，说：老乡们给的，他们听不懂疫苗是什么，但听说能救孩子，恨不得把家里能吃的都送来。

小丘：当初美国和苏联都主张死疫苗路线，您是怎么做决定研发活疫苗的？

顾方舟：死疫苗一针十美元，还要连打三针。现在是我们国家最困难的时候，多少人饭都吃不上，让每个孩子都注射疫苗，根本不现实。你不是很好奇电报上的数字吗？那是感染患儿的总数，就算活下来的，也会是终身残疾。

小丘往口中送土豆的手停在了半空中。

顾方舟：老百姓把脊灰病也叫小儿麻痹，它摧毁的不光是一个孩子，而是千千万万个孩子！咱们早一天研制出活疫苗，攻克运输难题，就能拯救千千万万个家庭！

小丘：这个项目结束之后，我想转临床医学，我想去一线亲自救人。

顾方舟看着手上的土豆，若有所思。

实验室里，打着吊针的顾方舟面色憔悴地站在笼子外，边观察笼子里正在挠毛的恒河猴，边查看数据。

蒋竞武：今天是实验体四号注射完疫苗的第七天，到目前为止，体征一切正常。

顾方舟：过了今夜，咱们的实验就能进行下一个阶段了！大家坚持一下，准备攻坚战！

顾方舟说完一阵眩晕，险些跌倒，蒋竞武赶紧伸手扶住顾方舟。

蒋竞武：你真是不要命了！小丘，带老师回去休息。

小丘接过顾方舟的吊瓶，扶着顾方舟慢慢往外走。顾方舟和小丘刚走出实验室，突然从身后传来恒河猴凄厉的惨叫声。顾方舟毫不犹豫地将输液管一把拔掉，转身跑了回去。

顾方舟推开实验室的门，看到僵硬的恒河猴被放到了实验台上。众人表情凝重。顾方舟死死地盯着恒河猴，紧张又心怀期盼……

昏暗的走廊里，顾方舟一个人坐在长椅上，头埋在膝盖里，手里紧紧握着那个木盒。

实验室内，眉头紧锁的顾方舟独自站在实验台前，与笼子中的猴子对视。

这时，小丘推门进来了。小丘抑制不住内心的兴奋：实验体四号正式度过危险期了！

顾方舟走到办公桌前，从木盒子底下拿出一封信，递给小丘：你不是想去学临床吗？这是我给你写的推荐信，你可以随时回京了。

小丘接过信：您是不是对我很失望？

顾方舟：你的心情我很理解，因为我最早也是学医的。

顾方舟说着，视线落在了木盒上：但是我曾经答应过一个孩子，他临终前的愿望是要救得病的孩子，不让更多的人死于这个病。为了他，为了千千万万未来的孩子，我也一定要坚持下去。

小丘：那我们下一步的实验……

顾方舟沉默不语。

夜晚，李以莞坐在宿舍桌边看书。门开了，顾方舟端着一碗葱油面，在李以莞身边坐下。

顾方舟：孩子睡了？

李以莞点点头。

顾方舟：你的腿伤怎么样了？一定小心不要感染了。现在物资紧缺，我只能给你做碗葱油面，你尝尝味道。

李以莞接过面和筷子：哪里来的面？

顾方舟：办法总是有的，趁热吃吧。顿了顿，顾方舟又说：人都有求生本能，你随便去问一个人，是活还是死？他不用一秒就能给你答案。但你是知道的，咱们国家决定走活疫苗还是死疫苗路线，付出了多大的代价！领导信任我，委以重任，让我们建研究所，连那么珍贵的恒河猴，外交部都帮着引进了。现在到了最关键的时刻，我们只能进，不能退！

李以莞：你想怎么做？

顾方舟：我要亲自试药。

李以莞红着眼看着顾方舟，声音哽咽：危险吗？

顾方舟：我是爸爸，为了孩子；我是医生，为了病人；我是党员，为了祖国的下一代。

李以莞使劲地吸了一下鼻子，低头假装吃面：你放心，真要出了什么事，我会把阿东抚养长大的。

顾方舟没有说话，动容地搂住了李以莞的肩膀。

实验室里，顾方舟坐在办公桌前，手里摩挲着木盒，眼睛看向桌上的杯子。蒋竞武、闻仲权、董德祥分站两侧，肃穆地看着顾方舟和杯中的液体。

顾方舟郑重地端起杯子，却被一旁的蒋竞武拦住了：我是党员，我来喝。你是组长，如果真出了问题，研究还怎么进行！

闻仲权：我也是党员，我来！

董德祥：不行，还是我来！

顾方舟打断三人的劝阻，打开了木盒，里面装着一颗乳牙。顾方舟：这是我对阿楚的承诺！从现在开始，我就是实验体五号。我们就像在苏联一样，蒋竞武，你记录数据；闻仲权，你观察我的反应；董德祥，如果我有呕吐昏迷的现象，你来鉴定我的呕吐物。

顾方舟安排完，伸手去拿杯子，三人注目。

这时，门外响起了敲门声。小丘从外面走了进来，把手中的纸放在顾方舟的面前：这是我的入党申请书，请您做我的介绍人，我也要试药！我想跟您一样，做个全心全意为人民服务的病毒学家。困难都是能克服的！

顾方舟很欣慰：你今天就算是正式毕业了。

说着，顾方舟将木盒盖上递给小丘：这颗牙一直激励着我一定要尽快研究出疫苗，解救更多的孩子。现在我把这个转送给你，当作是你的毕业礼物。

这时，再次响起了敲门声，一众年轻的研究员走了进来。

一个年轻的女研究员走上前来，亮出了自己的党徽：我叫万倩，党龄两年零三个月。我愿意试药！

另外一个男研究员也走上前来：我叫刘云亮，党龄三年零十个月。我也愿意试药！

随后，其他研究员纷纷把自己的入党申请书递了上来。

研究员甲：老师，这是我的入党申请书。我愿意试药！

研究员乙：老师，这是我的。我也愿意！

研究员丙：我的！我也愿意试药！

研究员丁：还有我的！我愿意试药！

顾方舟眼中泛着闪烁的泪光，环顾四周。年轻的研究员们，一个个自信激动地站在顾方舟的四周！

天河

本集编剧：秦　文、刘　丹

吴祖太

吴祖太（1933—1960），河南原阳人。

1960年2月，红旗渠工程动工。吴祖太和其他工程技术人员一道翻山越岭、实地勘测，完成了《林县引漳入林灌溉工程初步设计书》。

当年3月28日，在王家庄隧洞查看险情时不幸牺牲，时年27岁。

红旗渠工程历时近十年，完成总干渠全长70.6公里，共削平1250座山头，架设151座渡槽，开凿211个隧洞，被称为"人工天河"。

红旗渠修建过程中，先后有81位干部和群众献出了生命。

太阳高升，光秃的荒山上凿击声不绝。北风呼啸，尘土飞扬，沙尘打在工人们脸上。工人们抬头眯眼看着太阳，黢黑的脸上沟壑纵横，嘴唇皲裂爆皮。他们用棉袄袖管蹭了下脸，继续拿钢钎铁锤在坚硬的崖壁凿着。

有的工人腰上捆着麻绳，像壁虎一样趴在悬崖上，抡锤凿壁。有的工人用铁锹将碎石铲进小推车，装满后，稍事喘口气，冷热产生的哈气，眨眼在嘴边消散。成百上千的工人在沿着荒山一侧挖沟凿渠，条件极其艰苦和简陋，工人们的身影在荒山的对比下格外渺小。

一名穿着脏破棉袄的老妇挑着两桶水，满头大汗地走在崎岖的山路上。桶里拴着红绳的水瓢随着木桶摇晃而微荡。老妇抬头看到不远处一个清瘦的背影，面露欣喜地快步走上前。

路边，吴祖太身上斜挎着水壶，嘴唇干裂，对着图纸看着地势。老妇放下扁担和水桶，舀了半瓢水走到吴祖太身边。

老妇：吴技术，喝点水吧，刚打的。

吴祖太：大老远挑来的，留着家里用。

老妇憨笑：这两桶够俺家五口人用两天了。喝吧。

吴祖太接过水瓢喝了一口，将剩下的水连瓢还给老妇。

吴祖太：谢了，婶子。

老妇接过水瓢没有走，看着吴祖太身上的水壶努嘴。吴祖太将水壶往身后一推，礼貌地表示拒绝。

老妇：你来帮俺们挖水渠，应该的。说着，老妇主动去拿吴祖太的水壶，将水瓢里的水灌进铝制水壶。

一个满脸皱纹的老人拎着水桶走入工地，嘶哑地喊了一嗓子：喝水喽！

一群工人放下工具凑到跟前，桶里只有少得可怜的小半桶水，一个水瓢。但工人们看到这些水，却如获至宝，其中一人伸出皲裂粗糙的手，小心翼翼地拿起水瓢，略显激动地喝了一小口，将水瓢递给下一位。水瓢在工人手里传递，不曾洒出一滴水，每人只喝一小口，喝完后一脸满足，纷纷感慨：真得劲儿！

工地另一侧，吴祖太在洗脸盆中盛上半盆水，再拿上一个空碗浮在水面，空碗上放置一根直棍。吴祖太观察棍子两端的两点和要测定的那个点是否在一条线上，以此来测定水平是否准确。

吴祖太蹙眉：偏了，偏了。

身边的技术员刘洪亮连忙凑近洗脸盆复查：不是测定的渠线？！

吴祖太表情严峻：以后，咱们几个轮班去工地，随时调。（用力揪了一把自己的头发）不然这五六天，又白白浪费了几百号人的水和粮。

吴祖太与刘洪亮背着工具包气喘吁吁地爬着一望无际的荒山。刘洪亮实在走不动了，摆摆手，两人便在一块石头旁坐下歇脚，大口喘息。

刘洪亮抱怨：这个破地方，简直要整死个人儿。

说着，刘洪亮从口袋里拿出一个干巴巴的窝窝头，用力将窝窝头掰成两半，分给吴祖太一半，随后又将手心里的渣渣都倒进嘴里，生怕浪费了一点一滴。

吴祖太咬了一口窝窝头，用力嚼着。窝窝头太硬，嘴巴又干，下咽困难，吴祖太仰头抻着脖子往下咽。

刘洪亮拧开水壶，晃了晃，还剩一两口水的样子。刘洪亮遂将水壶递给吴祖太：顺一口。

吴祖太摇头，推开：还行，咽下去了。

刘洪亮咂了咂嘴：咱什么时候能放开嗓子痛快喝瓢水，那就是过年喽。

吴祖太淡淡一笑：等这条渠修完，把浊漳河的水引入林县。

刘洪亮：那走，下一个点。

吴祖太：急啥。

刘洪亮：今天嫂子就到了。

吴祖太口是心非：到就到了呗。

刘洪亮调侃：哟哟哟，瞧你那嘚瑟样儿！

吴祖太抄起工具包朝前走，刘洪亮快步跟了上去。

听说吴技术员的媳妇要来，村里人想包顿饺子表示欢迎。村长正挨家挨户地征集食材。在一所破旧的房子前，村长拿着布口袋，里面放着一个鸡蛋、一小把野菜、一包盐。这家农户小心翼翼地端着一碗白面出来。

农户憨笑：白面包饺子，香着哩，俺过年都没舍得吃。

村长笑了：还是吴技术员的媳妇面子大，能让你周老抠儿放血。

农户：人家一个外乡人，为咱林县吃水的事，老母亲病了也不回去，跟媳妇结婚都在工地解决，俺心里有杆秤。

村长笑笑，攥好布袋口，朝下一家走去。

　　悬崖峭壁旁边，刘洪亮将水平仪放在离悬崖边缘二三米远的地方。大风吹得二人头发凌乱。

　　吴祖太摇头：这样不精准，往悬崖边上放放。

　　刘洪亮：全县可就这一台水平仪，万一摔下去，就全歇菜了。

　　吴祖太：这儿地面软，扎地扎得结实点，没事。

　　说着，吴祖太拿着水平仪朝悬崖边走去，小心翼翼地将水平仪固定好。随即，他认真地看着仪器。突然，吴祖太脚下一滑，整个人失重朝悬崖方向跌落。

　　刘洪亮惊呼一声冲上前，抓起地上测量用的绳子，扔给吴祖太。吴祖太一把抓住绳子，刘洪亮将绳子另外一端迅速缠在自己胳膊上往回拉。经过一番挣扎，吴祖太终于被拖回安全区域，脱离了危险。

　　刘洪亮吓得一屁股跌坐在地上，全身无力地躺在吴祖太的身边，气喘吁吁。休息片刻后，躺在地上的吴祖太脸上才渐渐恢复血色。吴祖太摸着自己胸口：哎哟妈呀，还以为见不着我媳妇了。

吴祖太与刘洪亮爬上山梁，寒风瑟瑟。吴祖太环视四周，渐渐停住了脚步。

刘洪亮：怎么不走了？

吴祖太：还记得这里不？

刘洪亮：记得，这两山夹一沟的破地方，二十多天就走坏了我两双鞋。

吴祖太从随身的绿书包里拿出图纸，对着地形查看。对面的山梁上，一名放羊老人赶着羊群从山岭经过，好奇地张望二人。

杨大爷喊：你们弄啥呢？风大，危险。

吴祖太手指着山坳，高呼：在这儿修个渡槽！

杨大爷：别扯，发大水怎么办？

吴祖太：这儿发过水吗？

杨大爷：俺就见过三次，水啊可冲着那沟沟。

吴祖太顿时意识到问题的严重性，眉头紧皱，看看图纸，又看看山沟地势。

吴祖太用力揪了一把自己的头发：得马上改方案！

吴祖太急忙朝山沟跑去。刚跑了几步，吴祖太想起什么，又转回身冲着杨大爷深鞠一躬，以示感谢，随即再次急急地向山沟跑去。刘洪亮手忙脚乱地连忙跟上吴祖太。

往山沟跑的时候，急匆匆的吴祖太与刘洪亮经过村口一家。院子里传来哭天喊地的声音，若干村民向院子里张望。院门口地上一摊水渍，水桶空着倒放一边，水瓢拴着红绳。

吴祖太与刘洪亮彼此对视一眼，连忙上前去看。只见老妇坐在院子中号啕大哭，她老伴蹲在一旁郁闷地抽着旱烟袋。

刘洪亮关切地问：咋了这是？

村民甲：走了一天的路，挑回来两桶水，到家门口摔了一跤，水全洒了。想不开，闹着要死要活的，好容易劝住。

吴祖太眉头紧蹙：一桶水差点逼死一条命！

吴祖太深深地看了眼老妇，转身大步离开。刘洪亮连忙跟上吴祖太。

吴祖太下定决心：这渠，必须通！

吴祖太头上戴着藤帽，腰上捆着麻绳，吊悬在崖壁上进行测量。不断有碎石头从崖顶掉落。其中一块石头正巧打在了吴祖太的门牙上，立刻就见了血。吴祖太毫不在意地吐了口血，一丝不苟地继续测量。

吴祖太与刘洪亮站在一处崖壁前。

刘洪亮：别看了，只能绕山修明渠。

吴祖太：不，凿山开隧道。

刘洪亮走到崖壁前用铁砧戳了几下：都是岩石层，咋开？连最起码的开山炸药都没有，（摇头）不可能。

吴祖太看着崖壁，思忖。这时，小张嘶哑的呼喊由远及近。

小张：吴技术，吴技术……

吴祖太向对面的山梁循声望去，小张的身影从山梁上冒出了头。

小张喊得撕心裂肺：快回来！嫂子没了！快回来……

吴祖太焦急慌乱地沿着山路狂奔，刘洪亮在后面紧追。吴祖太手脚并用沿着陡坡向下，路面稍缓便再次飞奔。刘洪亮为追上吴祖太，坐在陡坡往下滑。路过工地的时候，吴祖太奔跑而过，工人们想跟他打招呼，他全然无视，继续飞奔。刘洪亮紧随其后经过工地，工人们诧异地看着两人跑远的背影。

奔跑的吴祖太不慎摔下路边的小土沟，他踩着沟壁连滚带爬地翻出了土沟。

这时，刘洪亮追来，看到吴祖太因为恐惧、悲伤以及跑了一路而全身力气耗尽，再也爬不起来了，几次踉踉跄跄地站起又摔倒，狼狈至极。刘洪亮急忙上前搀扶，吴祖太却一把推开刘洪亮，再次挣扎着要向前行进，但又一次摔倒在地上……

工棚地上放着一个火盆。床板上摊着一块布，上面摆放着妻子薄慧贞的一些遗物。吴祖太坐在火盆前的椅子上，缓缓拿起身边的白纸叠纸花。刘洪亮脚步沉重地走进工棚，手里端着碗，里面有几个饺子。

刘洪亮：乡亲们知道嫂子要来，给她包的。

吴祖太沉默，只是仔仔细细地叠着白色纸花。

刘洪亮：吃点吧。

见吴祖太依旧木然地叠纸花，刘洪亮把饺子放在一旁。

刘洪亮：嫂子为了救个孩子……

吴祖太拿起一张折起的纸，打开，是崭新的结婚证。吴祖太小心翼翼地将结婚证折好，放进胸前的口袋，用手轻轻拍了拍口袋。

吴祖太强忍悲痛，继续坚持工作。迎着凌厉的山风，吴祖太和刘洪亮再次测量复核数据。在水利局办公室内，吴祖太与技术员们继续计算数据。有的坐在办公桌前，有的坐在小板凳上，有的用椅子当桌子。每人手里都有厚厚的一沓纸，纸上写着各种数字，技术员们飞快拨打算盘，算珠发出噼啪的声音，在寂静的深夜格外鲜明。吴祖太用力揪了一把自己的头发，好让自己的头脑保持清醒。

阳光透过办公室的窗户照进房间，落在了桌子中央那沓计算结果的稿纸上。吴祖太及技术员们围坐在桌前，每个人都面色浓重，有的手中拿着旱烟袋猛抽了一口，有的用力挠了挠头。

吴祖太：我支持"凿隧洞"方案。

刘洪亮：我反对，施工难度太大！

吴祖太：这能让林县人提前半年喝上水！

刘洪亮：要炸药没炸药，要工具没工具，怎么凿？你说！

吴祖太：没炸药，就自己做。没工具，还有人，用钢钎铁锤也能把山挖开！

刘洪亮：林县缺水那么多年，这半年都等不了？

吴祖太激动地腾一下站起身：耽误半年，要是遇上大旱，人就没了！

小张暗中拽了拽刘洪亮的衣袖，示意他冷静。

吴祖太暗淡地垂下眼眸，沉默片刻，苦涩地幽幽说道：早修通半年，少牺牲一些。

所有人怔住，没有说话。

工棚内，吴祖太裹着大衣，躺在长椅上小憩，他的嘴唇干裂、脸颊通红，显然正在发烧，病得不轻。片刻，吴祖太缓缓睁开双眼，无力地挣扎着坐起来，继续绘制桌上的图纸。

嘎吱一声，五岁的妞妞从门缝探出头来。妞妞跑到吴祖太的跟前。

妞妞伸出小手：给。

吴祖太垂眸看去，妞妞手里握着一枚鸡蛋。

吴祖太：叔叔不吃，妞妞吃。

妞妞：妞妞不能吃！爷爷说，好东西要留给您吃，您病好了，才能给俺修水渠，以后俺就不会没水吃了。

妞妞将鸡蛋递到吴祖太面前。

吴祖太抬头看到杨大爷站在门口，一脸慈祥地抬手示意让吴祖太收下。

吴祖太接过鸡蛋，眼眶湿润。

这时，民工老李匆忙跑进来。

老李：吴工！

吴祖太：咋了，老李叔？

老李：那洞壁上，有个裂缝。

223

吴祖太：走，我跟你去看看。

杨大爷：先趁热吃了鸡蛋吧。

吴祖太：回来再说，不能让大伙冒着危险施工。

说着，吴祖太把鸡蛋放到桌上，跟着老李急急地跑出了工棚。

工人们陆续走出山洞，吴祖太则逆行向洞口走去。

吴祖太：洞里的人都走干净了？

老李：嗯。我跟你进去。

吴祖太：老李叔，你就在这，等我出来。

吴祖太接过了老李手中的"马灯"，走进了山洞。走入山洞深处，吴祖太停步，发现洞壁上有一处细细的裂缝。吴祖太举起"马灯"顺着裂缝往上看。他用手摸着裂缝，发现有碎渣掉下来，越往上碎渣越多，渣粒越大。裂缝距离越来越大，洞壁开始颤抖，震动伴随轰鸣声，越来越大。吴祖太瞬间脸色大变。一声巨响，尘烟弥漫。

2020 年，红旗渠宛如玉带，由西北向东南游走于太行山的悬崖峭壁之间。清明时节细雨蒙蒙，雨水沿着人工沟渠湍流而下。远处高速公路上，汽车飞速行驶。另一侧，和谐号穿过太行山，带着现代化的速度与气息。

在今天的林州市红旗渠纪念馆中，镌刻着在修筑红旗渠过程中牺牲的"献身人员"名单。名单中，第一排第一个名字就是牺牲时年仅 27 岁的吴祖太。

我们的乌兰牧骑

本集编剧：王海峰、潇 雅

乌兰牧骑

　　"乌兰牧骑"蒙语意为"红色的嫩芽"。乌兰牧骑成立于1957年，宗旨是丰富农牧民群众的文化生活。

　　半个多世纪以来，乌兰牧骑从最初仅有九个人、两辆勒勒车和四件乐器的工作队，发展成为拥有近百支队伍和数千名队员的"草原红色文艺轻骑兵"。

20 世纪 60 年代，内蒙古草原。一支乌兰牧骑队伍向草原深处行进。

队长赶车，三个女队员和几个木箱子挤在车上，男队员们推车。车上插着一面用汉、蒙双语写着"乌兰牧骑"字样的红旗。旗子被大风吹得呼啦啦飘动，在冬日草原中显得格外抢眼。

风越来越大，勒勒车陷入一个沙窝子，动不了了。女队员们跳下车和大伙一起奋力推车。活泼的其木格带头喊着号子。车推出来了，可没走几步又是一个沙窝子。大家累得气喘吁吁，行进速度大受影响。

队长：距离下一个蒙古包不远了，我们马上就能喝上热乎乎的奶茶了！

其木格：走了好几天，蒙古包一个都没看见，队长牌奶茶我们倒是喝了几十碗了，都快撑死了！

大家被逗乐了。

队长：等这次下乡演出的任务完成，回去我杀羊，犒劳你们。

吉布哈立格：我们可记下了！

其木格：咱乌兰牧骑成立有几年了吧，队长用嘴杀了得有十只羊，可咱们吃进嘴里的羊肉是真没几块。

傲日格乐：只要能把文艺演出和党的政策送到每个牧民身边去，吃什么喝什么真的不重要，你们说是不是？

乌仁娜：断水一天，嘴里干得不行，就是给我羊肉我也咽不下啊。

大家又被逗乐了。队长看着大伙干裂的嘴唇，很是着急。

乌兰牧骑队伍齐心协力翻过一个沙坡，意外地发现了一口水井，大家喜出望外地奔了过去。可惜井水污浊，几乎照不出人影。大伙泄气地跌坐在地上。队长从车上取下小铁锹、木柴，准备挖坑生火。他从井里打出水来，尽量撇去草叶子，架到火上煮沸，再倒进搪瓷茶缸，美美地喝了几口，冲大伙开起了玩笑。

队长：哎呀，真解渴，想喝的就过来排队。不过这个水是神水，太珍贵了，每人只能喝一口，绝对不许多喝。

队员们终于耐不住口渴，冲过来轮流喝起"神水"。

队长从勒勒车上取下自己的四胡，悠扬的琴声响起。尽管眼前依然是望不到尽头的沙窝子，队员们的疲惫却在琴声中暂时褪去，有人跟着琴声唱起歌。

书记站在公社外的一个高坡上，向远处眺望。冬日的草原荒凉广阔。巴图远远地打马

过来了。

　　巴图：乌兰牧骑还没到啊，今天是不是够呛能到了？

　　书记：你去接乌兰牧骑好使不？

　　巴图：好嘞，这就去！

　　巴图调转马头，一溜烟走远了。

　　黄昏的日头渐渐暗下去，草原上的温度持续下降，风更大了。

　　队员们累得跳不动了。这边的歌声一停，远处的声音就传了过来。

　　晴娜玛：是不是公社派人接我们来了？

　　其木格站在勒勒车上朝远处看，兴奋地挥手。

　　队长：看来今晚不用在这扎营了！

　　队员们纷纷高兴地朝远处的人影挥手，口中"嗬嘿"地喊着。巴图也用呼喊声回应着。

　　乌兰牧骑的勒勒车刚刚靠近公社，聚集在公社空场的牧民们就欢腾起来了。

　　牧民：乌兰牧骑！欢迎乌兰牧骑！

有人给队员们端来炒米奶茶，有人从怀里掏出肉干和奶皮子。

牧民：吃吧，吃吧，喝吧，喝吧！

队员们痛快地吃喝起来。

书记对队长说：今天你们都累了，要不就在公社休息一下，明天再演出？

队长：你派来接我们的人跟我说，为了看乌兰牧骑表演，咱们公社的牧民，好多都是从老远的地方过来的。

书记：道远的，走了好几天才到。不过没事，再说天也黑了，明天再演也行，我跟他们说。

队长看向期待的人群，又转头看向书记：书记，大伙想看我们的演出，我们就必须满足，乌兰牧骑就是为牧民服务的。天黑了可以点灯嘛。

队长又看向自己的队员们：你们说呢？

其木格：我们不累。

乌仁娜：对，我们不累。

傲日格乐：女同志都不嫌累，我们更不累！

话音刚落，牧民们使劲儿拍起巴掌，其中能歌善舞的更是高兴地唱起来，跳起来。乌仁娜和傲日格乐立即跟牧民跳起舞来。其木格和队长开始麻利地准备服装道具。观众席很快坐满了人，一场乌兰牧骑演出即将开始。

巴图和另一个牧民一起，搀扶着萨仁坐到第一排正中央的位置，两个孩子跟在她身边。

正说着，莫日根拎着两盏汽灯跑了过来：路上颠坏了两个汽灯，现在只剩一个能亮，咋办?

队长赶紧检查,鼓捣了半天也没解决问题。

莫日根:一个灯太暗了,那可真成瞎跳了。

队长有点着急。

书记转身走上临时舞台:乌兰牧骑的灯不亮了。要想看演出,就得帮他们把舞台点亮,大伙说是不是啊?

台下顿时一通乱,离得近的牧民起身就往自己的蒙古包跑,还有一些牧民策马消失在黑夜中……

萨仁拽过儿子阿斯尔,三下五除二脱下孩子的棉袄,咬断线头扯开大襟,麻利地掏出棉花,再把变成单褂子的棉袄给孩子套上。

阿斯尔愣了:妈你干啥呢?我冷。

萨仁把盖在腿上的皮子往阿斯尔身上一披。

萨仁:去,找巴图要根棍子,咱们做火把给乌兰牧骑照亮。

阿斯尔:那我棉袄咋办?我就这一件棉袄!

萨仁哈哈笑:怕啥,妈再给你做一件。

巴图拿着一根木棍过来，拿过萨仁手里的棉花缠在木棍上，然后把阿斯尔身上的皮子再度盖在萨仁腿上，脱下自己的棉袍给孩子穿上。

阿斯尔暖暖和和地咧嘴乐了。

临时化妆间内，其木格从火堆里抽出一根烧黑的细枝子，帮乌仁娜画眉毛。晴娜玛对着墙上的半块镜子，用一块红纸抿着嘴唇……化完妆的女队员们出来了。门口围了几个举着火把的牧民小孩儿。牧民小孩儿看着描眉画眼的女队员们憨笑。火把的亮光把盛装打扮的队员们照得格外鲜亮。

其木格：想不想看阿姨给你们跳舞？

小孩儿们拼命点头。

其木格：那待会儿一定要把火把举得高高的，阿姨给你们多跳几支舞。

穿着巴图的大棉袍的阿斯尔：我妈为了做火把，把我的棉袄都拆了，说等演出完再给我做新的。

三个女队员互相看看。其木格：待会儿阿姨使劲跳使劲唱，都算你的功劳，请妈妈给你做两件！

阿斯尔：一件就够了。

大人小孩都笑了。女队员们接过火把，抱起孩子，向舞台走去。

草原的夜幕下，一个个光点在流动。更多的火把向公社方向聚拢过来。空场被火把照得亮如白昼。一场乌兰牧骑的演出在珍贵的火光中开始了。

乌仁娜负责报幕，其木格和其他队员的节目轮番上演：独唱、合奏、独舞……

萨仁看着台上独舞的其木格，看得热泪盈眶。她把舞者幻想成自己，在舞台上尽情旋转舞蹈。

候场的乌仁娜蹲下身，问一直黏在她身边的托娅。

乌仁娜：我看大家特别尊敬你妈妈。

托娅：他们说我妈妈是英雄。

乌仁娜：是什么样的英雄？

托娅：妈妈保护队上的羊群，被大雪埋了，腿瘸了。

乌仁娜又感动又崇敬地看向萨仁。

托娅：我妈妈以前跳舞特别好看。

队长在边上听到了乌仁娜和托娅的对话。

此时，火热的演出气氛感染了台下的牧民，他们起身加入舞蹈，台上台下早已没了区别。歌舞《草原英雄小姐妹》开演。演着演着,观众的目光都转向台下的萨仁。队长发现大家的注意力都转到萨仁身上,便一边拉着琴,一边来到萨仁身边坐下继续拉。其木格也即兴绕着萨仁起舞,音乐的节奏越来越快,乌兰牧骑队员们都加入舞蹈,形成一个以萨仁为中心的大圆圈。

演出结束,公社牧民热情地拉着队员们住到自己家。可是还有很多远道赶来的牧民也需要地方睡觉。乌兰牧骑的男队员们都坚持睡在勒勒车上,年纪最轻的在车底下铺上块皮子直接睡下,给牧民们腾出蒙古包。双方互相推让,相持不下。

其木格和乌仁娜还围在萨仁身边。

其木格:姐,你家远不远?

萨仁:不近。

乌仁娜:你留在公社跟我们住一晚,行不?

萨仁爽朗地应下:有地方睡就行!

其木格:英雄还能没地方睡!

巴图把托娅、阿尔斯放在炕上，转身走了。

乌仁娜：姐，我还以为他是你男人哩，问了托娅才知道不是！

其木格：为啥不是呢？我看他喜欢你。

萨仁：我有喜欢的男人。

其木格、乌仁娜和晴娜玛一听，都嘻嘻哈哈笑起来。

乌仁娜：是谁啊？

晴娜玛：为啥不结婚？

萨仁：不想拖累人家呗。

其木格：那要是人家乐意让你拖累呢？

巴图抱着好几个铺盖卷进来，女人们勉强憋住话头，等他放下东西出去，屋里又笑开了。

第二天，其木格赶车，一行人来到萨仁的蒙古包前。一座孤零零的蒙古包，一条狗，一个简陋的羊圈和几只羊，就是萨仁全部的家当。放眼四周，是无边的草原。其木格和乌仁娜把萨仁扶进蒙古包。

其木格、乌仁娜打量着陈设简单却干净整洁的蒙古包。

萨仁：阿斯尔，点火烧水，煮上奶茶。

阿斯尔答应一声，忙活起来。

乌仁娜拉过阿斯尔。

乌仁娜：你这头发都能做鸟窝了，我帮你剪剪！

乌仁娜从身上背着的箱子里拿出剪刀和梳子，熟练地给孩子理发。

萨仁：你手艺真不错，学过吗？

其木格：乌仁娜当上乌兰牧骑之后啥都学会了，都是到处演出的时候学的。

乌仁娜：那也没你厉害，咱俩一起参加乌兰牧骑，你都入党了，我还是群众呢。

其木格：那你得加油，好好表现。

萨仁：真羡慕你俩，我要是能跑能跳，也参加乌兰牧骑。

两只大羊突然拱开门帘钻进了蒙古包。

阿斯尔大叫一声：又是你俩！

阿斯尔追着羊跑出去，其木格和乌仁娜也赶紧出去抓羊。

两只大羊顶坏了羊圈，所有羊都跑出来了。其木格、乌仁娜和两个孩子跑着抓羊，抓住的就牵回来拴在羊栏上。

其木格累得气喘吁吁：姐，我们在这儿可以帮着抓羊，我们走了羊再跑出来，可咋办呢？

乌仁娜：咱们帮她把羊栏修好，钉得结结实实的。

其木格一瞪眼：我可不是这意思。

乌仁娜愣了一下，才明白过来：问题是她喜欢的人到底是谁啊？

其木格直奔书记家的蒙古包。到了蒙古包外，其木格急匆匆掀开帘子，亮开嗓门：书记，跟你打听个事……

乌仁娜的目标则更广泛。她追上两个放牛的牧民，愣头愣脑地问人家：你们俩结婚了没有？

牧民甲：我儿子都会骑马了！

牧民乙：你是乌兰牧骑，我……咱俩不合适。

乌仁娜：哎呀，我不是为我自己……

牧民乙哈哈大笑。

不久，其木格和乌仁娜从不同方向回来了，两人在公社门口会合。两人都看出了对方的兴奋劲儿。

其木格：问清楚了？

乌仁娜：你先说。

其木格：咱俩一起说——巴图！

两个姑娘兴奋地大叫起来：巴图，果然是巴图！哈哈，萨仁太有意思了，还跟咱们打哑谜呢！

乌仁娜：都说巴图这人特别老实，对萨仁特别好！

其木格：对对，我问的人也这么说。

巴图听到有人喊他名字，从屋里出来了。其木格和乌仁娜兴奋地你戳我，我戳你。最后，是其木格走上前去：巴图，我问你，你是不是喜欢萨仁？

乌仁娜：我们都打听清楚了，萨仁喜欢你，你也喜欢萨仁。

巴图吧嗒吧嗒地抽着旱烟不说话。

其木格：你说话呀！

巴图：她是英雄，我怕我配不上她呢。

其木格和乌仁娜对视一眼，难掩兴奋。

其木格和乌仁娜满脸笑容地走进蒙古包。

萨仁见她们又回来了，意外又开心。

萨仁：你们咋又回来了？坐下喝茶。

其木格：顾不上顾不上。

萨仁：有啥着急的事？

乌仁娜：有人着急要娶你呢，你着急不？

萨仁：不行不行，我不能拖累人。

其木格：他还担心配不上你呢。

萨仁：真的？

门外突然响起欢呼声，巴图被队长和乌兰牧骑的队员们簇拥进门。萨仁一把掀起被子蒙在头上。队长示意，队员们当即唱起了歌。萨仁自己把被子掀了，看着憨笑不止的巴图，也笑了……

几天后，书记带队，给萨仁家送来了日用品。两个孩子看着大人们抱着新被子和新水壶、暖壶往蒙古包里送，乐得合不拢嘴。

蒙古包后面火光闪烁，几个牧民正在烤羊，一人负责烤一只。队长热情地凑过去，替下一个牧民，开始专注地烤起来。其木格、乌仁娜忙着装扮蒙古包，风风火火地从队长身边跑过。

队长：我说什么来着，这次可让你们吃上烤羊了吧？

其木格：这可不算啊，这是咱们沾人家新娘子的光。

乌仁娜：拿萨仁家的羊请客，队长你可真能要赖。

队长：好好好，这个不算，不算行了吧。

其木格和乌仁娜笑着跑开了。

夜幕降临，繁星满天。

队员们点起篝火，一场乌兰牧骑婚礼在萨仁的蒙古包外举行。队员们用歌声和舞蹈为这对新人庆祝，为萨仁新组成的四口之家献上祝福。

歌声响彻天边，舞蹈撼动大地。蒙古族的豪迈与深情，在乌兰牧骑的歌舞声中，在草原的夜空下，尽情绽放……

次日清晨，萨仁一家站在蒙古包前，冲着远去的乌兰牧骑勒勒车久久地挥手。

一曲蒙古长调悠扬地飘荡在草原上空。勒勒车上红旗飘扬，像来时一样，九名队员又向着下一个蒙古包行进了……

冰糖

本集编剧：苏 蓬

邓稼先

邓稼先（1924 — 1986），安徽怀宁人。

中国核武器研制的主要组织者、领导者。

28 年隐姓埋名，奋战在核武器制造的第一线。

1964 年、1967 年，中国第一颗原子弹、第一颗氢弹相继爆炸成功。

1986 年，邓稼先因核辐射罹患直肠癌离世，享年 62 岁。

2019 年，清华大学大礼堂里，陈华直视镜头。一束追光打在他脸上，他感到喉咙发干，清了清嗓子，开口道：我要调动工作了。

陈华身边站着扮演许鹿希的女演员晓倩，两个人中间隔了一米的距离。

晓倩：调哪儿去？

陈华：不能说。

晓倩：要去多久？

陈华：不能说。

晓倩苦笑，转身背对着陈华：那你能说什么？

晓倩等待着，但迟迟没有等来陈华的下一句话，不由得一愣，回头看他。陈华紧张得手心出汗，不自觉地在裤子上抹了一下。他深吸一口气，试图再次开口，但没说几个字，就又卡住了：我……我……

导演肖笑在台下苦笑着摇头，结束了陈华痛苦的试镜：就这样吧，下一个。

礼堂外，陈华神色凝重地踱着步。一看到导演、助理等人走出，陈华赶忙迎了上去：肖哥，等会儿。

肖笑停下脚步，和众人告别，然后看向陈华，说：怎么回事？除了"不能说"，剩下的词儿全忘了？不是说背下来了吗？

陈华：我真的背下来了，昨天在宿舍背得特别溜！真的，我再背一遍给你听——

希希，我不是好丈夫，也不是好父亲，但是我接受了重要任务，它关系到民族的未来。做成了这件事，我的一生就很有意义。就是为它死了，也值得！

肖笑听着陈华的背诵继续往前走，陈华跟在后面喋喋不休：还有那段巨长的……

肖笑：行啦，刚才在台上干什么来着？

陈华：第一次上台，紧张嘛。

肖笑：就我们几个在台底下看，就紧张得说不出话。到时候公演，好几百人在底下，你还不得晕倒？

陈华：再给我一次机会！

肖笑：机会可以再给你一次，但有个条件。

陈华：没问题。

肖笑：你都不问问是什么条件？

陈华：只要让我演邓稼先，什么条件我都答应。

陈华来到花园路一号院邓稼先家，手里还捧着一束马兰花。不大的客厅里，清一色 20

世纪 70 年代的老家具，沙发上铺着碎花防尘罩，给人一种时空穿越的感觉。桌子上，玻璃板下压着一张老照片，照片上的许鹿希和邓稼先都很年轻，风华正茂。照片旁还有两张领奖通知单——"原子弹的理论突破及武器化特等奖""氢弹的理论突破及武器化特等奖"，并排放着两张旧版的十元人民币。

陈华看着玻璃板下的领奖单，心想：干了这么惊天动地的大事，才给二十块钱奖金？！

许鹿希拿着剪刀一边修剪马兰花的枝叶，一边对陈华说：奖金一共是一万元，人人有份，分到他手里是二十元。

陈华：要是现在，给几百万都不过分。

许鹿希淡然一笑，没说什么。

陈华：许教授，听您这么一说，更得请您来给我们剧社讲讲了。今年是邓老 95 周年诞辰，应该让更多人知道这些事。

许鹿希：我上回就跟你们肖导演说了，国家需要他做这份工作，他就去做了。大家都是这样，没什么好讲的。

陈华语塞。

许鹿希把花插好，放到邓稼先的遗像前，坐回沙发，问：定你演稼先了？

陈华：没有。

许鹿希疑惑地看向陈华。

陈华有些惭愧：我把试镜搞砸了。导演说，只要能请得动您出山，就再让我试一次。我这才厚着脸皮来求您，我是真的很想演邓老。

许鹿希：你说说，为什么想演他？

陈华张张嘴，想说什么，似乎又有点难以开口。顿了顿，陈华说：我也是学核物理的。

话一出口，陈华有些尴尬，觉得自己这句话可能不太妥当，连忙补充：我崇拜邓老，邓老是我的偶像。为了争取这个角色，我准备了大半个月，背词、练发音、记动作，可一上台，脑子就蒙了。

许鹿希：为什么？

陈华不好意思地说：紧张。

许鹿希笑了笑，眼中闪动着回忆的光芒，接着说：那你们还挺像的，稼先也爱紧张。

陈华好奇地看着许鹿希。她打开茶几上的多层玻璃糖盒，拿出一颗冰糖递给陈华，说：吃颗糖吧。

陈华：冰糖？

许鹿希苍老的脸上笑容更盛了，陷入了回忆中。

1963 年 2 月，邓稼先主导的原子弹设计方案初步完成，应中央指示，秘密进行模拟试验。华北秘密试验基地的掩体建筑外，解放军威严肃立。一辆军用吉普车行驶到掩体门前，首长和警卫员下车，哨兵持枪敬礼。掩体内的指挥中心，四面墙壁都安置了大型电子设备。大型设备上各种红色、绿色的旋钮从左至右，闪动着光芒。每隔一米开了窗口，作为监测点，架着摄像机，一整排观测人员的手指都放在摄像机上方等待着。

小高拿衣角擦了擦眼镜，戴眼镜的同时发现首长来了。首长示意小高继续工作，同时跟身边的警卫员低声交代着什么，并给了他一包东西，然后走向控制台。

控制台前，所有人全神贯注。邓稼先：准备！

老王、李梦等人依次顺时针旋转旋钮，动作利索。邓稼先站在总控台前，手指慢慢弯曲，作握拳状，操控台上留下了浅浅的汗渍。

这时只剩下机器运转的声音，众人的视线都集中到邓稼先身上。邓稼先活动了一下僵硬的手指，然后看着面前总控台中央那枚红色按钮迟疑不动。他下意识地在裤子上擦了擦手心的汗，随即从口袋里掏出一块手帕。打开手帕，里面只剩下一点冰糖渣，他舔了舔嘴唇，把手帕又塞回口袋。首长轻轻把手放在邓稼先的肩膀上。邓稼先回头看到首长，连忙站起来打招呼：首长好！

首长：老毛病又犯了？

邓稼先勉强笑笑，想说些什么。这时，警卫员给首长送来了一杯水。

首长：喝口水，平静平静。

陈华端起杯子喝了一口水，意外地看向对面的许鹿希，问：甜的？

许鹿希：冰糖水。

许鹿希一边喝着自己那杯水，一边继续道：稼先有低血糖的毛病，关键时刻，冰糖最管用。

1962 年，九院研究基地邓稼先的宿舍里，只有一张行军床和一张办公桌。桌上堆着一摞摞演算纸、资料和书。嘴唇泛白、干裂的邓稼先正在核对送来的数据，他一只手翻页，另一只手向抽屉伸去。

抽屉里有一个纸包，包着一块火柴盒大小、形状不规则的老式冰糖。邓稼先拿起纸包看了看，似乎想到了什么，从口袋里掏出手帕，把冰糖包起来，用瓷缸子朝手帕轻轻摁了几下，冰糖碎成四小块和一些粉末，邓稼先拿起一小块冰糖含在嘴里。这时，老王推门而入。

老王和邓稼先同时来到基地。他 40 岁左右，个子不高，胡子拉碴，头发蓬乱，颇为不修边幅。因为持续熬夜，老王的眼里布满血丝。他径直走过来，拿了块冰糖塞进嘴里，说：又快没了？

邓稼先：还不是被你们这帮"狼"抢的。

老王咂摸着冰糖的甜味，大咧咧地坐在床上道：三号机又罢工了，数据卡在那儿。就剩最后一步了，你说烦不烦。

邓稼先：上周不是刚修好吗？

老王：就这么三台手摇计算机，你用完我用，我用完他用，二十四小时不歇着，能不出毛病吗？

几个人围着手上沾满油污的小高，看着他修三号机。小高的穿着明显与基地的"老人"不同，干净整洁，朝气蓬勃，鼻梁上还架着一副镜片厚厚的眼镜。他用螺丝刀拧下一颗小螺丝，然后放到一旁的螺丝堆里，接着转动手柄，结果卡住了。

邓稼先：上润滑油。

小高抬头看到不知何时到来的邓稼先，依言操作，给手柄的齿轮涂上润滑油。

邓稼先：数据呢？

老王：李梦等人接手算着呢。

这时恰好传来李梦的声音：算出来了。

呼啦一声，原本聚在小高身边的人都向李梦走去，把李梦、邓稼先围在中间。

邓稼先：多少？

李梦：还是52。

邓稼先：又是52？！

老王：又是52？！"哑巴和尚"给的参考质量是110，数值对不上，铀235就无法发生链式反应，原子弹就成哑炮了。

邓稼先走到黑板前认真地看着密密麻麻的方程式，又迅速走到桌前坐下，抽出一张新的演算纸，动笔演算方程式。片刻后，他放下笔，松了口气，说：方程式没问题，应该还是某个步骤算错了。

老王：又白忙活了。

小高推了推眼镜，给大家打气：没什么大不了的，咱们再重新算一遍。

老王冷哼一声，指了指满满一黑板的方程式，道：说得轻巧！你知道从这儿算到那儿，算一次要多长时间？三个月了，算了七遍还是八遍了？纸都用了几吨了，计算机也算坏一台了，另外这两台保不齐也要出问题。几十组数据，得算到什么时候！

小高：没有计算机，还有算尺、算盘；算盘不够，还有纸和笔。

老王还想说什么，铃声响起，门外有人喊了一嗓子：开饭了！

食堂窗口摆着两大盆水捞饭和一大盆漂着菜叶的汤，两名解放军战士正在给排队的科研人员和战士们打饭。餐桌中央是一瓶酱油和一罐盐，小高坐在桌前既不动筷也不说话。

邓稼先：小高，吃饭啊。

老王：每月的定额粮食扣了十斤不说，连土豆丝也没了，还让人怎么吃！

邓稼先：教你们一种新吃法。

只见他郑重其事地在米饭上撒上一点点酱油和一撮盐，边搅拌边说：酱油拌饭，这在日本可是高级吃法。

老王：别忽悠我们了，日本人就吃这个？

刚拿起筷子的小高又把筷子放下了。他习惯性地推了推眼镜，一脸严肃：王彬同志，我必须要说，你这态度太不端正了，我们来这儿，是要艰苦奋斗的。

老王：是吗，你奋斗几年了？

小高：我知道我刚来……

老王：你知道什么？美国人虎视眈眈。苏联人不讲义气，吃的、用的全都给他们了，这帮"哑巴和尚"，不传"真经"，吃饱了就走，人家说中国人靠自己，20年也造不出来原子弹，都等着看咱们的笑话呢！

小高起身道：你这是在动摇军心！

老王也霍然起身。所有人都看向他，空气瞬间似乎凝固了。

老王：放屁！你小子别给我扣高帽啊。

小高还想说什么，被李梦拦住了：老王已经连续工作四班，36个小时没睡觉了，就为了刚刚这个数据——

老王打断李梦：跟他说这些干吗？

邓稼先：都别说了！的确，咱们的研究工作遇到了难关，我们的数值跟苏联专家给出的相差很多。但我认为，他们也不是生下来就会造原子弹的，一定也遇到过各种各样的难题，他们能解决，我们一样可以。眼下最重要的是吃饱肚子，才有力气干活。

寂静无声的夜晚，邓稼先的宿舍依然亮着灯。书桌上放着一家四口的合影，旁边还有一个没有地址和邮编，只写着"许鹿希收"字样的信封。邓稼先披衣而坐，正在灯下写信：希希，见字如晤。近来家中都好吗？岳父身体可好？典典和平平可还听话，长多高了？有没有想"十分好爸爸"？

邓稼先在信上画了只滑稽的竹鼠，像小狗崽，也像海豹，又把它的身子涂黑，继续写着：知道吗，昨天夜里，爸爸单位来了一位奇怪的客人，它偷吃院里的竹子。它的名字叫竹鼠，黢黑黢黑的，长得比猫还大……

邓稼先家的客厅里，母子三人坐在沙发上，许鹿希轻声念信：尤其是那两颗大门牙，比平平的大门牙还要大。

许鹿希摸摸平平的嘴巴，平平笑着仰头躲开。许鹿希继续念：你小高叔叔给它砍了竹子吃，要养着当宠物，但没想好叫什么名字。典典、平平有什么主意？

典典：叫小竹子好不好？

平平沉思了一会儿说：小高叔叔养的老鼠，不然就叫——高鼠吧？

平平说着，露出大门牙，跳了起来。许鹿希被逗笑了，正要接着往下读，却停住了，信的最后一行：又及，冰糖没了，可否再买些寄来？

典典伏在妈妈膝头，辨认着信里的字，却不认识"冰糖"二字，问："又及……"妈妈，后面是什么字呀？

许鹿希看了典典一眼，说：冰糖。

平平听到冰糖，开心极了：冰糖！妈妈买冰糖吃嘛，好不好？

典典：买冰糖吃咯！

许鹿希心情复杂地看着两个纯真的孩子。

许鹿希硬着头皮来到单位财务室，问财务大姐：家里急用，能不能先预支两个月的糖票？

财务大姐：这不合规定啊。

许鹿希：那就预支下个月的。您看，马上就月底了。

财务大姐沉吟不语。

许鹿希：能不能帮帮忙？

财务大姐：小许，我跟你交个底，咱们这儿要是有，我就给你了。可是现在冰糖、白糖供不上，商业局要缩减糖票，咱这下个月的还没发下来呢。

许鹿希：那什么时候能发？

财务大姐：春节之前都够呛。

许鹿希叹气，失望地靠回椅背。

财务大姐：孩子要糖吃？

许鹿希顺着答应，没有解释。

财务大姐：你拿副食券去供销社买点糖精，一样解馋。

许鹿希点点头，不再说什么。

许鹿希坐在单位食堂餐桌前，搅动着一碗稀饭，神情有些茫然。同事小杨风风火火地端着餐盘挤过来，在许鹿希对面坐下，放下餐具，打开斜挎包，从里面找出一个布包，再打开，抽出一张糖票，郑重地递给许鹿希，说：压箱底的。

见小杨递过来的是一张壹市两的糖票，许鹿希面露喜色，接过糖票，打开自己的钱包，把糖票放进去。

小杨：凑了多少？

许鹿希：还不到半斤呢。

小杨：传达室的老刘头，你问过了吗？上个月他儿子结婚，特批了糖票，说不定还有呢。

许鹿希连忙起身，说：真的？我问问去。

小杨：哎，你不吃饭了？

九院研究基地演算室内，大家正在进行临界质量数值第八次演算。上百人分工明确，一组人用算尺、算盘演算数据，一组人画图。邓稼先、老王等人也在认真地演算着方程式。有人把成摞的演算纸装进麻袋，堆在一起。众人的脸上满是汗水，整个场面颇为震撼。

吃饭的铃声响起，没有人起身，大家继续工作着。负责打饭的战士用手推车将一盆米汤和一盆馒头推进演算室，送到每个正在工作的科研人员面前。大家传递演算好的数据，边啃馒头边继续干。

突然，停电了，演算室内安静下来，众人抬头望向头顶的灯。一根火柴擦燃，又一根火柴擦燃……一根根蜡烛被点燃，战士们捧着蜡烛列队走进演算室内，逐个站到科研人员旁边，为他们照亮。科研人员又重新投入工作中。

邓稼先疲倦地揉了揉眼眶，从口袋中拿出手帕，摸出一小块冰糖放进嘴里，继续在纸上演算着，手帕里只剩一小块冰糖了。

月光下的篮球场上，邓稼先双手将篮球举过头顶，用不太标准的姿势瞄准篮筐，扔出去。篮球弹到篮板，没进。邓稼先跑过去捡球，又用一个不标准的姿势扔出去，依旧不进，球向场外弹去。邓稼先正要去捡，看到老王走过来，对方刚好接住了篮球。

老王：还有力气打篮球呢？

老王说着，以一个标准的投篮姿势投球，篮球磕到篮筐后弹出来了。

邓稼先：睡不着，模拟试验的日子定下来了。

老王：什么时候？

邓稼先：明年 2 月。

老王：扯淡！核心数值没算出来，设计报告还没定，什么都还没有呢，试验什么？

邓稼先拿起球继续投篮，还是没进。老王一把接住篮球，看向邓稼先，说：你怎么就答应了呢？

邓稼先：美国近期会安排特使去莫斯科。有消息说，美、苏两国要联手打压中国核试验。

老王：那……咱们还有多少时间？

邓稼先：3 个月。

老王：难度太大了！

邓稼先：是呀。当年美国人造原子弹，得过诺贝尔奖的有十几个，咱们这……

老王：美国人、苏联人也没什么了不起的，他们的武器技术哪儿来的呀？二战结束，一个抢德国的武器，一个抢德国的人。要是他们两家打起来，互相发导弹，俩导弹在天上碰见，是不是得用德语打招呼啊？

二人都笑了。

老王：咱们不一样，咱们的原子弹从里到外都是咱中国人自己研制的。

说着，老王把球扔给邓稼先。

邓稼先：现在只有背水一战了。

邓稼先家的客厅里，平平拿着和自己一样高的扫帚认真地扫地，典典则在擦桌子。两个人干得十分起劲。听到开门声，姐弟俩开心地赶紧跑了过去。

许鹿希推门进来，手里拿着一包冰糖，儿子和女儿满怀期待地看着她。许鹿希注意到，家里收拾得干干净净，不由得会心笑了。她打开纸包，放在桌上，里面只有几块冰糖，粗糙、形状不规则，纸包里还有些糖渣。典典和平平趴在桌边，看得眼睛直放光。

许鹿希拣出两小块，分给两个孩子：一人吃一块，不能多啊。

平平急忙嚼着吃了，典典舍不得，拿在手里小口小口地舔。平平吃完，意犹未尽地舔手指，看到纸包里的糖渣，伸手抹了，吮着吃，说：妈妈，我还要！

许鹿希：平平听话，就吃一块儿，吃多了牙疼。

平平：不疼不疼，就一小块儿，好妈妈，好妈妈！

许鹿希：平平乖，这些冰糖是给爸爸的，爸爸比我们更需要冰糖。

典典见平平撒娇，就把手里没吃完的整块冰糖用牙咬开，分了一小块儿给平平，平平高兴地放进嘴里嚼了起来。许鹿希看着一双儿女，心中忽然涌起一阵难过，但她尽力忍住，脸上保持着微笑。

基地实验室的黑板和四周墙壁上挂满了球形内爆原子弹的结构图和剖面图，科研人员正在开会讨论。邓稼先手拿一根很细的雷管，说：雷管放进去以后，离它最近的炸药会更快到达铀球表面，较远的就会慢一些。也就是说，炸药是以一个曲面去挤压铀球，不是均匀的。

邓稼先边说边演示着，将雷管放到结构图的相应位置。有人举手示意，邓稼先停下来，循着方向看去。

举手的是小高，他推了推眼镜，说：能不能让工厂再做小点？尽可能多放，让这个曲面达到最缓。

邓稼先：理论上可以，需要验证。李梦，工厂那边怎么说？

李梦：这已经是工厂能做到的最精密的尺寸了。

邓稼先沉默。

小高：球形不行，不然换枪式？

邓稼先：以枪式的利用率，全国的铀加起来都不够。

小高：那只有球形了。

老王走进来，说：数值出来了。

老王把最终数值交给邓稼先，众人围了过来，只见纸上的数字仍然是52，众人泄气了。邓稼先看看无力地坐在那儿的小高，又看看愁眉不展的老王，再看看其他人，都疲惫不堪、脸色蜡黄、嘴唇干裂。邓稼先掏出手帕，里面只剩一小块冰糖和少许碎渣。他将最后一小块冰糖放进开水壶中，说：大家都喝点糖水再走。

许鹿希把空了一半的糖罐子重重地放到餐桌上，严厉地问：你们俩谁拿的？

典典低下头，不敢和妈妈对视，也不敢说话。

许鹿希又问：谁拿的？

平平偷偷看了一眼姐姐，又看了一眼妈妈，小声辩解：我没有。

许鹿希：去那边站好。

典典和平平从凳子上下来，在餐桌边规规矩矩站好。

许鹿希：妈妈怎么跟你们说的？可以做错事，但是不能撒谎。撒谎比偷吃更严重！我再问一遍，谁拿的？

典典的手不安地抓紧了衣角，平平抿着嘴，两个人都没出声。许鹿希有些气急了，她拽过儿女各打了两下屁股。平平哇的一声哭了，典典也直掉眼泪。许鹿希的眼圈也红了，伸手抹了两把眼泪。典典一看妈妈哭了，赶紧帮妈妈擦眼泪，安慰妈妈：妈妈，你别哭。

许鹿希平复了一下情绪，看向两个孩子，说：以后不可以偷吃了，知道吗？想吃就跟妈妈说，妈妈想办法再买。

典典：妈妈，以后咱们不用再买冰糖了。

许鹿希一愣，典典拉着她来到客厅窗前，指着窗台上的马兰花。许鹿希明白了，她用木片从马兰花的花盆里扒拉出一个小纸包，里面是大大小小七八块冰糖。

平平：姐姐说，把冰糖种在土里，到了秋天就会长出很多很多的冰糖，给爸爸和科学家叔叔阿姨们吃。

许鹿希搂住儿子和女儿，眼泪怎么也止不住。

许鹿希来到北京某机关办公楼，将一封收信人为邓稼先的信和一包冰糖放在桌子上，说：梁主任，给您添麻烦了。

梁主任：这次又给老邓送什么？

许鹿希：冰糖，他有低血糖。

梁主任惊讶地看着许鹿希。

基地篮球场上，几名战士正在晾晒洗好的军装。一名战士晾好衣服后，拿起一旁的篮球投篮。邓稼先和老王等人刚好从篮球场前经过，篮球滚到众人脚下，李梦捡起篮球拍了拍，拿着球瞄准，从胸前抛出，球砸到了篮筐上。

老王：李梦，你这姿势比老邓的还不标准。

李梦：我们女同志劲儿小，扔不过去。

战士把球扔回给李梦，示意她再投一个。李梦接过球，还是刚才一样的动作，从胸前抛出，篮球飞出去，最终成功进筐。

老王：你这动作太难看了！

李梦：难看，但是能进球呀。

邓稼先笑着，忽然想到了什么。他的笑容逐渐僵住，眼中闪动着光彩。众人继续走，只有邓稼先站在原地没动。小高回头看着邓稼先，感觉有些奇怪，走过去问：怎么了？

邓稼先摆手，示意小高不要打断自己的思路。老王、李梦等人也凑了过来，问：怎么了？

邓稼先脑中回忆着刚才李梦和老王的话，然后缓缓说道：52很可能是正确数值。

众人看着邓稼先，满脸疑惑。

邓稼先：我们的错误可能就出在太相信苏联专家，一直以为自己在某个环节算错了，所以反复算。

老王：你是说，那帮苏联人故意骗我们？

邓稼先：要阻止我们进行核试验，还有什么比这个更有效？他们料定了，只要咱们算出的结果跟他们不一样，就永远不敢往下推进。

老王气急败坏：这帮……

邓稼先：我们的运算方法虽然原始，可八次结果都是52，这说明什么？就跟刚刚李梦说的一样，姿势虽然难看，能进球就行。咱们即使手段原始，也一定能算对，我们要对自己有信心。咱们最后再检验一次！

邓稼先激动地看着大家，众人眼中都涌动着光彩。

演算室内，科研人员开始第九次演算。最终，老王将一张演算纸递到邓稼先手中，邓稼先接过来看了之后，走到黑板前，拿起粉笔在黑板上大大地写下了最终数值——52。

1963年2月，华北秘密试验基地，邓稼先接过水，喝了一口，水竟然是甜的。

首长：从你爱人那里得知，你一紧张就低血糖，组织特地让我来给你送冰糖。虽说条件有限，但你也不能老为难家里人补贴。以后有什么需要，尽管跟我说。

邓稼先笑了笑，又喝了一口冰糖水，看向首长，示意首长宣布开始。

首长：你是总指挥。

邓稼先点点头，转身面向总控台操作旋钮，最后将手悬在红色按钮上空。指挥中心内，所有人紧张待命。邓稼先深吸一口气，说：模拟试验正式开始！

邓稼先拧动钥匙，按住红色的启动按钮，倒计时声音响起：10，9，8，7，6，5，4，3，2，1，起爆！

轰的一声，远处传来了爆炸的声音。

　　2019 年，清华大学大礼堂里，舞台中央的 LED 屏幕上播放着我国第一颗原子弹爆炸的资料片。

　　一束追光再次亮起，陈华走上舞台，表演话剧《马兰花开》最后的独白：希希，我不是好丈夫，也不是好父亲，但是我接受了重要任务，它关系到民族的未来。做成了这件事，我的一生就很有意义。就是为它死了，也值得！

　　许鹿希坐在台下，眼中闪烁着泪光。

白骏马

本集编剧：王海峰、潇　雅

吴登云

吴登云，1940 年生，江苏高邮人。

1963 年毕业于扬州医学专科学校（现属扬州大学），志愿来到西北边陲乌恰县从医。

50 多年来，吴登云行医足迹遍布乌恰县 9 个乡的 30 多个自然村；先后为病人无偿献血 30 余次，总计 8400 毫升；曾经从自己身上取下 13 块皮肤，移植给严重烧伤的患者。

乌恰县人民称他为"白衣圣人"。

吴登云登上新疆阿图什天门最后一级台阶，喘着粗气。吴燕随后几步跟了上来，同样累得不轻：爸，您就是这样，总喜欢逞能。别忘了，您马上就 60 岁了。

吴登云：燕子，你今天是怎么了，好像才知道我已经是个老头子了？

吴燕：我不提醒您，您就总把自己当小伙子。退休就回老家的事，您到底是怎么想的？

吴登云：爬这天门的台阶，我可能费点儿劲。可留在乌恰当医生，再干十年都没问题。

吴燕：爸！

吴登云：来乌恰几十年了，现在让我回高邮，我也不一定能适应。而且这里的医院建设和医生培养都还需要我。

吴燕：您就不考虑家人也需要您吗？是，您那代人有理想，能为了理想跑到几千公里外的地方支援建设。可现在时代不同了，您也得为我们考虑考虑，您就不想让您的外孙在老家长大？您把一生都奉献给了乌恰，已经对得起您当初的理想了。

吴登云：但是我不能"绑架"自己的儿女，让他们跟我一样奉献自己的一生？

吴燕：我没那么说。

吴登云：可你就是这个意思！

吴燕：爸……

吴燕红了眼眶，吴登云走过去安慰她：燕子，答应爸爸，这里的医疗条件还不够好，本地的医生也不够多，让我再干几年。

吴燕：那我呢？

乌恰医院，吴登云正在办公室埋头工作，吴燕进来了，把一个保温桶放在桌上，转身要走。

吴登云：燕子，你坐。从天门回来，你一直躲着我。

吴燕一边坐一边说：没有。

吴登云：燕子，你是爸爸唯一的女儿，我当然希望你有更好的未来。你总觉得这个地方耽误了你，爸爸能理解。可是如果你在乌恰不能踏实干好自己的工作，就算回到江苏，去了上海，你也是干不好的。燕子，爸爸是要退休了，可爸爸还有很多想做的事。

吴燕把保温桶往吴登云面前推了推，说：趁热吃。

吴登云：咱们乌恰这个地方缺水。帮助解决水源问题，是我的第二职业，我还有第三职业、第四职业。我不仅想为这里的人治病，还想为这里的人治贫。我一个人的力量有限，我能干多少，就干多少，我干不完，你接着干，因为你是我的女儿。

吴燕：当您的女儿不容易。

吴登云：人有的时候不得不放弃一些东西，为的是更大的意义。就像我们去爬的那个天门，有人看它就是个偶然形成的石头洞，有人看它后却被时间的力量震撼了心灵。燕子，爸爸希望你在乌恰再干十年，再陪爸爸十年。当然了，这只是我的希望。你也可以明天就走，爸爸不会拦着你的。

吴登云骑着一匹白马前进着，一位柯尔克孜族女医生古勒努尔骑马随行。两人策马踏入峡谷，越过溪水，穿过碎石嶙峋的坡地。他们身后不远处突然出现一匹快马，向着二人的方向奔来。来人逐渐靠近，是吴燕。她收缰放缓速度，跟吴登云和古勒努尔并肩同行。

古勒努尔：燕子姐，你怎么来了？

吴燕看着爸爸的背影，说：我手上的工作忙完了，想陪你们一起巡诊。

吴登云不但没有回头看女儿，还加快了马速。

古勒努尔：我听说你已经调走，离开咱们医院了？

吴燕：不走了，陪你们一起。

吴登云依旧没有回头，脸上却浮现出满满的欣慰。

柯尔克孜族牧民看到吴登云，热情地脱帽致敬：登云大哥，您好啊！

吴登云下马走到牧民跟前，说：库姆西坎，你的胃最近还疼不疼啊？有没有按时吃药啊？

库姆西坎：不疼了，不疼了。不过最近腰和腿又有点疼，真是把老骨头喽。

吴登云让库姆西坎平躺在羊皮上，非常仔细地检查他的腰部，然后从药箱里拿出药交给库姆西坎，说：这个药，你用一周，配合每天热敷。要是还不行，来医院找我，我们再想别的办法。这周你一定要热敷，让你丫头负责。（转头对着他女儿）每天监督爸爸，记住没？

库姆西坎的女儿阿曼古勒回答：记住了。

库姆西坎的妻子玛莉娅布吾：登云大哥来啦？可能是最近母羊子闹事，他有点着急。

吴登云听到母羊子闹事，警觉地走近羊群，只见一头羊萎靡不振。古勒努尔始终观察着吴登云的一举一动，并认真做着记录。吴燕在吴登云的示意下，走到羊群另一侧查看，又发现了其他萎靡的羊。

吴登云：去通知兽医站的阿扎特大叔，告诉他，我怀疑这里在闹羊布①，叫他赶紧来！

吴燕边答应边上马，刚跑出几步又调转马头走近古勒努尔，叮嘱：去兽医站来回得半天，我肯定追不上你们了，帮我照顾好他。

古勒努尔：放心吧，就算天上下刀子，我也保证把吴院长平安护送回去。

吴燕冲着古勒努尔竖了个大拇指，又对吴登云说：爸，我走了。

吴燕策马离去。吴登云继续忙着，顾不上跟女儿告别。

阿曼古勒：好几只羊生的小羊都是死的，把爸爸急坏了。

库姆西坎：是羊生病了？羊可不能出事啊。

吴登云：这些羊需要隔离，跟别的羊分开，否则会传染给更多的羊。

库姆西坎：我的羊……

吴登云从药箱里拿出手套戴上，然后和古勒努尔开始赶羊，库姆西坎和妻子、孩子也加入进来。吴登云用绳子把萎靡不振的羊的羊脚拴住，不让它们乱跑。

吴登云：我判断羊群现在的情况还不严重。人得了羊布不能拖，我给你写个条子，去传染科，就说我怀疑你得了羊布病，让他们马上给你一家人做检查。

吴登云把写好的条子交给库姆西坎，接着说：那边还有紧急的病人在等我，我不能陪

---

① 由布氏杆菌引起的人畜共患慢性传染病。

你们去医院了。你赶紧带着老婆、孩子去乌恰医院检查，早发现早治疗。如果你们没有被传染，我就放心了。

说完，吴登云和古勒努尔上马离开了。

阿曼古勒：看一眼就知道是啥病，他真神了，他叫啥？

玛莉娅布吾："白衣圣人"吴登云。

高原上，狂风卷起遮天蔽日的飞沙。在一段破败的土墙边，只能看见几匹被风吹得躁动不安的马。

吴登云和古勒努尔牵着马，好不容易靠近了土墙。土墙后有几个柯尔克孜族牧民正在避风，他们挪出地方让吴登云和古勒努尔进来。大家蜷缩在一起躲避沙尘暴。过了一会儿，风稍微小了些，大家依然不敢离开土墙。柯尔克孜族牧民从怀里拿出馕掰开，分着吃。看到他们吃得那么香，古勒努尔直咽口水。

吴登云：饿了吧，燕子给我带了好吃的，我差点忘了。

吴登云打开药箱翻找，结果全是药，懊恼道：唉，光想着多装点药，把闺女做的好吃的给忘了，看来咱俩要饿肚子了。

柯尔克孜族牧民大方地分了一整张馕给吴登云，吴登云十分感谢地接过，跟古勒努尔大口吃了起来。最靠外的柯尔克孜族人铁米尔越看吴登云越觉眼熟，问：你是吴大哥？

吴登云：你是……

铁米尔凑过来：真是吴大哥！您不记得我了？当年我老婆生孩子难产，是您救了他们娘俩。您忘了？那次您自己也病了，都快站不住了，我还以为您不肯救我的孩子，我还……我还要动手打您……

铁米尔惭愧得说不下去了。

吴登云：我想起来了，当时你儿子出生，全村那个高兴啊，孩子现在怎么样？很大了吧？

铁米尔：我儿子现在都有自己的孩子了，我都当爷爷了。（转头对同伴说）告诉你们，这就是我孩子和老婆的救命恩人！（又回头对吴登云说）吴大哥，您是神啊，您是圣人啊……

吴登云：不说这些，我还记得那天你唱的歌，特别好听，怎么唱来着？

说着，吴登云唱了起来。柯尔克孜族牧民立马加入，跟吴登云一起唱了起来。

躲过了沙尘暴，吴登云、古勒努尔二人又骑马上路了。

古勒努尔：没想到巡诊不但要给人看病，还得给羊看病。

吴登云：咱乌恰条件差，地方又大，连给人看病的医生都少，更别说兽医了。当年第一次巡诊，我连马都不太会骑，摔下来好几次。一晃 30 多年了，现在一眼就能看出羊得了什么病。

古勒努尔：30 多年，真不敢想。

吴登云：跟着我巡诊快一个月了吧，怎么样，累不累？

古勒努尔：一点儿都不累，跟着您学了很多知识。谢谢吴院长，让我们乌恰人有机会学医，当医生。

吴登云：像你这样的柯尔克孜族医生培养得越多，乌恰医院就会越壮大，越稳定。所以，你要好好干，为牧民们送药，看好病。

古勒努尔：记住了，吴院长。

乌恰县人民医院手术室门口守着几位焦急的牧民，一位老妈妈推开手术室的门就要进去。

护士：老人家，您真的不能进，手术马上要开始了。

老妈妈：我求求你，求求你，让我陪在我儿子身边吧。

护士：您真的不能进去。

托乎达西和牧民甲也拉不住老妈妈，他们在手术室门口僵持不下。这时，吴登云和古勒努尔匆匆走来。

托乎达西：吴院长。

吴登云：托乎达西，是你啊。

托乎达西：里面是我朋友。

托乎达西转身对老妈妈说：您看，我的救命恩人是这里的院长，有他在，咱们都不用担心。

老妈妈：吴院长，求你救救我儿子。

老妈妈说着就要跪下，被吴登云一把拉住，问：孩子怎么了？

老妈妈：马惊了，把他摔下来了。流了好多血，您要救救他啊！

吴登云：您别着急，这样，这个手术我来做，不过可能需要一些时间，您带吃的东西了吗？

说着，吴登云从口袋里拿出面包，对古勒努尔说：去给老妈妈倒一杯水。

古勒努尔：可是吴院长，您刚做完一台大手术，应该休息。

吴登云：没关系，我不累，你去倒水吧。

吴登云扶着老妈妈坐下，说：您放心，我一定尽力。

手术正在进行中，手术室外，老妈妈眼含热泪，依然焦急不安地盯着手术室的门。

托乎达西：吴院长为了救人，连自己的命都顾不上，当年就是他不要命地救了我。

牧民甲：你说吴院长是你的救命恩人？

托乎达西急得掀起上衣，露出成片的疤痕：你看看，我身上有 13 块皮都是吴院长割给我的。13 块啊，我能活到今天，全靠吴院长。这样的医生算不算救命恩人？！

1971 年，年轻的吴登云骑马前行。不远处有一个骑手，他单手提缰，另一只手抱着一个包袱，整个人摇摇欲坠，眼看就要从马上跌落。吴登云策马靠近骑手，发现他怀中抱着一个小孩。骑手已经累得筋疲力尽，但还是用力求救着：救救我的孩子……

吴登云接过孩子，发现孩子已经昏迷，全身大面积烧伤。吴登云来不及多说，把孩子捆在自己怀中，纵马飞奔而去。

为了这个孩子，吴登云十多天没有回家。他反复比对几本医书中的内容，终于做出了决定。他快步走向门口，将蹲在墙边发愁的买买提明拉起来，说：我有办法救你儿子了，

需要马上植皮。

　　买买提明：什么叫植皮？

　　吴登云：简单说，就是从你身上割下一些皮肤，盖在孩子的身上，让你们的皮肤……

　　买买提明：割我的皮？那我会死吗？

　　乌恰县人民医院手术室外，大家哈哈大笑。

　　牧民甲：你爸爸真的逃走了？

　　托乎达西：他一看见手术刀，吓得快昏过去了。他说，孩子能不能治好，是神明的安排，医生已经尽力了，但是割我的皮不行，我怕我会死。（学买买提明的语气）

　　众人又是一阵大笑，只有老妈妈依然焦急。

　　托乎达西：后来，吴院长就让护士从他身上取皮。可是所有护士都不敢，下不去手啊。吴院长就说，我自己来！

　　1997 年，乌恰县人民医院病房里的监视器发出嘀嘀声，令人十分不安。

　　医生乙：病人的血压持续往下降。

古勒努尔在一旁观察、记录着手术的各个细节。

吴登云：马上输血。

医生丙：表格上七位 A 型血的医护人员都已提前做好交叉配型，只有两位符合条件。（心疼地看了一眼吴登云）如果算上吴院长，就有三位。

护士丁马上跑出去叫人。手术室墙上贴着一张表，表头写着"乌恰县人民医院医护人员血型表"，每个名字下面都标注着血型。

吴登云：还如果什么，病人失血过多，马上抽我的。

医生丙：您刚巡诊回来……

吴登云坐到一把椅子上，说：时间就是生命，别啰唆了，快！

医生丙犹豫地看着护士丁。

吴登云：赶快！

护士丁只好上前抽血。

古勒努尔震惊地看着那张表。

柯尔克孜族男医生：那是咱们医院的"流动血库"登记表，全院人的名字都在上面。手术中一旦遇到紧急情况，马上就能找到匹配的血型。

古勒努尔：就是说，咱们医院所有人都随叫随到，义务给患者输血？

柯尔克孜族男医生：对，是吴院长带头这么做的，"流动血库"的主意也是他想出来的。

1984 年，一位大出血的产妇在手术台上昏迷不醒，生命垂危。吴登云咬咬牙，交代护士：马上输血。

护士：可是我们没有啊。

吴登云：我和病人的血型相同，抽我的！

护士：直接输血？可是……

吴登云：没有其他办法了，救人要紧！

产妇躺在病床上接受输血。吴登云从另一张病床上缓缓坐起，试着下地走了几步，感觉没什么不妥，便走到产妇床边，紧张地查看她的反应。产妇慢慢睁开眼睛，抬手握住了吴登云的手。

吴登云松了口气：太好了！

护士：吴医生，你没事吧？晕不晕？

吴登云握握拳，活动活动胳膊、腿：应该没事。你盯着，我出去转一圈试。

护士：你小心点。

吴登云走出门，抄起扁担，挂上两个水桶就走。他径直走到井边，打了两桶水，大步挑回了医院。他走进病房，气都没喘匀，说：看来这样输血是可行的，我亲身检验过了。以后再遇上紧急情况，咱就这么办！

手术结束后，吴登云拖着沉重的步伐走出手术室。托乎达西扶着老妈妈迎了过去，吴登云马上强打起精神：手术很顺利，您放心吧。

老妈妈：真的吗？我儿子真的没事了？

吴登云：我保证一个月后，他就会健健康康的。他要是不好，你来找我。我看你应该没有我大，那我叫你一声妹妹，请相信你吴大哥。

老妈妈终于放下心来，拉着吴登云的手使劲摇，却再也说不出一个字。

诊室内，吴登云为牧民们问诊、开药，十分耐心。吴燕领着儿子进门，跟古勒努尔点头打招呼。古勒努尔指指墙上的挂钟，无奈摊手。吴燕显然已经习以为常，她跟儿子安静地坐在一边等着。儿子玩着一个白马玩偶，许久之后，他脑袋一点一点地往下垂，困得不行。古勒努尔心疼地看看孩子说：吴院长，您就看在孩子特地等您的分儿上，赶紧回家吧。

吴登云：你去搬两把椅子来。

古勒努尔刚要起身，吴燕拦住她，示意她继续工作，自己去搬椅子。吴燕把两张椅子拼起来，让孩子躺下，给他盖了件衣服，说：这孩子跟外公最要好，没事，我陪他一起等。

吴登云过去把白马玩偶放进孩子怀里，重新盖好衣服，马上又回去继续接诊。他摸了摸患者的脖子，说：问题不大，我给你开一些补碘的药，应该可以控制住，以后买盐的时候要看清楚，买有碘的盐。咱们这里缺碘，要注意补充。

患者接过药方：谢谢吴院长！我就说是小事，孩子们非说让您看过才放心，看把您耽误的，这么晚了还回不了家。

吴登云：你的孩子很孝顺啊。我的孩子也孝顺，而且也是医生，所以能理解我。你记得按时服药。燕子，你陪她去拿药吧。

吴燕笑着过来扶患者离开。

吴登云自言自语：这种病在我的老家相对较少，那里的人吃点海带，就把碘补了，咱们这里吃不到……

古勒努尔：吴院长一定是想家了吧？

吴登云笑了笑，没有说话。

　　吴燕牵着儿子走在前面，儿子手里抓着白马玩偶，吴登云跟在后面。路边是一排粗壮的行道树，儿子问：为什么要种这么多树呀？

　　吴燕：外公说，种树可以防风沙，可以把戈壁变成绿洲，还可以让外公想起江南老家。

　　儿子：江南是什么样的？

　　吴燕：江南啊，江南就是……二十四桥明月夜……

　　儿子：玉人何处教吹箫。

　　吴燕：哈哈，外公教你的？

　　儿子：妈妈，老家是什么意思？

　　吴燕：老家就是一个人出生的地方。

　　儿子：那我的老家就是乌恰，妈妈的老家也是乌恰。

　　吴燕：说得太对了。

　　吴燕的儿子突然指着一棵树，说：妈妈的树。外公，你快看，妈妈的树又长高啦！

　　吴登云看着那棵树，仿佛又看到了年轻时的自己和小时候的吴燕。那是1985年，吴登云带领职工在医院旁边植树。大家用锄头一点点敲击硬土，种下一棵棵细弱的小树苗。吴燕拎来一桶水，边浇水边说：爸爸，你看，这是我的树。

　　吴登云：哈哈，我女儿的树好像格外壮实啊，以后你可要好好照顾它！

　　吴燕：我会的，我会像爸爸照顾我一样照顾它的。

　　…………

　　回忆间，吴登云听见外孙正在同自己说话：外公为什么不住在自己的老家？

　　吴登云：因为老家有很多医生，乌恰的医生太少了呀。

　　外孙：那我以后也在乌恰当医生。

　　吴登云：你一定是医术高超的好医生，一定比妈妈和外公都厉害。

　　乌恰县人民医院主楼门前，一辆救护车紧急停下来。吴燕跟两名柯尔克孜族医护一起，将一位患者推上了救护车。本要出发的吴登云下马，把缰绳交给柯尔克孜族男医生。

　　吴燕：爸，还以为您已经出发了呢。

　　吴登云：路上要小心，病人经不起颠簸……

　　吴燕嗔怪：又不是第一次护送病人转院，您每次都要唠叨，烦不烦啊。

　　吴登云：好好好，那就祝你们一路平安，一切顺利。

　　古勒努尔：燕子姐，谢谢你帮我护送这位病人。

吴燕：哎，你再说谢谢，我可翻脸了。这个病人本来就归我管，他的情况，我比你熟悉，万一路上有什么情况，我处理起来也更方便。

接着凑到吴登云身边，亲昵地说：爸，我到了乌鲁木齐，给您打电话，走了啊。哦，等等。

吴燕说着，掏出两块糖，一块给老爸，一块喂给马，说：等我回来再好好犒劳你们。

吴燕跑向救护车，她脖子上的红纱巾被风吹落，飘向吴登云。吴登云抓住，追过去给吴燕系好，叮嘱道：一定要注意安全。

吴燕：知道了，您也是。

吴燕上车，救护车开走了。吴登云稍作目送，转身上马。

乌恰县人民医院诊室里，古勒努尔正在伏案工作，电话响了。古勒努尔接起电话：喂？吴院长去巡诊了。吴燕？吴燕怎么了？

蔡书记：吴燕她……她在护送病人回乌恰的路上遭遇车祸……伤得很重……我到的时候……燕子她，抢救……无效，已经……

古勒努尔：吴院长在巡诊，我们找不到他。

蔡书记：我再派人，再派更多的人去找他。

一夜之间，吴登云仿佛老了十岁。帕米尔高原的天空依旧湛蓝，他的世界却变得有些阴沉。他躺倒在地，眼泪止不住地流了下来，嘴里喃喃自语：丫头，你怎么就走了呢？

一条红纱巾从天边飘来，落在吴登云身上，他抓住红纱巾，随即被远处的景象震撼了，只见20多匹马列队前进。到了跟前，一个柯尔克孜族骑手向他挥手喊话："白衣圣人"的女儿就是我们柯尔克孜族人的姐妹，我们送她一程！

吴登云将红纱巾系在白马颈上，握紧缰绳上马，与马队一起向帕米尔高原深处前行。

● 王伯祥

● 林鸣

| 改革篇 |

● 卓嘎、央宗

● 薛莹

● 章华妹

远方，不远

林鸣

本集编剧：李 花

林鸣，1957年生，江苏兴化人。

1978年，以化肥厂工人身份，考入南京航务工程专科学校（现属东南大学），学习港口水工建筑专业。

2010年，担任港珠澳大桥岛隧工程项目总经理、总工程师，率领数千建设大军奔赴珠江口伶仃洋。

2018年，建设9年、总长55公里、设计使用寿命120年的港珠澳大桥全线通车。

1968 年，刚下过雨的小路上泥泞不堪，少年林鸣正紧紧捂着胸口的衣服，在乡间的小路上奔跑。跑着跑着，他看到了一座小桥，于是赶紧跑上桥去。

天色渐渐暗下来，林虹趴在茅草屋窗口向外望去，外面的地面湿漉漉的，偶有水滴顺着屋檐滴答落下，她着急地问：雨停了，水也退了，桥应该已经露出来了，二哥怎么还不回来呀？

林骥：就你性子急。

林妈妈正坐在煤油灯前补衣服，听到孩子们的对话，她抬起头，笑着对林虹说：放心吧，你二哥心里有分寸。

这时，门忽然被推开了，林鸣兴冲冲地跑进来，说：我回来了。

林虹扑上来，问：二哥，带回来了没有？

林鸣解开衣服，从胸前拿出一块油纸，小心翼翼地打开，露出了包在里面、被裁成小块的报纸。林虹高兴地一把抢过去，铺在桌上。

林骥略有不满：今天的报纸怎么又小又少？

林鸣：今天运的蔗糖块不多，报纸也就只有这么多。

林虹趴在桌上，边小心地抠着粘在报纸上的糖块，边问：二哥，要不你也到地里干活吧。你看隔壁东东的哥哥，自从他去地里干活，工分高，还时常能往家里拿好吃的，比你现在强多了。

林妈妈：林鸣去运糖，就是为了包糖的报纸，不然妈妈每天给你们读什么？好了，大家都坐好吧。

林鸣把房门关好，三人围着母亲而坐。林妈妈拿起最上面的一小块报纸，读了起来：蜿蜒起伏的山脉延伸至海滨突然中断。城郊一幢幢白色小屋排列在山峰之中，伸展到很远的地方。

这时，林鸣抬起头问妈妈：妈妈，远方在哪里啊？

林妈妈：在海的那一边。

林骥：我想去看看。

林虹：我也要去，我也要云！

林骥：你就喜欢凑热闹，你说说怎么去？

林鸣兴奋地边比画边说：我要盖一座大桥，这么大。不不不，这么大。跨过大海，把我们都送过去。

林妈妈微笑地看着林鸣，只当这是童言童语。

1977年，林鸣背着包，一脸急切地穿过化肥厂大门，往里跑去。厂区正在播放广播，一阵激昂的女声传来：《人民日报》头版头条——今年高等学校的招生工作有了重大改革。今年的招生对象是工人、农民、上山下乡和回乡知识青年（包括按政策留城而尚未分配工作的）、复员军人、干部和应届高中毕业生。

几个工友拿着饭盒正有说有笑地往前走，林鸣从后面追了上来，喊道：刘晓。

刘晓扭过头，见是林鸣，问：回来了？去武汉培训得怎么样？

林鸣急切地问：魏厂长在哪儿？我有急事找他。

刘晓：我刚才还看见他在办公室。

林鸣转身就跑。

工友甲：这么着急去显摆培训结果！

刘晓口气泛酸：这叫进步，懂吗？你行吗？你也进步一下，给我们看看。

工友乙：我们是不行，所以我们不是厂长的接班人啊！

魏厂长的办公桌上放着一个被拆开的挂钟，零件摆了一桌。魏厂长坐在办公桌前，手里拿着工具，正小心翼翼地给所有零件上油。这时，办公室的门猛地被推开，林鸣气喘吁吁地冲了进来：魏厂长……

魏厂长抬起头，见是林鸣，微笑着说：刚刚还在念叨你，制氧机下周就到，你回来得太是时候了！怎么样，技术都学到位了吧？

林鸣还在顺气。

魏厂长：等机器安装调试好，你就带着一班工人开工，争取年产量翻倍，到时候我写申请，让你当……

魏厂长还没说完，顺好气的林鸣突然语出惊人：我要去参加高考。

魏厂长愣住了，手中的零件掉到地上发出几声脆响，他有些不可思议：你说什么？

林鸣：我说，我要去参加高考。

魏厂长把手里的工具放下，认真地看着林鸣，半晌后，点了点头。

化肥厂一片杂乱的工地上，传来沉闷的砰砰声。林鸣全力抡起一把长柄铁锤，朝一根粗大的木桩，一下一下用力砸去。刘晓拎着一个水壶走过来，在林鸣旁边坐下，伸手把水壶递给林鸣，说：歇会儿。

林鸣停下手里的活儿，接过水壶，仰头喝了一大口。

刘晓：你说你这是何苦？咱们厂可是县里最好的厂，国营大厂，说出去多硬气！你出去打听打听，别人一个月才24块钱，咱们到手可是30块钱，这是什么概念？

接着，刘晓伸出手腕，露出一块手表，说：看看，我新买的。

林鸣不说话，也不看刘晓的手表。刘晓略感无趣地收回胳膊，继续说：想当初，我们两个是一起进厂的，从一分钱工钱都没有的学徒开始干。三年，整整三年，好不容易熬到现在，成了正式工。你看看你，还被选去武汉学习制氧机技术，这摆明了魏厂长是要培养你。放着眼前的这条阳光大道你不走，非要去跟那么多人挤独木桥？

林鸣：这是我的选择，你不懂。

刘晓噌地一下站起来，抡起拳头打在林鸣的肩头。林鸣没想到刘晓会有这样的举动，被打得连退了好几步。

刘晓：是！我是不懂！我不懂你这种混蛋白眼狼！当初还不如选我去武汉呢！现在你一句去参加高考，制氧机怎么办？厂子怎么办？

刘晓说完，还想打林鸣，举起手，却不由得抖了抖，最终还是放下了，接着转身离开。林鸣什么话也没说，拿起锤子，继续一下一下地砸下去。

晚上，化肥厂里空无一人。厂长办公室的玻璃窗开着，桌上摆放着散落的挂钟零件。林鸣蹲在地上，举着手电筒，寻找掉在地上的零件。这个挂钟是前几年厂里因为产值拿了市里第一，市领导奖给厂里的外国货。那段时间，化肥厂别提多风光了，天天都有人托关系进来看它几眼。

那天，魏厂长指着挂钟对林鸣说：这东西再贵重，也还是个挂钟。除了计时，也干不了别的。人也一样，有多大能耐就办多大的事，你说呢？

林鸣回到宿舍，扭开台灯，在桌前坐下，对着书本小声地念念有词，过了一会儿，又把书里的内容抄到已经剪好的一沓小卡片上。刘晓从上铺探出头来，反感地拿起枕头对着台灯砸下去。台灯应声倒地，整个宿舍瞬间漆黑一片。

化肥厂工地上，林鸣直起腰，拿毛巾擦了擦头上的汗，随后把手里的长锤立直。一只手支在长锤上休息，另一只手从口袋里拿出一张卡片，投入地看了起来。

午休时间，刘晓和其他几个工友凑在一起热闹地打着扑克牌。林鸣躺在床上，手里拿着两个小零件，不时放在一起研究比对。

夜晚墙角的路灯下，林鸣拿着笔，在本子上写写画画。

厂长办公室里，那个已经修好的挂钟重新挂在了墙上。

刘晓：这钟修得跟以前一样。魏厂长，您还真是宝刀不老呀。

魏厂长：我哪有这功夫，是林鸣修的，上班之前刚给我拿过来。

刘晓听到林鸣的名字，收回视线，不再说话。

魏厂长：你有时间的话，再去劝劝林鸣。厂里现在就他一个人会用制氧机，他要真考上了大学，拍拍屁股走了，那机器到了之后没人会用，不是天大的笑话吗？

刘晓：您以为我没劝啊？我真想一拳头打醒他！

魏厂长没说话，拿起手边的茶杯喝了口茶。这时，响起一阵敲门声。

魏厂长：进来。

林鸣推开门走了进来，把一个笔记本放在刘晓面前，说：这里面是制氧机的操作说明，是我结合当时在武汉培训的时候，老师讲的要点和我自己一些操作心得写的。希望你能好好学一学，以后厂里的事就辛苦你了。虽然我要去参加高考，但我也不想辜负厂子对我的培养。

刘晓站起身，抓起面前的笔记本直接扔在地上，说：别给我来这套！你要真有这心，就不要去参加什么高考了，留下来，我们一起把厂子建设得更好。

林鸣没再说话，办公室里特别安静。突然，墙上的挂钟响了起来，魏厂长和刘晓都非常诧异，甚至被吓了一跳。两人望向挂钟，上面显示中午 12 点整。

魏厂长吃了一惊：这挂钟怎么还会报时了？

林鸣：您说得没错，有多大能耐就办多大的事，但我首先得知道自己有多大能耐。

林鸣说完，转身离开了办公室。魏厂长和刘晓对视了一会儿，随后魏厂长起身把笔记

本捡了起来，递给刘晓。刘晓没说话，默默地收下了笔记本。

烈日下，知了在树上嘶叫。午休时间，工人们三三两两地坐在树荫下休息，只剩下林鸣依旧在卖力地打桩。

工友甲：歇工了，赶紧过来凉快凉快。

林鸣好似没有听到，继续打桩。

工友乙：这是跟谁置气呢？

刘晓看林鸣一边打桩，一边看学习卡片。听到工友的调侃，刘晓有点不悦：少废话，他那是想看书呢！

想了想，他掏出林鸣之前交给他的笔记本，说：进步，都要进步。

林鸣的工服全部湿透了，他停止打桩，仰起头看了一眼天上毒辣的太阳，突然眼前一黑，晕了过去。昏迷中，林鸣仿佛又回到了那条乡间小路，回到了那个茅草屋。林鸣推开门，走了进去。三兄妹围在妈妈身边，正在看报纸。

林虹抬头对林鸣说：二哥，你一定要修一座那么大的桥，把我们送到远方。

说着，林虹把报纸上最后一点糖渣小心地抠下来，塞进了林鸣的嘴里。

林鸣在宿舍床上醒来时，发现魏厂长正坐在桌边，翻看他的复习资料和自制的学习卡片。他挣扎着坐了起来，叫了一声"厂长"。

魏厂长轻轻拍了拍林鸣的肩膀，示意他躺下，说：我呀，就是想以一个过来人的身份提醒你，做人、做事呀，都不要太固执，有时候好高骛远和脚踏实地之间，只是一念之差。

林鸣：厂长，我感谢厂里，更感谢您对我的信任和培养。但是这种一眼望到头的人生，真的不是我想要的。我想去参加高考不是一时兴起，以前没有机会，现在既然国家政策有了变化，我想抓住这个机会，去北京，去上海，去国外，去更远的地方看看这个世界。

魏厂长看见林鸣脸上闪现出兴奋的光，轻轻摇了摇头，苦笑道：跟我说说，你想报考哪个专业？

林鸣：我想去做医生。

1978 年，南京航务工程专科学校教室。

林鸣：我叫林鸣，原本的高考志愿是去当医生，但是我的分数离医学院的要求有点远，所以被调剂到这个专业了。

林鸣站在自己的座位边上说完，不好意思地挠了挠头。教室里发出了低低的笑声，站在讲台上的李世昌笑着挥了挥手，让大家安静，说：虽然这个专业对你们来说都很陌生，但是我想告诉你们，我和这个专业，还有全国需要建设桥梁的地方，等待你们很久了。

随后，李世昌在黑板上写下了自己的名字，继续说：我叫李世昌，1951 年从清华土木工程系毕业，现在是你们的老师。我想先问你们一件事，你们对桥，对修一座桥，有兴趣吗？

林鸣：我以前倒是问过我母亲，既然能在河上修桥，为什么不能在海上造一座桥。这样，以后我们去任何一座岛上，都会像在陆地上一样方便。

李世昌看着林鸣，笑而不语。

李世昌带着学生们来到海边，海浪拍打着沙滩。

林鸣：我终于知道，我当时的回答有多么愚蠢！

李世昌：我倒觉得你这是个大胆的构想。我认为，能让这样看似不着边际的想法变成现实，就是我们学这个专业的意义所在。

林鸣望向无边无际的海面，心生向往。

教室里的光线由阳光变成灯光，由灯光再变成阳光。林鸣和吴利科围坐在课桌前，不时拿着书本进行争论、研究，再将意见落实到图纸上。之后，林鸣和吴利科拿着模型条，对着图纸，小心地开始做模型……

多年前的那场考试，不仅替林鸣打开了新世界的大门，还给了他一个机会，让他可以用更安全、更便捷的方式，将更多的人送到海的那一边，让远方不再遥远。

2018 年，港珠澳大桥全线通车，60 多岁的林鸣迎着阳光，在港珠澳大桥人工岛外围匝道上越跑越远……

纽扣

本集编剧：张贝思

章华妹

章华妹，1961年生，浙江温州人。

1979年，在家待业的章华妹开始个体经营，售卖纽扣、针线等小百货商品。

1980年12月11日，章华妹从温州市工商行政管理局领到了改革开放后中国第一份个体工商业营业执照——工商证字第10101号。

1983年，《国务院关于城镇非农业个体经济若干政策性规定的补充规定》颁发，确认了个体工商户的合法性。由此，章华妹成为新中国"个体户第一人"。

1980 年，温州市解放北路，一颗真贝纽扣蹦蹦跳跳，沿着街面向前滚去，从行人脚下穿过。19 岁的章华妹穿着绣花衫，奔跑着追逐这颗纽扣。终于，纽扣撞到马路边的石沿，停下了。章华妹小心翼翼地捡起这颗纽扣放在掌心，又放进口袋，沿来路折返。

这条街道热闹极了，路边聚满了摆小摊的小贩们。袜子、手套、螺丝、皮带、塑料水桶等，应有尽有，沿街的叫卖声不绝于耳，挑选商品的客人们三三两两围在各个小摊前比对货物。

街边小贩的收音机里播放着最近的新闻：温州市召开贯彻十一届三中全会精神、推行联产承包责任制典型经验大会，将工作重点放在社会主义经济建设上……

章华妹回到自己用两条凳子支起来的货摊前，货摊麻袋里装着各式各样、颜色各异的纽扣。章华妹叫卖着：要纽扣吗？真贝扣、木材扣、金属扣、玻璃扣，都有！

几个客人似乎有兴趣，拿起几颗纽扣察看。这时，一群放哨的小孩从街角疾驰而来，说：打办的来了，打办的来了……

街上的小贩们瞬间反应过来，抓起自己的货物就跑，在家门口的，将货物往屋里搬；不在家门口的，钻进了小巷道里。挑选货物的客人们也四散而去。章华妹将麻袋口一束，拎起麻袋就往小巷子里钻。

王嘉文吹响哨子，小摊贩们早已跑得干干净净。一个稽查队员试图追上去，被王嘉文伸手拦住了，他转头对稽查队长说：队长，差不多就行了吧，都不容易。

稽查队长：我知道，可是咱们稽查队每次收到投机倒把的举报后，次次"打空炮"，不好交代啊。你们都去转转，看到顽固分子就抓个典型，咱们也好交差。

队长带着人消失在各个巷道口。王嘉文看着街边快掉落的"打击投机倒把"标语，走上前去将标语重新贴紧，随即步入巷道中。南方的巷道四通八达，沿河而建的低矮民居外尽是杂乱的电线杆。几个稽查队从巷道巡查而过，章华妹和阿姐抱着各自的麻袋从巷道另一侧冒出头来。

章华妹：阿姐，今天开张了没？

阿姐摇摇头。

章华妹宽慰道：没事儿，咱换个地方，照样做生意。

阿姐：还是小心点，找个离家近的地方。

章华妹点点头。两人看四周没有稽查队员的身影，各自搬起自己的货，一东一西钻入不同的巷道中。

章华妹回到章家巷子口又支起了纽扣摊，她边往瓷碗里倒纽扣，边吆喝：扣子，扣子！真贝扣、木材扣、金属扣、玻璃扣，都有！

　　远处传来一阵急促的脚步声，且越来越近。章华妹一边整理纽扣，一边抬头看向来人，立刻愣住了。王嘉文身穿制服，戴着工商局的臂章，站在章华妹面前。章华妹脸色大变。王嘉文上前两步，一把抓住章华妹本来要藏在身后的两袋纽扣。

　　章华妹：别别别……

　　王嘉文：放手。

　　章华妹：我不能放手，我放手了，全家人就没有饭吃了。

　　王嘉文：放手！你赶紧走！

　　章华妹：我不能走，我走了，就得挨饿。你放过我这一回吧，就一回，帮帮忙！

　　王嘉文拉着袋子的手依旧不松开，章华妹也拉着王嘉文的衣服不松手。

　　王嘉文：你刚才的吆喝声，大家都听到了。一会儿大家来了看见你这样，非得抓你去做典型不可。

　　章华妹闻言一惊，手指不由得松开了，两袋纽扣被王嘉文夺去了。王嘉文把两袋纽扣都贴上了白条，拎着两袋纽扣离开了。章华妹手里握着一张"罚没"收据，看着王嘉文消失的背影，面如死灰。

　　傍晚，昏黄的灯光下，王嘉文的妈妈一手拿着王嘉文的制服上衣，一手在针线盒里翻找，翻了几遍也没找到一颗纽扣。王嘉文坐在桌前大口灌着水，那样子像是一天没喝水了。面前的桌上放着白天没收的两袋纽扣，袋子上都贴了白条。

王嘉文：一定是今天没收纽扣时，被那个小姑娘扯掉了，刁蛮得很……

王妈妈看着制服上没有纽扣的地方，又看看王嘉文面前桌子上的两袋纽扣，气不打一处来：你说说你干的叫人事儿吗？你现在有纽扣用吗？

王嘉文：去供销社买啊。

王妈妈：供销社离咱家十几里地，来回的车费都够从练摊的那儿买 20 颗纽扣了。再说了，我去了还不一定买得到。

王嘉文：那你让我怎么办？有人举报，我们就得去；政策还没变，我们就得执行。再说了，我只扣了货，没抓人。

王妈妈：你还挺光荣啊？没有扣子，我看你怎么穿这身衣服！你是党的一线干部，这种问题，你得向上级反映。

王嘉文将两袋纽扣从桌上移到地上，声调较之前降低了很多：我再怎么反映，也只能反映到我们队长那一级，而且我的意见有什么用？反正这些扣子您不能动，明天还要拿去局里充公。

王妈妈把制服摔在王嘉文面前的桌子上，生气地说：你自己想办法。

王嘉文：妈，我怎么穿啊……

王妈妈：爱怎么穿就怎么穿！

章家大厅里悬挂在房梁上的灯照亮了墙壁上的毛主席像，倚靠着墙壁的木桌上摆了一张全家福照片和两个暖水瓶。章父坐在门口抽着烟袋，剩下六口人围在一张老旧的八仙桌边吃饭。桌上只有杂粮馒头、一盘米饭和一块腐乳，很是清淡。

章母：幺妹的扣子被收了，咱们家这个月可怎么过啊？

一家人就这样坐着，没有人伸手去拿馒头、夹腐乳。章华妹看全家人面色凝重，没有心情吃饭，于是她第一个拿起馒头，夹了一点腐乳抹在馒头上，然后大口大口地咬着。章华妹一边吃，一边冲母亲和其他人笑着说：没事的，不就是两袋纽扣吗，我能搞定，吃饭吧！

两盏路灯照亮了江华纽扣厂紧闭的大门。大马路边的树下，章华妹露出半个脑袋，观察厂外的情况。夜巡队员从厂门外走过，章华妹立即躲到树后。待夜巡队员走远了，章华妹慢慢朝供销社大门左边一条小道走去。前方已经有三个人聚在一扇破旧的铁门外，远处还有几个人在向铁门靠近，章华妹赶紧按顺序排在第三个人身后。排在第一位的是个中年男子，他将钱从铁门半开的缝隙塞了进去，低声说：两袋纽扣。

两袋纽扣从铁门里抛了出来，中年男子捡起货物，随即离开。排在他身后的中年女小贩如法炮制：三袋纽扣。

三袋纽扣从铁门里抛出，落在中年女小贩旁边。章华妹有些紧张，她从布包里掏出一张手写的欠条，等着轮到自己。

青年男小贩：两袋，跟上回一样。

两袋纽扣被扔了出来，还撒了一袋，青年男小贩急忙把扣子捡进袋子里。

章华妹咬了咬牙，把欠条从门缝塞了进去，说：两袋纽扣。

员工：钱！

欠条从门缝被退了回来。章华妹想了想，再次将欠条塞进门缝，说：是我呀，章华妹。您帮帮忙，我十天内一定补上，再加两毛钱利息。

员工：我做不了主。

章华妹：您了解我的，整个解放北路，就数我纽扣卖得最好……我一个星期连本带利一起还给您。

员工：拿货给你，就是要担风险的，哪还能赊账呢？！

章华妹：您还不相信我吗？咱们都是老交情啦，您就帮帮忙嘛，实在不行，我再多给您一些利息。

铁门那头的人不再说话，只见欠条又从门缝被塞了回来。章华妹打开欠条，借着铁门里透出的光，看见纸条上面多了四个字——概不赊账。

身后的人低声催促章华妹：好了没有呀？快点快点！

章华妹无奈，只能悻悻地站到一边。这时，前面撒了扣子的青年男小贩把地上的扣子捡得差不多了，收起口袋刚要走。见章华妹站在他面前悻悻地看着他手里的扣子，没等章华妹开腔，青年男小贩就发话了：看什么？没钱就回家睡觉去，捣什么乱！

一袋又一袋货物从工厂墙内被抛出来，小贩们一个接一个地捡走了自己的货物。章华妹站在一旁看着，无比羡慕，却像个局外人一样孤独无助。

章华妹缓缓走回自家门口，家里的灯还亮着。章华妹透过门缝看去，父亲和母亲正将家里剩余的粮食均分成15份，每一份都少得可怜。章华妹没有进屋，她坐在门槛上摩挲着那张欠条。夜色渐渐淡去，突然，章华妹撕毁欠条，朝外面走去。

来到舅舅家门口，章华妹把手中的罚没收据递到舅舅手上，有些不好意思地开口道：舅舅……

舅舅：两袋都被没收了？！

舅舅一只胳膊缠着绷带，用布带吊着，半裸的臂膀露出车间工人特有的黝黑皮肤。

章华妹点点头，说：家里的粮食只够吃一个星期了，本来指望我卖掉这些扣子换点口粮。

接着，章华妹从口袋里翻出最后一颗纽扣，继续说：只剩下一颗扣子了。我想拿它当个借据，赚了钱马上还给您。

舅舅：我也想帮忙，可问题是我家也没有多余的钱呀。我上个月在车间刚受了伤，被扣了不少工分，实在是匀不出来啊。

章华妹恳求地看着舅舅。

舅舅：回去吧，我得上班了，家里没人。

舅舅将罚没收据还给章华妹，砰的一声将门关上。章华妹一怔，手中的纽扣掉在地上，滚落到"筒子楼"外的石板路上。章华妹一脸狼狈地走出"筒子楼"，望着地上那颗贝壳扣，神色极其无助。

一只略显苍老的手抢先捡起了那颗贝壳扣，说：这颗扣子真好看！

章华妹回过神来，眼前站着一位 60 岁左右、面容慈祥的老太太。

老太太：姑娘，你是卖纽扣的吗？

章华妹支支吾吾，不敢说是，也不好意思说不是。

老太太理解章华妹的谨慎，她看看四下无人，又压低了声音说：你那儿还有别的纽扣可以选吗？

章华妹：本来是有很多的，但我昨天太倒霉了，全被没收了。

章华妹说着说着，不禁委屈了起来。老太太明白了章华妹的处境，她从身上摸出来一块手帕，打开手帕，里面有一块多钱的现金和壹市两的粮票。她一股脑儿地全塞到章华妹的手里，说：别的纽扣我也不挑了，我就用这些钱和粮票换你这一颗。

章华妹受宠若惊地接过老太太的粮票，说：可是，这太多了，我平时一颗扣子才——

老太太打断她的话：我就喜欢你这一颗，值得！

老太太拿起扣子转身就走，章华妹看着她的背影，又惊喜又感动。老太太走到巷子口时，转过头又朝章华妹喊了一句：小姑娘，都会好起来的。

章华妹：真的会吗？

老太太冲着章华妹微笑着点点头，消失在石板路的转角处。

晨光微露，温州城里的巷道上已是忙忙碌碌。为了躲避稽查队，小贩们都改成了走街串巷做生意，黎明的街道上已是人声鼎沸。阿姐背着货物出门，关上院门一回头，发现身后站着章华妹。

阿姐：华妹？

章华妹：阿姐，我的货被没收了。

章华妹的目光落在阿姐背篓里的两袋纽扣上，欲言又止。阿姐明白章华妹的意思，陷入沉默。

一直要强的章华妹很是难为情地说：我不挪货，我来帮你卖，你一天给我30颗扣子就行。

阿姐笑了：那你得卖到猴年马月啊！上次我挪你的针线，这次你挪我的扣子，大家不都是这么互相帮衬的嘛。

阿姐拿起一袋纽扣，说：你知道价格，把本钱还给我就行。剩下的，你自己看着办。最近查得严，可别再被逮着了。

章华妹笑中带泪，郑重地接下阿姐递到她手里的一袋纽扣，说：知道啦。

嘈杂纷乱的民居小巷里，章华妹挨家挨户敲门推销纽扣。到了中午，章华妹坐在小巷子的水龙头边休憩，掏出已经变凉变硬的馒头，就着自来水啃。一个七八岁的小女孩拿着五分钱来到她身边，指着要贝壳扣。章华妹赶紧放下馒头，挑出纽扣交到小女孩手中。待小女孩离开，章华妹才发现，自己的馒头早已被流浪狗叼走了。

工商局打击投机倒把办公室里，王嘉文坐在工位上，手指摩挲着胸前制服上那个缺了扣子的扣眼。他抬头看看窗外，小雨淅沥。身后一名戴眼镜的队员正情绪激动：谁爱去谁去，这事儿，我干不下去了！

队长：你不能因为他们指指点点，就不去了。我们穿了这身衣服，就得干这事儿。

队员坐在椅子上，良久后才缓缓开口：我上次罚没的一个练摊的女的，害得人家没本钱还债，投江了。后来人虽然被救上了岸，可是肚子里的孩子没了。

众人闻言，都陷入了沉默。队长叹了一口气，也不知道该说些什么。队员扯下袖箍甩在桌上，起身离开了办公室。王嘉文看着队员的背影，若有所思。

小雨淅淅沥沥下了一整天，章华妹头戴斗笠，从身前的纽扣袋中取出10颗扣子交给佝偻的老太太，顺手从老太太手中接过两张五分钱的钞票。老太太微笑着关上院门。章华妹倚靠在门框上，细数着手里一沓五分、一角的纸币。数完，开心地说：够了！

章华妹将钱收好，看着地上的纽扣还剩下一半，激动地掂了掂纽扣袋子。突然，一个人从巷道另一头急匆匆地跑来。章华妹定睛一看，是阿姐。

章华妹：阿姐，扣子本钱赚回来了！

阿姐面色焦急，打断了章华妹：有人把咱们举报了！

章华妹脸色大变，眼看追在阿姐身后的几名稽查队员已经在街角闪现。章华妹来不及细想，抱起纽扣袋就跑。阿姐朝着左边的巷道跑去，章华妹朝右边的巷道跑了。在她们身后，稽查队员的手电筒光不停闪动。

小雨有变成大雨的趋势。章华妹的斗笠被迎面吹来的大风吹掉了，雨水打在章华妹脸上，冰凉刺骨。她的斗笠被吹到街道旁边的河里，被水淹没了。章华妹顾不得寒冷，抱着纽扣袋子快步走在风雨中。身后稽查队员的手电筒光越来越近，前方的巷道口也闪现着稽查队员巡查的身影。

情急之下，章华妹左拐钻入另外一条河岸道上。她不顾一切地跑着，身后的稽查队员没有跟来。可是在一个拐角处，章华妹像是撞上一堵墙一样，和一个稽查队员撞个满怀。抱在胸前的纽扣袋子掉落在地，扣子从袋口倾泻而出，噼里啪啦滚落到巷子边的水道中，湍急的河水瞬间就将扣子淹没。章华妹下意识地想去捞扣子，却被一双手拽了回来。

王嘉文：你不要命了！

一瞬间的迟疑，扣子已经被水流冲得一干二净，再无一颗纽扣的影子。章华妹积攒起来的希望也随之付诸东流。雨水落在章华妹的脸上，和泪水混在一起，她不由自主地攥紧了王嘉文胸前的衣裳。

章华妹：这是我借的扣子。

她盯着眼前的王嘉文，继续说：我不偷不抢，只是一家一家地卖扣子。5颗纽扣才赚一分钱，100颗纽扣才赚两角钱。我只是想让家里的饭桌上能多添一道菜，每个人都能吃上一块腐乳。你们说要揪资本主义的尾巴，可是这两角钱是我一步一步走出来的。你能还我扣子吗？

王嘉文愣在原地，面对章华妹的责问，他不知道该如何回答。章华妹绝望地坐在地上。雨水哗哗，水滴渗进王嘉文的手电筒中，手电筒的光熄灭了。

王嘉文一身雨水地回到家中，走进厅里就在桌子旁坐了下来，整个人有些心不在焉。王妈妈瞥了他一眼，又看了看他胸前那个缺了扣子的扣眼。

王妈妈：打办打办，怎么还把自己打蔫了？

王嘉文：这差事干得不是滋味儿。

王妈妈：不干人事儿，能是好滋味吗？你以为断的是人家的财路吗？你断的是人家的生路。

王嘉文沉默了。

清晨，王嘉文走在解放北路上。目光所及，整条街上空无一人，那张"打击投机倒把"的标语一端再次脱落。王嘉文走到标语前，久久凝望，却没有像之前一样将标语贴起来。良久后，王嘉文转身离去，任由那张标语随风飘荡。刚走到办公室门口，王嘉文就听见办公室里正吵得火热。

陈寿铸：国务院已经下发了个体户登记的规定，咱们是不是可以动起来了？农村搞改革，改得热火朝天，咱们城镇也得跟上啊。

稽查队长：但是实施细则还没下来，这是还不确定的事儿，不能操之过急啊！

科员甲：是呀，枪打出头鸟，打的就是我们这种所谓的"试点"。咱们别当那个"鸟"。

王嘉文闻言，激动地走进办公室，看向陈寿铸手中的红头文件，上面赫然写着"关于城镇个体工商户登记管理若干规定"。

章华妹看到自家门缝处塞着一张纸条，展开一看，里面写着一句话：相信我，总有一天，你可以堂堂正正地在解放北路卖纽扣。落款是王嘉文。章华妹沉思了片刻，将纸条揉成团，扔进炭火堆里。

工商局会议室内，干部们围桌而坐。局长从座位上缓缓站起来，说：同志们，中央把温州当成试点城市，就是要我们蹚出一条道来。这其实是对我们的肯定。咱们温州自古以来就有以物换物、经商做买卖的历史。

局长对稽查队刘队长说：刘队长，为什么稽查队天天打办，却越打越多呢？你想过没有？有四个字——大势所趋。只有我们敢去做这个"出头鸟"，才能带领温州的老百姓吃饱饭，摆脱贫穷。刘队长，稽查队员是一线工作人员，有没有好办法把这个试点做起来？

会议室内霎时安静无比，无人敢做"出头鸟"。王嘉文在一片沉默中站了起来，说：我来干，我们不能再等了！

会议室里还是安静无语。

王嘉文：局长，实践才是检验真理的唯一标准。温州市有多少个家庭靠练摊为生！中央没有实施细则，我们可以自己调研，搞出一套办法来。

良久后，局长冲王嘉文点了点头：这事就你来干！

王嘉文走到一户民居院门前，举手敲门，说：工商局走访调查……

王嘉文又走到一个卖鱼的小贩跟前想询问，小贩扛起扁担撒腿就跑。王嘉文急忙在后面喊道：我不是来打办的！

…………

几天后，王嘉文风风火火地走进局长办公室，将手里的一份报告递给局长，说：局长，温州市共有 2588 户无证商贩，全家无业、收入甚微的贫困户占八成以上。练摊都是为了生活。

局长点点头。王嘉文拿起桌上的钢笔递给局长，请他在报告上批示。

墙上"打击投机倒把"的标语已经被人扯掉大半，只剩下"打"字的一角还贴在墙壁上。一阵风吹过，标语的最后一角被掀起，随风被吹得无影无踪。一个小商贩提着货物在解放北路架起了摊子，四周的巷道里陆陆续续走出了众多小贩。大家熟练地将货物搬到自己的摊子上，吆喝着吸引顾客。章华妹也在整理自己的货物，摊子上除了纽扣，还有手表带、顶针、发夹、橡皮筋等物品。

人们三五成群地站在各个摊子前，仔细挑选着自己中意的货物。突然，电线杆上的大喇叭响了：依据中共中央、国务院坚持改革的方针，温州市革命委员会对无证商贩问题达成一致意见，着力解决练摊无证的现状。现在播报温州市《关于对个体工商户进行全面整顿、登记、发证工作的报告》具体内容。第一，发放相关证件……

章华妹被广播内容吸引，周围的小贩也不约而同地听着广播，大家将信将疑。

小贩甲：发放证件，这当不当真呀？

小贩乙：我都不晓得这是什么意思。

小贩丙：意思就是……打办的不打我们了吧？

章华妹侧耳倾听。突然，放哨小孩们的声音再次传来：打办的来了，打办的来了……

众小孩边跑边喊，原本交头接耳讨论的小贩们立即四散。章华妹手脚麻利地收拾好自己的货物，拎起袋子冲进巷道中。刹那间，解放北路空无一人。

章华妹回到自家门口推门而入，将货物往地上一放，随后将房门关上。抬起头，却发现王嘉文坐在自家客厅的椅子上。章华妹抱起装货的麻袋就要跑，王嘉文赶忙说：我今天不是来逮你的。

章华妹愣住，回头看向王嘉文。

王嘉文：你家里没人，门也没锁，我就进来了。

接着，他站起身，将一张个体工商户申请表递给章华妹，说：政策变了，按规定办理执照，以后就可以正大光明地摆摊做生意，都会好起来的。

章华妹将信将疑地接过申请表：真的会吗？

王嘉文语气坚定：真的。

他看了看章华妹跟前的纽扣袋：今天还没开张吧？

接着掏出一张五分钱的纸币递给章华妹，又从章华妹的袋子里挑出一颗贝壳扣子。不待章华妹反应过来，王嘉文已大步离去。章华妹看着手中的申请表，陷入了沉思。

王嘉文走出章家大门，来到解放北路民居巷，将手里的申请表一张张放在各家房子门口。居民接二连三地走到房门前，捡起申请表仔细端详。

章华妹一家人围在桌前。桌上放着申请表，一家人的目光都落在那张表上。阿姐和其他几个小贩手里也拿着申请表，大家一时都没有主意。灯光映照着每个人的脸庞，大家面容严肃，如临大敌。章母开口说话了：工商局的人亲自送来的，不填会不会要交罚款？

阿姐：不能填，写上了自己的名字就是铁证。坐实了倒买倒卖的名头，以后一辈子翻不了身。

小贩甲：会不会是工商局故意引我们上钩认罪？

章母担忧地望着章父和孩子们，大家都拿不定主意。

章父：华妹，你觉得呢？

章华妹盯着申请表许久，犹豫不决。

王嘉文站在工商局门口的土坡上眺望外面的街道，街道上空无一人，王嘉文脸上难掩失落。就在王嘉文想退回局里时，章华妹大大方方地朝他走了过来。

王嘉文：我还以为没人敢来呢。

章华妹拿出一张已被烧了一半的纸条，递给王嘉文。那正是之前王嘉文写给她的。

章华妹：我当然要来，因为我想在解放北路上堂堂正正地做生意！

两人相视一笑。街道边上的巷子中，小贩们一个接一个地探出头来，拿着申请表，跟在章华妹身后排队。

2020 年，章华妹坐在自己的店内对着镜头讲述：当时因为没有个体户的营业执照模板，大家又不能一直等着，他们就手绘了这样一份特殊的执照。

记者：我特别好奇，1980 年，您那半袋纽扣被冲走后，那个月后来怎么样了？

章华妹笑了笑，说：其实，之前被罚没的两袋纽扣后来又回来了，麻袋口的边上还贴着当日罚没封存的白条……

破冰

本集编剧：李正虎

王伯祥

王伯祥，1943年生，山东寿光人。

20世纪80年代担任寿光县委书记，全力扶持和推广冬暖式蔬菜大棚，创建了全国闻名、江北最大的蔬菜批发市场。

在任期间，连续3年动员20万劳动者开发寿光县北部的盐碱地，把占全县总面积六成的不毛之地变成了"粮仓"。

20世纪80年代，深秋时节，山东省寿光县三元朱村村委会院内大槐树上挂着的喇叭里传来了村支书王乐仪的声音：都坐下！坐下！别吵！别吵行不行？大家先听我把话说完！

村委会院内一片嘈杂，村民正围着王乐仪嚷嚷着。王乐仪一边举着广播话筒，一边努力安抚村民的情绪：大家都别急，都别吵，一个一个地说！

一脸严肃的李老四：1983年，全县5000万公斤白菜烂在地里，家家户户赔得心痛。

身强体壮的王大奎：建一个冬暖式大棚要6000块，没钱。

伶牙俐齿的刘芳华：你说他能在冬天种出黄瓜，还不用生炉子？不信！

抽着老烟袋的老赵头：要俺说，他把王书记和你都给骗了，他就是个骗子！

韩永山本来抱着一个大布包蹲在地上，低着头一声不吭，听到老赵头的话，一下子站起来，大喊：哪个骂我是骗子？

老赵头：我说的，怎么的，你就是个骗子，来骗钱的！

韩永山：你才是骗子！

韩永山猛地把布包砸向老赵头，老赵头也立即冲上前，二人扭打在一起。

李老四：哎呀，打人了！

王大奎：骗子打人了！

王乐仪：都别动手！拉开！拉开！

村委会内打架的，看架的，护架的，劝架的，闹成了一锅粥。

县委常委会会议室里看似平静，实际上暗潮汹涌。县委书记王伯祥、县长杨斌和其他6名县委常委以及九巷镇党支部书记夏红梅正在开常委会会议，其中除了夏红梅以外，还有两名县委常委是女性，分别是县委宣传部部长陈玉芝和县委办公室主任方美媛。王伯祥身边的烟灰缸内已经塞满了烟头，会议室里烟雾弥漫。

王伯祥：1983年，全县5000万公斤白菜烂在地里，怎么解决？九巷镇路口卖菜的地摊一摆就是几公里，来买菜的车一堵又是几公里，天天堵车，怎么解决？以前老百姓都是一窝蜂地种应季蔬菜，所以才会滞销。我去东北把韩师傅请来，带领寿光百姓建冬暖式大棚种反季节蔬菜，是为了解决第一个问题。今天这个会，是要解决第二个问题。以前的蔬菜都是县里统购统销，一旦县里销不了，就只能烂在地里，如今时代变了，国家倡导我们实行市场经济建设，我们为什么不做？在寿光建设一个大型的面向全国的蔬菜批发市场势在必行。夏红梅同志，这件事，就这么定了。

留着一头利落短发的夏红梅今年40多岁，她立刻回道：是，王书记，我都记下了，回去就办。

杨斌：伯祥同志，我问你，这个批发市场是姓"社"还是姓"资"？那个冬暖式大棚还没搞起来，又要搞批发市场，你这个步子是不是太大了，要不要一步一步地走？

王伯祥：杨斌同志，这个冬暖式大棚必须搞起来，否则寿光还会重演1983年白菜滞销的噩梦。那么大棚搞起来之后呢？蔬菜批发市场就必须跟上。你说姓"社"还是姓"资"，我觉得这不重要，重要的是从今往后，不能让一棵白菜烂在地里，还要让全寿光的老百姓都富起来。

杨斌：好，那我再问你，全中国，全山东，全潍坊，有这么干的吗？枪打出头鸟的道理，你懂的啊。

王伯祥：你说对喽，我们就是要做全国第一！别人已经做了，我们再去做，那成什么了！羊肉汤，头锅才最鲜！

杨斌猛地一拍桌子，大声道：老王，你这么大干蛮干，就不怕上面查你吗？

王伯祥一下子愣住了，夏红梅和众县委常委面面相觑。就在这时，王伯祥的秘书小李急匆匆推门而入，说：王书记，出事了！

一辆破旧的吉普车急速行驶在县城郊区的土路上。小李开车，王伯祥和杨斌坐在后座。

王伯祥着急地看着前方说：小李，再开快点！

小李：是，王书记。

小李猛踩油门。

杨斌：慢点开，跑快了容易出事。

王伯祥看向杨斌，说：老杨，你又来！

杨斌打了一个嗝，说：伯祥，我是真的替你担心啊！这大棚还没搞呢，那边就打起来了！

王伯祥：老杨，咱俩共事十几年了，我这刚当上县委书记，你得支持我的工作，可不能总是拆台啊。

杨斌：我支持你啊，但我还得送你八个字——循序渐进、杜绝冒进。老话说，心急吃不了热豆腐。你这哪是吃啊，你这是吞呢！

王伯祥：时间不等人啊。我刚才说过了，羊肉汤，头锅才最鲜。如果其他地方也搞冬暖式大棚，我们就没有机会了。咱俩呢，知根知底，在屋子里怎么吵都行，到了三元朱村，那可是你以前工作的地方，你得帮我一把。

杨斌：怎么帮？先不说三元朱村的事，这个给你看看。

说完，杨斌从兜里掏出一把新房钥匙。

王伯祥：这是什么？

杨斌：县委新分配的楼房，120平方米，我给你领了一套。这回不能再给别人了啊。你看看你那个家，一个县委书记，这么多年了，还住在漏风漏雨的平房里，像话吗？你家那口子，可是跟我抱怨好几回了。

王伯祥重重地拍了拍杨斌的肩膀，杨斌因此又打了个嗝。

韩永山鼻子里塞着一团棉花，蹲在三元朱村村委会门口。王乐仪在他身边转来转去，说：韩师傅，你不能走啊。你要是走了，王书记非剥我的皮不可。你说句话啊！

韩永山就是不理王乐仪，王乐仪走到哪边，韩永山就故意把屁股朝着哪边。

吉普车从远处驶来，韩永山一看到吉普车，立即起身向车跑去。

王乐仪：哎，韩师傅，你去哪儿啊？

王乐仪赶紧去追韩永山。吉普车猛地停下，杨斌急忙下车，在一旁呕吐。王伯祥迎上韩永山，问：韩师傅，你这是怎么了？

韩永山不理睬王伯祥，将大布包直接扔进吉普车，接着就要上车，却被王伯祥一把拉住。

王伯祥：韩师傅，你去哪儿啊？

韩永山：送俺去车站，回东北。

王伯祥：我刚把你从东北请过来，这大棚还没搞起来呢，你回东北干吗？（转头找杨斌）杨县长？

王伯祥这才发现杨斌在一旁呕吐。杨斌呕吐完，走了过来。

王伯祥：钥匙，钥匙。

杨斌疑惑地看向王伯祥，问：什么钥匙？

王伯祥：新房的钥匙。

杨斌从兜里掏出钥匙递给王伯祥，王伯祥直接把钥匙一把拍到韩永山手里。

韩永山：王书记，你这是什么意思？

王伯祥：我啊，专门来给你送钥匙的。这是我们县新分配的楼房，120平方米，专门给你留的。还有，你爱人、两个孩子，我都已经让杨县长在安排农转非户口。对吧，杨县长？

杨斌吃惊地看向王伯祥，说：老王……我什么时候……

王伯祥：就昨天嘛，韩师傅一家四口农转非，赶紧办啊！

王伯祥转身笑呵呵地看着韩永山，说：韩师傅，你看，房子、户口都给你办了。还有你的工资待遇，每年3万块，再给你一个农艺师的职称。还有什么问题吗？

韩永山被王伯祥给的丰厚待遇"砸"蒙了。

韩永山：王书记，真的吗？这怎么能行啊！

王伯祥猛地一拍杨斌的肩膀：不信？你问杨县长。行不行？你说句话。

杨斌看看王伯祥，又看看韩永山。王伯祥使劲按住杨斌的肩膀。杨斌又开始反胃，说了一句"等一下"，就跑到一边呕吐。

三元朱村村委会院内，大槐树上挂着的喇叭里传来了王乐仪的声音：都听着啊，县里王书记和杨县长到咱们村了，有重要会议召开，请各家各户管事的准备开会，开会地点是……

一群百姓围着王伯祥等人，满脸疑惑。

王伯祥：我知道，大家都纳闷呢，我为什么要选择在菜地里开会？咱寿光，自古以来就适合种菜，看这白菜长得多好啊！但是在这个季节，我们除了种白菜，就是种萝卜。大家一窝蜂地种，一年的产量多则上亿公斤，少则几千万公斤。如今蔬菜市场又不规范，只能靠县里统购统销，或者去九巷镇摆地摊自己卖，能不滞销吗？再这样下去，1983年的白菜滞销事件随时可能重演。这就是我花重金把韩师傅请来的原因。韩师傅，你过来一下。

韩永山走到王伯祥身边，王伯祥抓住韩永山的手，深情地说：韩师傅是个能人啊！他在东北，大冬天不用生炉子，就能种出鲜嫩的黄瓜。我在这里向大家保证，只要大家愿意向韩师傅学习冬暖式大棚技术，我保证你们种出来的黄瓜绝对不愁销路。有多少，我们就能卖多少。俗话说得好，耳听为虚，眼见为实。韩师傅，把你的包打开。

韩永山把自己的大布包打开，只见里面装着许多鲜嫩的黄瓜。王伯祥一边拿出一根根黄瓜给村民看，一边说：看看，这就是韩师傅在东北大棚里种出的黄瓜。白菜的价格，大家都知道，贵的两三毛，贱的三四分。黄瓜在冬天是什么价格？那可是 5 块钱一斤啊！来，都看看。

众村民纷纷传递黄瓜，观赏着、赞叹着。

王大奎举手说：王书记，就算我们相信这位韩师傅，可是盖一个大棚要 6000 块，我们哪里有这么多钱啊！

其他村民纷纷附和。

王伯祥：这个问题我已经想到了。只要你们愿意盖大棚，每家每户只负责掏 2000 块，剩下的 4000 块，我们县委贷款也好，集资也好，给大家想办法解决。

杨斌赶紧拉住王伯祥，说：伯祥，这钱的事可不能乱担保啊。

刘芳华：王书记，我还有个问题——按时间算，要想在元旦前收获黄瓜，必须立即建棚，可这时候玉米正抽穗呢，砍了玉米可惜，不砍又赶不上。

王伯祥：砍！再等一年，还搞什么？该砍就砍！受到损失的，县里给补偿。

杨斌又拉了一下王伯祥，说：这可是政治问题。

王伯祥大声道：如果有政治责任，我王伯祥承担。当然，杨县长也跟着我一起承担。

杨斌重重地捶了一下王伯祥的后背。

王伯祥：我今天把话撂在这儿，我们不但要把冬暖式大棚在咱们村建设成功，还要推广到镇、县，总有一天，要把咱寿光做成中国北方最大的蔬菜市场。

王乐仪举着建大棚的决议书和一盒印泥，说：王书记已经把话说到这份儿上了，你们还有什么好顾虑的！愿意干的，上来按手印。

众村民沉默不语，没有人上前按手印。见状，王乐仪喊道：四舅，我喊你呢，四舅！

一个50多岁的老汉拄着拐杖艰难地站起来，答道：在这儿呢。

王乐仪：你是我四舅，我是你外甥，你相信我不？

老汉：不信！俺别的能信，这个不能信！

众村民哈哈大笑。

王乐仪：都别笑！坐下！安静！安静！

王伯祥：好！既然大家还是不愿意冒险，那就党员带头干。党员嘛，就要有带头示范的作用，三元朱村的党员举手。

王乐仪率先举手，说：我是党员，我先带头干。我是去东北看到了韩师傅的技术的，我相信他。

众村民互相对视，有几个党员犹豫不决。

王乐仪：李老四、王大奎、刘芳华，你们是不是党员？

李老四、王大奎、刘芳华等人纷纷站起来，走到桌子前按下手印。

傍晚，王伯祥骑车经过一棵歪脖子树，几个老汉正在树下下棋，看见王伯祥，亲热地打招呼：王书记，好久没回来了！

王伯祥：哎，回家看看。

到了一个破旧的院落，王伯祥下车，推车进院，两个儿子和一个女儿正在院子里玩耍。看到爸爸回来了，三个孩子纷纷围着喊：爸爸！

王伯祥挨个摸摸头，随后抱起最小的女儿亲了又亲，说：哎！想死你们了！你妈呢？

大儿子：妈在做饭呢。

小女儿：妈妈好像生气了。

王伯祥放下女儿，说：又生气啦？我知道了，你们玩。

王伯祥走进一个低矮、昏暗的小平房里，爱人正在厨房里低头做饭，没有理他。厨房的烟筒不好用，导致厨房内到处都是烟雾。王伯祥主动系上围裙，上前帮忙切菜，说：我回来吃个饭，吃完饭还得回单位加班。

王伯祥爱人：你还知道回来！

王伯祥：这话说的，这是我家嘛，我哪能不知道回来。

王伯祥爱人：老杨说你把县委分给咱的房子送人了。

王伯祥：那个人可了不得，是来帮助咱寿光脱贫致富的，一套房子算什么，我还打算再给8万块奖金呢！

王伯祥爱人猛地扔下手中的锅铲，说：给给给，就知道给别人！

王伯祥：你别急啊！等县委再有分房名额，我一定争取一套。

王伯祥爱人擦了擦眼泪，不知道是伤心，还是被烟熏的，说：一定争取，说了多少年了！

王伯祥愧疚地放下手中的菜刀，上前一步，准备抱住爱人安慰一下：媳妇，下次，我向你发誓！

就在这时，杨斌急匆匆地冲了进来，说：伯祥！伯祥！嫂子！

王伯祥松开爱人，问：老杨，怎么了？

杨斌：这回真出事了！

寒风呼啸，破旧的吉普车急速行驶在新铺的柏油路上，路两侧有正在修路施工的标识。这次还是小李开车，王伯祥和杨斌坐在后座。

杨斌着急地说：小李，再开快点！

小李：是，杨县长。

一脸平静的王伯祥说：小李，慢点开，天黑路滑，注意安全。

小李犹犹豫豫地答道：是……王书记。

杨斌奇怪地看向王伯祥，说：这可是群体性事件，你怎么不急了？上面要是查下来，你的乌纱帽还要不要了？

王伯祥：老杨，这一次，不管发生什么，你都不要管，出了事，算我的。

九巷镇蔬菜批发市场规划用地施工现场一片嘈杂，数百名老百姓围住了施工队伍和施工设备，禁止他们施工。带头的人一边闹着要打砸施工设备，一边高呼：你们说占地就占地！让我们老百姓以后靠什么吃饭！不能让他们施工！滚出去！

众抗议百姓：不能让他们施工！滚出去！

夏红梅、镇政府工作人员、镇派出所的民警尽力维持秩序，却十分担心因为情绪上来，秩序可能失控。夏红梅拿着大喇叭疾呼：大家冷静一下！政府在这里建蔬菜批发市场，是为了大家以后着想，只有把蔬菜批发市场建起来，以后寿光的蔬菜才能卖出去。你们的心情，我能理解，请听我解释……

此话不但没有安抚百姓，反而激起了他们更深的愤怒和怀疑，他们纷纷大喊：拒绝拆迁！不准施工！

派出所所长：夏镇长，现场随时可能失控，我去把带头的抓了吧？

夏红梅正在犹豫不决，王伯祥带着杨斌和小李挤了过来。

王伯祥：抓什么抓！我们是要解决问题，不是解决人！

王伯祥大步走到夏红梅身边。

众人纷纷喊道：王书记来了！

王伯祥接过夏红梅手中的喇叭，看向举起锄头、铁锹和棍棒的老百姓。

王伯祥：乡亲们，我是咱寿光县的县委书记王伯祥，这位是咱们县的县长杨斌。大家安静一下，先听我说两句，行吗？

百姓甲：王书记，县里建蔬菜批发市场，我们支持，但把我们的地占了，以后我们吃什么？

百姓乙：听说为了修路，还要拆我们的房子，我们以后住哪儿啊？

王伯祥：你们的担心，我都知道了。大家给我几分钟的时间，就几分钟，我来解决，行吗？

老百姓逐渐安静下来，齐刷刷地看向王伯祥。

王伯祥：我王伯祥是土生土长的寿光人，出生在一个叫西北柴的村子。咱们这里流传着一句话，说的是，走的是弯道，听的鸭拉（一种很小的鸟）叫，吃的黄须菜，喝的牛马尿。那是真苦啊，又穷又苦！在那吃不饱、穿不暖的年代，我就发誓，一定要让全家人吃饱饭。后来，我当了官，就想着要当为民之官，我发誓，我既然坐在县委书记这个位子上，那就要让全寿光的百姓都吃饱饭，而且兜里还有钱花。（王伯祥的深情讲述触动了大家的回忆，他们仔细聆听着）怎么让大家都吃饱饭？怎么让大家兜里有钱啊？这不是一句空话就能解决的。咱寿光一直有种菜的传统，可是时代变了，我们也要跟着变。大家一窝蜂地种应季蔬菜，又指望县里统购统销，必然会导致滞销。我上任第一天，就去东北给咱寿光请来了一位韩师傅，人家能在冬天的大棚内不生炉子种出黄瓜。我们要种蔬菜，不仅要种应季蔬菜，还要种反季节蔬菜。如今冬暖式大棚已经在三元朱村搞起来了，接下来怎么办？就是要建这个蔬菜批发市场。白菜滞销的原因不只是货太多卖不出去，还有批发运输的问题。建这个蔬菜批发市场，我知道很多人反对，每个人都有反对的理由，但我也有必须建的理由。因为，不破不立啊！不破除旧的东西，就不能建立新的。大家的担忧，我都清楚，我来的路上就想到解决的办法了。（转头看向小李）小李，信用社的吴社长和房管所的刘所长到了吗？

小李上前说：王书记，都到了。

寿光县农村信用社的吴社长带着几名押送现金的银行职员走到王伯祥身边，房管所的刘所长也带着数名工作人员走上前。

刘所长：王书记，您说吧，怎么办？

吴社长：王书记，这事真的有点特殊，我担心上面查下来——

王伯祥侧头对他说：上面查下来，就说是我逼着你们干的。（接着转向老百姓）大家一个是担心占地补偿款发放的问题，再一个是担心拆迁后住房补贴的问题。今天我们就在现场，把这两个问题都解决了。这位是县农村信用社的吴社长，他已经把全县能凑的现金

都带过来了。这位是房管所的刘所长，他带着工作人员来给大家现场解决拆迁后的住房问题。你们的担心也是我的担心，而且我比你们更担心。政府占了大家的地，占了大家的房子，政府就要负责到底，还要给你们满意的补偿。

灯火通明的施工现场，寒风依旧呼啸，老百姓的心中却开始生出暖意。

三元朱村原本的玉米地上，一个又一个冬暖式大棚开始建设，韩永山指导大家调整冬暖式大棚的温度和湿度。

大棚内，温暖的阳光透过大棚的塑料布照射进来，一棵又一棵黄瓜幼苗冒头了。韩永山教村民如何给黄瓜施肥、修剪、插竹竿。

黄瓜苗越长越大，一个又一个鲜嫩的黄瓜长了出来。王伯祥站在蔬菜大棚内，露出欣喜的表情。

九巷镇一片空地上，蔬菜批发市场开始施工建设了，现场红旗飘飘……

吉普车停在寿光县北部荒芜的盐碱地上，王伯祥目光坚定地看向荒凉的盐碱地，对并肩站着的杨斌说：三元朱村的17座冬暖式大棚搞起来了，九巷镇蔬菜批发市场也建起来了，下面就是改造这片盐碱地。老杨啊，你可别小瞧这片寸草不生的盐碱地。三年，最多三年，我们一定要让这片盐碱地变成聚宝盆！

家是玉麦，国是中国

卓嘎、央宗

本集编剧：王海峰、潇　雅

卓嘎，1961年生，西藏人。

央宗，1963年生，西藏人。

卓嘎、央宗姐妹跟随父亲桑杰曲巴放牧守边，守护祖国几千平方公里的土地长达34年。

2017 年，一辆汽车飞驰在西藏自治区山南市隆子县玉麦乡蜿蜒的公路上。驶入玉麦村时，被村口停着的很多车挡住了。索朗顿珠跳下车，一路飞奔，往家跑去，一群小孩兴奋地追着他跑。

家门口围满了村民、记者，索朗顿珠一头冲进人堆。村民发现了索朗顿珠，有的兴奋地直拍他，有的帮他推开挡路的人。好不容易来到家门口，他冲进门喊道：阿妈、姨妈……

卓嘎、央宗姐妹激动地擦着眼泪，面对记者的"长枪短炮"说不出话来。卓嘎手里拿着一封从北京寄来的信，索朗顿珠的注意力全部都在那封信上，他从卓嘎手里接过信，不及细看，已泪流满面。

1968 年，玉麦原始丛林，一阵令人不安的牛铃铛声响起。几个外族人向卓嘎、央宗姐妹走来。当时卓嘎 7 岁，央宗 5 岁，还没有牛高的姐妹俩害怕地躲在牛后面。卓嘎声音颤抖而坚定，呵斥对方：阿爸说，这里不是你们的地方。

央宗跟着说：不是。

对方不但不退，反而步步逼近。姐妹俩被危险包围，卓嘎目光如炬，像头小野狼般护着妹妹，手里握着插在腰带里的刀柄，大喊：阿爸！阿爸！

桑杰曲巴正在驱赶几头掉队的牦牛，听到女儿的呼喊，立刻全速冲了过来，挡在女儿们身前。双方剑拔弩张。

桑杰曲巴盯着对方，说：这里是中国，退回去！

对方被桑杰曲巴的气势震慑，有些退缩。其中一人指指远处的牛说：我们的。

说完，要越线去牵牛。桑杰曲巴挡住了他。

桑杰曲巴：这里是我家，以后不许来放牧。

外族人拔刀要围过来。桑杰曲巴把惊恐的女儿们挡在身后，端起猎枪呵斥：再往前一步，我就开枪！

外族人终于被桑杰曲巴吓住，举着手示意没有武器，绕过去牵牛。桑杰曲巴的枪口始终指着牵牛人，说：你们再过来，我就去找解放军！

外族人心有不甘地离开了，牛背上披着块绿、橙、白相间的"毯子"。

放松下来的央宗瘫倒在地，大哭不止。卓嘎搂着妹妹轻声安慰。

空荡荡的山谷中，桑杰曲巴带着姐妹俩往家走去。央宗坐在牛背上，边抹眼泪边说：我不想再见到那些外族人，我想搬到别的地方住。

桑杰曲巴：这里是咱们的家。

说完，桑杰曲巴便不再说话，赶牛向前走去。

回到家，卓嘎劈柴，不慎弄伤了手。阿妈过来接下斧头，拉过女儿的手。

卓嘎惊喜道：阿妈，你起来了？阿爸，阿妈起来了！

央宗跑来，朝阿妈憨憨地笑着说：阿妈，你好了？

阿妈虚弱地笑着：嗯，好了。

阿妈给卓嘎处理伤口，央宗靠在阿妈身上。正在砍木头的桑杰曲巴看着母女三人温馨的画面，也笑了。

晚上，桑杰曲巴点起篝火，带着央宗和卓嘎跳起锅庄。妻子坐在篝火旁欣慰地看着。

卓嘎：阿爸，我们的家玉麦有多大？

桑杰曲巴：有 1987 平方公里 [①]。

卓嘎：那……乡长是大官吗？

桑杰曲巴：算是吧。

卓嘎：能管很多人吗？

桑杰曲巴：当然能啊。

[①] 玉麦的面积本为 3644 平方公里，中国实际控制区域的面积为 1987 平方公里。

卓嘎：阿爸是乡长，怎么只管我们家三个人呀？

桑杰曲巴：谁说只管三个人，不是还有那么多牦牛嘛。

卓嘎：哈哈，阿爸是牦牛乡长。

央宗跑去靠在阿妈怀里，说：阿妈的病一好，阿爸好高兴。

阿妈：阿妈生病这些日子，多亏你们俩帮阿爸干活，累吧？

央宗：不累。

阿妈亲吻女儿的额头。

央宗：阿妈，咱们一辈子都要这么过吗？那些外族人很可怕，他们会不会杀了我们？

阿妈：你阿爸说了，这里是我们的家，我们得守着。

央宗：可是这么大的地方就咱们几个人，守得住吗？

阿妈：如果咱们走了，外族人就会把咱们的家占了，你舍得吗？

央宗不再说话，转头看向还在跳舞的阿爸和姐姐。

天刚蒙蒙亮，几个隐约可见的军人装扮的外族人，偷偷爬上日拉山高处，把一面旗子插在日拉山上，然后离开了。

太阳升起来了。桑杰曲巴爬上山坡，将整个玉麦尽收眼底。看着自己辽阔壮美的家园，桑杰曲巴忍不住张开双臂，享受着片刻的安宁。突然，他发现了跟披在牛身上的"毯子"同样颜色的旗子，跑过去一把扯下，心中充满了怒火。

妻子半靠在床头，静静地看着丈夫。桑杰曲巴拿着鲜艳的红布和黄布，专注地缝着。央宗和卓嘎进门，看见这一幕很开心。央宗激动地凑到姐姐耳边：阿爸要给咱们做新衣服了！

卓嘎：好漂亮的布。

她们高兴地扑向阿妈的床边。

卓嘎：阿妈，我们要有新衣服了，是吗？

阿妈：阿爸在做的东西对于咱们家来说，比新衣服还要好。

央宗：阿妈骗我们，肯定是新衣服。

深夜，桑杰曲巴和妻子已经睡着了。卓嘎和央宗瞪大了眼睛，关注着阿爸、阿妈的动静。央宗先起身，悄悄摸到桌边，小心翼翼地把"新衣服"扯下来，结果不小心把剪刀碰掉了。央宗赶紧用"新衣服"把自己盖起来。

姐妹俩吓得大气都不敢出。确认阿爸、阿妈没醒，央宗才蹑手蹑脚返回姐姐身边。姐妹俩咬着被角强忍住笑，好不容易才控制住激动的情绪。姐妹俩展开“新衣服”欣赏。借着月光，好看的黄色星星让她们俩忍不住摸了又摸。央宗想穿上“新衣服”，可怎么也找不到袖口。

卓嘎：阿爸还没做完，咱们太着急了。

央宗往身上比量完，又往腿上比量，问姐姐：是裙子吗？

桑杰曲巴扶妻子从屋里出来，坐在门口。不远处，卓嘎和央宗正往即将建成的瞭望塔拖木头。

妻子拉住桑杰曲巴：要是哪天我不行了，你一个人带着孩子，怎么办？搬到山外去吧。

桑杰曲巴：等以后通了路，就会有更多人来，跟咱们一起守护玉麦。

妻子没再说话。桑杰曲巴走过去，跟女儿们继续搭建瞭望塔。

瞭望塔终于竣工了。桑杰曲巴带着女儿们爬上最高处，桑杰曲巴把国旗固定在瞭望塔的塔顶。迎风飞舞的五星红旗，在冬日的日拉雪山显得分外耀眼。

卓嘎仰头看着国旗，由衷地感叹：阿爸，你说得对，这旗穿在天上，比穿在我们身上更好看。

央宗噘着嘴没说话。

桑杰曲巴：那年你妹妹还在阿妈肚子里，外族人拿着枪，要占咱们的地方。阿爸去帮解放军打仗，打赢了，才保住了咱们的家。

卓嘎：阿爸的爷爷住在这儿的时候，外族人也来占吗？

桑杰曲巴：那时候玉麦是牧主的，共产党来了，玉麦才是我们的。

桑杰曲巴把旗杆底部加固，动作庄重而坚定，说：这是国旗。有国旗的地方，就是中国的土地。记住了吗？

卓嘎和央宗并不能完全听懂阿爸的话，却被阿爸流露的决心震撼了，不由自主地注视着迎风飘扬的五星红旗。

桑杰曲巴：我们要做更多的国旗……布料不够，就用油漆刷，要让玉麦到处都是国旗，外族人就不敢来了！

1978 年，桑杰曲巴的妻子腹痛难忍，他为妻子穿好衣服，对女儿们说：我带阿妈去看病。

卓嘎：雪太大了，现在翻越日拉山太危险。

央宗：阿爸，不要啊，大雪封山，阿妈经不住的。

桑杰曲巴背着妻子，呵斥女儿让开。央宗态度坚决，含泪挡门。

桑杰曲巴：让开！

央宗不为所动，桑杰曲巴一把推开央宗，接着把妻子放到牦牛背上，出发了。看着消失在风雪中的父母，姐妹俩哭成一团。

桑杰曲巴赶着牦牛，顶着风雪，举步维艰，却在心里默默对妻子说：总有一天会通路的，总会的，你再坚持一下。

桑杰曲巴无数次摔倒，又无数次爬起，狂躁的风雪毫无怜悯地倾泻在桑杰曲巴和妻子身上。妻子伏在牛背上，闭着眼睛，脸色和唇色都已发青。

终于走到避风处，桑杰曲巴停下休息，他将妻子身上的皮袄掖了掖，轻声问：疼得还厉害吗？

许久得不到妻子的回话，桑杰曲巴才发现妻子已经没了呼吸，他悲痛得冲着白茫茫一片无人也无路的山林跪了下去，无声地耸着肩膀。

卓嘎和央宗抱着妈妈的遗物痛哭。

央宗：别走，阿妈，你别走……

桑杰曲巴仿佛老了 10 岁，他喃喃自语：要是有条路该多好啊……

央宗：就算路修通了，阿妈也回不来了！为什么我们要住在这个没有路的地方，为什么？

桑杰曲巴：不管有路没路，这里都是我们的家。人死在自己家里，没有错。

央宗：阿爸，你的心真是太硬了！

桑杰曲巴：有一天，我也会死在家里，我希望到那个时候，这个家还有人替我守下去。

央宗夺门而出，她哭着往山上爬，冲着大山喊叫，用枯枝胡乱抽打，用尽全力发泄自己的悲伤、无助和愤怒。跑到半山腰的一个缓坡，央宗跌倒了。她躺在雪中，任由大雪将自己覆盖，准备就这样躺在风雪中不再起身。慢慢地，大雪将央宗覆盖，她缓缓地闭上了眼睛。

"这里是我们的家，我们得守着。"

央宗仿佛听到了阿妈的声音，她循着声音起身寻找阿妈。只见阿妈好像变得年轻了很多，健康，生气勃勃，浑身散发着金光。

央宗扑进阿妈的怀中，说：阿妈，我以为你……

阿妈：你忘了阿妈跟你说的话了？你不在家，阿爸和姐姐怎么办？外族人再来，不是更危险了吗？回家去吧。

央宗：我不要，我要跟阿妈在一起。

阿妈：以前，牧主不把你阿爸当人看。是共产党赶走了牧主，给了阿爸田地、牲畜，他才有了家，有了咱们一家人。现在阿妈累了，你要和姐姐一起，帮阿爸守好咱们的家。

话音未落，阿妈已经走远。央宗追上前去，阿妈消失不见了，只剩下阿妈的声音从四面八方传来：答应阿妈，帮阿爸守好咱们的家，守好咱们的家。

醒过来的央宗发现自己摸到了一块石头。她在石头上摸索，摸到了凸起的五角星形状。起身拂去石头上的积雪，一面鲜红的五星红旗出现在她眼前。央宗摸着国旗，仿佛看到了阿爸躬身画国旗的情景。

桑杰曲巴和卓嘎终于找到了央宗。卓嘎喜极而泣，冲过来抱住央宗，埋怨地捶打她。姐妹俩泪流不止。

央宗走向阿爸，刚要开口，桑杰曲巴伸手把她揽入怀中。卓嘎也加入，一家三口紧紧地抱在一起。白色的天地间，石头上的五星红旗与三个人相伴相依。

2001 年，沿着日拉雪山蜿蜒而上的公路，就像镶在玉麦山间的金色丝带，夺目而耀

眼。通往玉麦的公路终于修通了，进出玉麦再也不用翻越几千米高的日拉雪山。年迈的桑杰曲巴举着哈达，满眼期待。第一辆汽车开进玉麦，缓缓停在桑杰曲巴跟前。桑杰曲巴给汽车献上哈达，像抚摸自己的孩子一样抚摸着汽车，说：你好啊，"铁牦牛"。

桑杰曲巴第一次坐车翻越日拉雪山，他高兴得合不拢嘴，车窗外是他一次次翻过的日拉雪山，一次次放牧守护的丛林、河流。车里的卓嘎和央宗也难掩激动的心情，眼前的一切都是新鲜的。从挡风玻璃望出去的前路，是令人无限期待的远方。

到了拉萨布达拉宫广场，桑杰曲巴在女儿们的搀扶下，面对国旗站立。五星红旗在布达拉宫上空飘扬，红旗下的布达拉宫十分庄严。

桑杰曲巴苍老的背影微微颤抖，这个守边一辈子的康巴汉子，看着五星红旗泪流满面。

卓嘎和央宗一起走上父亲搭建的木头瞭望塔，换上一面崭新的国旗。

央宗在心中默念：阿爸，我会和姐姐一起守好我们的家。

鲜艳的国旗在桑杰曲巴的家，在玉麦上空，在祖国神圣不可侵犯的土地上迎风飘扬。

从头再来

薛荣

本集编剧：秦　文

薛荣，1958 年生，重庆人。

1994 年带领 16 名下岗女工姐妹成立圆方美洁公司，以诚信、贴心的服务赢得美誉。

2020 年 2 月，薛荣带领公司党员突击队奔赴湖北十堰市人民医院进行支援。疫情期间，圆方集团的 16000 多名员工承担了全国 126 家医院的物业和保洁工作。

火锅店大厅里的彩电放着电视剧《过把瘾》，大厅里热气腾腾，年近50岁的高老板一边看着电视，一边打着大哥大：我开饭店又不是做慈善……中，就这个数，不能再少了。

服务员丹丹凑到高老板身边，问：高哥，包间那女的什么来路？一身旗袍，真有排场。

高老板：那是咱这片有名的"败家娘们"，干啥都赔，现在混得连顿饭钱都要东拼西凑。

丹丹：驴粪蛋子表面光啊。我看点了那么多菜，一会儿别赖账哦。

高老板指着桌上的钱，说：人家先给了。

火锅店包间里，火锅已经开锅了，正冒着热气。坐在中间的薛荣不施粉黛，穿着一身改良式旗袍，说：开锅了，动筷子。

安春燕反复叠着纸巾，低头不语。旁边的乔晶用胳膊肘碰了她一下。她抬头看一眼薛荣，又把头低了下去。乔晶刚要拿筷子，被另一只手拍了一下。拍她的是于健，于健瞪着她，小声说：你还有心思吃？

乔晶：怎么了？散伙饭也是饭。

这时，传来BP机的声音。赵小倩低头看了一眼，BP机上显示：王科长说试用期一个月。

坐在她旁边的王亚妮探过头来看。赵小倩连忙收起BP机，想了想，起身说：荣姐，不好意思，我家孩子突然发烧了，我得先回去了。

薛荣点点头，赵小倩起身准备离开。

王亚妮阴阳怪气道：下家都找好了，不差这最后一顿饭。

赵小倩回头说：你说什么呢！

王亚妮：王科长答应了，试用期一个月。你就跟荣姐明说，又能咋地！

赵小倩：是，我想给大家，给荣姐留点面子。不像你，大嘴巴！

王亚妮：咱都是干保洁的，还有啥面子不面子的！

于健：你俩都少说两句！

赵小倩心里一肚子火：早知今日，何必当初！开啥保洁公司，这年头有人找你吗！

王亚妮：你可以去下象棋，看你马后炮挺在行的。

薛荣默不作声，夹起菜，也没蘸料，直接往嘴里塞。正吵闹着，包间门被推开了，高老板拿着两瓶啤酒进来了，打了个招呼：这么热闹啊！

吵架的都不说话了。

高老板看了一眼薛荣，径直走到她面前，说：没酒怎么行！火锅配啤酒，才越吃越香。

高老板把两瓶啤酒搁在薛荣面前，开了一瓶。

薛荣诧异地看着高老板，说：我没点。

高老板笑呵呵地说：算我的。

高老板刚想开第二瓶，停顿了一秒，又把起子放下了，说：趁热涮，赶紧吃，不够就招呼啊。

高老板走出包间，正在扫地的丹丹一脸不解地问：菜钱都没给足，又搭进去两瓶酒，你不是不做慈善吗？

高老板：不想赚那女人的钱。

火锅店包间里，薛荣拿起酒瓶，从右往左，挨个倒酒，第一个倒的就是刚才起身要走的赵小倩的空酒杯。她没看赵小倩，边倒边说：把这杯酒喝了再走也不迟。

赵小倩迟疑了一下，过来落座。薛荣走过去给王亚妮倒酒，王亚妮赶紧把酒杯递过来。

薛荣：打仗亲兄弟，上阵父子兵。大家信我，所以我们才走到了今天。四年前，大家也这么信我。所以，我跟大家说，如果跟着我干，咱们一个都不能少。今天我打脸了，是我对不住大家。咱们喝了这杯酒，吃了这顿饭，有啥想说的尽管说，想骂的尽管骂，有啥不痛快的冲我来，以后也没机会了。酒都给你们倒了，说说吧。

四年前，格林兰大酒店会议室内，会议桌上放着茶，身穿职业黑裙的薛荣，对面坐着的也是这五个女人，后面还站着几个大姐，个个愁眉苦脸。

薛荣：茶都给你们倒了，说说吧。

格林兰大酒店企业改制员工登记表上有几个选项：买断工龄、灵活就业……

大家轮流传着看，最后又放回薛荣面前。

乔晶：薛经理，为啥是我们客房部？

王亚妮：看我们都是女的，好欺负是吧！

薛荣耐心解释：总办说了，一刀切，不分男女，全市上下一盘棋，我们酒店也不是头一茬。

安春燕：薛经理，我一个"老三届"，好不容易顶替我妈进的单位，苦日子刚熬出头，咱这点工龄，买断了，能去哪儿？

赵小倩：就是！还灵活就业，去哪儿就业？咱就会打扫卫生、整理床铺。不在酒店干，去别人家当老妈子啊！

于健：荣姐，咱三班倒，也就跟你发发牢骚，不还得干。现在要是饭碗没了，以后咋办？

安春燕小声说：以后连洗澡都没地方。

乔晶：食堂伙食再不咋地，也好过吃路边摊。

王亚妮：这以后看病咋办？

大家议论纷纷，但在薛荣面前也不敢大声，就自己嘀咕。薛荣注视着面前的表格，一把抓起，起身离开。她来到总经理办公室，将空白表格放到总经理办公桌上，说：我没法选，我的人我知道，大家对酒店有感情，每个人都很难。

总经理：家家都难，企业更难。我对你们一样有感情，但是产业大调整，只能壮士断腕。你面对的是几个人，我面对的是几百上千人，集团又要面对多少人，谁也不愿意得罪人。

薛荣：有的人一辈子都没想过到外面谋生活，像小安子那样的，她妈是从咱们酒店退休的，女儿也在咱们托幼所。现在让她们出去面对社会，社会的大门朝哪边开都不知道。

总经理：买断工龄，多少有一笔钱，能度过一段日子。关系转到街道，估计也能帮忙找找工作。

薛荣：再想想办法吧。大不了降薪，我们姐妹几个愿意和酒店共渡难关。

总经理：薛荣，先替你自己想想吧。

薛荣拿起表格转过身，看到总办玻璃门外似乎有人影。她迟疑了一下，定了定神，转身说：我想好了。

薛荣低下头，在表格上写下自己的名字。

总经理：你这是干吗？

薛荣：您经常说，我们中层干部要以身作则，处处给大家做表率，底下人才服。今天，我就带个头，我来当咱酒店再就业的第一人。

说完，薛荣推开门走出办公室。一出来，便看到安春燕等人围在门前。

乔晶：你傻啊，哪有自己辞职的？！

赵小倩：你离开酒店，以后怎么办？

薛荣：先出去转转呗，咱有一双手，总有用武之地。你们都说我的手长得好看，大不了我干手模。

薛荣开朗、自信的笑容感染了其他人。

火锅店包间里，大家还是沉默不语。

薛荣把酒一干，说：你们都不说，是吧，那我说……这几年，我养鱼，鱼死了；养狗，狗跑了；卖电器，最后都卖给亲戚了；开个饮料厂吧，呵呵，家里现在还有成箱成堆的饮料。你说咱努力了，拼命了，怎么做什么就什么不成？老娘我得罪谁了？老天爷是存心跟我过不去呢！后来亚妮跟我说，姐，咱们从前只会打扫卫生，咱没人家做生意开厂子那脑瓜子。我想对啊，咱们是从大酒店出来的，为什么不能干保洁呢？报上讲大力扶持第三产业，这家政服务、保洁公司是新生事物，干的人少，咱内行，保证行。我都失败九次了，第十次总能成了吧？

薛荣顿了顿，给自己倒上酒，又干了，说：三个月了，没接到一单生意。是我没本事，让大家跟着我一起受苦、受累、受穷。

大家都不好受，赵小倩脸色尴尬。

薛荣继续倒酒，说：借老板的酒，我敬大家。借你们的钱，我会想办法还上。欠你们的情，我只能先记在心里。如果有一天，我接到单子了，你们要是还愿意回来，咱们再续上。

薛荣一仰脖，把酒干了。

乔晶等人五味杂陈地走出包间，高老板还在大厅里看电视，听到有人从包间里走出来，他头也没转，顺口说：慢走，再来啊。

丹丹拿着水桶、抹布推门而入。餐桌前，仅剩薛荣还坐在原位上。丹丹顿了顿，把桌上没动的菜打包装袋。薛荣一动不动地看着，没有说话。

打扫完卫生的丹丹拿起桶和抹布，边走边说：我们要关门了。

薛荣：等一下。

丹丹回头：怎么了？

薛荣：你打扫完了？

丹丹点头：对啊。

薛荣：你这样打扫不干净。把抹布给我，还有多余的抹布吗？有肥皂水、墩布吗？

丹丹一时没反应过来。

薛荣利索地边擦边说：咱要准备三块抹布。第一块，去渣，整体抹一遍。第二块，蘸肥皂水，旋转擦，斜向四十五度，用点力。第三块，清水。椅背、椅面都要揸干净。

丹丹看着她，不知道该说什么，走出包间，一副一言难尽的样子。高老板迎上去，问：里面没事吧？

丹丹：那位受刺激了吧？

高老板：咋啦？

丹丹：非要擦桌子、抹地，是不是给的菜钱不够啊？

高老板明白了，说：她想干啥就让她干啥吧。

突然，一个人的哼唱声响起：山不转哪水在转，水不转哪云在转……

高老板转头看向包间。包间里，薛荣一边唱歌，一边卖力地擦着地，忽然一转身，看到墙上镜子中头发凌乱的自己。她愣了一会儿后，对着镜子把头发整理好，抻了抻旗袍，脸上露出一抹倔强的神情。

　　晨光透过落地窗照进薛荣家的房间，不到 40 平方米的房间狭窄拥挤，堆满了各种东西，但收拾得井井有条。一块布帘将房间隔成两个空间，摆放着两张床。里面住着生病的婆婆，外面住着薛荣和 8 岁的儿子。

　　儿子放下饭碗。薛荣一手拿杯子，一手拎书包过来。儿子喝水漱口，接过书包背起来，动作配合默契，十分麻利。

　　儿子到门口时转头说：老师说午餐费再不交，下个月没饭吃。

　　薛荣笑着过去整理儿子的衣服和红领巾，说：妈不会让你没饭吃。跟老师说，下午就交。

　　薛荣在儿子的脑门上亲了一口，儿子开门上学去了。薛荣收敛笑容，随手迅速擦了两下桌子，盛了碗粥，扯开布帘。布帘后，婆婆背朝她躺着，一动不动。

　　薛荣：妈，喝粥吧。今天医院人多，咱赶早。

　　婆婆：我不治了，别糟蹋钱了。

　　薛荣：钱的事不用担心。

　　婆婆扭头看着她，说：她们都不跟你干了，你还欠那些债，老的、小的都是干吃饭不干活的，怎么不担心？

　　薛荣放下粥碗，对着婆婆伸出一双手，说：不是还有这个吗？

　　婆婆一脸茫然。

　　薛荣：有这双手，什么都会有的。

　　路边竖着纸板壳小牌子，上面写着"泥工""木工""油工"，牌子后蹲着十几个工人和老农。和这环境格格不入的薛荣也站在路边，手里拿着"圆方美洁公司"的牌子。

　　路人甲停下自行车问泥工：一个工多少钱？

　　泥工：6 块。

　　路人甲：跟我走。

　　薛荣赶紧上前：大哥，你家装修完要不要保洁？

　　路人甲：保洁？

　　薛荣：铲胶、擦玻璃、擦柜子，先干活，干好满意再给钱。

　　薛荣热情地微笑，将手中印有"圆方美洁公司"的业务名片递给路人甲。

　　薛荣跪在刚装修完的房间地上，手里拿着铲子，用力铲着地上的装修遗留材料。做完保洁，女主人给薛荣结了账，然后客气地把门关上。薛荣顺势在门外坐下，喘口气，整理着那几张零钱，捋整齐。这时，李记者从薛荣身边匆匆走过。突然，他停住脚步，转身打量起坐在地上的薛荣，说：薛荣？

薛荣连忙高兴地站起来，说：李记者？好久没见了！

李记者：你怎么在这里坐着？

薛荣：我刚给这家做完保洁。

薛荣连忙掏出自己的名片递给李记者。

李记者接过名片，看到她粗糙的手，不由得叹息：我记得你还做过手模呢，手长得那么好看，可惜了！

薛荣：干哪行都一样。李记者，你认识的人多，有没有哪家单位要保洁，你帮我留心一下。谢谢啦！

李记者：还真有一个。

刚建好的省广播电视大楼还处于关闭状态，一大早，薛荣就站在门前等候了。太阳徐徐升起，街上的路人渐渐多起来。年近 60 岁的苏主任胳膊下夹着一个手提包，匆匆走

过来。

薛荣眼神一亮，急忙迎上前：苏主任！

苏主任停下脚步，打量着薛荣。

薛荣：请问咱们大楼的保洁业务有人承接了吗？

苏主任：你谁啊？

薛荣：我叫薛荣，是圆方美洁公司的。

说着，薛荣低头拉开挎包链，在里面翻找资质证书。苏主任却已经大步向前走去，薛荣连忙追上，说：苏主任，我公司有资质……

苏主任：我们不外包。

说完，苏主任匆忙走进了大院。看着苏主任走远的背影，薛荣有些失望，转身准备离开。刚走了几步，薛荣又停下来了。她挎着包，一间一间办公室寻摸过去，终于看到了后勤科的门牌。她深吸一口气，敲门，然后一把推开了后勤科办公室的房门，说：苏主任，咱大楼的保洁，我肯定能干好，麻烦您再考虑一下！

站在门口的薛荣说完话，才看清楚办公室里除了戴着老花镜的苏主任，还有几名工作人员。他们看着桌上的工程图，正在商量什么事情。大家一脸莫名其妙地看着突然闯进来

的薛荣。

苏主任蹙眉：不是说了嘛，我们没有外包保洁的计划。

薛荣径直从挎包里掏出公章、财务章、营业执照等，一股脑儿地放在苏主任的办公桌上，自顾自地开始热情介绍：这打扫卫生，别看不起眼，门道儿可多了。我们是专业保洁，专业的事情，就得交给专业的人干……瞧这大楼盖得多气派，我再打扫得干干净净漂漂亮亮。那句话怎么说来着，让空气中弥漫着快乐和幸福的味道，你们工作起来心情都会好，心情好了，那工作效率自然也就高了。

大家对不按常理出牌，却很有意思的薛荣，露出了善意的微笑。

薛荣：苏主任，要不您就让我试试？干完后，您满意了再给钱。

苏主任：我在开会，你先回去，等我电话吧。

薛荣有点固执：我就在门口等您。

苏主任：这会开起来可没个准点。

薛荣笑着说：多久我都可以等，我怕我一走，就再也没机会了。

苏主任应付道：这样吧，你回去写份计划书给我。

薛荣：计划书？

苏主任：就是你打算怎么干这个项目。这外包保洁，我们没经验，得有个方案研究研究。

薛荣瞬间高兴了，满口答应：行！

说完，薛荣转身就走。刚走到门口，又想到了什么，转身看向苏主任，郑重地鞠了一个九十度的躬。

苏主任：哎哎，你这是？

薛荣：谢谢您给我一次机会！

薛荣走出省广播电视大楼，娴熟地骑着自行车穿梭在狭窄、杂乱的小巷中，车筐里是6本崭新的关于酒店管理的业务书。

夜深人静，树影婆娑。漆黑的居民区内，唯有二楼薛荣家的窗户还亮着微弱的灯光。薛荣坐在狭小的饭桌前，快速挥笔写着计划书。儿子已经熟睡，里头不时传来婆婆无力的咳嗽声。

第二天一早，换了一身工作服，精神抖擞的薛荣挎着一个大包，站在苏主任办公室的门口静静等候。

苏主任走过来，看到薛荣，一脸诧异，说：你怎么又来了？不是说让你先回去写计划书吗？

薛荣连忙从挎包中拿出一份沉甸甸的资料，恭恭敬敬地双手递给苏主任。苏主任难以置信地接过计划书，计划书封面上写着"广播电视大楼保洁计划书"。薛荣还非常用心地在封面手绘了一些图案，看起来细致又精美。苏主任戴上老花镜，一页一页认真地翻看着。几个工作人员都各干各的，没有人在意薛荣。

薛荣侃侃而谈：整栋大楼建筑，主楼加附楼八号演播厅，建筑面积45000平方米，实用面积38000平方米，共18层、40个洗手间。每个房间至少有6～8个清洁死角。我们不只会打扫那些看得到的地方，也会打扫积满灰尘、细菌和不被人注意的角落。

薛荣说着，从包里拿出几样奇奇怪怪的东西：几种不同颜色的抹布、有三层毛刷的刷子、海绵圈，还有一块从矿泉水瓶上剪下来的塑料片。

苏主任看着薛荣像看变魔术一样，不由得目瞪口呆。其他工作人员也好奇地围了过来。

薛荣：常规清洁有区域划分，不同颜色的清洁布用在不同的区域，避免交叉污染。这些是我自己改良的小工具，刷子用来清洁百叶窗，海绵圈专门用来清理门把手，门把手也是一个常被忽略的区域。

薛荣边说边示范，用自制的刷子刷起了百叶窗。苏主任放下计划书，起身跟过来。又拿起那个长条形的塑料片，百思不得其解：这个，也是清洁工具？

薛荣笑着点头，随手抄一块抹布裹住那个塑料片，走到窗边，在玻璃和窗框的接缝处划过，随后向苏主任展示上面的脏污，接着说：整栋楼大约有4630块玻璃。这些清洁死角，我们会全部清理一遍。经过圆方美洁公司的保洁服务……这座大楼，会像一个刚出生的婴儿，焕然一新。

薛荣自信地说着，苏主任被她感染了，说：没想到你准备得这么充分！

薛荣笑了，说：另外，所有楼梯间的门关闭时声响过大，建议你贴上胶条，价格不贵，又非常实用。

接着，薛荣又拿出一块胶条，说：我认识这款胶条的厂商，批量采购价可以拿到八分钱一组。这个建议和采购价都是附赠的，谢谢苏主任给我这个机会！

薛荣说完，又朝苏主任鞠了一躬。

苏主任好奇地问：你以前到底是干什么的呀？

薛荣：格林兰大酒店客房部经理。

苏主任：怪不得。

薛荣：苏主任，把这个活儿交给我，您放一百二十个心，我一定把这栋楼打扫出星级水准。

苏主任思忖了一会儿，问：这活儿对你很重要？

薛荣：重要！我想让家人住上大一点的房子，让孩子受到好一点的教育，让自己穿上更漂亮的衣服，也想让相信我、跟着我的那些兄弟姐妹越过越好。

薛荣又坐在火锅店相同的包间里相同的位置，还是穿着上次吃散伙饭时的那件改良式旗袍，但这次却化了个淡妆，难掩激动。桌上依然摆放着热气腾腾的火锅、6套餐具、各种涮锅食材、啤酒，火锅盖着锅盖，有蒸汽不断从锅盖边缘喷出，发出"嗞嗞"的响声。

高老板在大厅里开心地哼着小曲，数着钞票，对着账。

丹丹凑上来说：高哥，这女的不会又受什么刺激了吧？

高老板摇头晃脑：山不转哪水在转……

火锅店包间墙上的时钟秒针一格一格走着。心情复杂的薛荣拿起麦克风，打开卡拉OK，旋律再次响起：云不转哪风在转，风不转哪心也转……

伴着歌声，房门被推开了。王亚妮、赵小倩打头阵走进了包间，安春燕还是有点拘谨，乔晶和于健互相推搡着进来了。

薛荣看着大家，笑着笑着，便红了眼眶。大家唱着、笑着、流着泪，桌子一角放着保洁服务合同。

雷金玉

何秀英

杜富佳

刘磊磊

孙文海

夏荔

王有亮、高飞

| 复兴篇 |

龙勇诚

雷海为

王中耀

宋玺

陆向宇

赵新华

你的眼神

本集编剧：张 显

龙勇诚

龙勇诚，1955年生，湖南怀化人。

长期致力于寻找、研究和保护中国特有的野生动物滇金丝猴。

曾感召上百名猎人放下猎枪，加入保护滇金丝猴的队伍。

30多年来，在他和团队的努力下，云南白马雪山国家级自然保护区的滇金丝猴种群数量增长了一倍多，接近2500只，占全球滇金丝猴总数的70%。

阳光灿烂，映照着山脚下的一个傈僳族古村落。几名穿傈僳族服饰的老人倚墙而坐，沐浴阳光，村民不时穿梭而过，几个小孩嬉笑追逐，一派祥和。远处走来一个提着旅行包的孕妇，她是龙勇诚的妻子杨丽梅。

村中一间木屋的暗房里，龙勇诚从显影液中夹出照片，心事重重的钟林接下照片，把它夹在晾绳上，旁边有一张龙勇诚与杨丽梅的合影。

钟林：龙老师，您每次进山前都和杨老师拍照？

龙勇诚：谁也不知道哪次就是最后一次，留张照片也算留个念想。

杨丽梅坐在卧室的床上看着一张张合影，不时抚摸肚子。龙勇诚与钟林看着一张张逐渐显影的照片，不是树林，就是猴屁股、猴尾巴等模糊的局部。

龙勇诚：又没拍到。

钟林：龙老师，为啥一直拍不到滇金丝猴的正面啊？

龙勇诚：它们长期被人猎杀，见人就像见鬼，看见就跑。

钟林借机说道：看来我是等不到了。

龙勇诚关注着照片，没体会到钟林的言外之意，用藏语说：慢慢走的话，毛驴也能驮着东西到拉萨。

钟林不解其意。

龙勇诚边转身往外走边用汉语说：慢慢走的话，毛驴也能驮着东西到拉萨。我刚来这里时，学会的第一句藏语。

龙勇诚走出暗房，一眼就看见地上并排放着一个旅行包和一个大行李箱。龙勇诚激动地喊：娇娇婆。

杨丽梅笑盈盈地站了起来，龙勇诚赶忙迎过去：娇娇婆，你咋来了？

杨丽梅：我来看看你。

龙勇诚扶她坐下，说：快坐下，你挺个大肚子，咋还拿这么多行李？

杨丽梅：我只带了一个包，那个行李箱不是我的。

钟林走进卧室。龙勇诚看看地上的行李箱，再看看钟林，明白了。

钟林尬笑着打了声招呼：杨老师。

杨丽梅：钟林，在这里习惯了吗？

钟林：还好。

门外有人急切地喊"老龙"。龙勇诚循声望去，只见老张气喘吁吁地跑进来，说：老龙，不好了！

龙勇诚：咋了，老张？

老张：我巡山时发现了陷阱，下山一打听，是村里的于永胜下的，他儿子病了，要打猴子做药引子，已经进山了。

龙勇诚将一部卫星电话放进双肩包里，说：老张，我和小钟进山找于永胜，你带我老婆去他家。

老张点点头。

龙勇诚转身对杨丽梅说：你去看看小孩，不行就赶紧送去医院。

杨丽梅点点头。

龙勇诚：小钟，给我和你嫂子拍张照。

说着，他靠近杨丽梅，面露笑容。钟林举起相机取景，杨丽梅却转过身去倒水。

龙勇诚：怎么了？

杨丽梅一边倒水一边说：这次不想拍。

龙勇诚洞察了妻子的心思，说：我找到于永胜就回来，我保证安安全全地回来。

杨丽梅盖好水壶盖，把水壶塞到龙勇诚手里，微笑着说：早点回来。

龙勇诚和钟林并肩而行，穿过古村落。

钟林：龙老师，杨老师是不是有啥不好的预感？

龙勇诚：小钟，你现在回去还来得及，我不怪你。

钟林迟疑了。

龙勇诚：大学毕业就钻到深山老林来，到处找猴子，换谁也待不住。

钟林：我也没办法，我爸妈天天念叨，说研究猴子没前途。还有我女朋友，昨天给我下了最后通牒，问要猴还是要她。

龙勇诚笑道：能理解。

钟林：龙老师，对不起，等下山回来……

龙勇诚笑着拍拍他的肩膀，说：没事儿，我送你。

随后，二人加快脚步走出古村落。

龙勇诚：原来我也没想研究猴子，我从小就想当科学家，研究地球以外的东西的科学家，但高考报志愿时，我把动物学当成运动物理学的简称了。

钟林：我听杨老师说，您去中山大学物理系报到时才知道自己被生物系动物学专业录取了，要不是因为食堂天天有肉吃，您就退学重考了。

龙勇诚：唉，主要是我听了江老师的话，他说只要认真做下去，就会慢慢产生兴趣。（看了一眼钟林）后来参加工作以后，看见了15具完整的滇金丝猴骨架，当时我就被震惊得走不动了。

1987 年，龙勇诚斜背着挎包，风尘仆仆地坐在老俞骑的摩托车后座上。摩托车行驶在德钦县街道上，拐弯驶进德钦县科委的院子，停在一间屋前。龙勇诚和老俞先后下车。老俞开门进去，龙勇诚紧随其后，眼前的一幕让他目瞪口呆，只见屋里整齐地摆放着 12 具滇金丝猴的骨架。

老俞：我也不知道是不是，你看看吧。

龙勇诚十分震惊，缓缓挪步过去，近距离观察。老俞毫不在乎地掏出烟。龙勇诚听见声音，转头盯着他，老俞被盯得有些发毛，把刚放到嘴里的烟又拿了出来。

龙勇诚：老俞，滇金丝猴不是世界濒危珍稀动物吗？为啥在你们这儿能一次找到 12 副完整的骨架？

老俞不语，龙勇诚激动地看着一副副骨架。许久之后，老俞说：我听说县里有家药材公司还有 3 副。

龙勇诚一听，更加震惊了：啥？

老俞吓得烟都掉在地上了。

龙勇诚：我一回到昆明，就跟领导说我要调查滇金丝猴的地理分布和种群数量，然后开始到处找猴子，亲戚朋友都说我研究猴子没前途。

钟林苦笑。

龙勇诚：后来认识了你嫂子，长期见不着面，再加上困难确实太多了，我就不想干了。但我看见被猎杀的滇金丝猴越来越多，就越来越觉得这么美丽的雪山精灵，不该在地球上消失了。

钟林心生感动。

龙勇诚：后来又有人跟我说，你看那谁去深圳挣大钱了，那谁又升官了。我就跟他们说，那些工作在地球上再平常不过了，我的工作就像是从月球上拿回来一块石头，这里面的问题和价值，地球上还没人回答过。

于永胜家，杨丽梅俯身察看躺在床上的孩子，他的脸烧得通红，闭着眼，不时咳嗽。杨丽梅摸摸他的额头，又趴在肺部听声。

杨丽梅：孩子发高烧，得赶紧去医院。

于妻：不用不用，他爸去打药引子了，熬药喝了就好。

杨丽梅着急地说：那药引子没用！

于妻坐在孩子身边，说：有用有用。

老张：听她的吧，她是医生。

于妻：你们走吧。

杨丽梅更着急了，说：必须赶紧去医院！再烧下去，可能会引发其他疾病，到时候就晚了！

于妻：等他爸回来，熬药喝了就好。

孩子剧烈咳嗽，想叫妈妈却说不出话。

杨丽梅：你看孩子都说不出话来了。

于妻不为所动。杨丽梅愈发焦急，她突然冲过去，抱起孩子就往外跑。于妻先是一愣，随即追出去。老张也立刻追了出去。

于妻追出来喊着：把儿子还给我！

老张紧随其后。杨丽梅不理不睬，尽力奔跑。于妻紧追不舍。老张追上来阻拦，说：她是在救你儿子！

杨丽梅抱着孩子往前跑，渐渐地，她速度变慢，最终痛苦地瘫坐在地上。

深山里，虫鸣鸟叫或近或远。忽然，龙勇诚快步前进，趴在地上闻着。钟林疑惑地凑过去。

龙勇诚：这是滇金丝猴的粪便，从外观和味道来看，至少是三天前的了。

他站起来学猴叫，接着和钟林仔细聆听，但没有传来滇金丝猴的叫声，于是他们继续往山上爬。远远地，龙勇诚看到前方冷杉树上松萝稀少，走近察看，说：这一带的松萝很少，看来猴子经常在这一带活动。

他捡起一截树枝察看，随即又走到几棵树前观察。钟林跟了过来。

龙勇诚：你看这些树，这棵全部长了刺，这棵下面长了刺，上面没长，非常光滑，是自我保护时的应激反应，证明最近有人来过。再根据老张的描述，于永胜应该就是在这附近下了陷阱。

闻言，钟林观察着树。不远处，于永胜盯着二人。此时突然传来滇金丝猴的叫声，龙勇诚和钟林侧耳倾听，接着循声前进，于永胜也循声隐没于深山。

天空飘起细雨，浑身湿透的龙勇诚和钟林向高海拔地区前进。钟林筋疲力尽，咬牙紧跟龙勇诚。远处又传来滇金丝猴的叫声，龙勇诚学猴叫起来。于永胜听着滇金丝猴和龙勇诚的叫声，握紧枪，起了杀机。到了陡峭的悬崖边，上面覆盖着薄薄的一层雪，龙勇诚：注意脚下。

钟林战战兢兢。不远处，于永胜举枪瞄准，扳机将要扣响的刹那，钟林脚底一滑，滑向悬崖，龙勇诚一把抓住他，二人从猎枪准星里消失。

龙勇诚拉钟林上来，钟林吓得面无血色，直打哆嗦。远处又传来滇金丝猴的叫声，于永胜循声离去。

龙勇诚：这种情况，我经历过很多次，老张就救了我两次，后来我想，咱们守护滇金丝猴，它们肯定也在守护咱们。

说着，他站起来，伸手拉钟林起来。

雪花簌簌，各种动物的叫声或大或小，从远处传来。突然，从一棵冷杉树上落下成片积雪，只见树枝晃动，一只母滇金丝猴带着一只幼猴蹲在树上吃松萝。雪落无声，传来男人粗重的呼吸声。他抬起枪，瞄准幼猴，粗糙的手指扣向扳机，呼吸渐趋平稳。

龙勇诚和钟林艰难地往山上爬。突然，远处传来一声枪响，两人顿觉不妙，循声追去。龙勇诚手脚并用地爬上山坡，捡起地上折断的冷杉树树枝察看。钟林吃力地爬上来。

龙勇诚：断口很新鲜，应该是刚刚折断的。

钟林接过树枝看着。龙勇诚又发现横着的枯树干上有一坨粪便，凑近闻了闻。

龙勇诚：新鲜的粪便。

突然，他发现不远处的雪上有一摊新鲜血迹，大惊道：让他打中了！

钟林四处张望，突然指向远处，说：龙老师，您看！

龙勇诚站起来放眼望去，雪地上有两排长长的脚印。两人跑过去，脚印延伸的方向隐约传来幼猴痛苦的呻吟声，于是循声追去。

于永胜举枪，手指缓缓扣向扳机，千钧一发之际，龙勇诚大喊"住手"，接着快速冲过来挡在枪口前。

于永胜恶狠狠地说：滚开！

龙勇诚面不改色地说：放下枪！

钟林踉跄着跑过来。

于永胜：你拦我，就是拦我儿子的活路！

龙勇诚：猴子做不了药引子，也治不了你儿子。

于永胜：闭嘴！再胡说，我打死你！

钟林胆战心惊。

龙勇诚：我老婆是医生，她已经去你家了，会带你儿子去医院。

钟林：他没骗你，你先放下枪……

于永胜调转枪口，对着钟林脚下就是一枪，随即又对准龙勇诚。龙勇诚急忙看向钟林，钟林吓得瘫坐在地。

于永胜：谁也别想拦我！我必须救我儿子！

说着，他单手拿下身上背的绳子，扔在钟林面前，说：把他捆在树上。

钟林迟疑着不敢动弹，于永胜吼道：快点，要不我开枪了！

钟林战战兢兢地拿起绳子站起来。于永胜用枪口指了指一棵树，逼迫龙勇诚：过去，要不我打死他！

龙勇诚无奈地走过去。于永胜拿枪指着钟林，说：快点！

钟林边捆龙勇诚边哭。

龙勇诚：药引子根本没用，你是在害你儿子。

于永胜看钟林捆好龙勇诚，他单手捆住钟林。此时，幼猴痛苦的呻吟声渐渐停了，母滇金丝猴一声凄厉的哀号划破长空。

龙勇诚吼道：猴子救不了你儿子！

于永胜一枪托砸在龙勇诚脸上，接着向前几步，举枪瞄准母滇金丝猴。突然，龙勇诚学猴叫起来，像是让母滇金丝猴快逃。于永胜手扣扳机，龙勇诚一声声叫着，钟林泪流满面。这时，卫星电话响了，龙勇诚激动地说：一定是我老婆来电话了，肯定把你儿子送到医院了。

于永胜不为所动，手指缓缓扣向扳机。

龙勇诚吼道：你快点接电话！

于永胜不理。

龙勇诚哀求：求求你了……

卫星电话继续响着，吵得于永胜心神不宁，他只好放下枪，从龙勇诚包里掏出卫星电话，接通后放在龙勇诚耳边。龙勇诚：喂……太好了……（对于永胜）听电话……

于永胜半信半疑地把卫星电话放在耳边，听筒里传来一声"爸爸"。

于永胜激动地说：哎！

病情好转的孩子躺在于妻怀里安睡。

医生：烧已经退了，很快就可以出院了。

于永胜：谢谢医生！

医生：不用谢我，你们应该好好谢谢那位杨医生，为了救你儿子，她儿子差点没了。

于永胜目送医生离去，转头看着妻儿。夫妻俩愧疚极了，相视无言。

杨丽梅躺在床上吸氧，龙勇诚坐在一旁削苹果。突然听见门口有响动，杨丽梅转头一看，有些惊讶地推推龙勇诚，示意他往外看，只见于永胜提着一网兜鸡蛋站在门口，愧疚地说：谢谢你们！

龙勇诚放下苹果和小刀，走过去抓着于永胜的衣领来到走廊，压低声音怒道：我老婆、儿子要是有事，我饶不了你！

于永胜愧疚无言。龙勇诚怒目而视，余光发现钟林走了过来，于是松了手。钟林从包里掏出一个信封打开，拿出一张照片递给龙勇诚。龙勇诚一看，更加愤怒了，把照片拍在

于永胜胸前，吼道：看你干的好事！

于永胜拿起照片，只见母滇金丝猴绝望地抱着死去的幼猴。

阳光洒在路上，龙勇诚、老张、钟林唱着傈僳族民歌走在通往白马雪山的路上。

龙勇诚：老张，那天于永胜拿枪指着我时，我以为没法兑现跟你的约定了。

老张笑了笑，没说话。

钟林：啥约定？

龙勇诚：有一次我俩进山找猴子，遇上了暴雪，当时以为会被冻死在山里，我俩就约定，要是这次能活下来，将来到了 80 岁，还要一起爬山看猴子。

钟林笑道：算我一个。

龙勇诚转头看向他，两人相视一笑。突然，身后传来一声"能算我一个吗"。三人站定回头，只见接受完惩罚的于永胜追了上来。三人你看我、我看你，接着都看向于永胜。龙勇诚笑了，伸出手，于永胜赶紧上前一步，两只手紧紧握在一起。

四人走向深山，龙勇诚掏出他和妻子、儿子的合影给于永胜看，得意地说：像我还是像他妈？

于永胜故意说：比你好看。

众人大笑，身影隐没于深山。

绿皮车

本集编剧：曲江涛

赵新华

赵新华，1963年生，山东淄博人。

1981年，高中毕业后被分配到淄博至泰山的7053/7054次列车工作。

该次列车全程184公里，运行5小时49分钟，途经24个车站、22条隧道、58座桥梁。

2018年，赵新华退休，把37年时光都献给了这趟往来山区的绿皮火车。

1984 年，黑旺站站台，汽笛声响起，一团巨大的蒸汽从车头腾起。蒸汽后面，肩挑手提的村民全都挤在列车车门旁，有的挑着新编的筐子、簸箕，有的扛着几捆大葱，有的背着成袋的核桃、地瓜，有的提着用柳条或铁丝编制成的笼子，里面装着鸡鸭……熙熙攘攘，热闹异常。

年轻的赵新华守在列车门口，引导村民们依次上车：别挤别挤啊，时间有的是，都能上去。哎，别挡着门。侯大哥，你别挤啊，先让那刘大娘过来。别摔着，抓好。这谁家孩子啊，大人呢？二梅啊，你不要孩子了？

突然，赵新华被一个背着面口袋、挎着蓝布书包的孩子撞了一下。她回过头，看到一个一头乱发的小孩蹿上了车，消失在车厢里。随着一声哨响，火车发出巨大的排气声。赵新华关上车门，立正站好，随着火车的缓缓启动，举手敬礼。

车厢里挤满了村民，有的已经坐下，有的还在往行李架上放物品。赵新华一边巡查，一边指挥：哎，那是啥啊？菜籽油吗？别放在架子上，搁脚底下。对，自己看好了啊。刘大爷，别抽烟了，到接头那儿抽去，看不见这有孩子啊。大姐，瓜子皮能别吐在地上不？谢谢了啊！呦，王大娘，您也去赶集啊？腰好了？哎，天冷，您可得慢着点。那小孩，别站桌子上！再不下来，警察叔叔过来把你带走。

车厢最后一排座位没有坐人，堆放着村民们无法放在行李架上的物品。赵新华看到一个口袋斜靠在座椅边，上面用蓝笔写着稚拙的"小树"二字。

赵新华：这谁的啊？我给你搁到座位底下了啊。

见无人应答，赵新华便将口袋塞到了座椅底下。

锅炉中的炉火腾地燃烧起来，赵新华放下铁锹，拍拍手，从锅炉上取下挂着的铝制饭盒，揭开盖，取出一个馒头和勺子。刚吃了两口，乘警出现在车厢门口，赵新华连忙收起馒头。

乘警：呦，吃啥好东西呢？

赵新华：我妈炒的咸菜，特别好吃，尝尝？

乘警：巧了，我带的也是炒咸菜。你再吃两口吧，我先过去。

赵新华挂好饭盒，说：一起吧。

来到乘客车厢，赵新华站在车厢门口说：各位乘客，请坐回自己的座位上，现在开始查票。有票的请拿在手上，没票的准备好钱，我们来给您补票。

赵新华与乘务员、乘警一同从第一排开始查票补票：刚上的吧？到临淄？一块。哦，您买了啊。好，待会儿到站的时候听着点。大姐走亲戚啊？这您儿子啊？多大了？真好，

不到一米一，不用买票。您到刘征啊？五毛。这是找您的钱啊，拿好。票可别丢了，出站还得查呢。

车厢尽头，赵新华敲了两下后用钥匙打开厕所门，见里面没人，便关上门锁起来了。列车穿过隧道驶近南仇站。赵新华：南仇站，南仇站马上到了。要下车的乘客拿好随身物品，到车门处准备下车。

列车缓缓停下，赵新华打开车门后站在门口接送乘客上下车。车站工作人员吹响了将要发车的哨子，赵新华正准备上车时，看到了背着"小树"口袋的小孩，脱口而出：小树！

小孩回头：啊？

赵新华：你是女孩？你，你的票呢？哎，别跑！

小树撒腿就跑。列车即将启动，赵新华慌忙跳上车。

暮色中，列车返回，车厢里坐满了回程的村民，不同的是，他们的随身行李少了许多，因此车上显得没那么拥挤。而且因为挣了钱，很多人脸上都浮现出笑意。有人用一台崭新的单卡录音机播放着《路边的野花不要采》，几个乘客跟着唱。另外一群人围着一台收音机听春节联欢晚会的录音，正在播放马季的《宇宙牌香烟》，欢声笑语一片。几个小孩跑来跑去，一些乘客在打牌、闲聊，还有一桌村民就着花生米喝起酒、划起拳来。

赵新华提着一大壶开水走进车厢：来，让一让！让一让！刚烧的开水啊，哪位乘客需要，赶紧把杯子准备好。

村民们纷纷掏出杯子、饭盒准备接水，有两个村民主动站起来想帮赵新华。

赵新华：谢谢！不用啦，我能行！呦，这么高兴，这是卖了个好价钱吧？来，你收收腿，别烫着。买这么多布啊？能给全家都做身新衣裳了。哎，那鱼可不能搁上头，待会儿冰化了流水，再滴那大哥头上，你拿下来。呦，您也买电视了，前头车厢有个大爷跟您买的是一模一样。抱好了啊，晚上您家里头可就热闹喽。还有谁要水啊？

黑旺站站台处，村民们正在上车，赵新华依旧热情地张罗着，在关门前又看了看站台四周。

协同乘务员、乘警查验车票，走到车厢最后一排座位时，赵新华意外地发现了座位下露出的口袋。她慢慢蹲下来，歪着头，看到了蜷缩在座位下浑身发抖的小树。四目相对的瞬间，小树紧紧地闭上了眼睛。

乘警：怎么了，小赵？

赵新华连忙起身：没事，笔掉了。

小树看着她的脚离开后，慢慢地推出口袋，蠕动着爬出来。看到赵新华和乘警们都背对着她，小树拎起口袋跑向锅炉间，试图进入另一节车厢，但门锁上了。小树回头，看到乘警正在向她走来，她急忙躲进厕所里，刚将门闩上，门外就传来了敲击声。小树无处可逃，于是用力拉开窗户，寒风顿时灌了进来。

赵新华再次走到车厢尾，看到口袋不在了，俯身去看，发现小树已经离开。她想了想，走向厕所，边敲门边说：有人吗？乘务员，我要开门了啊。

赵新华又敲了两下，随后掏出钥匙打开门，只见狭小的厕所开着窗户，她大惊失色，探出车窗后却什么也没发现。她急忙跑出厕所，掏出钥匙试图去找隔壁车厢的同事求救。突然，她听到了撞击声，循声看去，发现锅炉房的门是关着的，门边放着那个口袋。赵新华一把推开门，锅炉旁站着大汗淋漓的小树。

两人来到乘务员室，赵新华：你知道逃票是跟偷窃一样可耻的行为吗？

小树：我会还给你的。

赵新华：还给我？你几岁？

小树：九岁。

赵新华：小树，听我说，下一站，我会把你交给警察叔叔，让他们去找你的爸妈谈谈，你这个年纪……

小树：我妈妈死了。

赵新华一愣，接着说：那……你爸爸呢？

小树：我爸爸在砖厂开拖拉机，好多天没回来了……我和爷爷在一起，可是他生病了，耳朵快要听不到声音了，爷爷说不能让爸爸知道。

赵新华：为啥啊？

小树：因为我爸爸会哭的。

赵新华沉默了一会儿，说：你卖酸枣是为了给爷爷买药吗？

小树：您听说过助听器吧？

赵新华：哦……我知道。

小树：医生说，吃药没有用，得戴助听器。县里就有卖的，可是很贵，爷爷舍不得，我想攒钱给他买一个。

赵新华又沉默了一会儿，问：你是少先队员吗？

小树：我是。

赵新华拿出票夹，取了两张票，又从兜里掏出一个小钱包，数出五角钱夹进去，然后把票递给小树。

赵新华：儿童票半价，这两次的，我帮你垫上了。下午你卖了枣，上车还我，可以吧？

小树不接，说：我都是走回来的，这样可以把钱省下来，还不用逃票……阿姨，要不您放过我吧，我以后再也不来您的车厢了。

赵新华：别叫我阿姨！

南仇站站台，发车的哨声响了，列车即将启动，赵新华站在门边焦急地张望着，在她即将放弃的时候，小树飞奔着跑来了。

赵新华站在门前行注目礼，小树站在她身后，悄悄将一个东西塞进她手里后跑开。礼毕，赵新华发现手里是两块水果糖，她开心地笑起来。

过了几日，小树把满满一饭盒酸枣搁到桌上。赵新华把一张票递给小树，小树高兴地离开。赵新华则从自己的钱包中取出两角五分钱夹入票夹，沮丧地叹了口气。

她和乘务员、乘警查票时，小树骄傲地高举起手，亮出车票。查完票，待小树坐在座椅上，开心地看着窗外的风景时，赵新华悄悄将饭盒里的酸枣倒进她的袋子里，然后捆扎好。

下了车，赵新华帮小树梳好头发，并把一个红色的小发卡别在她头上，说：好好学习，下周日见喽。

小树走了几步，突然回过身来给赵新华敬了个礼。赵新华笑着挥挥手，目送着小树飞奔远去。

1997 年，火车驶出隧道，赵新华身着夏装，弯着腰将煤灰铲到袋子里，小小的锅炉间烟雾缭绕。突然，门开了，从车厢里传来《东方之珠》的歌声。赵新华：快关上门！

门被关上，已经长大了的小树来到她身旁，问：请问列车长同志，大热天的烧锅炉，是出于怎样的一种考虑呢？

赵新华：是为了防止有人逃票藏在里面。

两人都笑了起来，赵新华将一袋炉渣拎到车厢门口，顺手锁上门。

小树：哎呀，我这人生的污点，您真是忘不了了，让我来吧。

赵新华：你就别沾手了，去拿吃的。

赵新华去洗手，小树从锅炉上取下饭盒，里面是几块热腾腾的红薯。两人站在门边分食着，安静下来的时候，车厢里播放的歌声也清晰了起来。

赵新华：去过香港没？你学校离得那么近。

小树：没。反正咱把它收回来了，以后有的是机会。你想去啊？

赵新华：我等闲下来再说吧。

小树：有这么忙吗？我看人也不多了啊！现在公路修得那么好，坐汽车可比你这趟火车快多了。

一个大妈进来：闺女，厕所……

赵新华：这边，我给您开门。

赵新华上前搀着大妈送她进了厕所，说：抓着把手，别摔倒了啊。

赵新华回来看着小树：你买票了吧？

小树：又来了，就一块钱，我……

赵新华：我们的票价，这些年一直没涨过吧？

小树：啊？是。

赵新华：这就是一趟扶贫列车啊。只要老百姓还有需要，我们就会一直赔本运行下去。

赵新华突然走到厕所门口敲了敲门：您没事吧？

大妈：没事。

赵新华：哦，好。

赵新华扭头，看到她的女儿——13 岁的王佳坐在座位上戴着耳机聚精会神地看着窗外，笑着走回来。

小树：佳佳没睡着吧？

赵新华：一个月才让她来坐一趟，她哪舍得睡觉啊。这孩子，说是想多陪陪我，我看她呀，就是喜欢坐火车。

小树：那她长大了，正好接您的班。

赵新华：现在哪还有接班这一说啊。不管将来干啥，得先把学习搞好，你得帮我督促她啊，我老拿你给她当榜样呢。

小树笑着点头。

赵新华：你毕业后想干啥？

小树：没想好是考研还是去工作呢。要接收我的那个单位跟我学的专业不对口，但听说福利待遇特别好。正想听听您的意见呢。

赵新华：那就是学了四年，没有用武之地呗。这么大的事，我可不敢瞎建议。做选择的时候，想想你当初为啥要学这个专业就好啦。

小树若有所思。

2015 年，绿皮列车在山野中缓缓行进，路过一个个美丽的小镇和村落。

赵新华：咱们这趟车，途经 15 个古村落、6 个特色小镇，有机林果特色农产品基地到处都有啊。你们要是想去吃好吃的农家饭，买纯绿色的土特产，我都能给你们推荐。下一站南博山，一出站口就有很多卖煎饼、大枣、蜂蜜和柿饼的摊位，特别好吃，还不贵，买了绝对不后悔。要下车的乘客，可以准备好钱包了啊。

黑旺站，乘客陆陆续续上了车。赵新华帮助一个带着小孩的乘客送上一件行李后，正准备拿另一件时，有人已经递上来了，来人是开始迈向中年的小树。二人对视后紧紧地拥抱在一起。

列车出发后，二人来到锅炉间说话。小树有些憔悴，手臂上戴着一块孝布，说：爷爷在就要离开的时候，突然能听见了，他让我们把窗户和门全打开，然后就躺在那儿闭着眼睛听，一直听，还边听边笑，直到咽气……

赵新华的眼睛湿润了，她叹了口气，拍拍小树的后背。

小树：我过来就是想当面跟您告个别，下一站就下车了，司机会在出站口等我。

赵新华：你要去哪里？

小树：宁夏，集团总部的一个扶贫项目，我得在那里工作两三年。

赵新华：那么远……

小树：远啥啊，现在飞机、高铁多方便。等着，我一回来就先来看您。

赵新华：好，那时候我应该还在车上。

小树：啥意思？

赵新华：又减了一半的车厢。坐车的人越来越少了，"庄户列车"已经成了"旅游列车"，我也该退休啦。

夜幕降临，赵新华摩挲着铭牌，眼里饱含泪水。她叹了口气，刚要离开，一双手突然从身后搂住了她的脖子。她回过头，看到长大的女儿王佳，穿着高铁乘务员的制服。王佳递上花，亲了一下赵新华的脸颊：妈，退休快乐！

赵新华：谢谢啦！哎，也没给我带个礼物啊？

王佳：哪能空手呢，您看那边。

赵新华扭头，惊讶地看到不远处的小树捧着一大束鲜花在冲她微笑。小树举手敬礼，赵新华还礼。

信号

本集编剧：李正虎

王中耀

本篇故事根据真实人物和真实事件改编。

北斗卫星导航系统是我国自主建设运行的全球卫星导航系统。

1994年，我国正式启动北斗一号系统工程建设。

2020年6月23日，北斗三号最后一颗全球组网卫星在西昌卫星发射中心点火升空。

北斗卫星导航系统建设的背后，是8万多名科研人员、300多家单位长达20多年的披荆斩棘，凝聚着一个国家用航天科技造福人类的梦想。

1995 年，中国北斗工程立项一年后，依然没有解决困扰专家十年之久的信号"快捕精跟"问题。"快捕"，是从空中无数信号和干扰里尽可能快地捕获到想要的导航信号。"精跟"，是要尽可能精准地跟着导航信号，不让它再次消失。

国防科技大学综合教学楼的阶梯教室内，安然和余有维站在讲台下，疑惑地看向在黑板前用粉笔写着复杂公式的王中耀。

王中耀：这就好像在茫茫大海里找出一滴水，还要一直跟着这滴水。

余有维：王中耀，你大半夜的给我们看北斗导航信号"快捕精跟"的演算公式？

安然：我说王中耀，你眼光挺辣的。怎么？制约北斗工程的瓶颈，你有解决方案了？

王中耀写完最后一行公式，把粉笔扔进讲台上的粉笔盒里，回头看向安然和余有维，说：我的演算结果跟北斗工程专家组的演算结果一样。这条路肯定走不通。美国的 GPS 采用的是"四星定位"，也就是说在地球上任何一个观测点都可以观测到四颗以上的卫星。但是我们国家起步晚，底子薄，采用的是"双星定位"。如果还是走老路，肯定赶不上人家。

安然：王中耀，你想做什么？

王中耀：咱们系，安然，你的专业成绩最好；有维，你的动手能力最强。

安然：你到底想干什么？

王中耀：我想解决北斗卫星信号的"快捕精跟"难题。

余有维：咱们国家花了十年时间，都没有攻克这个难题。他们遇到的问题，我们也会遇到。

王中耀：我只知道一点，如果地面基站接收到的北斗信号永远是延迟和不精准的，那么北斗工程就是一纸空谈。前辈没有走完的路，我们这一辈人绝对不能袖手旁观，你们说呢？

听了王中耀的话，安然和余有维陷入沉思。许久之后，余有维率先打破沉默：那你有什么具体方案吗？

安然：哪怕是天方夜谭，先说来听听。

王中耀：全数字化快速捕获与信号接收技术方案。

安然和余有维听到王中耀提出的方案，露出了兴奋的神情。

一份装订整齐的课题研发报告放在庄钊文教授的办公桌上，课题名称是"全数字化快速捕获与信号接收技术方案"。庄钊文拿起文件翻阅，不时看向站在自己面前的王中耀、安然和余有维，说：美国和俄罗斯走的都是模拟信号的路，中科院的专家组走的也是这条路。而且数字信号处理往往涉及复杂的算法，甚至需要专门的数字信号处理器。相同的效果，模拟信号比数字信号处理更简单。

王中耀：庄教授，相同条件下，模拟方案比数字化方案接收到的信号要弱很多，而且模拟信号的元器件灵活性比较差。

安然：没错，这就相当于只给你一个算盘，让你去做数学研究。

余有维：而数字化，就是把算盘换成计算机，可以做很多数字编程，有许多灵活的操作方式。

王中耀：所以庄教授，为什么不能"两条腿走路"，让我们试试呢？而且美国的GPS已经组网完成，我们必须另辟蹊径，才可能"弯道超车"！

庄钊文看着王中耀、安然和余有维眼神中闪烁的光芒，对这三个学生的干劲，他是赞赏的，但提醒道：就算你们能说服我，凭什么说服北斗导航研发系统的专家组？

坐在办公室一角的郭桂荣主任端着茶杯站起来，微笑着看向王中耀等人，说：庄教授，这你还不懂吗？连你都不信他们，北京的专家组怎么会信他们呢？

庄钊文沉思片刻后说：全数字化方案的难点在于，以前没人做过，美国人都不敢做，你们的每一步都是摸石头过河。（话锋一转）到了北京，你们可别给学校丢脸。

北京中科院"关于全数字化快速捕获与信号接收技术方案专家听证会"上，陈芳允教授：北斗工程是事关国家安全和经济发展战略的重大科研项目，可不是你们的博士论文课题。

一排专家正襟危坐，陈芳允坐在中间，庄钊文和郭桂荣也在列，王中耀、安然和余有维三人坐在众专家对面。

陈芳允：我们专家组在模拟信号这条路上深耕十年，都没有攻克这个技术难题，你们三个年轻人能行？

面对专家们质疑的目光，王中耀看了看安然，说：陈院士，您好！北斗导航研发组的各位专家，你们好！专家组研究了十年没有攻克这个技术难题，有很多客观因素，比如时间、经费，还有方向上的问题。

专家们纷纷翻阅面前的方案文件，有几位忍不住交头接耳。

教授甲：全数字信号处理技术是一门新学科，我们的导航工程刚起步，就想一步登天？

王中耀：我们认为，只要理论上存在可能性，就应该去挑战。

陈芳允：理论上存在可能性的方案有很多，怎么能肯定你们的方案就一定能成功？

王中耀陷入沉思，他知道自己的回答至关重要，甚至决定他们这个方案的生死。所有人都注视着他，庄钊文坐在前排的边角位置，眼神中透着鼓励。王中耀说出了自己的想法：模拟信号处理有两大缺陷，一是信号处理功率损耗大，二是终端设备体积过大。

余有维：全数字信号处理技术的优势在于，一方面可以解决功率损耗的问题，另一方面终端设备体积相应变小，以前笨重、庞大的信号接收终端，可以做到电话机大小。

陈芳允、庄钊文、郭桂荣等人纷纷赞赏地看着眼前的三个年轻人。

陈芳允：全数字化信号处理技术虽然是"新生儿"，但据我所知，这项技术已经取得

了长足的进步。我认为，这个方案虽然有些冒险，但这个冒险是值得尝试的。

王中耀、余有维和安然互相看了一眼。

陈芳允：说一下你们的要求。

王中耀：要找到信号检测的最优参数，要做大量的计算，我们需要一套全新的试验设备。

安然：五年时间。

余有维：至少十万元经费。

三人斗志昂扬，等待专家组的最终答复。

陈芳允：你们打算从哪方面展开试验？

王中耀：我们打算提升发射信号的功率。

陈芳允：再具体一点。

王中耀：卫星相当于一面反射镜。信号从地面固定式终端发射到卫星，再反射到北斗工程中心，由此算出定位。所以如果能够大幅提升地面固定式终端发射信号的功率，我相信一定可以捕获清晰的信号。而且全数字化信号处理方案的优势之一，就是用更少的成本，大幅增强发射功率。

陈芳允一边听，一边点头：你的方案，我觉得是可行的。北斗工程是国家项目，你们要全力以赴，拿出成果。

王中耀：是！

陈芳允：你们目前还处于理论阶段，我们只能拨出四万元经费。北斗工程刻不容缓，五年时间太长，我们再资助一台新型计算机。两年时间，就要拿出成果。

王中耀、余有维和安然露出坚定的神色。

王中耀打开灯，照亮了十平方米的实验室，王中耀、余有维互相看了一眼，说干就干，往实验室里搬东西、打扫卫生、组装电脑等器材。

剪成短发的安然背着一台相机走进实验室，将一张作息表贴在墙上。王中耀与余有维面面相觑，有些意外。

安然率先开口：头发剪短了，工作起来方便。

王中耀和余有维都对安然露出了敬佩的眼神。

安然：从今天起，所有人严格遵守作息表的时间安排，吃饭时间控制在 5 分钟内，睡觉不能超过 6 个小时，一周洗两次澡，洗澡时间 10 分钟。

王中耀和余有维异口同声：收到。

三人在实验室忙碌了很久，终于做好了准备工作。一块黑板占据了整面墙，用于计算，486电脑占据了房间的1/4，房间东西虽多，却不失整洁。阳光透过半地下室的小窗户照了进来，地方虽小，但是充满了三人对未来的期望。房间中央的折叠小方桌上，每人面前的饭盒里泡着方便面，大家大口吃着。

安然：王中耀，你有没有想过，如果我们陪着你干了两年，最后咱们失败了呢？

余有维放下泡面，看向王中耀。

王中耀：咱们走的是一条没人走过的路，而且没有人知道终点在哪里。有人会说你这个方法不行，过去人家不是这么做的，我就会问自己，为什么不能这么做？我现在不去做，将来一定会后悔。但是说实话，我也没有100%的把握一定能成功。（王中耀动情地看着余有维和安然）我决心已定，你们还可以再选择。

余有维和安然被王中耀的话感染，眼里闪烁着光，他们异口同声：不用选了！

实验室窗外，花开花落，四季轮回。

王中耀和安然在黑板上演算，余有维在手绘集成电路板。

深夜，王中耀算完手里的数据，拍了一下睡觉的余有维，余有维立马起来，接着算王中耀的数据。

示波器上曲线没动，意味着王中耀等人没有捕捉到信号。

王中耀：有维，是不是你那边的终端调试问题？

余有维：我这边一切正常，没有问题。

安然调试信号接收设备，说：我这边也一切正常。

王中耀：咱们再试一遍。有维，我们再检查一遍设备，是不是哪里的细节被忽略了？

余有维：不可能，我这边检查过很多遍了，不可能出错。

安然听着他们的对话，陷入了沉思。

月明星稀，安然的相机依旧放在原来的位置，长焦镜头对着星空，不时地拍照。王中耀和安然在操场上一边跑步一边讨论问题，余有维远远地跟在后面。

安然：你的方案，我研究过很多遍。我发现最关键的问题还没有解决，所以我们才一直接收不到信号。

王中耀：什么问题还没有解决？

安然：卫星距离我们几万公里，我们要想接收到信号，就相当于一个人在几百公里外喊一嗓子，你说我们能听到吗?

余有维喘着粗气远远地跟在安然和王中耀的身后，听不清安然说的话，大喊：你们跑慢点，我听不清你们说什么。

王中耀陷入思考。安然停下脚步，喘着粗气，喝了一口水，说：所以，加大喊的音量是没有意义的。中耀，你的方向走错了。

余有维喘着粗气，借着手电筒的光看了看随身携带的草稿，说：我同意安然的看法。

三人回到实验室，安然站在黑板前画了一个大的圆代表地球，地球上画了一个雷达样子的物体，地球的上方则画了一幅卫星示意图。安然一边比画一边讲解：我们应该变换思路，既然无论怎样加大音量都听不到，为什么不能提高耳朵的灵敏度呢? 所以，我们要做的应该是造一个灵敏的耳朵。

说到这里，安然用手指着黑板上的雷达。

余有维一边思考一边自言自语：可是我们怎么造这个超级灵敏的耳朵呢?

安然按下相机的快门，计时器开始转动，安然说：这就是答案。

王中耀不明白安然的意思，看向相机。安然将自己拍摄的星空照片，根据不同的曝光程度，依次贴在黑板上，问：从这些照片中，你们看出了什么?

王中耀：这些照片的明暗不一样。

安然：对，这是因为曝光时间不同。

王中耀还是不懂。

安然：答案就是延长曝光时间。

王中耀：什么曝光时间？

余有维：就是底片接收光的时间长短，时间越长，照片越亮。

三人再次来到操场上，安然举起相机给思考中的王中耀拍了一张照片，递给他，说：这就是在很暗的光线下，我拍的你。

照片黑乎乎的，王中耀：如果光线很暗的话，就什么也拍不出来。

安然把相机装在三脚架上，按下快门，计时器开始转动。计时结束，咔的一声，安然又拍了一张照片，照片上清楚地显示王中耀正在思考，他后面的余有维因为一直在演算，所以整个人都虚了。

安然：这是我延长了3秒曝光时间，拍下的你们。

余有维：所以拿着相机一直对着星星，才能拍到满天繁星。

王中耀听着安然的话，看着两张照片，思索着：曝光时间就等于卫星接收信号的时间，那么（抬头看向安然）增加地面设备接收信号的时间，就能清晰地捕捉到信号，对吗？

余有维：没错！

三人兴奋地看着彼此，欢呼起来。

大年三十，电视里播放着春节联欢晚会，王中耀、余有维、安然一起吃着湖南特色蒸菜，然而余有维和安然手里没闲着，还拿着纸写写算算，王中耀有点感动。这时，余有维抬起头，把手里的草稿递给王中耀，说：中耀，你用这组数据再去电脑里跑一下，之前的问题就应该解决了。

王中耀接过草稿，答道：好！

1997年8月4日，余有维调试完信号终端设备，按下接收信号的按钮，拿起对讲机：中耀，我这边准备好了。你那边信号怎么样？

王中耀戴着耳机，盯着示波器。安然在旁边调试实验室内接收信号的终端设备。示波器屏幕上，卫星传送来的信号若隐若现，王中耀：有维，我们接收到信号了！

然而很快，信号又消失了。王中耀：等一下，又没了！有维，你那边调试怎么样？为什么信号又没了？

余有维检查完信号接收器，说：中耀，我们的信号跟丢了。

王中耀沉默了片刻，说：我们再试一遍。有维，再试一遍。

第二天，三人忐忑不安地接待了北斗系统专家组，他们一起围在显示屏前等待脉冲信号的出现。墙上的时钟从下午 2 点走到下午 3 点，脉冲信号没有出现，屏幕始终漆黑一片。陈芳允与众专家纷纷失望地走出实验室。庄钊文看了他们三人一眼，拍了拍王中耀的肩膀，一句话也没说，转身离开了。

王中耀敲响庄钊文办公室的门，然而没有人应答，于是拨通庄钊文的电话：喂，庄教授，是我，中耀。"快捕精跟"，我们解决了"快捕"的问题，请再给我们一年的时间，我相信我们一定可以解决"精跟"的问题。

庄钊文：有维刚才已经找过我了，你们现在可以捕获信号，但捕获的信号会再次丢失，你们有解决方案了吗？

王中耀沉默。

庄钊文：我会去和专家组沟通，为你们争取时间，但你们没有具体的解决方案，我也没有十足的把握。

王中耀继续沉默。

庄钊文：中耀，科研总会失败，你不要气馁。

王中耀：是！

王中耀、余有维、安然围坐在一个小桌边，桌上摆满了装着食堂饭菜的铝制饭盒。三人面前摆着的茶缸里盛着白酒，但是三人谁都没有动。

王中耀：这么特殊的日子，咱们唱首歌吧——送战友，踏征程。默默无语两眼泪，耳边响起驼铃声……

这时，王中耀的手机屏幕亮了，屏幕上是庄钊文发来的短信：正式通知，解散实验室。

王中耀唱不下去了，把杯中酒一饮而尽，说：我们失败了，但我不后悔。我觉得我们只走了一半，这条路应该能走通，只是时间短了。

三人沉默了一会儿，余有维突然开始继续唱《驼铃》，安然见状，也加入进来。王中耀看着两人，眼眶湿润，急忙转过头，目光落在墙上的挂历上，挂历上是八达岭长城。

王中耀：我们去看看长城吧，就算我们迟来的毕业旅行。

北京郊外一辆出租车上，北京司机操着纯正的北京话，侃侃而谈：说实话，长城就一景点，拍拍照片，爬个乐呵。千万别较劲，非要爬完，就算你不累死，也得累个半死。凡事一较劲，就没意思了，您说对不对？

司机自顾自说着，三人面无表情，气氛凝重。王中耀看着窗外的景色，说：师傅，你走错路了。

余有维赶紧掏出地图查看，安然凑到余有维旁边看地图。

司机：去八达岭，我闭着眼都能开，不可能错。

余有维：错了。刚才的路口，你应该右拐。

司机：我跟你们说，中午之前，我一定把你们送到！

是晚，王中耀、余有维和安然三人夜爬长城。余有维累得停下脚步，索性坐在台阶上喘着粗气。安然和王中耀仰望着满天繁星。

安然：这片星空有上百颗卫星在运转，它们能以 7.9 公里／秒的速度绕地球飞行，然而我们却只能停在原地，一动也动不了。

王中耀失落又感伤：如果那辆出租车上安装了北斗导航系统，师傅就不会走错路，我们也不会半夜才爬上长城。

安然：中耀，你的热情，我佩服。但是我一直告诉自己做事要冷静。

王中耀：你说得没错。但我觉得爱因斯坦发表相对论的时候，一定是不冷静的，你说呢？

余有维转了话题：我们拍张合照吧。

安然把相机架在城墙上，三人站在相机前。

余有维：都不能动啊，要不然就虚了。

闪光灯闪过，照片上满天繁星为背景，余有维和安然都因动了一下而变成了虚像。

国防科技大学宿舍内，王中耀戴着近视眼镜躺在床上，手举手电筒。上铺床板下、一侧墙壁上贴满了剪报，全是关于北斗信号的新闻报道和王中耀的笔记：1970 年，灯塔计划。1983 年，陈芳允教授提出双星定位构想。1989 年，双星快速导航定位通信系统演示试验顺利完成。1993 年，进一步双星定位系统试验成功。1994 年，双星导航定位系统工程正式启动，命名为"北斗工程"。1995 年，国家投入研发十年的"快捕精跟"遇到瓶颈。

王中耀心中郁闷，索性来到操场上奋力奔跑着。突然，他停下了，双手撑着膝盖，目视前方教学楼墙体上的"求实""奉献"两个词。王中耀猛地转身奔向实验室，推开实验室的门，拉开电灯开关。实验室内的设备已经被清空了，只剩下安然在黑板上贴的星空照片。王中耀一张接一张地揭下照片，回忆着那晚在长城上，安然说"这片星空有上百颗卫星在运转，它们能以 7.9 公里／秒的速度绕地球飞行，然而我们却只能停在原地，一动也动不了"，余有维说"都不能动啊，要不然就虚了"，王中耀灵光乍现：一动就虚了……

王中耀顺着楼梯奔跑，同时拿起手机拨打余有维的手机号：有维，我找到问题在哪里了。快回来，再帮我一次！通知安然，快！

好不容易等到下了课的庄钊文教授，王中耀：庄教授，我还想再争取一下。

庄钊文：不用争取了。

王中耀：科研总会失败。如果失败了就倒下，那还是真正的科研人吗？

庄钊文：我说不用争取了，意思是——

王中耀打断庄钊文的话：庄教授，我找到解决"精跟"的方法了！这下"快捕精跟"的问题，我们彻底解决了！这就好像拍照片，如果人一直站着不动，当然不会虚。但是卫星绕地球高速运行，当然会虚。我的意思是，如果我们用先验信息，提前计算好卫星的运动，只要相对运动是静止的，我们就能清晰地捕捉信号。一年，只要再给我们一年时间，我们一定能够攻克难题。

庄钊文笑着看向王中耀，说：你们的试验资料，我都看过了。你刚才说的，我都听明白了。只要信号捕捉端能够跟着卫星的运动去接收信号，信号就不会虚。

王中耀使劲点头。

庄钊文：所以学校决定拿出60万元经费继续支持你们。

王中耀：真的？

庄钊文：当然是真的。不过我有句话要送给你们，希望你们时刻谨记——你们不只是捕捉北斗信号，还代表我们这一代人坚持不懈的科研精神。

王中耀立即回答：是！

实验室的门被推开，余有维和安然拿着行李出现在实验室的门口。

余有维：说吧，你这次的解决方案是什么？

王中耀兴奋地看着自己的两位战友。

1998年夏，北京中科院星地对接现场，一群专家眉头紧皱，余有维与安然脸上透着紧张。

余有维：还没收到卫星信号，咱们不会哪里算错了吧？

安然：咱们做了那么多次论证试验，一定没问题的。

王中耀站在两人中间，面无表情，他背在身后的右手，不停地摁动圆珠笔的笔帽，发出有节奏的声音。

时间一秒一秒地过去，每一秒都是如此漫长，然而信号没有如期而至。实验室的门打开了，一个专家走了出去，又一个专家走了出去，就在80多岁的陈芳允准备转身走出去的时候，嘀嗒、嘀嗒、嘀嗒……

王中耀眉头一皱，停下手中的动作，意识到不是圆珠笔发出的声音，而是脉冲信号出现了，满头白发的陈芳允站住了，走出去的专家又走了回来。试验成功了，专家们纷纷鼓掌，王中耀、安然、余有维向专家们敬礼。

1998年秋，长城最高点，王中耀搂着余有维和安然，抬头望着北斗七星。

余有维：我们解决了信号的"快捕精跟"问题，接下来做什么？

王中耀：继续研究北斗工程，我们的北斗之路才刚刚开始！

安然：你说未来我们建成了北斗导航系统，世界会变成什么样？

余有维：我们的船舶再也不会在海上迷路。

王中耀：我觉得也许未来人手一个导航定位器，无论到哪里都不会迷路。而且用导航定位器可以呼叫出租车，司机再也不会迷路了。

173 米

本集编剧：姜大乔

夏荔

夏荔，1987年生，辽宁辽阳人。

2009年3月，胡麻岭隧道工程启动。3年后，隧道掘进到第三系富水粉细砂地层，被定为兰渝铁路头号重难点工程。

夏荔带领施工团队，用了足足6年攻坚最后的173米。

直到2017年6月19日，胡麻岭隧道才正式贯通。

巨大的蒸笼里热气腾腾，在工人们的欢呼声中，蒸笼被抬起来放到长桌上，里面摆满了包子。戴着小白帽的霍达站在蒸笼旁，笑吟吟地招呼大家：趁热吃嘛，沙葱羊肉馅，好吃！

工人们挤上去抢包子，气氛很是欢乐。扛着测量器材的夏付华走过来，好奇地看着这一幕，问：霍达，今天过啥节啊？

霍达：不过节。大家辛苦嘛，吃点好的。

工人甲拎着装了两个肉包子的袋子走过来，拿出一个，将剩下的递给夏付华。

夏付华：谢谢！

夏付华看着手里的包子，又看向霍达，说：村里就那十几只羊，过节都舍不得杀。您这是……

霍达的笑容有些苦涩，轻叹一声，说：前几天，隧道又塌方了嘛，工程也停了。大伙儿担心，害怕铁路不修了，你们要走。

夏付华：您啊，让老乡们放心，胡麻岭隧道不打通，我们哪儿都不去。

工人甲：就是，放心吧！您看……

工人甲指着不远处的箱板房，箱板房门口有两个工程师正在谈话。工人甲接着说：夏工，总工程师，他都赶过来开会了，工程队在想辙呢！

夏付华望过去，露出一丝笑容，刚要往那边走，被霍达拉住胳膊，说：胡麻岭为啥不好挖？大伙儿也可以帮忙嘛。

夏付华犹豫了一下，拉着霍达走到旁边的沙堆前，说：您看啊，这都是从隧道挖出来的，比方说这就是胡麻岭，（夏付华拿起一根钢筋插进沙堆中）我们现在要在上面打洞，（夏付华将钢筋缓缓拔出来，沙堆立刻坍塌，洞口瞬间被封住）隧道里面跟这差不多，打隧道，怕软不怕硬。这种"豆腐土层"一碰就塌，最麻烦。

霍达默默点头，叹道：这太难了！你们辛苦了！

夏付华轻轻拍了拍霍达的肩膀，转头看向箱板房那边，发现夏荔等人已经不在那里了。

会议室的白板顶端写着"胡麻岭待贯通距离：173 米"。

参会的三个人中有两个戴着眼镜，另外一个皮肤偏黑，精神饱满。

刘工：我说夏荔，小李去你 2 号斜井了，我们 1 号斜井怎么办？

夏荔：我这不是要挖你的墙脚，借调，算是借调。

刘工：你们那边支护班的工班长是老王吧？

夏荔点了点头，表情不太自然。

刘工：老王活儿又不差，你干吗非要小李过去？

小李：老王是不是撤了？

夏荔犹豫了一下，说：是。接了老家的工程，回广东了。

话一出口，会议室里的气氛有些沉重。

小李：挖了塌，塌了挖，谁心里好受。在哪里赚钱不是赚？也不是老王一个人想走。

夏荔清了清嗓子，说：老王在胡麻岭踏踏实实干了三年，他要走，我舍不得，但是于情于理，我能理解。小李，我想把你挖过去……

刘工：这不还是要挖人吗？

夏荔笑道：口误口误，是借调。小李，一方面，你的支护班业务水平有口皆碑。再说你刚来半年，应该是干劲十足，对吧？

小李不置可否地笑了笑，小声嘀咕：半年，半年塌方八九回。

夏荔：兰渝铁路全长近900千米，就卡在胡麻岭最后这173米。（夏荔指了指白板上的数字）咱们把这最后的难关克服了，这得是多大的荣誉，对吧？

小李：我去2号斜井，难关就能克服了？

夏荔：能啊。

刘工笑道：你这是不择手段了啊。

夏荔：我是真想到办法了，就缺一个支护班。（夏荔拿起笔在白板上画了个圆，中间用"井"字隔开）我管这个叫"井"字格施工法。

小李：夏工，你画个火锅做啥子嘛？

蜿蜒崎岖的山间小路上，两辆三轮车颠簸前行，开车的两个村民都戴着墨镜，他们脸色轻松，显然习惯了这种路况。后面坐着的夏荔、小李和其他工人则牢牢抓着扶手，一脸痛苦。

小李望着远处山脚的方向，问：那边就是2号斜井吧？

夏荔：对。

小李：冤不冤枉！在下头就隔100多米，从上头走一趟，要绕几个小时。

夏荔：所以说啊，你看老乡们多难，就等着咱们打通隧道，天堑变通途。

小李：我来都来了，你没必要再搞思想工作了。

夏荔笑了笑，掏出手机拨打：老陈，支护班，我给挖过来了，赶紧组织工班长们开会。

三轮车驶进2号斜井工程驻地，一盏照明灯将宿舍楼前的空地照得亮堂堂的，有七八个人聚在空地中间，那里立着一个"井"字形钢架。

三轮车停下，众人陆续下车，夏荔掏钱递给村民甲，说：老乡，辛苦了！

村民甲：不用。

夏荔：那不行……

村民甲：真不用！铁路修好了，大家都发财嘛。

夏荔：铁路肯定是要修好的，但是一码归一码。

夏荔把钱硬塞进了对方口袋里，小跑着躲开要把钱还回来的村民。到了"井"字形钢架前，工班长都聚了过来。

夏荔：都到了？

老陈：齐了。咋弄？

夏荔：这么晚了，辛苦大家！各位有的是老战友了，有的是刚来增援的，我先简单讲一下胡麻岭的情况。胡麻岭，第三系富水粉细砂地层——

工班长甲打断他的话：第三啥？

夏荔想了想，说：这么讲吧……五级围岩是啥情况，大家都知道吧？

众人点头。

夏荔：以前五级围岩是最麻烦的。现在有了胡麻岭，才发现还有这种六级围岩，比五级围岩更软、更稀，稀得一塌糊涂。

工班长表情各异，有的无奈苦笑，有的无比惊愕。

夏荔：2009 年开工，5 年了。从 2011 年碰到六级围岩开始，也有 3 年了，到现在还是被这 100 多米的特殊地质卡着。外国的专家、顶尖的团队，来了又走，都说没办法。兄弟单位来出主意，贡献很大，但还是避免不了涌水涌沙。（夏荔指了指身后的"井"字形钢架）现在咱们集合百家之长，有了这个"井"字格施工法。（夏荔犹豫了一下，看向小李）看着像九宫格火锅，是吧？以后就叫"九宫格施工法"。

大伙儿都笑了，刚才有些局促的小李也笑了。

夏荔：有了它，绝对能把胡麻岭隧道打通。

小李：夏工，这个到底是啥子嘛？你把我的支护班调过来就是搭这个？

夏荔：对，就是搭这个。而且不光是你的支护班，在场各位，开挖班、支护班、喷浆班、降水班、衬砌班、注浆班，有一个算一个，都是精挑细选出来的人才。这九宫格施工法，要大家通力合作才能实现。

山坡上，老陈带着两名工人用钻井机作业。安全线外，霍达蹲在地上抽旱烟，他的两个孙子站在一旁捂着耳朵，好奇地看着老陈施工。

夏荔：胡麻岭土层湿度大，到处都是水囊。那就先在上头打井，抽水降湿。

老陈关掉钻井机，冲着夏荔招了招手。夏荔走上前，两人争论了一会儿，老陈再度打开机器。

夏荔：咱们暂时预定每两个井间隔 15 米……

一股泥浆突然喷出，周围的人顿时满身泥水。两个孩子看得高兴，拍着手大笑。霍达赶紧把他们拉住狠狠打屁股，两个孩子转而大哭。

夏荔：要是不行，那就 12 米。

山上搭建了一组"井"字形钢架，几名开挖工人搭着梯子往左上方的"井"字格里钻。

夏荔：老陈那边打井降水，咱们剩下的班组抓紧时间演练。步骤跟平时差不多，还是开挖班先上。

单个"井"字格的空间很小，工人们本就直不起腰来，再加上还要携带开挖工具，更显局促。两个工人一起往里挤，结果头撞在一起。工人甲一屁股坐在了开挖工具上，他疼得一蹿，脑袋又撞到钢架顶上。

夏荔：最上面这层，只要左右两个格子的掌子面能推进，有了支撑，那其他部分塌方的可能性不就降低了吗？

小李在前面负责焊接，支护班的工人们各自分工，有的在外面负责切割钢材，有的攀在梯子上递送钢材。

夏荔：掌子面推进完毕，李班长，你的支护班就得赶紧搭建钢架进行固定。

夏荔一会儿抬头看工程进度，一会儿低头看表。他走上前喊了声"小李"，小李从"井"字格里探出头来。夏荔指了指手表，摇头。小李先是一脸茫然，然后有些气恼地挠头。

夏荔：掌子面一暴露就容易形成流塑状，把你请过来，就是因为你们班的人手脚快，一定要争分夺秒。钢架搭完，就该喷浆班上了。钢架和围岩一定要紧密结合，不能留半点空隙。这样，九宫格里面的一个格子就算是弄完了。

众人若有所思。

夏荔：有没有什么疑问？

小李：那……按这个法子，一天能推进多少米？

夏荔：保守估计，30 厘米。

现场一片哗然。

夏荔：大家想想，以前咱们随时都有塌方的风险，搞不好几个月的活就白干了。现在这么弄，慢是慢了点，好歹稳妥。

众人的议论声小了些。

夏荔：再说了，等大家把工序琢磨透了，到时候要起模范带头作用，把九宫格施工法教给整个胡麻岭工程队伍，不是咱们这些人自个儿推进。

小李：夏工，你刚才一直说争分夺秒，一套下来具体要几分几秒？

夏荔：经过计算，要在 12 分钟内完成。

小李瞪大眼睛，惊讶道：12 分钟！

现场再次哗然。

宿舍门打开，灯光亮起，夏荔和老陈走进来。夏荔找来一瓶酒，给自己和老陈倒了一些。

老陈：还是要有文化啊！这么难的事，你一讲，好像就变简单了。

夏荔：这不是给大家加油鼓劲嘛。

老陈：行，总算是有个中用的法子了，那就能看见希望了。

夏荔没说话，喝了口酒。

老陈担心地问：是中用的吧？

夏荔：理论上没问题，实际上……还要看实际结果。

老陈愣了半响，叹了口气。

老陈：上次塌方，老王的支护班不干了，你好几天都没说话。今天看你眉飞色舞，弄了半天，你这是装的啊？

夏荔：老陈，你跟我都在胡麻岭扛了 5 年，有些话，我只跟你说。

老陈点了点头。

夏荔：说没有压力，那不可能，胡麻岭工程一再超期，眼看整个兰渝铁路的预计工期都快到了，我能没有压力吗？

老陈：那也没办法，情况就是这样。

夏荔：不说这个，再大的压力，我扛就行了。但是这个施工法要落实下来，中间少不了折腾，你得帮我。

老陈想了想，拿起杯子跟夏荔碰杯。

2 号斜井工程驻地会议室里吵吵嚷嚷的。

工班长乙：关喷浆班啥事？就给我们留 30 秒……

小李：焊接本来就要时间，又不是烧塑料片片……

工班长丙：开挖班小心点嘛，老是踩导管……

几名工程师都求救似的看向夏荔。

夏荔：好了好了，大家先听我说……

工班长甲：踩导管？这么小点地方，我们落脚的地方都没有！

老陈大声说：好了！一个一个地来，我先说！

众人渐渐安静下来。

老陈：夏工，现在降水井的间隔是 10 米，我感觉还是大了，要不试一下调成 9 米？

夏荔：缩短 1 米，又要多打十几口井。

老陈：还是稳妥点好。

夏荔：行，那就辛苦了！

老陈摆了摆手。众人见老陈表了态，刚才争吵的气势缓和了一些。

夏荔：大家不要着急，咱们这才练了半个月，最开始，一套施工流程要三十几分钟，现在已经缩短到了十五分钟。这是大家共同努力的成果，对吧？

工班长甲：我们开挖班，腰都快累断了。一个格子就那么大，还要加快，除非让我们上机器。

夏荔：上机器肯定会塌方，但是我给你想办法……给你调一批个子小力气大的工人，能不能 4 个人一起施工？

工班长甲：3 个人都快挤死了。算了，先换 4 个小个子试试吧。

夏荔：辛苦了！李班长，你们支护班其实也有改进空间。

小李：啥？我们也要加个人挤一堆？电焊烫得死人嘞！

夏荔：就算不加人，钢材总可以提前备好是不是？现场切割，肯定慢。

小李撇了撇嘴，点头算是答应了。

晚上，夏荔疲惫地推开门，开灯后愣住了，只见之前凌乱的宿舍被收拾得整整齐齐，被子叠得像豆腐块一样，小桌上放着一个大碗，用盘子扣着。夏荔走过去揭开盘子，发现碗里是几个大肉包。桌上有张纸条，写着"羊肉馅的，热透了再吃"。夏荔拿起纸条走到书桌前，刚要拉开抽屉，却发现书桌上还有张纸条，写着"抽空收拾收拾，太散漫了"。夏荔苦笑，将抽屉拉开，把两张纸条都扔了进去，抽屉里已经有几十张这样的纸条。

试验场地，喷浆班的工班长从"井"字格里钻出来，问：夏工，多长时间？

夏荔低头看着表，说：11 分 32 秒。

众人欢呼起来，起哄把夏荔抬起来，结果落地时不稳，夏荔一屁股坐到地上，摔得他生疼，却还是忍不住笑。

老陈拉起夏荔，问：是不是该实操了？

工班长都用热切的目光看着他，夏荔：明天！

众人：好！

2 号斜井工地，探照灯将隧道照得特别亮，隧道尽头处已经搭好了"井"字形钢架。现场没有人说话，只听见开挖班的工人们用工具挖土的声音。夏荔看着表，皱了皱眉头。

老陈小声问：在计划内吧？

夏荔：稍微慢了点。

老陈：里面条件不一样，湿度也不一样。

夏荔：没事，预料到了。

表上的时间一秒一秒地走着，开挖班的工人快速离开格子，小李的支护班立刻跟进，有条不紊地传递器械和材料。很快，焊枪的电火花亮起。夏荔有些焦急地踱步，时不时低头看表。小李跳出格子，喷浆班立刻钻了进去。

小李凑过来问：晚了吗？

夏荔：没，正好 10 分钟。

小李：那为啥子流沙比平时多？

夏荔没有回答，抬头望着格子。

喷浆班工人：流沙太多了！

小李：那你们不要喊了，再快点！

夏荔很犹豫，几名工班长的目光都集中到他身上，直到其他几个格子也开始有半液化的沙土流出，夏荔赶紧喊道：撤出来！快撤出来！

喷浆班的工人跳出格子。几乎同时，大量沙土开始喷涌。

老陈：走！快出去！

工人们撒腿往外跑。老陈回头，发现夏荔还站在原地看着"井"字格发愣，于是大喊：夏荔！

老陈拽着夏荔往外跑。塌方越来越严重，沙土在隧道中像泥石流一样涌动。

2 号斜井工地外，众人坐在隧道外的空地上，个个满身泥泞，疲惫沮丧。夏荔咬了咬牙，强打精神，说：10 分钟是个坎儿，咱们再加把劲，赶在 10 分钟以内，肯定能行——

老陈打断他的话：夏荔，5 年了……唉，前两天老家那边有工程找我，我没答复，拖到现在，不知道黄了没！

夏荔看向老陈。老陈站起来，拍了拍夏荔的肩膀，说：说实话，中铁十九局也不是只有你一个工程师。

老陈说完，拖着步子走了。工人们也陆陆续续起身离开。夏荔愣愣地看着他们的背影。

宿舍门吱吱呀呀地开了，夏荔看见有人正在整理他的床铺。听到开门声，他抬起头来，是夏付华。

夏荔：爸！

夏付华看着儿子一身泥泞的样子，有些疑惑：不是说今天开工了吗？怎么还提前回来了？

夏荔坐到小桌旁，沉默片刻后说：塌方了。

夏付华愣住了，半晌才回过神来，说：我听说那个九宫格施工法了，我觉得能行。塌方了，再改进。

夏荔没有回答，他看向桌面上的字条，上面写着"天冷了，多穿点"。

夏付华：明天一早还要测量，我先走了。

夏荔还是不作声。

夏付华：不要灰心，再想办法。

夏荔没好气地说：想什么办法？

夏付华本来已经走到门边，听见这话，停住了脚步。

夏荔：能想的办法都想了，能用的法子都用了。身边工友换了一拨又一拨，我在这里耗了5年，为啥？

夏付华低下头。夏荔突然站起来，把书桌抽屉直接抽出来倒扣到桌上，里面的小纸条散落一地。

夏荔：最开始到胡麻岭，我不就是为了能跟您多见面吗？结果5年了，我们见过几面？留这些字条有什么意义？

夏付华走回小桌旁坐下，说：夏荔，这个工作就是这样。你现在都当上总工程师了，还不懂？

夏荔：那我不干了，行吗？！

夏付华怒道：胡说八道！你这是当逃兵！

门外，小李和另外两个工班长端着饭盒，听见屋子里父子二人吵了起来，他们面面相觑，大气都不敢出。

夏荔：我当逃兵？您还以为这是您当铁道兵那会儿？铁道兵都没了！

夏付华犹豫再三才开口：那咋能说走就走？你是主心骨，你走了，新来的要多久才能摸清楚情况？

夏荔：爸，5 年了，现在好不容易搞出九宫格施工法，结果这一塌，队伍又要散了，我又要重新找人，重新动员，重新练。

夏付华：实在不行，就重新练。

夏荔：又塌了呢？再从头来？我有几个 5 年这么耗着？

夏付华沉默良久，开口道：我当年耗在铁路上，你从小到大，我们也没见几次面。说实在话，我不希望我孙女一年到头见不着你。

夏荔深吸了一口气，努力稳定情绪。

夏付华：但是你想走，其实早就可以走。头两年，不是跟现在一样？我们俩也是见不着面，那时候你怎么没说要走？

夏荔：我……

夏付华：你记不记得，霍达拉我们去他家吃饭，我们俩吃白面条，他们一家啃的是发霉的馒头？

夏荔愣住了。

夏付华：我年轻那会儿也是这样，修铁路，沿线老百姓都可高兴了。要想富，先修路嘛。看着我们这群铁道兵，都跟看见亲人一样。

夏荔无奈地叹气。

夏付华：我不信现在的人跟那时候有啥不同，我们干的这个工作，有意义，有成就感，能帮到这么多人，比啥不强？为啥要走？

宿舍门口，众人安静地听着，没有人说话。

2 号斜井工地，夏荔拿着手电筒，一个人走进隧道，默默地看着地上的泥沙。他弯下腰，拢起一把泥沙，呆呆地看着。许久之后，又有几道手电筒光照来，夏荔回头，看见几个人正往他这边走。到了近前，发现是小李、老陈和其他几名工班长。众人沉默不语，老陈对着夏荔笑了笑。

夏荔：你们……

探照灯亮了，隧道被照得如同白昼。纷乱的脚步声响起，工人们拿着工具跟了进来，默默地看着夏荔。夏荔的表情几经变化，最后咬牙坚定下来，说：10 分钟。九宫格施工法，再快一点，10 分钟以内完成，最后这 173 米就能打通。10 分钟，行不行？

老陈：行，有啥不行。

小李：要得。

工班长甲：肯定可以！

大家连连点头，夏荔的眼眶红了。

2017 年 6 月，工人们簇拥着夏荔走到隧道前端。安静的隧道里，对面隐约有声。夏荔将耳朵贴在岩壁上，听见了对面的对话声。

工程师甲：测量数据确保准确吧？越到最后，越不能出错。

夏付华：放一百万个心，我还等着跟儿子见面呢！

夏荔露出笑容，笑中带泪。墙壁上的沙土开始簌簌掉落，夏荔屏息等待着。突然，一道光照亮了他的脸。

时光列车

本集编剧：余　思

何秀英

时光列车

High-speed train to love

本篇故事根据真实人物和真实事件改编。

经过中国高铁人的不懈奋斗，2017年6月，标准动车组"复兴号"在京沪高铁正式双向首发。

截至2019年，中国高速铁路列车最高运营速度为350千米/小时，营业总里程达到3.5万千米，均居全球首位。

蝉鸣阵阵，艳阳高照，育英小学礼堂内挂着"2011年育英小学文艺会演"的横幅。一群小学生围成半圆形，中间领唱的女孩何念念可爱、乖巧，他们合唱：小时候妈妈对我讲，大海就是我故乡……台下坐着一对对夫妻，为孩子们加油。合唱转为何念念的个人独唱：大海啊大海，就像妈妈一样，走遍天涯海角，总在我的身旁……何念念的目光扫过一个空座，眼里逐渐泛出了泪水。

何念念下台时，礼堂后门打开了，身穿"中车工作服"的何秀英拖着一个行李箱急急闯入。何念念别过脸，从后门溜了出去。

树荫里，何念念沿着墙脚低着头走着，何秀英拖着行李箱跟在后面，说：我这不是来了吗？你怎么还跟妈妈较劲呢？

何念念：我都演完了你才来！

何秀英：妈妈忙啊，妈妈这不是得工作嘛，你得原谅妈妈！

何念念回头，一脸不服气：好，我原谅你，但你得保证，以后再也不放我鸽子了。

何秀英：妈妈给你照张相吧，放完暑假就是初中生了。

何念念：咱俩照吧。

何秀英：行啊。

这时，电话响了，何秀英示意何念念稍等一会儿，接起了电话：喂，武所长……我刚到株洲，还没来得及回单位报到。

何念念在一旁尴尬地站着，满脸嫌弃和失望。

何秀英：是的，所长，咱们所承担的CRH-0207和CRH-0503两个型号的标准动车整车运营测试马上开始……

何念念扭头就走，头也不回地走出校门。

月色清明，合唱比赛一等奖的奖牌挂在何家墙上，时钟指向十点半。何念念伸手把灯关了，躺在被窝里。手机响了，是妈妈发来的短信：妈妈临时要去云南出差，早上小姨会来接你。

何念念爬起来，掀起窗帘往下看，夜色中，何秀英带着行李上了一辆出租车。何念念气得放下窗帘，借着手电筒光，趴在被窝里写日记：我的妈妈是全世界最坏的妈妈，我再也不会跟妈妈说一句话……

写着写着，何念念忍不住哭了起来。

2017年夏天，云南山区的红土地和梯田蜿蜒曲折，试验场所酷暑难耐，现场弥漫着喜悦之情，酷热测试刚刚成功，众人都松了一口气。

王小琴：何工，你脖子上一大片特别红。

何秀英：可能是水土不服，起湿疹了。

王小琴：热的成功了，冷的很快就来了，下个月高寒低温试运营马上启动了，一热一冷，吃得消吗？

何秀英抬头看了看太阳，说：从40℃转到−40℃，越是极端，越是能试出车的好坏来。（看了看表）走，该出发了。（忽然想起什么）糟糕，差点忘了，今天是念念的生日。

手机显示只有两格信号，何秀英赶紧打电话：喂，念念啊。

电话被挂掉，何秀英再次拨通：喂……（对不起，您拨打的电话正在通话中……）

何秀英自言自语：看来又被拉黑了。

王小琴：我帮你录视频吧。

王小琴举着手机，何秀英站在镜头前说：念念，生日快乐！对不起，妈妈没能陪你过生日，但是妈妈这个月月底肯定能回去，妈妈陪你看电影，吃大餐，给你包饺子……对了，妈妈寄给你的球鞋别忘了穿……在你生日之际，妈妈想告诉你，无论多大的困难，只要你踏实肯干，许多不可能都会变成可能。当你认准了你的轨道，就勇敢面对前路吧，妈妈永远支持你……

王小琴抹了抹眼角，说：念念看了，一定会特别感动的。

何秀丽家，何念念在背课文：唧唧复唧唧，木兰当户织。不闻机杼声，惟闻女……

表弟正在打游戏，声音越来越大，何秀丽边敲门边说：小声点，姐姐在背书呢！

表弟：表姐为什么总来我们家住？她一来，我就不能打游戏。

何秀丽伸手捂住儿子的嘴，把门关上，把他拉到一边，压低声音说：表姐马上就中考了，这周都不许打游戏！

表弟不服气：表姐自己没有家吗？

何秀丽：表姐一个人在家多可怜，再胡说八道，我抽你！

表弟委屈地点点头。

何秀丽：咱是一家人，咱家就是表姐家。

接着，何秀丽打开门，对何念念说：休息会儿，洗洗手，该吃饭了。

何念念：小姨，没事，让弟弟打游戏吧，我早就背完了。

何念念放下书，戴上耳机，在沙发上闭目养神。这时，电话响了，一看是何秀英来电，何念念就挂掉了。

晚上，何念念躺在床上，想了想，把何秀英下午发来的视频从回收站找回来，但并没有打开看。又过了一会儿，她翻身坐起，从床底拉出一个纸盒，拆开一看，是一双白色球鞋。伸出脚试了一下，结果穿不进去。看了看鞋底，是35码。何念念叹了口气，拉开抽屉，换了一双薄袜子，想硬把脚塞进去，结果仍然穿不进去。她索性把袜子脱了，努力把光脚塞进去，可不管怎么使劲，仍然有一点脚跟露在外面。她生气地把鞋扔回鞋盒，再度躺在床上，从枕头底下掏出手机，把视频删除。

教室里，同桌张小青拉开凳子坐下，拿出牛奶喝，却把鸡蛋直接扔了。

何念念：一年365天，初中3年，估计你得扔掉1000多个鸡蛋，真够可以的！

张小青：你怎么跟我妈似的！

何念念：你知道青兰中学还有很多人吃不起鸡蛋吗？

何念念把鞋盒拿出来，上面写着：青兰中学马东月收。

何念念：马东月上个月给我回信说他们村有快递点了。

张小青：全新的？发财了？

何念念：买错号了，我穿36码。

张小青：不能退货啊？新鞋子都寄给帮扶对象，回头你也帮扶帮扶我吧！

何念念：你还需要我？你爸妈天天接送你。

张小青：还是你幸福，你妈老不在，没人管你，自由自在的，我可羡慕死了。

何念念嘴硬：可不，我可幸福了。

清晨，放眼望去，一片冰天雪地，工人们只能滑着走，何秀英站在一个土坡上，迎着寒风向领导介绍情况：北方铁路段最低温度会达到 -40℃，目前这组测试动车采用了最先进的自动化防冻结功能技术，车身和供排水管等采用了防寒技术，可适应高寒地区环境，我们下一步会在野外进行试运。咱们要是成功了，就是创造了世界冻土区铁路时速之最。

武所长：关于速度的所有奇迹都是一点一点创造出来的，通了高铁，有了人气，日子就会越过越好，大家加油！

众人鼓掌。

结束后，何秀英陪着武所长往营地走。武所长：何工，我记得你女儿快中考了吧？忙完这一阵，快回去陪孩子吧。

何秀英"嗯"了一声。王小琴赶紧从身后递给何秀英一个暖水袋，说：何工，快暖暖。

何秀英向前望去，日出朝霞，闪耀着希望之光。

高寒动车组测试现场，一行人精神高度紧张。

何秀英：下午进行野外线路低温试验，成败就在此一举！大家集中精神，我们两点开始测试。

这时，何秀英注意到高铁的制动闸片，问：这是咱们自主研制的闸片吧？

王小琴：对，咱们研制的，不是之前德国进口的。

何秀英：我下去看看实体安装情况。

何秀英钻入车底仔细检查，忽然一阵眩晕，全身僵硬，腰部动弹不了。恍惚中，周围的人都在喊：何工，没事吧？

何秀英眼前一黑，失去了意识。

阳光从窗户照进来，产房内 30 岁的何秀英满头大汗，正在努力生孩子。

医生：坚持一会儿，坚持，马上出来了，出来了！

护士：出来了，是个女孩，特别精神，特别健康。

初生的何念念大声啼哭。

何秀英猛地睁开眼睛，发现自己在医院里，还戴着氧气面罩，问：我怎么了？

医生：你晕过去了，单位打120把你送来的。

何秀英恍恍惚惚：试验，试验成功了吗？

医生：你腰椎间盘滑脱了，急需马上手术。

何秀英：我们试验……

医生：不想后半辈子瘫痪，就马上做手术。

何秀英：别通知我家人，我女儿马上期末考。

医生：你的家人已经在门外等了一夜了。

黑板上写着"初三（6）班中考动员家长会"，教室里坐着家长，只有何念念一个学生。班主任走进来，清了清嗓子，说：家长都到齐了吧？

何念念举手，说：吴老师，我妈没到，我替她听。

其他家长纷纷转头看向何念念，还有几个家长窃窃私语。

病房内电视上播放着高铁施工的现场录像，何秀英目不转睛地盯着电视画面，任由护士给她换药、检查伤口。

何秀丽边给何秀英喂饭边说：别看了，赶紧歇着吧！

何秀英吃了一口，看了看手里的图纸，突然对何秀丽说：帮我拿一下遥控器。

何秀丽：何秀英，你还有完没完！身体是你自己的，闺女也是你自己的，你自己再不注意，我可就不管你了！

何秀英：行行行，听你的，都听你的。

何秀丽：上次给你介绍的对象，你见了吗？

何秀英：我哪有时间！

何秀丽：青春期小孩正叛逆，老魏也走了这么多年……

何秀英趁她不注意，伸手够到了遥控器，转到新闻台，新闻台正在播放新闻：高寒动车组首次亮相。该动车组是高铁家族中的"战寒神器"，拥有耐低温、耐冰雪的"独门绝技"，在 –40℃ 环境下也能运行如常……

何秀英兴奋地坐起来，说：秀丽，我们成功了！

何秀丽拖着行李箱，打开房门，发现屋内空无一人。

何秀英：念念？

无人回应。何秀丽举起茶几上一张纸条，说：这小孩，竟然玩这一套！

何秀英打开纸条，上面写着：学校组织周末去山区慰问，何念念。

何秀英心里有些不是滋味，强颜欢笑。

何秀丽：太不像话了，这孩子！

何秀英：没脾气就不是我闺女了！

高铁上，同学们有说有笑，何念念独自坐在最后一排。张小青看出何念念心情不好，换到她旁边坐，掏出两个鸡蛋，递给她一个，说：我妈特意多煮了一个，让我给你。

班主任吴老师站起来讲话：这个月青兰县通了高铁，从省会过去只需要三个小时。以前交通闭塞，咱们学校对口支援青兰中学好几年，包括我，从来没有和他们见过面……

张小青拿出三枚硬币，立在窗台上，说：在抖音上看的，据说在高铁上可以立硬币。

列车飞驰，驶入隧道，三枚硬币依旧稳稳地立着。何念念看着硬币，手里剥着鸡蛋壳。剥完壳，何念念一口吞了，说：我妈上次给我煮鸡蛋，是我小学三年级时候的事了。

到了青兰中学，学校在操场上举办了对口帮扶仪式，校长递给吴老师一面锦旗，紧紧握住他的手，说：感谢你们！

吴老师：我们来晚了，这是我们准备的慰问金。

吕校长：咱们这儿通了高铁，交通方便了。很快，镇上要开始做企业，娃娃们的父母都要回来了，再也不用去东莞、深圳打工了……

帮扶活动还在继续，何念念从操场走到布告栏下，看到贴出来的优秀作文，其中一篇署名正是马东月，作文里有段话：我妈妈在深圳打工，每次回来要转三次火车，花一天的时间才能回到省里。高铁通了之后，原本二十几个小时的山路，现在只需要四个小时，我可以经常见到妈妈了……

马东月站在何念念身后，问：是念念吗？

何念念一回头，身后正是她的帮扶对象马东月。

马东月：你妈妈没来吗？

何念念：嗯。

马东月：前面就是我家了。

何念念顺着马东月指的方向看过去，山坡上有几间瓦房，几个村里的孩子从门口跑过，去溪边玩耍。

马东月：我好羡慕他们，从小父母就能在镇上打工，从小父母都在身边，能带他们到处玩。

马东月拿出一个笔记本，里面夹着一张全家福，照片上的三个人都穿着很简朴的衣服，接着说：你看，这是我父母。

何念念：你爸妈能回来真好，毕竟一个人在家当留守儿童的滋味不好受。

马东月：你爸呢，怎么从来没听你提过？

何念念：我爸去世了，我妈玩命工作不着家。

马东月：我这一年多收了你十多封信，谢谢你信任我，跟我说这么多。

何念念：真不好意思，我都是瞎说的，瞎吐槽。

马东月：我不觉得你妈妈是个不靠谱的人，反而觉得你妈妈是个很了不起的人，如果不是她这样的科学家，我们村永远也不可能通高铁，我爸妈也不可能每天都在家吃饭。有你妈妈的照片吗？我想看看。

何念念打开手机，找回何秀英发来的视频，和马东月一起看起来。看着看着，何念念的眼眶湿润了。

何念念拖着行李箱回到家中时，家里已经打扫过了，书房桌上放着最新的高铁模型。她拉开最下面的一个抽屉，里面是厚厚一沓何秀英还没来得及报销的车票，墙上是她的奖

状——幼儿园歌唱比赛一等奖、小学语文作文比赛一等奖，抽屉里是何秀英的各种奖——国家科技进步特等奖、铁道科技特等奖、中国专利金奖、全国五一巾帼奖章、全国三八红旗手……

中国标准动车组 CR400AF 型列车首发仪式上，列车工作人员整装待发。中国铁路总公司领导发表讲话：国际上有种说法，高铁"始于日本，发展于欧洲，格局大变于中国"，今天是 2017 年 6 月 25 日，由中国铁路总公司牵头组织研制、具有完全自主知识产权、达到世界先进水平的中国标准动车组将命名为"复兴号"。"复兴号"将于 6 月 26 日在京沪高铁两端的北京南站和上海虹桥站双向首发！

饭堂里，一台电视机开着，正在转播新闻发布会，有的人在打饭，有的人在座位上吃饭，有的人在看电视……

王小琴：趁热吃饺子，韭菜鸡蛋、猪肉大葱、三鲜蘑菇……

工人甲：快看新闻，CR400AF 以后叫"复兴号"。

何秀英："复兴号"明天首发了，大伙儿今天多吃点！

工人乙：对了，何工，跟着您干了这么久，还不知道您是哪儿的人呢。

何秀英：我老家啊，在广西一个很偏远的小镇上。

工人丙：何工，您是从小就立志要当高铁工程师吗？跟咱们说说呗。

何秀英低头吃了口饺子，不好意思地笑了笑，说：我小时候特别羡慕能坐火车的人，总觉得发明火车的人很伟大。没想到自己后来也跟火车打上了交道，而且还是高速列车。

我记得 20 年前，我和老魏刚认识。处对象时，有一次我坐火车回家过年，车晚点了很久，人又多，下车后，我才发现他送给我的手表都被挤丢了，人太多了。

王小琴：结果现在，从上海到北京只需要四个多小时了。

工人们纷纷鼓掌。

何秀英看着远方，说：十年前，老魏在医院那会儿，我买不到票，一路站着回去，一路上"金鸡独立"站了十多站，也没赶上见他最后一面。我那时候就想，如果火车能再快一点就好了，如果那时候能坐上"复兴号"，也许我能赶上，念念也许就不会一直怨我。

何秀英低头吃饺子，突然有些鼻酸，但她忍住了，接着说：火车速度越来越快，但有些事错过了，就再也追不上了。

王小琴觉察到何秀英的细微变化，说：何工，要不把你女儿带来施工现场过暑假吧。

何秀英看着远方的铁轨，摇摇头，说：算了，我已经不敢跟女儿承诺了，我错过太多了，让她失望太多次了。

突然，手机响了，何秀英打开手机，发现是何念念发来的视频。这让她大吃一惊，她万万没想到会收到女儿的视频：妈妈，我看到新闻了，"复兴号"通车了！这么多年来都是你给我发视频，这次我想给你发。妈妈，我想跟你说，我为你感到自豪，你带给我的精神力量，会伴随我一生。在我心里，你是世界上最好的妈妈。妈妈，你总问我爸最后说了什么，其实他就是让我多给你唱歌。妈妈，我给你唱首歌吧，我第一次得合唱比赛冠军，你没听到的那首——小时候妈妈对我讲，大海就是我故乡……就像妈妈一样……

望星空

陆向宇

本集编剧：胡雅婷、王婉晴

本篇故事根据真实人物和真实事件改编。

2003年10月15日，我国自主研制的"神舟五号"载人飞船在酒泉卫星发射中心发射成功。

2020年7月23日，"长征五号"遥四运载火箭在文昌航天发射场发射升空，成功将"天问一号"火星探测器送入预定轨道。

半个多世纪以来，在几代航天人坚持不懈的追求下，中国航天事业正朝着无垠的星辰大海凯歌行进。

北京郊外，陆向宇、陆星辰父女俩坐在野餐垫上，看着望远镜，越野车停在一旁，帐篷透露着温暖的灯光，四周皆是田野，空中星云密布。

4 岁的陆星辰：爸爸，我没有找到小兔子啊。

陆向宇：以前的人没有望远镜，看不到，那是他们想象的。

陆星辰笑道：他们太笨了，这么小的地方，怎么可能站得下小兔子呢？

陆向宇：月亮其实非常大，只不过离我们太远了，所以看起来很小。

陆星辰看着陆向宇，眼睛里满是疑惑。

陆向宇：等你长大了，爸爸带你上去看看。

陆妻从帐篷里走出来，笑道：你把刚才的话再说一遍，我要帮辰辰录下来，将来给她听听你都许诺了什么。

夫妻俩相视一笑。

陆星辰认真地看着爸爸，说：爸爸，你真的会带我去吗？

陆向宇看着星空，无限感怀，说：当然了，我们不仅要登上月球，还要去其他星球。

陆星辰：为什么啊？

陆向宇：因为地球是人类的摇篮，但人类不可能永远生活在摇篮里。

航天员教室里，陆向宇在和其他的航天员认真上课，课桌上放着地球仪，老师在台上讲着航天知识。

航天员宿舍里，高高的书本后面，陆向宇正在桌前奋战。

航天员训练场地，医护人员和工作人员通过实时屏幕观察着航天员的离心机训练情况，陆向宇的脸已经因剧烈的离心力而变形。

训练室里，陆向宇攀岩、举杠铃。

更衣室里，陆向宇筋疲力尽地看向窗外，夕阳已西下。

陆星辰：爸爸，今天课堂上，老师让我念了我写的作文。

陆向宇：哦，写的什么啊？

陆星辰：是科幻的。我写了我们在另一个星球上生活的样子，同学们都听呆了。对了，爸爸，我还写了你和妈妈呢。

陆向宇：等有时间，爸爸也好好看看。

陆星辰：现在我们都可以在太空行走了，我觉得一定能实现。

陆向宇：嗯，爸爸会去找到你写的那个星球。

陆星辰：爸爸，同学们都问我，下一次进入太空的会是你吗？

2009年除夕夜，伴随着热情洋溢的春节联欢晚会节目播报声，一个穿着旅游鞋的女孩在走廊上急匆匆地走着。她就是长大了的陆星辰，手里端着一大碗红烧鸡腿，一路风风火火，嚷道：让开让开，我们家的菜来了。

一群孩子接连避让，陆星辰进入食堂，将鸡腿放在已经满满当当的桌上，然后开始数菜：1，2，3……14，齐活儿！

旁边有个小男孩想拿一个鸡腿，陆星辰拍了一下他的手，说：干什么呢，第一个必须给我爸吃。

闻言，小男孩嘟着嘴走了。旁边一个大圆桌前，几个航天员妻子和炊事员一边包饺子，一边观看春节联欢晚会。

陆妻：辰辰，快来看，他们出来了！

大家赶紧聚在一起，盯着电视，电视上三位航天员的声音充满了自信。众人围着这三位航天员的家属欢呼着，陆星辰露出了羡慕的神色。

航天员公寓食堂门口，陆星辰和几个航天员的孩子在玩一些小型烟火。车声渐近，一辆中巴车停下，陆续下来了十几个航天员。

小男孩：爸爸！

说着，小男孩扑向了中间的航天员，被一把抱起。其他孩子也簇拥着三位刚刚上了春节联欢晚会的航天员，开心极了。

小男孩：爸爸，我在电视上看见你了！

陆向宇正好从车上下来，远远地，就看见了陆星辰羡慕的眼神，叫了她一声。陆星辰赶紧迎上来，接过爸爸的行李，开心地叫了一声"爸"。

接着，陆星辰发现爸爸的衣兜里插着一支粉色的笔，说：这笔你还留着呢？

陆向宇：当然，你送的，老爸每天都带着。

众人在航天员公寓食堂里聚餐，几个开朗的航天员带头唱起了《天边》：天边有一对双星，那是我梦中的眼睛。山中有一片晨雾，那是你昨夜的柔情。我要登上，登上山顶，去寻觅雾中的身影。我要跨上，跨上骏马，去追逐遥远的星星……

歌声悠扬、嘹亮，陆向宇、陆妻、陆星辰吃着年夜饭。陆妻帮丈夫夹菜，问：初几走啊？

陆向宇：主任说了，这次回来后，多待两天，要好好帮你拖地、洗衣。

陆妻：得了，你有空，多陪陪辰辰。

陆向宇看向陆星辰，只见她正羡慕地看着前面几个戴着红花的航天员。顿了顿，他递给陆星辰一盘饺子，唤道：辰辰，吃饺子。

陆星辰回过神来，接过盘子，答道：好嘞！

几个航天员唱着歌起哄，让所有人都上台来。

刘健：老陆，干啥呢？来来来，赶紧过来！

陆向宇等人被簇拥着来到前面一起唱歌，陆星辰有些感怀。

陆向宇：辰辰，你是不是有点委屈？

陆星辰：委屈什么？

陆向宇：爸爸知道，这十年，你一直盼着我能进入太空，你也可以在同学面前炫耀一下。

陆星辰：爸，我知道您一直都在努力，我会永远支持您的。

2012年，"神舟九号"载人飞行任务航天员封闭训练场地，六个人正在训练，旁边有医生看着，记录他们的心率、血压。

陆向宇：辰辰，爸爸告诉你一个好消息，爸爸入选备份乘组了。

陆星辰：备份乘组？

陆向宇：为确保万无一失，每次飞行任务会选拔同等数量的人作为备份。这次需要三个航天员执行任务，有三人作为备份。

陆星辰：那您这次有机会进入太空吗？

陆向宇：当然有机会，爸爸一定会努力争取的！对了，爸爸需要和主份接受相同的封闭训练，最近回不了家，你要照顾好妈妈。

航天城偌大的操场上，只有陆向宇一个人在跑步，他有些失落，因为今天宣布了飞行任务执行乘组的名单，他是备份，还要做好地面支持。跑着跑着，旁边突然多了一个人。陆向宇侧头一看，是执行乘组的战友刘健，心里瞬间明白刘健是来陪伴与安慰自己的。

陆向宇加快速度，刘健也跟着加速；陆向宇放慢速度，刘健也放慢速度。跑了半圈后，陆向宇停下来，刘健也停下来。陆向宇扑哧一笑，刘健也释然一笑，两人继续向前跑去。

酒泉问天阁工作间，工作人员正在认真地检查航天服。陆向宇待在刘健身边，看着刘健在两个工作人员的帮助下穿好了航天服，眼中有些羡慕。

工作人员：差不多了。

工作人员给了刘健一个鼓励的手势后离开了工作间，房中只剩下刘健和陆向宇两人，他们突然有些百感交集。

刘健：要走了。

陆向宇：放心吧，东西都帮你收好，全带回北京。

刘健笑了，迟疑了一下，他拿出一块男表摩挲着，说：当年结婚，和我媳妇一人一块，刻了名字，帮我转交给她吧。

陆向宇愣了一下，明白了刘健的意思，说：你可不是一个人上天，你身后有我们，还有几十万航天人呢！

刘健点头微笑。

陆向宇拍了拍他的肩膀，说：东西，我给你拿着。别忘了，你小子回来还得陪我夜跑。每天五圈，少一圈都不行。

说完，陆向宇准备离开房间，刘健突然叫住了他。两人对视片刻，互敬军礼，说"北京见"。

北京航天飞行控制中心，陆向宇坐在大厅一旁地面支持的位置上看着面前的大屏幕。屏幕上是"神舟九号"飞船内宇航员正在工作，他们操纵着"神舟九号"对接"天宫一号"，最终成功，众人纷纷鼓掌。陆向宇看着他们，露出渴望、羡慕的神色。

北京天文台，两个工作人员正在忙碌，陆星辰在 2.16 米的天文望远镜前认真观察着天上的星星。陆向宇来到女儿身后，叫道：辰辰。

陆星辰：爸，你回来了！

陆向宇：刚到家，你妈说你在这儿。辰辰，爸爸这次——

陆星辰打断了陆向宇的话：爸，我知道，我看了电视转播。

陆向宇满脸歉意，想说什么，又说不出口。

陆星辰：爸，快上来看看！

陆向宇边走边问：什么啊？

陆星辰让他站在天文望远镜前，只见一个极小的点正在目镜里缓慢移动。他定睛一看，发现竟然是国际空间站，父女俩笑了。

陆星辰：今晚看到它的人肯定很多。每次它就像流星一样划过夜空，但有多少人知道

它是国际空间站，上面还有六位宇航员呢？

陆向宇微微一笑，说：过不了多久，中国的"天宫"空间站也会建成，航天员会在空间站里生活、工作，守望咱们的地球。今后，我们还会去月球、火星，去太阳系外，探索更加广阔的宇宙。

两人静默片刻，陆星辰：爸，有件事要告诉您，我决定考研了。

陆向宇：选好学校和专业了吗？

陆星辰：想好了，就考北航，我要做一名航天人。

2014 年，中国航天员科研训练中心大厅里，条幅上书：航天员停航停训宣布会。

领导：他们经过了漫长的坚守，将青春无怨无悔地献给了载人航天事业。虽然错过了飞行的黄金年龄，无缘执行飞行任务，但他们的等待与"神舟"飞天的辉煌一起，构成了中国航天史上最厚重的一页，他们同样是飞天英雄！

台下五名航天员身穿军装，胸口带着熠熠生辉的航天员纪念章，陆向宇站在他们身后，目露不忍之意。

酒泉发射中心，五名航天员和陆向宇站在火箭发射架下，看着高耸的火箭发射架，有些恋恋不舍。

航天员甲深吸了一口气，说：真要走了，还挺舍不得的。

航天员乙看着火箭发射架，说：虽然没上过天，但挺值得。

航天员丙：挺好的，以后咱们就轻松了。

众人：对对对，轻松了。

大家有意无意想说得轻松点，却还是流露出掩藏不了的失落。

陆向宇：我还不知道你们，如果能留下来，谁愿意走啊。

五个人一下子沉默了。

航天员甲：几十万航天人都在为"航天梦"而拼搏。虽然我们无缘飞天，但今后，也可以在其他岗位继续为航天报国的理想努力。

航天员乙：我们当初的梦想，你帮我们实现吧！

五人目怀期望，对陆向宇郑重敬礼，陆向宇也庄重地回了一个礼。

2016 年，清晨的阳光给训练室增添了金色，陆向宇正在跑步机上挥汗如雨。几名年轻的航天员推门进来，愣住了，他们没想到陆向宇来得这么早。

孙晓鹏：他几点来的？

航天员丁摇摇头，表示不知。陆向宇大汗淋漓地继续专心跑步。众人对视了一眼，赶紧去找不同的器械训练。

"天宫二号"地面训练模拟舱内，陆向宇和孙晓鹏正在进行特情处置训练，舱内警报声响，二人认真配合，孙晓鹏略显紧张，陆向宇镇定许多。

陆向宇：02，手动打开冷凝干燥组件。

孙晓鹏：02收到，（进行操作）冷凝干燥组件已打开。

陆向宇观察舱内温度，仪表盘上温度渐渐下降，直至恢复正常，警报声停止。

陆向宇：报告地面，舱内温度已经降低，转为正常。

地面教员：地面确认正常。（片刻后）01、02，第一个特情处置方案训练结束，休息片刻，准备第二个特情处置方案训练。

陆向宇：01收到。

孙晓鹏：02收到。

二人完成操作，长舒了一口气，相视一笑。陆向宇拿出女儿送的笔，在一个本子上记录。

孙晓鹏：练了这么多次，每次特情处置训练还是紧张，不如您冷静。

陆向宇：你还年轻，经历多了就好了。

陆向宇认真做记录，孙晓鹏眼神中露出敬佩，说：宇哥，这么多年，您也太拼了！

陆向宇笑道：你们还年轻，可我都备份两次了。这次，不想输给你们。

孙晓鹏的目光落在陆向宇的笔上，说：宇哥，我们都觉得这次肯定是您。

陆向宇微微一笑，说：我也希望。

中国航天员科研训练会议室里，领导从秘书处接过黑色文件夹，很多航天员都看着陆向宇，他也眼露期待。

领导：经载人航天工程指挥部决定，本次"神舟十一号"载人飞行任务飞行乘组为景海鹏、陈冬……

瞬间，陆向宇的眼中只见领导的唇动，耳中已无声响。两名航天员站了起来。

领导：备份乘组为陆向宇、孙晓鹏。

陆向宇有些恍惚，隐隐约约听到领导在叫自己的名字。

领导：陆向宇，你说两句吧。

陆向宇看向两位主飞乘组的战友，庄重地敬了一个军礼，两位主飞也回了一个军礼。

陆向宇：虽然我再一次成为备份，但我一定会认真完成此次备份任务。祝贺你们！

长长的走廊里，陆向宇的背影显得有些失落。他一手拿着包，一手攥着女儿送的那支只剩下些许粉色的笔。他认真练习微笑，希望自己能显得更自然一些，接着把笔插回上衣口袋，掏出钥匙准备开门，不料门被屋里的人打开了，温暖的灯光从屋内射出，目之所及，是女儿的笑脸，妻子已经做好了一桌菜，桌上还放着一束娇嫩的鲜花，陆向宇心中暖意融融。

酒泉发射中心空空的火箭发射架下，陆向宇静静看着，仿佛这一刻，他离梦想很近。穿着航天工作服的陆星辰来到父亲身边，说：今夜的星空真美啊！爸爸，那么多星座的名字都是谁取的？

陆向宇：我不知道，但人类许多幻想都来自星空。

陆星辰：爸爸，你说过，地球是人类的摇篮，如今我们已经迈出摇篮，走向太空了。等咱们的空间站建成了，我也要成为航天员，去空间站工作。

　　陆向宇看着女儿，百感交集，一把将女儿拥入怀中，两人共同看着满天星斗。

　　陆星辰：星空里有很多星星没有名字，可它们也很亮。这些无名的星星，和有名的星星在一起，才组成了灿烂的星空。

　　陆向宇："星空浩瀚无比，探索永无止境"，我们是不会停下脚步的。

下一个一百年

本集编剧：胡雅婷

王有亮、高飞

王有亮，1964年生，北京人。

1983年进入故宫博物院保管部修复厂工作，师从青铜器修复大师赵振茂。

30多年来，修复、保护文物300余件，最著名的是春秋时期的《莲鹤方壶》。

高飞，1979年生，北京人。

2001年进入故宫博物院文保科技部金属陶瓷修护室工作，师从王有亮。

作为故宫新一代修护人，他坚持用传统修复技艺结合现代科学分析的工作方法，进行文物的研究性修复和保护。

车轮向前滚动着，胸前的工作牌摇晃着，高飞骑着自行车经过景山公园，临近神武门，高飞下了车，走进故宫。

文物修复室内，聚光灯下，王有亮坐在工作间内接受采访：不止一百年了，这手艺最早在宫里有，内务府的造办处，有批匠人专门修青铜器。改朝换代后，有个叫"歪嘴于"的工匠办了万龙合古铜局，他的小徒弟张泰恩继承衣钵，开创了"古铜张"派，这就是目前青铜器修复手艺的来源。到我师傅赵振茂的时候，手艺已经炉火纯青。

门外，三三两两的同事往里看，高飞守在门口，严肃地看着师傅。

小宁：飞哥，王师傅又介绍手艺呢？

高飞看向修复室内，笑而不语。

小宁：飞哥，这是分析报告，您帮我给王师傅。

高飞：受累还跑一趟。

小宁：没事。

高飞接过报告，看了看，推门进入修复室内，走到师傅桌前，打开师傅的杯子，放茶叶倒水。

王有亮：我是 1980 年到北京鼓楼中学文物班学习，这个班是文物局和鼓楼中学合办的。学了三年，被分配到故宫。到了这儿，就跟着我师傅赵振茂。这是我徒弟，叫高飞。

记者回头看向高飞，摄影机也转向高飞，高飞略显尴尬地笑了笑。

记者：王师傅，您再给我们介绍一下这个工具。

王有亮：它叫"两头忙"，就是个锉，是我师傅赵振茂传给我的，是老物件，您看这上面还有錾的字呢。

高飞在电脑前认真地看着文物目录和一张张图片。

器物部同事：签个字吧，这几个文物，已经和你师傅商量过了，拿去就行。

高飞签完字，看到目录中还有一个文物，面露惊喜：辽代青铜面具，我研究它很久了，它是契丹族的随葬品。

器物部同事：这个想让你们修复来着，可确实难度太高，你师傅之前琢磨过，推了两次。怎么，你想试试？

高飞看着目录，内心纠结。

王有亮默不作声，大步流星地走在故宫西华门甬道上，面色捉摸不定。

高飞：师傅，您接受采访的时候，我替您去器物部签字了。

王有亮：兽首葫芦香薰、铜执壶、兽首铜杯，这三样。

高飞：对。（犹豫了一会儿后）师傅，还有一样，我想修。

王有亮：修什么呀？

高飞：辽代青铜面具。

高飞：师傅，我研究这面具很久了，它是辽代契丹族的随葬品，能帮助我们了解和研究辽代契丹族的历史文化，具有很高的研究价值。

王有亮继续走着，没说话。

高飞：师傅，我觉得这个面具修复好了，可以丰富院里的展览和收藏，还能为辽代历史和金属工艺研究提供实物资料。师傅，您觉得我能修吗？

王有亮停下脚步，回头意味深长地看着高飞，说：硬骨头，你想啃？好啊。

师傅的语气不冷不热的，让高飞愣在原地琢磨了好久。王有亮慢慢走到阴暗处，背影逐渐变小、变远。

文物修复室内，高飞边干活，边偷瞄着师傅，眼神中充满忐忑。王有亮一丝不苟，在用"两头忙"认真修复一个小青铜器。器物部的同事推着小推车，上面满满当当用绳索捆着几样文物。高飞赶紧起身，帮着器物部的同事卸东西。几个人戴着手套从小推车上卸下了三个箱子，把文物挪到屋内。王有亮拿过单子比对，辽代青铜面具赫然在列，他皱眉看向高飞。

高飞给师傅穿上围兜，王有亮戴上手套。王有亮一个眼神儿，高飞就推来一个小推车，上面有修复青铜器所需的各种工具：锉、烙铁、钢锯、钳子、镊子、錾子等。高飞配合师傅，打开箱子，揭开包裹文物的保护层。最后一个盒子打开时，高飞期待而又纠结，只见辽代青铜面具破败不堪，残片剥落。高飞低头察看辽代青铜面具的锈蚀之处，不由得倒吸一口冷气，气氛有一丝尴尬。

王有亮：还修吗？

高飞顿了顿：修！

王有亮看着高飞：成，你选的文物，你负责到底。

小宁：飞哥，面具的检测报告出来了，材质和档案记录有很大出入，银、铜、锡三元合金，不是青铜的。

高飞跨上自行车，在红色的东筒子路上飞速骑着，急转弯后，转到了神武门，从非开放区到了开放区，已经有游客在拍照，高飞迅速经过，咔的一声，残影留在了别人的照片上。一只花猫趴在高飞经过的路边，他匆匆而过，猫咪"喵"了一声，闲适地伸了个懒腰。到了检验科，高飞赶紧把自行车放在门口，噔噔噔跑进去。

小宁：看这儿，两道很大的裂缝，局部有硝酸纤维素的成分。

高飞：这应该是黏合剂，用来加固的，20 世纪西方修复艺术品曾用的方法。这面具是1946 年德国商人捐给故宫的，可能西方修复人员修复过。

小宁：这面具只有 0.5 毫米厚，已经矿化得比较严重了。

高飞：0.5 毫米，这个厚度用焊接方法肯定不行。

小宁：不光这些，这个面具病害很多，全是锈蚀，还不知道脱盐除锈后是什么样儿呢。飞哥，我建议你还是别修了。

高飞认真地说：不，我这次还真想试试。

高飞在一排排摆满古籍的书架间徜徉，后来又坐到电脑前查阅资料，认真记录，努力画出面具残缺处样图。

王有亮的桌子上，依然有一杯沏好的热茶。他经过高飞的桌子，看到他手上的面具画样和桌上厚厚摞起的相关专业书籍，没有言语。

高飞在小金属鼎复制品上做出锈，对它进行翻模。王有亮在隔壁桌紧盯着高飞翻模。高飞小心翼翼地撕下翻模膏体，却还是有碎屑被带落。高飞在最后一步时泄气了，懊恼崩溃，王有亮看在眼里。

过了几天，王有亮在桌上认真修复一个小青铜器。

高飞小心翼翼地端着一杯热水，说：师傅，您喝口水。

王有亮应了一声，拿起桌上的杯子，刚准备喝水，突然发现不对劲儿，他疑惑地看着杯子，说：这不是我的杯子。

高飞从包里拿出师傅的杯子递给他，两个杯子几乎一模一样，说：这是3D打印出来的。

王有亮疑惑地看着高飞。

高飞：这辽代金属面具太薄了，传统翻模和焊接肯定不行，而且很可能对文物造成再次伤害。用3D扫描和打印技术做辅助，能知道缺失边缘的精准尺寸，做出补块，科学、安全、有效地修复好文物。

王有亮：这是什么材质啊？

高飞：补块是树脂，不会腐蚀面具，持久性也好。

高飞把自己做的关于青铜器修复的一沓厚厚的档案推到王有亮面前，王有亮没有看高飞的资料，还在对比自己的两个杯子。

高飞：您对这门新技术不太了解，可眼见为实，您觉得还行吗？

王有亮琢磨完了，把两个杯子放在桌上，看向不远处的辽代金属面具，说：你如果有信心，过两天开专家会，自己和大家汇报。

高飞：啊？

王有亮顺手拿起自己的杯子，悠闲地起身去接水。高飞看着3D打印杯子里热气袅袅，眼露惶恐。

文保科技部会议室内，高飞站在台上，精美的PPT展示的正是面具的预想修复过程。下面的专家皱眉看着台上的高飞，激烈地辩论着。

专家甲：这金属上弄两块树脂，合适吗？

专家乙：面具那么薄，你能做到分毫不差？

高飞忙解释：用3D打印技术，能针对缺损部位精准做出补块，到本体黏合涂色，完全看不出。

专家丙：多少年了，老师傅们从来都是这么过来的，这么修算怎么回事？

专家甲：原来的方法怎么不行了？你翻模不成，你师傅也不成吗？

高飞有些语无伦次：我……你们听我说……

人声越来越多，七嘴八舌，众说纷纭。高飞看着众人，有些恍惚，所有人的声音在脑海中循环往复。他的额上渗出汗水，支支吾吾，脸色渐渐阴沉。

主任打圆场：王师傅，这，您表个态吧。

王有亮终于开口：高飞选的文物，用不着我表态。我只说一句话，咱们科室打成立起，对每一件文物都会认真对待，从没退回去过。

众人议论纷纷，王有亮起身离开，高飞从桌上拾起师傅留下的"两头忙"，看见师傅的背影越来越远，高飞赶紧追出去。

高飞追上王有亮，把"两头忙"还给他，说：师傅，之前一直是您拿主意，这次您一直没言语，您觉得新方法真的有问题吗？

王有亮站定回头，严肃地说：这面具本可以不修，但你既然选了，就得心里有数，为它负责。

高飞：我没有不负责。

王有亮：那为何一定要来问我？如果我说不行，你就不修了吗？

高飞愣住，半晌没有反应。

王有亮：选文物，一开始就得掂量好自己的手艺。手艺到了，心为什么要虚？（顿了顿）那些老专家为什么反对新方法，你认真去琢磨。面具是修，还是退，你决定。

高飞没说话。

王有亮：高飞，你来故宫几年了？

高飞：今年是第十二个年头了。

王有亮：十二年了。那你还记得来故宫第一年，我说过的话吗？

高飞愣住，陷入了回忆：2001 年，大门缓缓打开，一束阳光照了进来，逆光坐着的是王有亮，他正在修复一个青铜器。

高飞探出头来，有些紧张地说：是王师傅吗？我叫高飞，被分配来做青铜器修复，以后是您的徒弟。

王有亮停下工作，问：你知道，从你走进这个屋子开始，到成为一个文物修复师，要多长时间吗？

高飞有些蒙。王有亮一边继续手里的活儿，一边说：未来你要修复的文物都有几百甚至几千年的历史，是老祖宗留下的宝贝。咱们是能让它们再活下一个一百年的人。你，做好准备了吗？

高飞微微诧异，继而坚定一笑。

2002 年，乾清宫空荡荡的，王有亮给乾清宫门把手上亮，高飞站在师傅后面。

高飞：师傅，我做复制品都快一年了，什么时候才能碰真的文物？

王有亮：你师爷说过，哪怕是复制品，手摸过去都得像剥了壳的鸡蛋一样滑才够。你呢，有了面子，里子达标了吗？

高飞沉默不语。

王有亮：咱们是守着故宫的人。如果你觉得以自己的手艺和信心，能让文物再活下一个一百年，你就可以碰了。总有一天，你做的每个决定，都会决定文物的命运，明白吗？

高飞：师傅您放心，我会把文物看得比我的生命还重要。

滚烫的热水冲入杯中，茶叶翻滚，热气蒸腾，王有亮和主任正在品茶。

主任：小高人都瘦了一圈，你也不出面说两句。3D 打印技术新鲜，不妨让他尝试一下。

王有亮吹了吹茶，说：我从没觉得新旧技术有什么水火不容的，只要为文物好，我认。

主任：那您这是唱的哪一出？

王有亮脸上浮现一丝笑意，说：高飞手艺好，心又细，这徒弟，打着灯笼都难找。可今后，咱修复室会交给他，传承谱系上会有他的名字，他得担更大的责任。我时常琢磨找个机会告诉他，他可以出师了。这回，不正是个好机会吗？

主任若有所思，王有亮则想起了往事：高飞一边修复文物，一边和王有亮讨论；二人一起聚精会神地观察器物，王有亮认真讲解；高飞为青铜器上色，王有亮点头欣慰地笑了。

王有亮：十二年，我把师傅传给我的手艺全教给了高飞。但日后他必须独立地去思考，去实现，去面对质疑，这股为文物执着的勇气，和手艺一样重要。

故宫内，王有亮背着手走在前面，高飞推着自行车跟在后面。

高飞：师傅，老专家们是担心我用了新方法，会忽略老手艺。但我一直明白，手艺在，咱手艺人才有了魂，有了根。

王有亮：那你决定了吗？

高飞驻足，说：师傅，这面具我一定要修。我又反复论证了很多次，要修复好它，3D打印技术必不可少。

王有亮沉吟片刻，笑了笑，说：想清楚了，就大胆往前走吧。这十多年，我教你的难道只有手艺吗？

高飞突然释然了，眼睛里亮光闪闪，可他的面色还是有些为难。

王有亮：怎么了？没做过，怕难？

高飞不置可否。

王有亮：你肯去钻研，愿意担当，还有过硬的手艺，怕什么？（又走了几步，回头）退一步说了，你不还有师傅嘛。

二人相视着笑了，周围落叶簌簌。

文物修复室内，辽代金属面具处于桌面正中，高飞戴上手套，精准地给面具除锈，王有亮在旁边指点：老规矩，先除锈。

高飞用细条透明膜盖住面具额头处的织物，说：师傅，面具的额头处，技术分析是织物成分，这一部分必须保留原样，不做除锈处理。

高飞用去离子水按比例稀释好金属除锈剂，然后用无酸脱脂棉蘸取，贴敷在需要除锈的位置。

王有亮：这面具太脆弱，为了文物安全，咱得一直盯着。

高飞不时揭开脱脂棉认真观察，墙上的挂钟嘀嘀嗒嗒地走着。高飞用镊子完全将脱脂

棉揭下，脱脂棉上有很多绿色痕迹，但没有锈片。看着除锈完成的青铜面具，师徒二人相视无言。

检验科的同事熟练地用 3D 扫描仪对除锈后的面具进行扫描，高飞在一旁认真观看，电脑中面具的 3D 模型逐渐形成。

高飞：用 3D 扫描技术建模，用软件绘出补块的尺寸，最后打印。

王有亮：厚度能一致吗？

高飞：完全一致。

高飞坐在电脑前，电脑屏幕上显示出辽代金属面具的三维数据，每个横截面都在翻转。他标注补块，跟小宁一起议论着。

三台 3D 打印机高速运转，机器里面具的复制品和补块在精准打印中。

高飞：面具和补块的 3D 图做好后，就进入打印阶段。

小宁：王师傅，我们现在用的技术叫 Stereo Lithography Apparatus（立体光固化成型法），简称 SLA。

王师傅凑近打印机观察，却什么也看不到，于是问：这什么也看不着呀？

小宁：王师傅，您得等等。

时间飞逝，打印完成。高飞将 3D 打印的补块和带缺口的面具相比较，补块和缺口完全重合。王师傅的脸上露出了笑容。

高飞用镊子夹住补块，在辽代金属面具上比对，结果也完全重合。

王有亮：接下来就是怎样将补块黏合到文物上了。

高飞：师傅，面具只有 0.5 毫米厚，黏合过程可能要复杂一些。首先要用环十二烷，加热液化，在面具的正面先做临时固定，环十二烷的特点是会在室温下 20 天左右后完全自然挥发，基本不留痕迹。

高飞用电加热勺加热固体的环十二烷，环十二烷渐渐熔化，变成液体。高飞把熔化的环十二烷覆到面具和补块的连接处。

高飞：正面的临时固定做好以后，再在面具的后面用海克斯塔配合无酸纸再次黏合。

王有亮眼睛一亮，说：海克斯塔，德国胶。这种胶最大的特点是配比——3：1，胶30，固化剂10，这样才能发挥它最大的功效。

王有亮将一片片涂好胶水的无酸纸递给高飞，高飞用镊子轻轻按压，黏合面具。黏合完毕后，高飞：最后一步就是上色。师傅，您来吧。

王有亮：我的话，你又忘啦？你选的文物，你自己负责到底。（停顿了一下）等会儿，小子，上色第一条是什么？

高飞：灯下不观色。

文物修复室的大窗帘被全部拉开，阳光洒满整个修复室。高飞用师傅准备好的调色盘加入各种颜料调配颜色，再认真地用毛笔在面具的修补处仔细描绘。站在一旁的王有亮看着高飞，颇为自豪地点了点头。

辽代金属面具被修复一新，焕然生辉。高飞抬起头，发现师傅已不在屋里。他走到师傅的办公桌前，桌上空荡荡的，只有一把师傅用的"两头忙"放在桌上，他的眼中不禁有些湿润。

高飞和王有亮站在角楼上眺望着故宫。

王有亮：故宫已经 600 岁了，它屹立在每个中国人心中。从古至今，每代中国人都在守望着它，它也永远凝视着我们。高飞，下一个一百年，靠你们了。

高飞：放心吧，师傅。

王有亮欣慰地一笑。

远处，前门、太和殿广场的游客越来越多，天安门前五星红旗飘扬。

冰与火

本集编剧：张贝思

孙文海

本篇故事根据真实人物和真实事件改编。

2015年7月31日，北京成功申办2022年冬季奥运会。

2016年，北京冬奥组委正式入驻首钢园区。此后，一批首钢工人转型转岗，成为制冰师、讲解员、餐饮服务人员等，全身心投入冬奥会建设工作中。

截至2020年年末，已有100多万人申请成为2022年冬奥会志愿者。

偌大的首钢冰壶馆内，孙文海一边用铲刀修理一边指挥身旁的两个工友：给我加点黑色。

杨斌闻言，赶紧递给孙文海一个颜料盒。

杨斌：老孙，这好像不够帅。

孙文海：小胡，你的墨镜呢？借来用用。

胡一条毫不犹豫地把墨镜递给孙文海。

孙文海：《复仇者联盟3》看过不？像钢铁侠那样的，出场都戴墨镜，这就是老外的美颜神器。

孙文海给雪人戴上墨镜。雪人身材肥胖，中间围着大红肚兜，左手一个金元宝，右手一个玉如意。

胡一条：文海哥，安吉鲁能看上咱这个礼物吗？

孙文海指着地上的横幅"北京首钢冰壶馆热烈欢迎国际制冰大师安吉鲁"说道：这可是招财进宝吉祥物之首钢冰壶馆限量版，再说了，欢迎仪式，讲究的是喜庆。（转头指着雪人）你看它笑口常开、吉祥如意、红红火火，量身定做、纯手工，换你，开不开心？

胡一条愣愣地点点头，一旁的杨斌则有点担心：人家看得上咱们吗？

孙文海把一个花环戴在雪人身上，说：咱好歹也培训了六个月，虽然不是制冰壶场的冰，怎么说也是认认真真学过的，别还没开始，就灭自己威风。

话音刚落，门口传来了响动，三人急忙把雪人用红布盖好，然后匆匆向停靠在冰场一边的铲冰车跑去。

孙文海首先坐上了车，一边发动车，一边跟旁边正在给铲冰车解锁的杨斌和胡一条继续说自己对于制冰的理解：你们看我们眼前这冰壶场的冰，就好比摊煎饼，第一步制底冰是倒底面糊，第二步铺好顶层冰就是给那面皮抹酱，最后再上冰打点就是撒葱花，"三板斧"一下去，齐活儿了。

孙文海的自信鼓舞了胡一条和杨斌，让二人对未来充满了信心。三人缓缓开动铲冰车，排着队向雪人开过去。

杨斌：还是老孙脑子清楚，制冰这工作量，比起咱以前在钢铁厂轧钢干的活，还有看门当保安啥的，那也就是盘咸菜，都不够塞牙缝。

胡一条：要是咱把这个安吉鲁的本事都学全了，那以后是不是能给冬奥会制冰啊？

孙文海：咱可是要成为全冬奥会最靓的仔！

　　三人慢慢把铲冰车停在横幅的后面，然后把横幅顶端的绳子分别固定在铲冰车上[①]，横幅的另外一端连着雪人头顶上的红布。孙文海还把两个手拉礼炮分别递给了杨斌和胡一条。

　　孙文海：待会儿啊，他们一开门，音乐起，我们就向后倒。

　　孙文海话音刚落，主任带着安吉鲁、助理兼翻译杰克从冰壶馆大门走了进来。安吉鲁看着中间盖着红布的雪人，有点好奇。主任连忙上前介绍：安吉鲁先生，这是我们首钢之前的"尖兵"为您准备的礼物。

　　孙文海信心满满，杰克随身翻译，安吉鲁微笑示意：谢谢！（原为英语，后同）

　　主任带头鼓掌，冰场的广播放起了 2008 年北京奥运会的主题曲《我和你》。孙文海和两位工友对视了一眼，共同开着铲冰车退后，同时拉起横幅，横幅带起了雪人的红盖头，大吉大利的雪人展现在安吉鲁面前。可是，一不小心拉得过猛，把雪人的头拖了下来，一个戴着墨镜的雪人头滚落在安吉鲁面前。这变故让孙文海瞪大了眼睛，忘记车上还绑着绳子，直接往雪人那边开，结果绳子断了，横幅砸在地上，砸出了一个坑。

　　孙文海：对不起，安吉鲁先生，这是个意外。

---

① 连接横幅的绳子经过房顶的滑轮，绳子的另外一端连接着铲冰车，铲冰车后退，横幅就会竖着升起。

孙文海走上冰壶赛道，赶紧捧起雪人头，想重新安上，安吉鲁脸色大变，制止了他们：停下！

安吉鲁转身跟主任说：主任，除了扫雪，他们三个不允许参加任何冰上作业，否则我立刻带团队回国，不再参与任何工作！

安吉鲁说罢，匆匆离去。主任瞪了孙文海等人一眼，匆匆追了出去。

挂在墙上的时钟嘀嘀嗒嗒地走着，桌上的茶水已经没了热气，孙文海倒出一杯新茶，递到主任跟前，说：主任，喝口茶吧。

主任接过茶一饮而尽，孙文海开口道：主任，帮我们跟安吉鲁说声对不起吧，那个头真是个意外——

主任打断他的话：跟那个头没关系。孙文海，你好歹也培训了六个月，你不知道冰壶赛道上不能堆雪人吗？安吉鲁说得很清楚，冰壶赛道是专业的比赛用地，除了与制冰相关的工具，其他东西不许上赛道。

杨斌不满道：我是厂里的老员工，让我扫雪，我丢不起这人。我是来当制冰师的，不是清洁工。

主任：扫雪怎么了？这是扫我们首钢冰壶馆的雪，以后是扫冬奥会的雪！实话跟你们说，咱们首钢冰壶馆以后是要配合冬奥会备战的。我们费了这么大的劲儿请安吉鲁来，就是想让我们的制冰团队有个学习的机会，锻炼锻炼，以后能在冬奥会独当一面。现在，全被你们搞砸了。

孙文海：主任，我们会好好干的。

胡一条在旁边猛点头。

主任：如果你们几个再给我捅娄子，别说当制冰师了，安吉鲁一走，扫雪也轮不到你们。

三人意识到问题的严重性，都不再说话。

主任：安吉鲁在这里待到这个赛季为止，机会只有一次，你们好自为之吧。

主任说罢，起身走出了办公室，三人恭敬地跟上。目送着主任的车渐行渐远，孙文海拿了三瓶北冰洋汽水，分给杨斌、胡一条。胡一条接过汽水，没有喝的心情，问：文海哥，咱不会很快要失业了吧？

杨斌猛灌一口汽水，愤愤不平：失业怕什么？大不了继续干保安。

孙文海喝着汽水，听见杨斌的丧气话，猛吞了一口，差点噎着：还保安？能不能有点志气？！

杨斌：那我跟你修空调去。

孙文海一把拿过杨斌和胡一条的汽水，分别放进面前的保温套里，再递给杨斌和胡一条，说：一个萝卜一个坑，我们培训的这半年，维修部早就招新员工了。现在我们面前就这一条路。

杨斌和胡一条好奇地看向孙文海。

孙文海：跟安吉鲁学会制冰技术，成为专业的制冰师，才能留下。

胡一条：行不行啊？我只会说 yes 和 no 啊……

杨斌：不行也得行！

孙文海架起一个小黑板，上面写着"学习制冰诀窍"。接着，他在黑板上写了"知己知彼"四个字，画了个大肚子的人，旁边写上"安吉鲁"，说：第一步，我们要摸清楚安吉鲁及其团队的底细。

冰壶赛道上，杨斌拿着扫把正在清扫积雪，安吉鲁从冰壶馆门口走了进来。杨斌假装低头将积雪铲入桶中，实则在蹲下之际悄悄拿出手机，拍下安吉鲁的照片。

饭堂里，安吉鲁到饭堂打饭，胡一条拿着一个巨大的饭盒罩住自己，偷偷将安吉鲁打饭的画面拍下来。孙文海也在偷拍，两人撞了个满怀，菜汤洒了一身。

事后，杨斌和胡一条将各自拍的照片贴在小黑板上，有安吉鲁打饭的照片、安吉鲁进入控制室的照片、安吉鲁打点的照片、安吉鲁开着铲车铲冰的照片……

杨斌：安吉鲁每天八点准时到达冰场，先检查场内气温、湿度，再检查赛道，等国家队来训练。

胡一条：中午吃夹心三明治配一盘"草"、一根烤肠，有时也会出去吃火锅……

孙文海：吃啥不重要。

胡一条：那……中午之后就是国家队训练，4 点训练结束后修整顶层冰面，重新打点，六点准时下班。

孙文海摸了摸下巴，说：这么说，要知道安吉鲁的顶层冰制冰标准，只要在下午守住他就行了。

杨斌和胡一条不约而同地点了点头。

4 点 10 分，安吉鲁趴在地面修冰，一旁的孙文海借着打扫的掩护，扫着扫着，就移动到了安吉鲁身后，学习安吉鲁的手法。安吉鲁回过头来，孙文海赶紧低头装作扫雪。安吉鲁看了看孙文海附近的冰面，不满道：Stop, or I'll kick your ass！（住手，不然我揍你！）

安吉鲁说罢，离开了。孙文海回头一看，才发现身后的冰壶赛道上，冰碴子一团一团的，只有他面前的一小块地方干净如新。

回到家，孙文海熟练地做了一盘可乐鸡翅，端着来到写作业的女儿孙旭身边。孙旭看到孙文海这般模样，了然于胸，问：爸爸，这次要我怎么配合？跟杨伯伯喝酒，还是和一条叔叔钓鱼？

孙文海摇摇头，说：爸爸是想问你，kick 什么 ass，连起来是啥意思？

孙旭意外地看着眼前的孙文海，笑着说：你棒呆了。

孙文海哀求道：旭旭，别卖关子了，快告诉我什么意思？

孙旭：意思就是你棒呆了。

孙文海半信半疑：真的？

孙旭肯定地点了点头，抓起一个可乐鸡翅就啃了起来。

杨斌：真这么说的？

孙文海自信地点点头：指着我鼻子说的，还能有假？同志们，安吉鲁这是看到了我们的潜力啊！这句 kick 什么 ass 就是对我们的鼓励。看破不说破，严师出高徒，人家才是真正的这个！（孙文海竖起大拇指）

胡一条恍然大悟：这么说安老师那天的下马威是怕咱们骄傲，他其实对咱们寄予厚望。

孙文海：既然安吉鲁已经看到我们的价值，接下来就是咱们计划的第二步，声东击西，"闷声发大财"。

晚上，孙文海、杨斌、胡一条蹑手蹑脚地来到电闸控制室，三人不约而同地看向一条线路的插座，对视一眼后，孙文海轻轻拔掉插头，象征着电源接通的指示灯熄灭了。

首钢冰壶赛道上，因为断电，冰面融化了，赛道变成了清水，安吉鲁手脚并用地指挥着，制冰成员们来回奔跑。唯独孙文海、杨斌、胡一条拿着扫把在一旁看热闹，安吉鲁见三人无所事事，挥手示意：你们把冰毛毯铺上，减缓冰融速度。

孙文海、杨斌、胡一条悄悄伸手击掌庆祝，抱着冰毛毯冲上冰面。

赛道上，安吉鲁调试测温枪，胡一条在一旁默默用手机记下过程。

安吉鲁：杰克，我们的空调死机了吗？

杰克：场馆刚刚断电了，他们已经修好了，温度很快就会降下来。

新的底冰慢慢冻上，安吉鲁开着铲车修整冰面，孙文海在铲车一旁默默记录铲车动作。工作人员铺设涂层，孙文海、杨斌、胡一条在一旁目不转睛地看着，袖子下的手机不约而同地录着。冰壶赛道冰面完成后，安吉鲁背着打点壶，走上赛道，挥动着洒水杆，匀速后退，水珠在赛道上凝结成均匀的冰点。所有人都聚精会神地看着安吉鲁又稳又灵活的动作，既有艺术美感，又十分精准。

孙文海：安吉鲁这打点技术也太厉害了吧！

安吉鲁打完一遍，走下赛道，孙文海情不自禁地鼓起掌来。安吉鲁好奇地冲着孙文海问：你能看明白吗？

孙文海急忙点头，竖起大拇指，激动地说：yes，you，very 棒……kick your ass，kick your ass！

一旁的杰克闻言一愣，急忙拉住孙文海，示意他闭嘴，然而已经晚了。安吉鲁脸上的笑容逐渐凝固，黑着脸瞪了孙文海一眼，随即从他身旁走过，孙文海一脸疑惑。

冰壶馆边上，孙文海懊恼地看着杰克，难以置信：不会吧，我女儿明明说那是"棒呆了"的意思。

杰克一边摇头一边解释：kick ass 意思是棒呆了。你刚才说的是 kick your ass，是让你……滚……的意思。

杰克同情地看着孙文海，杨斌和胡一条先是愣了一下，接着一言不发地看着孙文海。

孙文海突然重重地拍在桌子上，怒道：凭什么让咱们滚！咱再怎么说也是首钢出来的，自家地界儿上，什么时候这么让人看不起过，这口气必须争回来！

胡一条：怎么争啊？安吉鲁早就说过，不让咱上冰的。

孙文海：咱有手有脚，他不让上，我们就不上吗？咱底层冰不会弄，顶层冰可是学得八九不离十了，必须绝地反击，让他知道咱的实力！

杨斌热血上头：对啊！我看，除了国家队训练的时间，安吉鲁每天根本来不及修五条赛道，场地右边那条赛道一直是空着的，咱下周在国家队来之前把赛道铺好，到时候看安吉鲁还有什么话说。

孙文海：可以可以。

胡一条提醒道：文海哥，其他参数我们都记录下来了，可打点的打点壶都是实名制的，咱可拿不到啊！

孙文海信心满满地一挥手，看向黑板上打点壶的照片，说：这事包在我身上，"撒葱花"的玩意儿，只要鸟枪换炮，准没问题！

一摞快递箱子堆满了孙旭写作业的课桌，孙旭用剪刀划开一个箱子，从里面拿出了一根塑料软管，问：爸爸，这是什么呀？

孙文海：是爸爸的秘密武器。

孙旭帮忙拆其他快递箱子，里面是各种各样的家用器件——园艺喷头、塑料水桶、塑料水龙头按压开关器、胶水等。孙文海拿起螺丝刀，开始组装。妻子郭雯下班回家时，孙文海半靠在沙发上沉沉睡着了，他身旁是一个组装得差不多的简易打点壶。

孙文海、杨斌、胡一条穿着保安服，躲在冰壶馆保安的视线盲点。保安刚起身吹着口哨离开，三人就蹑手蹑脚地走进了冰壶馆，孙文海手里还提着一个大黑包。为了避免惊动保安，他们把窗子的遮光布都拉上之后，打开了自己带来的应急施工灯。看着右边还没铺好的赛道，三人特别激动。

孙文海：兄弟们，准备好"摊煎饼"了吗？

胡一条、杨斌：开干！

三人对视了一眼，随即风风火火地开始行动。杨斌对照自己的笔记，设定了场馆的湿度。胡一条推着铲冰车铲掉顶层的冰，铺上新冰。杨斌学着安吉鲁的样子趴下身子仔细修冰。

杨斌用头灯给孙文海、胡一条打信号，孙文海缓缓打开黑色的背包，一个简易打点壶出现在大家眼前，上面还用油性笔歪歪扭扭写着"孙文海加油"几个字。孙文海拎起自制的打点壶，雄赳赳气昂昂地站在冰面上，按下开关，水通过喷头喷出，他挥着洒水杆，水滴落在冰面上，很快凝结成点状……

忙了一夜后，孙文海、胡一条、杨斌三人呼呼大睡。孙文海脸上挂着笑，仿佛做着快乐的梦：教练和安吉鲁在赛场边寒暄，旁边是翻译杰克。

教练：今天的场地真的太及时了，谢谢您，安吉鲁！

安吉鲁：不要谢我，谢谢他们！

说到这里，安吉鲁朝着孙文海竖起了大拇指。突然，安吉鲁的笑脸变成了主任愤怒的脸：你们给我滚！

被吓醒的孙文海一睁眼就看到了现实中脸黑如锅底的主任。

孙文海吞了一口口水，问：主任，您……您怎么在这儿？

胡一条、杨斌也醒了过来，他们揉眼睛的揉眼睛，伸懒腰的伸懒腰，不知道发生了什么事儿。

主任：你们闯大祸了，国家队队员受伤了，赶紧给我去冰壶馆！

听了主任的话，三人一个激灵，全站了起来。孙文海打头，匆忙穿上昨晚还没来得及换的保安服向冰壶馆跑去。

来到冰壶馆，只见安吉鲁和教练相对而立，安吉鲁满脸遗憾：非常抱歉，这是我的失误！

孙文海看见安吉鲁鞠躬的样子，心里有些愧疚。教练离去后，安吉鲁推着铲冰车一点一点铲掉冰面上的冰。孙文海示意胡一条和杨斌站在场边，不要上冰场，他则走上冰面，站在安吉鲁前进的路线上。安吉鲁缓缓把铲冰车停下，瞪着孙文海，问：你想做什么？

孙文海：I want be 制冰师……冬奥……Today……kick I ass，not kick……

孙文海指了指自己，又指了指胡一条和杨斌。安吉鲁下车，慢慢走近孙文海，盯着他的眼睛说：别搞笑了！这点是你打的吧？你要是当上了制冰师，中国冬奥会就别开了，运动员连场都上不了。只要我在，以后你们三个就不准再上冰。

孙文海：今天的事儿我负责，和胡一条、杨斌没关系。

安吉鲁：孙，这不是游戏！

杰克跟场边的杨斌、胡一条耳语了一番。杨斌听到安吉鲁的话，愤而离开。胡一条追着杨斌跑了出去。安吉鲁说完，就离开了冰面。孙文海听明白了安吉鲁的意思，他抬起头，恰好看见窗外冬奥会倒计时的牌子，上面写着"还有 499 天"。

孙家厨房里，孙文海满脸忧愁，穿着大围裙，熟练地翻炒鱼香肉丝，餐桌上摆放着酸辣土豆丝、红烧茄子、酱爆鸡腿等家常菜。孙旭在屋角的桌子上写作业。穿着一身职业装的郭雯走进屋子，在门廊处换拖鞋。鱼香肉丝出锅，孙文海端着菜走向客厅，冲着女儿喊道：旭旭，鱼香肉丝来咯！

孙旭一听，立刻收起作业本，跑到饭桌旁，一脸沉醉：好香啊！

孙文海回身接过老婆的包，放在一旁的沙发上，说：我这时间掌握得刚好，快坐下吃饭，做了你爱吃的茄子。

郭雯坐到女儿身边，问：作业写完了没？

孙旭得意地说：写完了，老师让我们写最敬佩的人，我就写了一篇《Nothing is impossible 的爸爸》。

孙文海端着菜，一脸好奇：是吗？快念给爸爸听听。

孙旭拿起作业本，认真念道：我的爸爸比别人的爸爸都厉害，有一句英文用来形容我爸爸特别贴切——Nothing is impossible。对他来说，没有什么是不可能的。

孙文海将盛好的饭放到饭桌上，心里有些宽慰和得意，问：这……怎么说的啊？

孙旭：别人家都是妈妈做饭，我家却是爸爸做饭。爸爸以前是轧钢厂的小帅哥，号称"车间吴彦祖"。但因为轧钢厂停产了，爸爸后来没有正式工作，妈妈就给他分配了家庭煮夫的工作。

孙文海渐渐变得尴尬，说：这算什么夸奖？还有没有别的？

孙旭：当然有了——爸爸一开始并不服从安排，直到妈妈停掉了他的零花钱，爸爸才认识到自己工作态度的问题，慢慢进步，在"柴米油盐"中找到了自己的价值。Nothing is impossible 就是我爸爸的真实写照，他从"车间吴彦祖"慢慢变成了"居家苏大强"。

孙文海实在听不下去，又无力反驳，把一个鸡腿塞进女儿嘴里，说：旭旭，菜快凉了，吃饭吃饭。

郭雯：快别逗你爸了。

郭雯一边吃一边说：说点正事儿啊，我听杨斌说，他和一条都要走了？

孙文海没搭腔，给郭雯夹了块鸡。

郭雯：跟你说啊，我表弟那边需要一个负责销售钢铁的人，我把你介绍过去了。

孙文海狠狠扒了口饭，沉默片刻后说：没多久，就是冬奥会了。

一段静谧无人的封闭马路上，只有一盏路灯亮着，孙旭和孙文海出现了。孙旭站在路口一棵树下，鬼头鬼脑地看了看四周，反复确认周围没有人后，冲着孙文海比了个 OK 的手势。孙文海掏出一把尺子，量出 45.72 米的距离，然后在两端分别放了一块砖头，模拟冰壶赛道，随后将一份打点技巧考核表交到孙旭手中，说：旭旭，冰壶赛道长 45.72 米，宽 5 米。打点一次，从头到尾需要 45 秒。轨迹需要保持直线，每平方厘米 3～5 个冰点。现在，要你这个小老师来帮爸爸掐表训练了。

孙文海背上自制的打点壶，冲着孙旭点了点头。孙旭打开手机计时器，按下开始键，喊道：开始！

孙文海挥动洒水杆，水珠喷洒而出。他一边挥洒一边往后退，模拟练习冰上打点。等到了模拟赛道另一头，孙旭随即点了停止，秒表显示用时 1 分 13 秒。她拿起打点技巧考核表，在"时间"一栏打了 ×。然后检查孙文海洒出的水迹，又在考核表的"直线""密度"两栏打了 ×，冲着孙文海摇了摇头，说：爸爸，你不及格。

孙文海神色平淡地看了一眼表格，说：再来！

突然，孙旭吹了一声口哨，冲站在起点的孙文海急速挥手，两人立即跑向暗处，消失在树丛中。保安随即出现在马路上，看到地上残留的水迹，保安四下张望，但马路上空无一人。

另一段无人的马路上，孙文海和孙旭现身了。借着一盏路灯的灯光，孙文海一遍又一遍地练习。渐渐地，月亮移到了西边，路上只有孙文海一个人了，他挥动着洒水杆，一步一步往后退，直到踩中另一头的砖头，随即掐下秒表，秒表器上显示用时 45 秒。孙文海满是汗水的脸上不见笑容，他捡起地上的打点技巧考核表，除了"时间"一栏打了√，其他栏还是 ×。孙文海走到孙旭身旁，拿起一件衣服给已经熟睡的女儿盖上，将她抱上车子后座安睡。

孙文海失落地抱着睡着的女儿回到家时，房间一盏灯亮着微弱的灯光。他轻手轻脚地将女儿放到她的床上，盖好被子，接着回屋躺到自己床上，郭雯翻了个身，用后背对着他，显然有些生气：你爱钻牛角尖，带上你姑娘算个什么事儿？

孙文海：老婆……

孙文海看着床头柜上放着的云南白药和自己那张还是钢铁工人时的照片，照片中的自己脸很黑，牙齿很白，他突然觉得自己那口牙有点儿刺眼，伸手把照片倒扣过来。

首钢工业园大门前的大灯亮得晃眼，孙文海跨进大门，眼前的景象让他惊呆了——园区内，各个车间灯火通明，锻压机发出阵阵轰鸣，锅炉上冒着腾腾热气，烟囱也冒着浓浓黑烟，一切宛如首钢还未停产时的模样。他诧异地朝着一个车间走去。车间里弥漫着滚烫的热气，火红的钢块从锅炉里出来，顺着传送带来到工人面前，整个车间的工人都在卖力地轧钢。一个工友夹起一块钢摆在轧钢底座上，锻压机咚咚捶打塑形，火红的钢块发生偏移，一个工友大喊：强子，快来帮忙！

孙文海下意识地找来铁夹子帮忙固定钢块，旁边一个年轻人也在奋力地夹住钢块，但手法生疏，早已大汗淋漓。

孙文海好奇地询问：小伙子，你不懂技术，为何还这么卖力？

年轻人：钢块没有定型之前，必须坚持。

孙文海愣住了，他朝着那个年轻人看去，却发现那个年轻人分明和自己年轻时长得一模一样。

孙文海睁开眼睛，眼前还是他熟悉的卧室，原来刚才的一切只是自己的一个梦。床头柜上的照片还是倒扣着的，他把照片又翻了过来。

深夜，一段封闭的马路上，孙文海背着打点壶继续模拟练习。斗转星移，昼夜更替，一盏孤独的路灯，一个孤独的身影在模拟赛道上挥洒汗水，一遍又一遍练习着。

孙文海打完一遍，拿起考核表查看自己的打点线路，洒水轨迹如同旁边的白色分车道一般笔直，一黑一白如同两条平行线，于是在打点技巧考核表"直线"一栏打了√。接着，孙文海循着洒水轨迹查看洒水密度，地面上的水滴多的湿成一片，少的没有几滴，干一片，湿一片，随即在"密度"一栏打了×。他放下打点壶，疲惫地坐在马路边。汗水湿透了他的衣服，顺着脸颊滑落的汗水一滴一滴落在那张考核表上。突然，孙文海将考核表揉成一团扔在地上，一脚踢开打点壶。

一个人渐渐靠近孙文海，捡起了地上的考核表。孙文海抬头一看，居然是安吉鲁。孙文海正想解释，安吉鲁挥手示意，打断了他：再来一次。

孙文海听懂了，点了点头，拿起打点壶开始打点，但是他倒退得太快，脚下滑了一下，摔在了地上。安吉鲁上前把孙文海从地上拉起来，帮他卸下打点壶，靠近观察，并检查打点壶的各个部件，说：打点壶做得不错，你看我做一次。

安吉鲁挥动着洒水杆，匀速后退，在马路上留下均匀的水滴。

孙文海接过打点壶继续练习，渐渐地，水滴均匀地洒在马路上。

两个月后，首钢冰壶馆里广播响起：冰壶世界锦标赛东亚地区预选赛休息 15 分钟，请现场工作人员进行场地休整。孙文海一铲一铲地将扫出的雪铲进装雪筒中，主任接了一个电话后焦虑地来回踱步。

孙文海：主任，怎么了？

主任：杰克突发阑尾炎去医院了，现在场上只有安吉鲁一个制冰师，打点的人不够。

孙文海：主任，让我试试。

孙文海踏上赛道的时候，突然感觉到赛场上几千双眼睛都看着自己，原来在比赛过程中踏上冰面是这样的感觉。他看着四周正在等待的运动员和忙碌的工作人员，脚下走得更稳了。他握住洒水杆，按下开关，洒水，摆动，直线匀速后退，一气呵成。水珠散落在冰面上，凝结成一排排细小而又均匀的小冰点。安吉鲁也被孙文海吸引，目不转睛地盯着他的每个动作。赛道旁的同事们一个个目瞪口呆，主任更是不敢相信自己的眼睛。孙文海打完一遍，走下赛道，来到安吉鲁跟前。安吉鲁拍了拍孙文海的肩膀，说：孙，2022 年，靠你了！

裁判示意比赛可以开始，场馆广播响起：亲爱的观众朋友们，比赛将在 3 分钟后继续，请双方运动员归位。

比赛结束后，看完比赛的郭雯带着孙旭在场馆门口等孙文海。孙文海背着他自制的打点壶出来，不少人好奇地看着他。他走到女儿身边，一把抱起她。

孙旭：爸爸，你刚刚好酷！

孙文海：你上次怎么写的来着？我是"居家苏大强"？

孙旭：不，我爸爸是制冰师！

孙文海看着妻子和女儿，笑了。

磊磊的勋章

本集编剧：初　征

刘磊磊

　　刘磊磊，1985年生，山东青岛人。

　　16岁时被选入国家柔道队，成为中国女子柔道队的男陪练。

　　在长达16年的陪练生涯中，帮助20多位奥运冠军、世界冠军训练，共计被摔284万次。

训练馆的大门被推开，阳光照射进来，教练带着五个满脸青涩的男孩站在门口，16岁的刘磊磊还带着憨实的笑容，满眼懵懂和憧憬。

训练馆内，柔道队员们各自配合，正在卖力训练。刘磊磊有点傻眼，训练馆里女生比男生多，那些女生看上去更高、更壮、更凶猛。

教练：停！

队员们两两相对站好。

教练：礼！

队员们互相鞠躬。

教练：换人！

队员们互换位置。

教练指着刘磊磊，说：新来的，来，你过来，叫你呢！

刘磊磊指了指自己：我？

刘磊磊走入训练场，队员甲来到他面前站定，刘磊磊一脸茫然地看着眼前高大的女队员。

教练：五分钟实战，开始！

鼓声响起，教练按下秒表。队员甲直接上前一个外卷入动作，一下子把刘磊磊掀翻了，直接砸在了地上。刘磊磊眼中的世界旋转了一圈，还没等他缓过来，队员甲已经摇摇头，转身去找其他人训练了。

（刘磊磊：第一次走进国家柔道队训练馆，我像个赤手空拳的新兵突然走上炮火连天的战场，不知道敌人是谁，不知道如何战斗，只知道那天我是个人形沙袋。为什么我连女队员都摔不过？我不服！）

晚上，简陋的宿舍里，五个男孩挤在一个房间，每个人都一身疲惫。刘磊磊小心翼翼地脱下训练服，发现肩膀已经磨出了血痕。一个室友扔过来一管药，刘磊磊接住，自己涂药。

同来的伙伴忍不住说：我想回家。

刘磊磊抬头看了他一眼，没吭声，忍着疼，继续给自己擦药。

训练场内，队员和陪练在绕着圈跑步热身，齐声喊道：加油，一二一……

教练：找对儿！

昨天摔过刘磊磊的队员甲再次站到他面前，他深吸了一口气，目光一一扫过其他队员，最终停在了一个身材看上去没那么高大的女队员——冼东妹身上，跑过去向对方行礼。冼东妹立刻朝刘磊磊回礼，走上前。刘磊磊刚想防御，冼东妹已经抓住他的衣领，一扭身，将他掀翻在地——这个比刘磊磊矮一头的女队员也轻松摔翻了他。他咬着牙爬起，又被摔倒。教练站在远处盯着一脸倔强的刘磊磊，眼神里有审视、判断、分析……

（刘磊磊：后来我才知道，我被选入国家队，是做一名陪练，女子柔道队的男陪练，我永远没有机会走上赛场。）

刘磊磊坐在角落里休息，教练走过来坐在他身边，说：聊两句吧。

刘磊磊看着教练，神情有些失落。

教练拍了一下他的肩膀，说：我知道你有情绪。磊磊，你知道国家队为什么招你进来吗？你身形合适，能模拟国外的竞争对手。

刘磊磊：那我……是不是拿不到金牌了？

教练：你要知道，一场比赛只有一块金牌，而金牌是属于冠军的。当然，如果没有陪练的付出和努力，再好的教练，也很难培养出冠军。国家女子柔道队，你是选择留下，还是选择离开，我不强求，你自己做决定。考虑好了就告诉我。

教练说完，转身走向训练场。刘磊磊也朝训练场望去：不断敲击的鼓、用力抓住对手的手、墙上的五星红旗、绷紧的腿和脚、队员拼力嘶吼的脸、落地的汗水、奥运五环……

教练：礼！换人！

刘磊磊拍了拍一个陪练的肩膀，重新抬头挺胸站在训练场内，站在对手面前。

教练：五分钟实战……

教练回头，语气一顿，发现了神情坚毅的刘磊磊，面容变得温和。

教练：礼……

众人开始训练。

训练场内热火朝天，不少队员在与陪练认真训练对抗着，摔打在软垫上的声音与队员的呼喝声不绝于耳。刘磊磊正在角落里帮一个队员做按摩放松，他十分卖力，汗水滴落，脸上却始终带着微笑。

电视里正在播放两个外国女子柔道选手比赛的视频，刘磊磊专注地看着比赛视频，手里拿着一个本子，一一记下动作要领，研究着对方的动作，不时模仿着比画两下。

窗户大开，日光明亮，七八台洗衣机都在运转着。晾衣绳上晾晒着不少训练服，刘磊磊笑呵呵地忙活着，动作麻利、流畅。一位女队员匆匆跑进洗衣房，将两件运动服塞进刘磊磊怀里，说：洗好帮我送房间啊，谢谢磊磊！

刘磊磊露出一口白牙，憨厚地笑着答应。女队员转头跑了。

超市的货架上摆满了商品，刘磊磊推着购物车，迅速穿过货架，径直走向摆满卫生用品的货架，娴熟地找到常买的牌子，取下几包卫生巾放进购物车。几个路过的人投来疑惑的目光，有年纪稍大的阿姨，也有年轻女孩。刘磊磊一脸习以为常的表情，从她们身边走过，去收银台结账。

夜凉如水，一轮满月挂在天上。刘磊磊穿着背心、短裤，站在窗口打电话：妈，你和爸都挺好的吧？……等我比赛的水平上去以后，就能代表国家队参加比赛了。

刘磊磊边说边挠被蚊子咬的地方，他的肩膀、手肘、膝盖都贴着膏药，伤痕累累。

刘磊磊：电视？不知道到时候会不会转播……妈，等有空，我带你去现场看我比赛。妈，我先去忙了，等有空再给你打电话。

刘磊磊挂断电话，笑容有点僵。他动了一下，结果腰伤发作，只好揉着腰朝宿舍走去。

2004 年，中国女子柔道队训练馆鼓声阵阵，教练背着手走动，时不时指导一下。刘磊磊和刘霞对抗训练，刘霞看起来有些吃力，但还是将刘磊磊摔倒在地。

刘磊磊：来，接着来。

刘磊磊笑着爬起来，刘霞再一次举起刘磊磊，却突然腿一软，跪在地上。眼看刘磊磊就要压在刘霞身上，千钧一发之际，刘磊磊伸出手臂，单手支撑住硕大的身体，紧接着似乎听到了自己韧带撕裂的声音，他眉头一皱，强忍着疼痛。

医务室内，一声惨叫响彻整个走廊，队医正在帮刘磊磊将脱臼的肩关节回位。刘磊磊面色惨白，冷汗涔涔。

队医：这脚刚好，还没两天，就又到我这儿来了。这回是怎么回事啊？

刘磊磊：霞姐不是在降体重吗，摔我的时候突然没劲儿了，我不能伤着她，就用手撑了一下垫子。

队医：你最近不能参加训练了啊。

刘磊磊：别，大夫，冲奥运呢！教练说，训练一天也不能耽误！

队医：你的腰、腿都已经是习惯性扭伤了，这次肩又伤得这么重，再不好好休息，以后会出大麻烦的。

刘磊磊不吭声，闷了半晌才抬头：打封闭吧。奥运会，参加一次不容易。等比赛结束再说。大夫，我求你了，千万别告诉霞姐！

队医无奈地摇头，低头在记录簿上写着。

富有节奏的鼓声响着，一个年轻的队员站在鼓前用力敲击。教练背手而立，不少队员围坐一圈，跟随鼓点喊着"加油"。圈内，是刘霞在与多名陪练进行轮番对抗，汗水浸湿了他们的训练服。

刘磊磊被多次摔倒，咬牙坚持：来，再来！

队员：加油！

刘磊磊一次又一次被摔倒，仍然强撑：力量不够，再来！

刘磊磊跟在教练身后亦步亦趋，一脸委屈又胆怯的表情：教练，我可以继续参加训练。

教练沉着脸不吭声，刘磊磊换到教练的另一边继续说：这可是奥运会。您不是说嘛，训练一天也不能耽误。

教练停下脚步，戳了戳刘磊磊的肩膀，刘磊磊痛呼出声。教练忍着怒意，说：你打了七针封闭！你以为我不知道，是吗？我找别人陪她练，你下次还有机会。

刘磊磊：别呀，教练，错过这次，谁知道还有没有下次了！

教练：你胳膊不要了？我告诉你，两个月之内别让我再看见你！

说完，教练头也不回地走了。

刘磊磊坐在训练馆外的台阶上抽泣，不知什么时候，有人走近。刘磊磊抹抹眼泪，抬起头，发现是刘霞递给他一块饼干。

刘磊磊接过饼干，说：谢谢！

刘霞坐在刘磊磊身边，说：都怪我没控制好，让你受伤了。

刘磊磊：姐，不怪你，你也别往心里去。马上要比赛了，要是伤着你，比赛怎么办！

刘霞看了看刘磊磊手里的饼干，说：吃，你怎么不吃呢？

刘磊磊：你不吃，我也不吃。

刘霞：我不吃是因为要控体重降级别，参加比赛。你又不参加比赛，干吗饿着自己呢？

刘霞把饼干包装袋撕开，塞到刘磊磊的手里。

刘磊磊：那我也得降体重，才能配合你训练。

刘霞：行，那等比赛结束，咱们出去大吃一顿，怎么样？

刘磊磊：好。

刘霞像大哥一样揽住刘磊磊的肩膀，说：磊磊，你现在的任务是好好养伤。等你伤好了，咱们再一起训练。下一次比赛，咱们一起拿冠军，好不好？

刘磊磊：好！

（刘磊磊：她说下次我们一起在北京奥运会拿冠军时，我心里好像有什么东西被点燃了。"一起"，这两个字有一种魔力。它让我觉得，只要我们一起努力，金牌就会属于我们。）

皓月当空，清辉满地。宿舍里，刘磊磊正用老旧的缝纫机在一件队服上缝队员名字和国家名称，旁边还堆着几件空白的队服和几张名牌。室友拎着暖水壶走进来，看着在缝纫机前认真缝名牌的刘磊磊，说：下个月……我就走了。

刘磊磊抬起头，问：你也要去日本发展吗？

室友苦笑道：我哪有人家那路子！老家亲戚开了个健身房，喊我回去做教练。有国家队这块招牌，钱比普通教练多三倍。

刘磊磊：挺好的。

说完，他低下头继续干活。

室友看着他，说：你说，咱们在这儿图什么啊？天天还得给她们打杂，按摩、跑腿……你来国家队就为了当个跑腿吗？连比赛服都让你缝，你看看你，还像个男人吗？

刘磊磊摸着名牌上"CHN"三个字母，语气认真：我缝的队服能上奥运会，挺好的。

室友不以为然地摇了摇头。

空荡的训练馆里，只有刘磊磊一个人坐在地垫上看着电视。电视里正在转播2004年奥运会女子柔道比赛，中国选手刘霞对战日本选手阿武教子。

（刘磊磊：每次比赛的时候，都是我最孤独的日子，因为陪练永远不会出现在赛场上。可是，我同样会为每位获得奖牌的运动员骄傲。）

比赛最后仅剩二十几秒时，阿武教子抓住刘霞的破绽，一举拿到"一本"①，赢得了胜利。看着这一幕，刘磊磊紧握双拳，用力砸向地面，为刘霞惋惜：都怪我，怎么没想到这个动作！

这时，训练馆的门打开了，一个工作人员带着一个风尘仆仆的中年男人站在门口，中年男人怀里还抱着一个过时的行李袋。

工作人员：小刘！

刘磊磊转头呆呆地望着来人，愣住了。过了很久，他才开口：爸！

桌上的火锅沸腾着，父子二人隔桌对坐。刘磊磊从桌上拿起一瓶二锅头，给父亲倒了杯酒。父亲看也不看他，端起酒杯一饮而尽，拧着眉头放下酒杯，而后终于开口：天安门升旗，早上几点啊？

刘磊磊一脸蒙：五六点吧，我没去过。

父亲点了点头：明早去看看，看完时间正好。

父亲边说边掏出两张火车票，放在满是油污的饭桌上，火车票上写着：北京—青岛。

刘磊磊看着火车票，满脸为难，低头不语。

父亲：你一个陪练，人家拿金牌，跟你有什么关系？

刘磊磊：每个运动员都得有陪练。

父亲重重放下酒杯，说：当初你进国家队，是怎么跟你妈说的？你说你要拿世界冠军。你妈每天都跟邻居们说，你能代表中国，让五星红旗升起来。

---

① 柔道比赛中，运动员获得"一本"后，该场柔道比赛即可结束，获得"一本"的运动员获得胜利。

刘磊磊低声说：我……我想……

父亲：啥也别想，回家！跟我回家修车，都给你安排妥了。

刘磊磊：爸，我真想留在这儿。

父亲：你这孩子……

刘磊磊：我是真的喜欢柔道。

刘磊磊低着头，不敢与父亲对视。父亲沉默片刻，低头苦笑，接着弯腰拿起地上那个老式行李袋，放在刘磊磊面前的桌上，说：之前跟你妈说过，劝不了你，白来！这是你妈给你的。

父亲说完，拿起桌上的火车票，直接推门出去了。刘磊磊拉开行李袋的拉链，里面塞满了膏药贴，他的眼圈儿又红了。

2008 年，训练场上，刘磊磊与杨秀丽相对而站。杨秀丽似乎有些急躁，上前抓着刘磊磊做背负投动作。

教练摇头：速度不够，再来！

杨秀丽和刘磊磊再来一次同样的动作。

教练依旧摇头：背松了，再来！

他们俩一直重复动作，教练一直不满意，重复说着"再来"。

杨秀丽腿一软，摔倒在垫子上，说：我歇会儿。

教练：赛场上会让你歇会儿吗？

教练负气离开，临走时嘱咐几个陪练：你们继续，练她！

杨秀丽情绪崩溃，嘶吼：练什么练，不练了！

她的嘶吼声令全场都安静了。很快，鼓声又响起了，其他人继续训练，刘磊磊静静地看着情绪崩溃的杨秀丽。

过了很久后，训练的运动员陆续走出了训练场，教练也走了。训练场上只剩下杨秀丽和刘磊磊。杨秀丽抱膝靠墙坐着，眼望窗外，黄昏降临，暮色涌入。这时，一只巨大的"毛毛虫"蠕动过来——刘磊磊趴在地垫上，撅起屁股，脸贴地垫，蠕动着向前。杨秀丽忍不住，扑哧一声，笑了出来。见她笑了，刘磊磊松了一口气。他走上前，摆出架势。杨秀丽看着他，也站了起来。刘磊磊被摔翻在地，还不忘伸出大拇指赞扬：漂亮！

（刘磊磊：所有人为同一个理想一起努力，让我觉得既平凡又伟大。）

夜深人静，室友都睡熟了，鼾声此起彼伏。缝纫机前的小台灯还亮着微弱的光，刘磊磊在轻手轻脚地用缝纫机缝着衣服。他拿起缝好的队服仔细看了看，上面是杨秀丽的名字拼音"YANG XIULI"和代表中国的"CHN"。桌面不远处还有一件折叠整齐的队服，上面印着"XIAN DONGMEI"。在微弱的灯光中，刘磊磊欣慰地笑了。

赛场休息室里，电视中在播放比赛：杨秀丽与古巴选手激烈对抗，比赛加时赛环节，双方已经用尽力气。

休息室里，刘磊磊攥着拳头目不转睛、眉头紧锁，十分紧张。加时赛结束，裁判商议，最终根据双方进攻态势做出判决，杨秀丽获胜。大家相互击掌祝贺，刘磊磊弯下腰，像个孩子一样哭了起来。

突然，手机响起来，屏幕显示"妈"。刘磊磊激动地接起了妈妈的电话：妈，赢了，赢了，我们赢了！三块金牌！

妈妈的声音响起来：儿子，我们为你骄傲！你了不起！

听到妈妈的话，刘磊磊哭得更凶了。这时，休息室的门打开，刚领完奖的几个队员冲了进来。她们二话不说，直接取下奖牌挂在刘磊磊的脖子上，又把鲜花塞进刘磊磊的怀中。其他人也跟着跑进来，一起鼓掌、欢呼。大家拥抱在一起，激动得泪流满面。

（刘磊磊：她们都说，她们的金牌里有我的努力和付出。在北京奥运会的时候，我真

的懂了这句话。这些年被摔了上百万次而留下的伤痛，都是我青春岁月里无怨无悔的荣耀勋章。）

柔道训练馆被笼罩在一片灿烂的阳光中，斜阳的余晖穿透窗玻璃，馆内有一个布满痕迹的中式大鼓，墙上正中是鲜红的国旗，下方有"团结拼搏，为国争光"八个大字。

在柔和的光线中，一个高大宽厚、穿着运动服的身影伫立于空荡的训练馆。他放下手里的行李袋，趴在垫子上，伸手轻轻抚摸训练垫上那些千百次训练留下的斑斑痕迹，依依难舍。

过了片刻，他起身走到鼓架前，拿起鼓槌敲击鼓面，铿锵而有节奏的鼓声响起，回荡在整个训练馆里。他缓缓回首，依稀看到训练馆内又跑进来一群年轻的柔道队员；一个年轻的男孩站在大鼓边敲击着，鼓声铿锵有力；队员们在垫子上开始柔道对抗训练，汗水挥洒在一块块训练垫上。

刘磊磊向门口走去，夕阳照耀着整个训练馆，暖意融融。

（有人走，有人来。一个刘磊磊退役了，还有更多的刘磊磊迎面奔来。我知道，理想与希望，一直都在这里。）

女兵突击

本集编剧：李　花

宋玺

宋玺，1994年生，山西长治人。

2012年考入北京大学心理与认知科学学院。

2015年参军入伍。一年以后，成为中国海军第二十五批赴亚丁湾护航编队中唯一的女陆战队员。

2018年11月被中共中央宣传部、退役军人事务部授予"最美退役军人"称号。

　　书架上，心理学书籍摆放得整整齐齐，全国大学生艺术展演一等奖、北京市大学生艺术展演一等奖、北京大学十佳歌手等奖杯在书架上错落摆放着，最显眼处是宋玺和父母在北京大学门口的合影。下方书桌上还有两个奖杯，刘娇凑近，看着奖杯上的字，念了出来：第八届世界合唱比赛金奖。（转头兴奋地对着宋玺）宋玺，你可太牛了，一会儿请你喝杯奶茶，庆祝一下！

　　宋玺：先欠着，等我的大日子过了再一起请。

　　宋玺起身把两个奖杯放到书架上，随后拿起台历，在2014年7月25日上画了个叉，小声数了起来：1，2，3，4，5，6……

　　刘娇凑过来看着台历上8月1日的标记，感到奇怪：1号有什么特别的事吗？

　　宋玺拿起入伍申请表，得意地扬了扬：入伍！

　　北大校园操场上，比赛处于胶着状态，比分牌显示北大心理系44分，北大中文系45分。宋玺穿着比赛服，冲着刚刚抢下篮板球的队员伸出手，很快，篮球被传到宋玺手上，宋玺一边控球一边往对方篮下快速靠近。就在宋玺即将扣篮的时候，对方队员突然出现，伸手拦住了宋玺手里的球。宋玺发力受阻，整个人失去了控制，重重地摔倒在地上。

　　发现宋玺受伤后，同学们紧急将她送进了北大校医院。经医生诊断，宋玺的右膝半月板撕裂，需要卧床休息。

　　躺在护理床上看了一会儿天花板，宋玺耐不住了，坐了起来，把左腿放到地上，随后双手抱着右腿慢慢往下放。右腿刚刚落地，宋玺就已经疼得满头大汗。她扶着病床，慢慢

站了起来，右膝尝试弯曲，却发现根本动弹不得，不由得懊恼地捶了一下床。这时，医务室的门打开了，刘娇和张医生一前一后地走了进来。

刘娇看到宋玺的样子，赶紧上前，把她扶了起来：不是不让你动吗？你怎么还下来了？快，到床上躺好。

在刘娇的帮助下，宋玺再次在护理床上躺好。张医生把手里的保温箱放到桌上，从里面拿出了两个特制冰袋，走到宋玺床边说：你这伤虽说没那么严重，但是如果你这么不配合治疗的话，再小的毛病也容易出大事。

宋玺：医生，我这腿，3 天时间能好吗？

张医生：3 天？你当我是神仙呢？你要是配合得好的话，大概三五个月能有明显好转。

宋玺：可是我 1 号就要去报名当兵了。

张医生拿着冰块，在宋玺的右膝盖上固定好：你这腿痊愈了之后，正常生活不会受到任何影响；但是要当兵的话，基本不用想了。

闻言，宋玺的眼里充满了失望。

宿舍熄了灯，宋玺和刘娇分别躺在自己的床上，谁也没说话。刘娇翻身，看着宋玺的方向：哎，睡了吗？

宋玺没说话。

刘娇：别装睡了，咱俩聊聊天吧。

刘娇从床上坐起来，说：你受伤这个事挺突然的，别说你，连我都接受不了。但是老话说得好，凡事都有利有弊嘛。你看你的腿虽然受了伤，但咱们又不是专业运动员，只要以后不影响正常生活就好了。你说呢？

宋玺依旧没有说话。

刘娇：我知道你喜欢运动，以后你可以换一项运动嘛，瑜伽啊，太极什么的，我觉得也挺好的呀，又不是非要跑起来才算是运动。而且，我早就想过了，等毕业之后，咱们一起去考心理咨询师资格证，说不定还能接着当同事呢。

宋玺苦笑道：那我以后还得在门口挂个牌子——只接待老弱病残，要不然以后被人追杀都跑不了。

刘娇佯装生气道：我跟你说正事呢，别打岔。（试探）当兵这个事吧，要不你还是把它当作一个梦想，继续放在心里吧。谁的人生没点遗憾呢？

宋玺翻了个身，背对着刘娇，说：睡吧，我困了。

噗的一声，刘娇利落地把吸管插进奶茶杯里，随后将奶茶递到宋玺面前，说：尝尝，这家新开的店可火了，我等了快40分钟才买到的。

说完，刘娇拿起另外一杯，插上吸管喝了一大口，说：味道果然不错。你那杯怎么样，好不好喝？

宋玺喝了一口，敷衍地点点头：还行吧。

这时，宋玺的手机响了。刘娇抬眼望去，是张医生的电话。宋玺随手把电话挂断，反扣在桌面上。刘娇在宋玺面前坐下，一脸担心地望着她，说：事情既然已经发生了，你不能用逃避的态度来面对。不管以后你还能不能当兵，但是至少现在先把腿治好了吧。

宋玺：不能去当兵，即便腿治好了，我这儿（指着胸口的位置）也永远好不了了。

刘娇：不如试试代替疗法？以前你的梦想是当兵，以后换个梦想呢？

宋玺：要是能说换就换，那就不是梦想了。

宋玺拿出手机，露出了屏保照片，那是身穿军装的宋父，抱着大笑的年幼宋玺的合影。

宋玺：你也知道我爸是个军人，从小到大，他陪我的时间一只手都数得过来，但我每次只要见到他，就会觉得特别有力量感和安全感，觉得他就是这个世界上能解决一切问题的人。我从小就想像他一样。（低头看了看自己的右腿）可是现在，我连自己都照顾不了。

宋玺说着，将放在手边的入伍申请表撕碎，拄着拐杖，一瘸一拐地离开了宿舍。刘娇看着宋玺的背影，轻轻叹了口气。

宋玺拄着拐杖，在校园里的一个石凳上坐下。看着神采飞扬的同学们从自己面前走过，宋玺的眼里流露出失望、迷茫的复杂神色。这时，一个中年男子拎着公文包和购物袋走到宋玺身边坐下。

宋玺扭头一看，吃惊地说：爸？你怎么来了？

父亲：知道你受了伤，我过来看看你。这些东西是你妈让我带过来的。

父亲边说边把手里的购物袋放到宋玺面前，宋玺看了看父亲，没说话，眼眶微微泛红，赶紧低下头，装作看购物袋里的东西，趁机擦了擦眼睛。

父亲：你还记不记得，当初你为什么想去当海军？

宋玺：因为我觉得当兵是件很酷的事情，而且海军制服的颜色是我最喜欢的白色。

宋玺说着，不好意思地挠了挠头。

父亲：当兵不是件容易的事，我们宋家是不出孬兵的。如果你的腿没受伤，你真的入了伍，穿上了那身白色的制服，然后？你的梦想就达到了吗？这就是你的梦想吗？

宋玺没说话，父亲从公文包里拿出一本《解放军生活》杂志，递给宋玺，说：这一期里面介绍了一个叫陈娟的女兵，她在一次训练中左腿受伤，没办法参加训练，被调到炊事班工作了一年多。其他人都以为她不能参加训练的时候，她却没有放弃，不仅把炊事班的工作做得漂漂亮亮的，还顶住了压力参加训练，最终成了海军陆战队的神枪手、两栖侦察队女兵队班长。

父亲一脸严肃地接着说：那身军装代表的不仅仅是酷，还有肩负的比常人更多的责任和担当。

宋玺看着杂志上陈娟的照片，陷入了沉思。

北大女生宿舍，宋玺的床头最醒目的地方贴着陈娟的照片。宋玺坐在床上，正在观看纪录片，纪录片里的陈娟说：想要成为一名出色的海军陆战队员，只有敢拼，才会赢。

张医生的电脑上，预约名单上显示的是宋玺的名字。他看了一眼电脑右下角的时间，无奈地摇摇头，把宋玺的预约单关掉，正准备打开另外一份预约单时，诊室的门打开了，宋玺挂着拐杖站在门外，看着张医生，不好意思地笑了笑。

北大校门外，同学们把宋玺围在中间。

同学甲：去了军营也别忘了我们，别忘了唱歌，合唱团还等着你回来，再一起去拿奖杯呢。

同学乙：就是，我们争取都考上北大的研究生，我们还在学校里等你。

刘娇笑道：你们说什么呢，宋玺只是去当兵而已，又不是再也见不到了。（转头看着宋玺）我倒是终于解脱了，终于没人跟我抢奶茶，三更半夜也没人在我床铺底下锻炼，抖得差点把我从床上摔下来。

刘娇的话引起了同学们的一阵大笑。刘娇笑着笑着，眼眶红了，说：可惜，不能跟你一起拍毕业照了。

宋玺：娇娇小姐，你刚才自己说的，我只是去当兵而已，又不是再也见不到了。去年这个时候，我还在怀疑自己能不能站起来，你看看我现在，不但站起来了，还真的把军装穿上了。我能在我最好的年华，为了我的梦想燃烧一次，我觉得我的人生真的圆满了。所以，你不应该为我哭，而是应该为我笑。

刘娇擦干眼泪，笑道：那我就祝你在军营也能像现在一样乐观、坚强！

这时，母亲的声音在宋玺身后响起。宋玺扭过头，看见父母一起来送自己，高兴地迎上去：妈，你看，好看吗？

母亲走上前，脸上虽然在笑，但眼里却有掩饰不住的担心，说：你这孩子，从小身体就不好，现在腿还受了伤，就这么去部队，我真是放心不下。

宋玺：妈，都这个时候了，你就不能说点鼓励我的话？话说，我这身军装一穿，您就由军嫂自动升级成军妈了，高不高兴？兴不兴奋？

母亲使劲拍了宋玺的手背一下，说：都已经成为军人了，还这么没正形！

宋玺：所以啊，您就放心吧，我已经长大了，是个军人了，出门在外知道分寸的，您就不用替我担心了。

父亲走上前，拍了拍母亲的肩膀。母亲侧了侧身，平复情绪。父亲定睛看着宋玺，宋玺也坚定地看着他。沉默良久后，父亲喊了一声宋玺的名字。

宋玺：嗯？

父亲没有答话，而是用更大的声音又喊了一声宋玺的名字。

宋玺：怎么了？

父亲没有理会宋玺，再次喊了一声宋玺的名字，音量比上次更大了。宋玺这时才反应过来，站直身体，冲着父亲敬了一个军礼。

宋玺：到！

父亲伸手给宋玺整理了一下衣服，说：记住，我们宋家没有孬兵。

说完，父亲退后一步，向宋玺回了一个军礼。这时，集结的号角响了，宋玺背上行囊，走向运送新兵的军车。走了几步，宋玺又转过身，恋恋不舍地望向父亲。

烈日下，负重 24 公斤的宋玺正在和战友一起进行 5 公里重负荷武装越野训练。

集训营操场上，宋玺助跑后，快速翻过障碍物，爬过铁丝网，来到指定地点，拔出枪进行战术射击。

翻腾的海浪里，宋玺正在和队友一起做水中格斗项目训练。宋玺目不转睛地盯着站在自己对面的战友，灵活地摆脱了对方的钳制后，利用对方的失误，迅速将对方控制住。

夜深人静的宿舍里，宋玺独自坐在床上，拿出药膏，把已经肿起来的右膝整个包住，轻轻按摩，脑海里想起了队长的话：这次集训，你的各项成绩都有了显著提高，唯独重负荷武装越野的成绩，进步不够明显。下周我们有一次最终考核，如果你的考核成绩还是不够理想的话，就要做好不能入选海军陆战队的准备。

宋玺想了想，站起身，拿着外套，悄悄打开门走了出去。

空旷的操场上，负重的宋玺一圈一圈地跑着。斗转星移，东边的天空出现了一丝亮光，宋玺虽然依旧在往前跑，但早已跌跌撞撞。突然，宋玺的右腿一软，整个人就像失去了控制的玩偶一样，眼看就要瘫倒在地，这时一双手从宋玺身后伸出，及时扶住了宋玺。

宋玺扭头往后看去，只见穿着迷彩服、浑身是汗的陈梦，和自己一样背着负重，在身后扶住了自己。

宋玺：你什么时候来的？

陈梦：跟你前后脚。

宋玺：我记得你的负重越野成绩不错呀，还需要额外的训练吗？

陈梦：我对自己的成绩从来没有上限要求。

陈梦松开宋玺，看着她的腿，问：你的腿怎么样了？还能跑吗？

宋玺把身上的负重紧了紧，点点头：我能行！

随后，宋玺和陈梦一起，肩并着肩向前跑去。

野外，宋玺背负着行装，正朝着终点奋力跑。不远处，队长站在终点，手里拿着计时器，给每个完成了训练的战士记录时间。宋玺的呼吸声越来越粗，双腿也越来越沉重，身影开始晃动。已经完成了训练的战友们，大声呼喊着宋玺的名字。

陈梦：宋玺，加油！

战友们：宋玺，坚持住！

在战友们的呼喊声中，宋玺咬紧牙关，用最后一丝力量，朝着终点冲刺。队长手里紧紧捏着计时器，眼睛一动不动地看着已经越来越近的宋玺。终于，宋玺跑过了终点，计时器上的时间显示 25 分 35 秒。队长的脸上浮现出欣慰的笑容，走到已经躺在地上的宋玺身边，朝她伸出了手，说：恭喜！

生命有诗

本集编剧：韩可一、何庆平、姜瑜婷

雷海为

雷海为，1981年生，湖南邵阳人。

自幼勤诵古诗词。青年时期辗转深圳、上海、杭州打工，做过洗车工、销售员、快递员等。工作之余，仍学习、背诵古诗词。

2018年4月，在《中国诗词大会》第三季总决赛中夺得总冠军。

董卿落落大方地站在舞台上，说：终于到最后时刻了，我要向大家宣布——在攻擂资格争夺赛中，胜出的是彭敏！

彭敏：谢谢大家！

董卿：他将和上一期的擂主雷海为，一起争夺《中国诗词大会》第三季总冠军①，有请上一期的擂主雷海为上场。

百人团大声欢呼，大幕拉开，雷海为出场。他举手向众人打招呼，笑容略显腼腆，神色透露着紧张。舞台灯光变换，紧张激烈的音乐声响起，雷海为和彭敏站在舞台中央。

董卿：首先是图片线索题。请根据康老师的绘画内容，说出一联七言唐诗。

在紧张的鼓点音乐声中，康震现场作画，在纸上画出一座拱桥。彭敏率先按下抢答按钮，雷海为抿了抿嘴唇，康震停止作画。

董卿：彭敏。

彭敏：二十四桥明月夜，玉人何处教吹箫。

董卿：我们接着往下看。

康震将画画完，寺庙、小船等细节全部补充完整，并在画上写上答案：姑苏城外寒山寺，夜半钟声到客船。

董卿：彭敏因为抢答错误，雷海为先得一分。

比分变成雷海为 1 ：0 领先，雷海为依旧有点紧张。

1988 年，农家平房里放着几个大笸箩，笸箩里放着一些桑叶和蚕。

妹妹：哥哥，怎么办？门锁了，蚕宝宝要饿肚子了。

小雷海为：没事。

小雷海为趴在墙头往里面看了看，准备翻过去，结果摔倒了。

回到家，母亲心疼地问他：还疼不疼？

父亲：为什么要淘气翻墙？

小雷海为：我怕蚕宝宝饿了。

父亲：摔坏了怎么办？！

小雷海为：我错了。

父亲洗完脸后坐下，从后面书柜里拿出一本书，把小雷海为拉过来，说：知道错了就

---

① 冠军争夺赛共九道抢答题，答对得一分，答错对方得一分。率先获得五分者，即为《中国诗词大会》第三季总冠军。

好，以后不许翻墙了。其实，你知道照顾蚕宝宝是好的。你看，北宋诗人张俞也作过一首关于蚕宝宝的诗——昨日入城市，归来泪满巾。遍身罗绮者，不是养蚕人。

小雷海为：爸爸，这首诗是什么意思啊？

父亲：你好好读书，慢慢地，你就知道了。

屋里的炉子上冒着热气，厨房墙上贴满了古诗，上边一排是骆宾王的《咏鹅》、李绅的《悯农》、李白的《静夜思》、孟浩然的《春晓》，下边一排是杨万里的《小池》、杜甫的《绝句》、林升的《题临安邸》、李白的《望庐山瀑布》。

1996年，露天电影正放着《白马飞飞》，有些同学在打闹，少年雷海为盯着银幕出神。银幕上白马飞驰，雷海为突然打开手电筒，在笔记本上奋笔疾书：胡马大宛名，锋棱瘦骨成。竹批双耳峻，风入四蹄轻。

同学甲：你看书呆子又在写什么呢？

同学乙：用"黑功"呗。不过咱们班第三名的雷海为同学，班上选举还不是没几票！

同学甲：书呆子需要票吗？

同学们哄笑起来，雷海为旁若无人地在纸上写着杜甫的诗句：所向无空阔，真堪托死生。骁腾有如此，万里可横行。

同学甲走过来，故意把雷海为的手电筒和本子碰掉了。

雷海为：你干什么？

同学甲：不小心啊！书呆子，别那么小气嘛。

同学乙用手电筒晃着雷海为的眼睛。

同学甲捡起雷海为的本子，说：给你捡起来不就得了。哎，大家看看啊，书呆子在写诗呢！

雷海为：你还给我！

现场乱作一团。

车站里，少年雷海为提着收拾好的行李，母亲手里提着一袋东西，父亲在一旁站着。

母亲：熟鸡蛋，路上吃。

雷海为：妈，装不下了。

母亲：谁说装不下。

母亲拉开他鼓鼓的背包，挤出空间，放入鸡蛋，说：现在改主意还来得及，你成绩那么好，上技校太可惜了。

雷海为摇了摇头。

父亲：也不是一定要上大学才会有出息，你想好就行。

客车行驶过来，雷海为背起包，提起行李袋上车，回头对父母说：爸、妈，我走了。

客车启动，向前开去，雷海为的父亲和母亲静静地望着远去的客车。

2011 年，雷海为略显紧张地坐在经理的对面，经理趴在桌上登记，快递员小李站在雷海为身后。

杜经理：你叫啥？雷海雷？

雷海为：雷海为，年轻有为的为。

杜经理：年轻有为，你来这儿送快递？做过什么工作啊？

雷海为：在上海做过礼品销售，以及服务员、洗车工什么的。

杜经理：那你怎么来杭州了？

雷海为：小时候，我爸总跟我说起杭州，说古诗词里的西湖，接天莲叶无穷碧，映日荷花别样红。我想来看看是啥样。

杜经理：啥样？就那样，还别样红，送个快递还让你整得挺有诗意！有电动车吗？

雷海为：没有。

杜经理朝桌子上扔了一把电动车钥匙。

穿着快递服的雷海为走进一家书店，拿着手机四处张望。

书店老板：快递，你怎么才来啊？你等会儿。

雷海为手足无措地站在书店里，看见前台堆放着许多书，一个人走过，碰掉了一本书。雷海为走过去捡起来，放在桌子上。只见是一本《全唐诗》，雷海为又拿起来掸了掸灰，打开看了一眼，默念：赵客缦胡缨，吴钩霜雪明。银鞍照白马，飒沓如流星。

书店老板：干吗呢？

雷海为：看看。

书店老板：买一本儿看啊？

雷海为看了一眼书背后的价格，赶紧把书放回去了，尴尬地笑笑。

书店老板指了指地上一捆书，说：就寄这个，月结。

书店老板说完，转身离去，墙上贴着：请勿长时间阅读，面斥不雅。

出了书店大门，雷海为把书捆在电动车后。捆完，他看到地上有个烟盒，走过去捡起来，打开展平，从口袋里找出笔，在电动车座上默写诗句：十步杀一人，千里不留行。事了拂衣去，深藏身与名。

写完，雷海为骑着电动车出发了。

清晨，一群快递员聚在快递公司门口开会，杜经理带着他们喊口号，雷海为默念：三杯吐然诺，五岳倒为轻。眼花耳热后，意气素霓生。

433

穿街过巷送着快递，雷海为再次走进书店。送完东西，他四处看看，见老板不在，目光落在书上。他站着翻书，好一会儿后一抬头，和书店老板面对面对视。出了门，雷海为从口袋里掏出一张餐巾纸，趴在电动车座位上，迅速默写：纵死侠骨香，不惭世上英。

合租宿舍内，四张上下铺的床，其他快递员都在自己床上歇着，打打游戏、看看视频，一片嘈杂的声音。雷海为仰面躺在自己的床上，从口袋里拿出抄着诗词的餐巾纸，贴在自己面前上铺的底板上和旁边的墙上。床铺顶上和墙上密密麻麻地贴满了古诗词纸片、烟盒、快递单、传单，什么材质都有。

小李从上铺倒挂着探出头来，说：哥，我看你这记忆力挺好啊，不过这有啥用啊？要不你帮我上上分儿吧，咱斗地主也行。

雷海为：我也不会你那个啊。

小李：我教你啊，你别看你那些语文课本了，休息休息。

雷海为：我看这些就挺好的了。

央视舞台上，雷海为和彭敏继续答题。

董卿：请根据绘画内容，说出两句宋词。

康震在纸上画了两朵荷花，彭敏立即按下抢答按钮。

董卿：彭敏。

彭敏：接天莲叶无穷碧，映日荷花别样红。

百人团顿时哗然，传出"错了""宋词"的声音。彭敏意识到错误，懊恼地两手撑在答题板上。康震将画补齐，题上词句：兴尽晚回舟，误入藕花深处。

董卿：彭敏因为抢答错误，雷海为再得一分。

雷海为2：0领先，百人团鼓掌。

天空下着大雨，雷海为骑着电动车，嘴唇紧抿。哐当一声，电动车在地上打滑，雷海为摔倒在地。

小区楼外，阴雨连连。宿舍里，雷海为半倚在床上，脸上有一处青紫，脚踝也缠上了绷带，身边是贴满了手写诗词纸的墙。他一边看着手机里《中国诗词大会》的视频，一边摸索着站起来拄着拐杖吃药。忽然，电话响起，是母亲打来的。

雷海为：喂，妈。

母亲：海为啊，最近怎么样啊？也没往家里打电话。

雷海为：我挺好的。

母亲：我最近总心惊肉跳的，你没什么事吧？

雷海为：我能有什么事啊，你别乱想了。

母亲：那我跟你视频吧？好久没见了。

雷海为：妈，我这里网不好，回头吧。

母亲：哎，你什么时候回来啊？

雷海为：妈，我先工作去了，回头给你打啊。

雷海为挂了电话，听着雨声发呆。（雷海为：这是我最难熬的时刻。）

央视舞台上，董卿：请根据绘画内容，说出一联七言唐诗。

康震在纸上画了一座房子和一扇窗户，雷海为的神情无比专注。康震继续在窗边画了一个小小的坐着的人，雷海为按下了抢答按钮。

董卿：雷海为。

康震惊讶地抬头，停止作画。其他人也惊讶地看向雷海为。

雷海为信心满满：何当共剪西窗烛，却话巴山夜雨时。

董卿：我们接着往下看。

康震补完画，写上诗句，正是雷海为说出的诗，众人报以热烈的掌声。

节目组工作人员：好了，您可以回去了。有消息，我们会通知您的。

雷海为：谢谢！

刚走到门口，雷海为又走了回来，说：对不起，我有个地方填错了。

雷海为拿起笔，把"职业"一栏由公司职员改为快递员。

央视舞台上，董卿：接下来是描述线索题，请听题。请根据所描述的线索，说出一个词人的外号。一、他是一个藏书家。二、因貌丑而著称。（此时，雷海为的神情变得很紧张）三、他自称是贺知章的后代。

雷海为再次按下抢答按钮。

董卿：雷海为。

众人等待着雷海为说出答案。

雷海为：贺梅子。

彭敏一听，瞬间低下了头，面色更为沉重。

董卿：四、外号源自其"梅子黄时雨"的词句。（激动地提高声音）答对了！

百人团热烈鼓掌，大声叫好。比分已是 4：0，雷海为和彭敏继续答题。

董卿：请根据描述的线索，说出一位诗人。一、他的边塞作品非常有名。二、他曾担任武官。三、他家世显贵，但英年早逝。四、他的名句有"人生若只如初见"。

雷海为的手微微一抖，却没有抢答。董卿念完"人生若只如初见"，彭敏按下抢答按钮。

董卿：彭敏。

彭敏：纳兰性德。

董卿：答对了，彭敏得一分。

比分变为 4：1，雷海为神色平静，不为所动。

演播厅后台，一些选手拿着盒饭走过来，围坐在一起说说笑笑。雷海为拿着盒饭没找到位子坐，就转身在离他们不远的帘子后面找了把椅子，把盒饭放在上面，自己蹲在地上吃盒饭。

选手甲：咱们打个赌吧，一会儿决赛就开始了，最后谁赢？

选手乙：估计是彭敏。

选手丙：当然是彭敏了，快递小哥那就是运气好。

选手甲：我估计也是，那这个赌打不成了。

选手丙：我听说彭敏有一万多首诗词的储备量，你有多少首？

选手乙：我也就一两千首吧，你不知道人家是"大魔王"吗？

彭敏走过来，笑道：说谁是"大魔王"呢？

选手甲：哎哟，彭老师，我们正说您肯定赢呢。您坐，吃了吗？

彭敏：不敢当不敢当，我吃了，就是过来打个招呼。

选手丙：您坐我这儿，我再去搬一把椅子。

选手丙掀开帘子，看见蹲在地上吃饭的雷海为，有些尴尬。

雷海为冲他笑了笑，说：我吃饱了，这椅子，您用吧。其实，我也觉得彭老师肯定赢。

彭敏礼貌地笑了笑。雷海为赶紧拿着盒饭出去了，走之前擦了擦椅子面。

彭敏：我觉得你们看错了，他可不是靠运气。

雷海为拿着盒饭，刚走到外面的楼道里，背后有人叫他。他转头一看，是董卿。

董卿：你准备得怎么样了？紧张吗？

雷海为：就那样吧，人有点儿多，不过也还行，毕竟我也赢不了，就当来学习了。

董卿：只要有1%的希望，就要付出100%的努力。我发现你的心态其实特别好，我挺看好你的。

雷海为：啊？看好我？我也就只有心态好这一点了。

董卿：加油！

央视舞台上，董卿：继续，请听题。请根据描述的线索，说出一首诗的题目。一、它的作者是一位帝王。二、诗的最后表达了渴求英才之心。

彭敏按下抢答按钮。

董卿：彭敏。

彭敏：《短歌行》。

董卿：三、创作于一次征伐之后。四、全诗只有三句。正确答案是《大风歌》，雷海为再得一分。

全场掌声如雷。

董卿：我很高兴地宣布一个激动人心的结果，那就是《中国诗词大会》第三季的总冠军已经产生了。他就是……雷海为！

百人团所有人都站了起来，为雷海为鼓掌叫好。

董卿：祝贺你，雷海为！你不仅战胜了所有的对手，更战胜了你自己，还战胜了生活！你是一位生活的强者，祝贺你！

（雷海为：在那一刻，我觉得自己特别幸运，诗词不仅陪我度过了低谷，还送我登上了人生的高峰。）

快递员小李看着墙上的电视机，十分激动：他是我朋友，夺了冠军，冠军！

办公室里，杜经理和快递小哥欢呼起来。

书店老板：这是我朋友，经常来我这里看书。

书店顾客：你这朋友真棒啊！

雷海为的父亲和母亲望着电视，热泪纵横，抑制不住地激动。

学校里，电话声此起彼伏：

您方便接受我们都市报的采访吗？

来我们经纪公司，我们一定把你推成网红。

您愿意做我们的形象代言人吗，年薪最高可达百万。

…………

雷海为：对不起，我在上课，不方便接听，谢谢您！

挂了电话，雷海为走进一间教室，里面坐着一群七八岁的孩子。他在讲台上站定，开口道：诗词对人的滋养，是润物细无声，是冷水泡茶慢慢浓……

希望的田野

本集编剧：秦　文

雷金玉

雷金玉，1986年生，福建福安人。

2015年从厦门回到老家福建省福安市坂中畲族乡后门坪村，被选为村委会主任。

在雷金玉的带动下，畲族村庄走上了脱贫和乡村振兴之路。

　　后门坪村家家户户门前升起了三角形族旗和圆伞，身着畲族服装的老年村民在村中广场上唱着畲族歌曲，沙哑的歌声在山野回荡，一群孩子在一旁追逐打闹。气氛虽热闹，但人数不多。雷金玉一边鼓掌，一边看着身旁满脸皱纹却笑得十分开心的爷爷。顺着爷爷的目光，雷金玉看向跳舞的老年村民们，他们喘着气，但笑容满面。

　　天色渐暗，篝火燃起。雷金玉将蒸好的乌米饭端给爷爷。爷爷端着饭碗，边吃边看广场上跳舞的人。孩子们也在一旁端着饭碗狼吞虎咽，其中一个叫德海的孩子拿着木棍蹲在篝火边戳着玩耍，火苗突然升起，吓得德海后退了几步，接着凑到篝火前，脱下裤子冲着篝火一边撒尿一边坏笑。罗叔生气地上前欲打德海，德海坏笑着躲开。

　　雷金玉慢慢走到葡萄藤下的秋千上坐着，轻轻摇荡，抬眸仰望星空。突然，一个人猛地蹿出来，把雷金玉吓了一跳，惊叫着跳下秋千。随后一阵放肆的大笑声传来，雷金玉定睛一看，正是调皮捣蛋的德海。年纪更小的雷阿妹、乐乐和轩轩也从葡萄藤中钻出来，或是偷笑，或是羞涩。

　　德海：你的胆子也太小了吧！

　　雷金玉又气又无奈：你们几个……

　　德海：谁让你"侵占"我们的秘密基地。

　　雷金玉：秘密基地？我小时候就在这里玩。

　　德海：现在是我们的。

　　雷金玉：这些葡萄藤——

　　德海粗鲁地打断她的话：哎，知道厦门吗？

　　雷金玉看着没礼貌的德海，没有说话。

　　德海：那里离这儿有多远？

　　雷阿妹怯生生地解释：德海哥的爸爸在厦门。

　　雷金玉：问别人问题要有礼貌。

　　德海：你管我！看你就是不知道。

　　德海转身向村子走去，走了几步，回头看向其余孩子，说：都傻愣着干吗？走啊。

　　雷阿妹、乐乐和轩轩急忙跟上德海，雷阿妹偷偷回头冲着雷金玉摆摆手，示意再见。看着几个孩子走远，雷金玉微微蹙眉。

　　阳光透过窗子照进房间，光线中浮尘点点。雷爷爷坐在板凳上拿着旱烟杆，一阵咳嗽。雷金玉走上前，对爷爷伸出手。爷爷笑了笑，已经习惯了被孙女管着，将旱烟杆交给了雷金玉。雷金玉将旱烟杆收起，继续收拾行李箱，把给爷爷买的各种保健品、厦门特产拿出来放在桌子上。

雷爷爷：咋突然回来了？

雷金玉：看看您，还有些事情想……

罗叔：阿玉，我来啦。

雷金玉：爷爷，您先歇着。

说着，雷金玉转身走向罗叔。雷爷爷诧异地望着门口，只见雷金玉和罗叔站在门前，罗叔摊开记事簿，跟雷金玉念叨：后门坪村现在有247户，但能干活的都出去了，就剩老的、小的。再说这地啊，平均每人6分耕地……

雷爷爷警觉地站起身，问：阿玉，你弄啥呢？

雷金玉：爷爷，待会儿慢慢跟您讲，我先跟罗叔把事说完了。

雷爷爷：你问咱村的情况干啥？先把这事给我说清楚喽。

罗叔看看雷爷爷，又看看雷金玉，说：说吧，还能瞒住他吗？

雷金玉：爷爷，我想回来，回咱后门坪村。

雷爷爷：你这不是已经回来了？

雷金玉：以后就在这儿生活、工作。

雷爷爷一时难以接受，愣了片刻后说：阿玉，你在厦门是不是遇到事了？

雷金玉：没事，真没事。

雷爷爷急道：你可别瞒着爷爷啊。

441

罗叔：老雷，阿玉想回来这事，早就跟我提过。这不，我来跟她说说村里的具体情况。

雷爷爷的表情由惊讶渐渐变成气愤。

雷金玉：爷爷，您先别着急。（急忙从背包里翻出一个本子，打开递到爷爷面前）我准备了些东西，您先看一下。

雷爷爷接过本子打开，里面贴着许多关于国家鼓励大学生到基层的政策等相关报道。雷金玉正准备与罗叔继续谈下去，啪的一声，本子被扔在她脚边。

雷爷爷生气地说：我把你从小带大，教你读书、认字，好不容易把你送出去，是让你再回来的吗？

雷金玉蹲下捡起本子，掸了掸上面的灰尘，放在桌上，说：现在政策好，我是应该回来的。

罗叔：阿玉回来挺好的，我们应该支持啊。

雷爷爷：好什么好！咱这儿要什么没什么，你为什么要把她拉回来？！

雷金玉：是我想回来。爷爷，我30岁了，知道自己的路怎么走。

雷爷爷：回来干吗？种地呀？

罗叔：那肯定不是啊。

雷爷爷：现在回来干个两三年，干不下去，怎么办？等你结了婚，生了孩子，那时候再想走，你走得了吗？就走不了啦！

罗叔：还没干呢，你就想着干不下去。

雷爷爷冲着罗叔怒道：你少跟我废话！咱年轻的时候，也有大学生到这儿来，现在有一个留下吗？结了婚的，最后都离婚往城里跑。（转向雷金玉）你给我死了这条心！

雷爷爷气得直喘，雷金玉上前将水杯递给爷爷，安抚道：爷爷，您先消消气——

雷爷爷却伸手打翻水杯，砰的一声打断了雷金玉的话，气氛一时僵住了。突然，门外传来一阵急促的敲锣声。

罗叔：坏了，出事了！

说着，罗叔转身就朝门外奔去，雷金玉与爷爷也连忙跟了上去。

雷阿妹奶奶急得落泪、跺脚，喊着：孩子都不见了……

乐乐爷爷：家家都找了，没有！

德海叔公哽咽道：这咋跟德海爸交代啊！

雷金玉镇定地说：出村就一条路，孩子走不了多远，我去找！

看着雷金玉成为大家的主心骨，站在人群中的雷爷爷一时愣住了。

山村小路上，罗叔驾驶拖拉机，雷金玉坐在后面。

德海拉着年幼的轩轩、乐乐走在路边，雷阿妹疲惫地跟在后面攥着德海的衣服，脏兮兮的小脸被太阳晒得发红。

雷阿妹：德海哥，我走不动了。

轩轩：我饿了。

德海：那就回家，我自己去。

雷阿妹快哭了：我去，我去。

轩轩和乐乐不敢再吱声。

拖拉机声音由远及近。德海闻声，回头望了一眼，随即大惊，拉着其他孩子就跑。乐乐、轩轩跌跌撞撞地跟着德海跑，雷阿妹一不小心跌倒了，趴在地上号啕大哭。雷金玉与罗叔连忙下车，雷金玉上前扶起雷阿妹。

罗叔气急了，问：你们干啥去？

雷阿妹边哭边说：去城里。

德海：爸妈不回来过节，我们去找他们，我们商量了。

德海看着乐乐、轩轩与雷阿妹，三人齐齐点头。

雷金玉：你们知道地方吗？万一走丢了呢？

德海：我知道地方。

德海从口袋里摸出一张皱巴巴的邮政包裹寄件单。雷金玉接过来，看到上面的发件地址写着"厦门市思明区幸福里一区九栋"。

雷金玉：你认得上面写的是啥吗？

乐乐：德海哥不识字。

德海：沿这条道走，就能到县城，到县城可以问大人。

罗叔：瞧你们胆儿大的，都跟我回去！

德海梗着脖子嚷道：不回！

罗叔：我先替你们爷爷、奶奶教训你们！

说着，罗叔作势抬起手，佯装要打孩子的屁股。年幼的乐乐和轩轩立刻就怂了，雷阿妹吓得不敢再哭，躲在雷金玉身后。雷金玉将雷阿妹、乐乐和轩轩一个个扶到拖拉机上。只有德海依然丝毫不惧地站在原地，执拗地看着罗叔，说：我想爸妈怎么了？我就要去找他们！

罗叔二话不说，揪着德海的衣领往拖拉机上拽。

德海用力挣扎，大喊大叫：不回，就不回！我爸妈都不愿意回，要回你回！

突然，德海挣脱开罗叔的手，扭头向前跑。

罗叔气急败坏：你这个臭小子，翻天了！

雷金玉：罗叔，你看好那三个小的。

说着，雷金玉拔腿就去追德海。被吓坏的雷阿妹、轩轩与乐乐站在拖拉机上哭起来。蜿蜒的乡间公路上，德海拼命地跑着，雷金玉奋力地追赶，两人的距离越来越近。

罗叔驾驶拖拉机向村子的方向驶去，雷金玉带着四个孩子坐在后面。雷金玉给雷阿妹擦掉脸上的灰。德海一直扭头看着身后通往县城的方向，雷金玉伸手，想揉一揉德海的头以示安慰，德海却躲开了雷金玉的手，脸上满是失望。

雷金玉问罗叔：没人送这些孩子上学吗？

罗叔迎风大喊：都是贫困户，上学要去镇上，来回三个多小时，爷爷、奶奶要么岁数大，要么身体残，谁送呀？

雷金玉担忧的目光从四个孩子身上一一扫过。

回到后门坪村，灰头土脸的孩子们围坐在桌前狼吞虎咽，雷金玉心疼地看着孩子们，说：慢点吃，吃太快，会噎着。

爷爷没跟雷金玉说话，拿起旱烟杆起身朝灶房走去。灶上的大锅盖着木盖，爷爷坐在灶前，借着灶膛里的火点着旱烟杆抽起来。柴火旺盛，将爷爷的脸照得通红。

雷金玉从药盒里拿出药，倒了一杯热水，将药和水递到爷爷面前。爷爷接过药，喝了水，雷金玉正准备接过杯子，爷爷却把杯子放在灶台的另一边。看着一言不发的爷爷，雷金玉拿起柴往灶里加，说：小时候，您教我读书，教我认字，一直跟我说，要过好日子……可是爷爷，什么是好日子？在城里有个工作，就是好日子吗？爷爷，您看孩子们，他们将来怎么办……

雷爷爷：你是你，他们是他们。

雷金玉：爷爷，我在厦门过得很好，但我现在就能看到 10 年甚至 20 年以后的我。如果我回来呢，在这里干上 10 年、20 年……

雷爷爷深深嘬了一口旱烟，说：你回来能干啥？

雷金玉看着灶膛里的火苗，目光闪烁，面带憧憬：我想恢复村里的教学点，想带着大家种茶、种甘蔗、种果树，我研究过，还能把咱们的糍粑、乌米饭卖出去，再让外面的人来咱这儿旅游，让村里人的口袋鼓起来，让那些孩子的爸妈回来……让咱村子变富，变漂亮。

雷爷爷又猛嘬了一口旱烟，随即咳嗽了几声。雷金玉伸手示意爷爷交出旱烟杆，爷爷无视。

雷金玉放下手，说：等我到了您这个年纪，好多孩子都围着我叫奶奶，我会多幸福！您说以前有大学生来过，后来又都回去了，但时代不一样了，党的政策也不一样了，我看到了希望。

雷爷爷固执地没说话。

雷金玉：您也希望咱这儿变得更好，对吗？

雷爷爷在灶台边磕了磕烟灰，边起身边说：回城里好好干！

海面上波光潋滟，远处高楼大厦的华丽倩影仿佛海市蜃楼。近处的街道车水马龙，熙熙攘攘。杂乱、狭小的出租屋里，柜子上放着德海和父母的照片，照片里的德海笑容灿烂。

雷金玉：阿滔，快两年没回村了吧？德海很想你们。

阿滔：我俩也想孩子，可也得挣钱啊。我俩没文化，只能卖力气，就趁逢年过节的时候多挣点。

雷金玉：德海这个年纪，该上学了。

阿滔：我俩也着急，可咱村的小学撤了……我也怕德海以后像我俩这样，只有吃苦的路啊。

德海妈妈悄悄抹泪。

雷金玉：阿滔，你们有没有想过回去，回去生活？

阿滔：回去能干啥？我俩就是穷怕了，才不想回去，以后赚了钱，把德海也带出来，让他上学，像你一样，留在大城市，当城里人。

雷金玉：但是……我想回去。

阿滔：你犯啥糊涂？

雷金玉：那里再穷，也是咱的家乡。我回去有很多事可以做，应该做。

公司办公室里，王主任：小雷，旧区改造项目，公司想让你来整合团队，做总监带队，你觉得怎么样？

雷金玉有些意外，说：谢谢公司的信任，但是……

王主任：我相信你，做好准备迎接新的挑战吧！

雷金玉：我想辞职。

王主任惊讶道：你辞职去哪里？跳槽了？

雷金玉：我要回老家。

王主任：回老家？那地方不是很穷吗？留在大城市，才会有前途。

雷金玉：主任，您说的，我都懂。公司有那么多的人才，可能不差我一个，但我们村只有我一个大学生。在这里的确能让我过上好日子，但我也希望我家乡的人能过上好日子。

王主任：你真的想好了？

雷金玉点了点头。

王主任沉默了片刻，说：辞职手续，我可以给你签，但我有个附加条款——你可以回去实现你的理想，但如果那个结果不是你想要的，你要马上回公司来；不过到那时候就不是总监了，你要从实习生开始从头做起。

雷金玉感激地看着主任，笑了。

火车车厢内，雷金玉坐在靠窗的位置上。车窗外的景色，从大都市的繁华，渐渐变成了树林浓密却贫瘠的山区景象。一路火车转汽车，雷金玉终于坐上了回村的拖拉机，风将雷金玉额前的碎发吹得凌乱。随着离家越来越近，雷金玉的心情越来越好。

拖拉机驶离，雷金玉笑着高呼：我回来啦！

孩子们闻讯纷纷冲过来，将雷金玉围住，争相帮雷金玉拿东西。雷金玉伸手想揉一揉德海的头，德海依然躲开了雷金玉的手，但这一次，德海的脸上却流露出腼腆的笑容。

德海家的院子里，德海叔公：种甘蔗？能卖几个钱？赔了咋办？

罗叔：我跟阿玉今天来，就是和你聊这个事的。你需要什么帮助，我帮你想办法。

德海叔公：缺钱。你有本事，不早解决了？

罗叔语塞。

雷金玉：钱，我先出。咱们买一批甘蔗苗，9月前种上，过年前一段时间就能收了。到时候卖了，过个好年。

德海叔公不好意思地说：咋能花你的钱！

雷金玉：我在城里工作时攒了一些，没问题的。

雷爷爷：谁说没问题？

雷金玉回头，看到爷爷路过德海家门口。

雷爷爷：人都回来了，还要捐钱？咋都使唤你一个人？跟我回家！

雷爷爷生气地离开，罗叔与德海叔公大眼瞪小眼，雷金玉小声嘱咐：罗叔，听我的。说完，雷金玉起身快步追上爷爷。

一群孩子跟着雷金玉，给每个贫困户送甘蔗苗；

雷金玉在网上学习电商；

雷金玉在村里各个角落给孩子们上课；

整个村子自雷金玉回来后，有了活力。

收割好的甘蔗堆在院子里，德海叔公愁眉苦脸地坐着，罗叔看着雷金玉。

罗叔：人家说了，这运出去的运费比你这甘蔗还贵，怎么办？

雷金玉失落地说：都先别着急，我再想想办法。

这一幕被雷爷爷看在眼中，他走进院子，一言不发地抱起一捆甘蔗，准备离开。

雷金玉诧异地问：爷爷，你这是⋯⋯

德海叔公：过几天就都坏了，要拿就拿走吧。

回到家，雷爷爷剥甘蔗、切甘蔗、熬红糖。雷金玉看着爷爷的动作，脸上渐渐露出笑容，急忙拍照，到网上发布售卖红糖的信息。

雷爷爷坐在一旁默默地抽旱烟。叮咚一声（淘宝消息提示音），雷金玉激动地说：爷爷，有人买咱的红糖了！

雷爷爷一激动，又开始咳嗽。雷金玉伸出手，爷爷一怔，随即将旱烟杆交到雷金玉的

手中。雷金玉笑着笑着，眼眶湿润了——爷爷虽然什么也没说，但他的举动已经代表了他的同意和支持。

后门坪村村委会办公室里，村民们认真地听着雷金玉说话。

雷金玉：要想有出息，必须先读书。咱这儿的孩子上学难，那就争取在村里先办学前班。

村民们连连点头。

雷金玉：场地的事，就交给罗叔了，要快，要安全。

罗叔：村东头空着一间，我下午就找人收拾干净，但是其他东西，村委会没那么多啊。

雷金玉：卖甘蔗挣的钱，用来买黑板和桌子，椅子一家出一把，能动手的，咱都自己做，自己解决，怎么样？

德海叔公：我同意，只要能让孩子有书念。

村民甲：那老师上哪儿找？

雷金玉：我去乡政府申请，让他们支持，帮咱聘老师。

教室里，雷金玉带着雷阿妹擦玻璃，雷阿妹隔着玻璃冲雷金玉做鬼脸，乐乐与轩轩认真地擦黑板，德海将椅子整齐地放在桌子后面。

村口修路现场，雷金玉戴着草帽到工地查看，与工人们有说有笑。

郁郁葱葱的茶园里，雷金玉与村民站在茶树中间，阿滔掐了几片新茶放在雷金玉的手上。

草药种植基地里，雷金玉与年轻村民们热火朝天地摘草药、筛草药。

教室黑板上写着一首畲族民歌，年轻的老师站在讲台上教孩子们唱。

⋯⋯⋯⋯⋯

又是一年三月三，村里节日气氛浓烈，广场上笑声洋溢，身着畲族服装的青年村民唱着畲族歌曲，嘹亮的歌声在山野回荡，年轻的爸爸妈妈们带着孩子载歌载舞。一群打扮与当地人截然不同的游客在导游的带领下来到广场，游客们拿起相机拍照，加入跳舞的行列⋯⋯

一家人

本集编剧：张　显

杜富佳

　　杜富佳，1993 年生，贵州遵义人。

　　2020 年 2 月作为贵州省第八批援鄂医疗队队员前往武汉支援抗疫，获"全国抗击新冠肺炎疫情先进个人"荣誉称号。

　　其兄杜富国为陆军扫雷排爆大队战士，在扫雷排爆时为保护战友失去双手、双眼，被授予"排雷英雄战士"荣誉称号。

湄潭县人民医院，杜富佳匆匆走出急诊科，紧随其后的护士张英百般央求：姐，你别去了。

杜富佳：放心吧，我不会说是你告诉我的。

张英：姐，冲动是魔鬼啊。

杜富佳没有回答，只是快步向前走着。迎面走来一名中年外卖员，问：你好，急诊科怎么走？

杜富佳：您好，（指着张英）您跟她走。

外卖员：谢谢！

接着，他咳嗽了几声。杜富佳顿生警觉：您哪里不舒服？

她边问边从护士服里掏出口罩戴上，又递给张英一个，并把她拉在身后。

外卖员：感冒了。

杜富佳上前递给外卖员一个口罩，接着问：最近有没有接触过从武汉回来的老乡？除了咳嗽，还有没有四肢乏力，发烧吗？

外卖员戴上口罩，说：好像……都有点儿……

杜富佳：您先在这里别动。（转头靠近张英耳边）英子，快回去告诉护士长！

张英紧张地拔腿便跑。外卖员又剧烈地咳嗽起来，随即哭泣道：我不想死，我爸妈身体不好，儿子前天刚过四岁生日，一家五口都靠我呢。

杜富佳：您别怕，应该是普通的感冒发烧。说句不好听的，就算真是那病，您这岁数、这体格，也能治好。

做好防护的张英、护士长和一名男医生跑来，带外卖员离开。杜富佳看着他抽泣的背影，转身快步上楼，抬头看见正在上楼的王副院长，赶紧叫了他一声。

杜富佳追上来问道：我想问问您，比我晚来急诊科一年的同事都能参加抗击新冠肺炎突击队，我为啥不能？我也交了申请书。

王副院长：因为你哥要回来了。

杜富佳不解：跟我哥有啥关系？

王副院长：当然有关系，好好陪你哥过年。

杜富佳：可我是急诊科的护士……

王副院长：咱们医院护士有很多，但你哥只有你一个妹妹。

杜富佳正准备继续争取，手机响了，是杜富国发在全家微信群的消息：虽然看不见，但我能感觉到离家越来越近了。

傍晚，湄潭县笼罩在阴冷潮湿的空气中。公交车内，乘客和司机都戴着口罩。杜富佳倚窗而坐，思绪万千。

穿过街道，杜富佳走进院子，从厨房传来母亲做饭的声音。她走进客厅放下双肩包，经过的墙上挂着一家六口的全家福照片。穿过屋门，走进厨房，她一边拿暖壶，一边对李合兰说：妈，我大哥快到了，富民在医院值班，晚上才能回来，富强和战友去巡逻了，等他回来再和咱们视频。

李合兰没应声，把乌江鱼块倒进锅里，顿时油烟四溢。杜富佳提着暖壶回到客厅，打开柜子拿出一罐茶叶，捏了一小撮放进玻璃杯，倒好水后，放在桌子中间。这时，从外面传来喧哗声，杜富佳激动地奔向厨房，说：妈，我哥回来了！

李合兰一听，边用围裙擦手边匆匆走出厨房，杜富佳紧随其后。过了一会儿，杜富国在父亲杜俊和李主任的搀扶下走进院子，三人周围围满了村民。李合兰快步迎上去，一把抓住了儿子两只空空的衣袖，眼泪悄然落下。她努力忍着不哭出声，端详了一下儿子的脸，最后抱住了儿子。

杜富国故作轻松：妈，锅里做着豆腐鱼吧？真香！

李合兰忍不住了，急忙说道：糊了，快糊了。

说着，她匆匆回到厨房，边走边抹泪。杜富国仿佛闻到了什么，循着味道径直向前，边走边说：真香！

李主任笑道：香，豆腐鱼真香！

杜富佳明白大哥在说什么，笑着上前搀住他，叫了一声"哥"。

杜富国调侃：胖了没？

杜富佳：你才胖了呢！

二人走向客厅，李主任跟过来，看见桌上放着一杯茶，说：这茶真香，是咱们家茶园的吧？

杜富国点点头，说：自从当兵离开家以后，我每次回来探亲，妹妹都会给我泡一杯茶。富佳，这是县民政局的李主任。

杜富佳笑着说：您好，李主任！

李主任：您好，我们本来要给富国同志举行一个欢迎仪式，但他非要回家，只好尊重他的意愿。

杜富佳笑着转头，兄妹俩相对而笑。

礼花在夜空中绽放，杜家张灯结彩，电视里正在直播 2020 年央视春节联欢晚会，主持人说：此时此刻，我们要向奋战在防控新冠肺炎疫情一线的白衣天使们和全体武汉市民，致以深深的敬意……

杜富民：今晚，陆军军医大 150 人已经去支援武汉了。

杜富国：你们医院有人去吗？

杜富佳瞪了杜富民一眼，随后对杜富国说：还没有。

电视里主持人说：隔离病毒，但不隔离爱，因为爱是桥梁。

湄潭县人民医院会议室的门被推开了，王副院长和行政人员、医护人员齐刷刷地看向门口，只见剪短了头发的杜富佳站在那里。杜富佳看了一眼墙上挂的横幅——湄潭县人民医院援鄂医疗队出征仪式，随即微笑着说：各位领导、同事好，我是急诊科护士杜富佳，我再次请求支援武汉，这是我的第二封请战书。

王副院长有些着急地站起来说：第二十封也没用。

他拉着杜富佳来到门外，顺手关上门，说：我听说你三弟杜富民也向他们医院提交了申请，很可能要去武汉。你四弟杜富强在西藏当兵。你大哥杜富国七年才回一趟家过年，你这个妹妹就应该在家好好陪他。

杜富佳：今年陪不了，以后过年我可以陪他啊。

王副院长着急地说：你咋这么倔呢？上回你非要加入咱们医院的突击队，我同意了，还推选你当副队长，那毕竟是在咱湄潭县；但这回不一样，去武汉，去"最前线"，你忍心让你哥跟着你提心吊胆吗？听劝，好好陪你哥过年。

　　说完，他转身准备推门进去，不料杜富佳抢先一步推门进去了，说：谢谢各位领导和同事对我的关照，我知道大家都是出于一片好心。作为杜富国的妹妹，排雷英雄的妹妹，我特别自豪。但我不只是英雄的妹妹，也是一名护士。我在急诊科工作四年了，对处理各种突发情况有经验。现在我把头发剪了，也是为了表决心，恳请大家给我这个机会！

　　杜富国快速上下跳跃台阶，锻炼身体。杜富佳打开柜子拿出茶叶罐，杜富民拎着暖壶等着倒水。

　　杜富民：我们领导担心我才工作一年，经验不足，可我觉得我没问题。

　　杜富佳：你就好好守在你们医院。（捏出一小撮茶叶放进玻璃杯）每次捏一小撮，别太淡，也别太浓。

　　杜富民点点头，倒水。

　　杜富佳：一定要保密，千万不能让哥和爸妈知道。

　　杜富民点点头。杜富佳把茶杯放在桌子中间，茶叶在杯中浮动翻滚。

　　医院里，多参数监护仪的警报灯闪烁不停，警报声紧急刺耳。防护服后背上写着"舒肤佳加油"的杜富佳和张英、文琪、李萱配合医生抢救一名年轻男患者。

　　杜家，杜富国正在用带着一只勺子的假肢吃饭。这时，手机响了，杜富佳发来微信：哥，现在形势比较严峻，我必须在医院待命。而且我怕万一我感染了，回家再传染给你们。不过你放心，咱们县医院还没有确诊病例，我很安全。对了，我的同事张英参加援鄂医疗队，去了武汉大学人民医院，他们是冲在前线最勇敢的人。

　　武汉大学人民医院隔离病房消毒区，杜富佳疲惫地脱下防护服的一条裤腿，裤管里的汗像水流一样淌下来。张英、文琪、李萱、席可欣和魏萌互相帮着解开防护服，严格按照流程脱下防护服，她们看上去都很疲惫，脸上尽是勒痕。

　　杜富佳看着被汗水泡得发白的脚，笑道：这回不但捂白了，还能减肥。

　　张英：我都好长时间没敢吃蛋糕了，看来可以敞开吃了。

　　文琪：我也想吃。

　　李萱：我想吃冰激凌。

　　席可欣：省了买化妆品的钱，可以换手机了。

　　魏萌：那我省了钱给我弟买双鞋吧，便宜那臭小子了。

　　大家不禁笑起来。

隔离病房内，杜富佳给刚被抢救回来的小伙子输液，张英给邻床的中年女患者输液，文琪给邻床的患者抽血，李萱帮对面的患者翻身。

小伙子掏出手机，问：我能加你微信吗？

杜富佳笑着说：可以啊。

中年女患者：小伙子还没对象吧？

小伙子：我就喜欢贵州妹子，嘴巴好、心肠好、气质好。

中年女患者也掏出手机，说：咱们干脆建个群吧。

对面两名患者纷纷响应。

小伙子有些扫兴：你们四个都是贵州人吧？

四人几乎异口同声：是。

此时，席可欣和魏萌推车进来送药和饭菜。

杜富佳：她们俩也是。

张英：我们都是贵州援鄂医疗队的。

小伙子朝她们竖起大拇指。

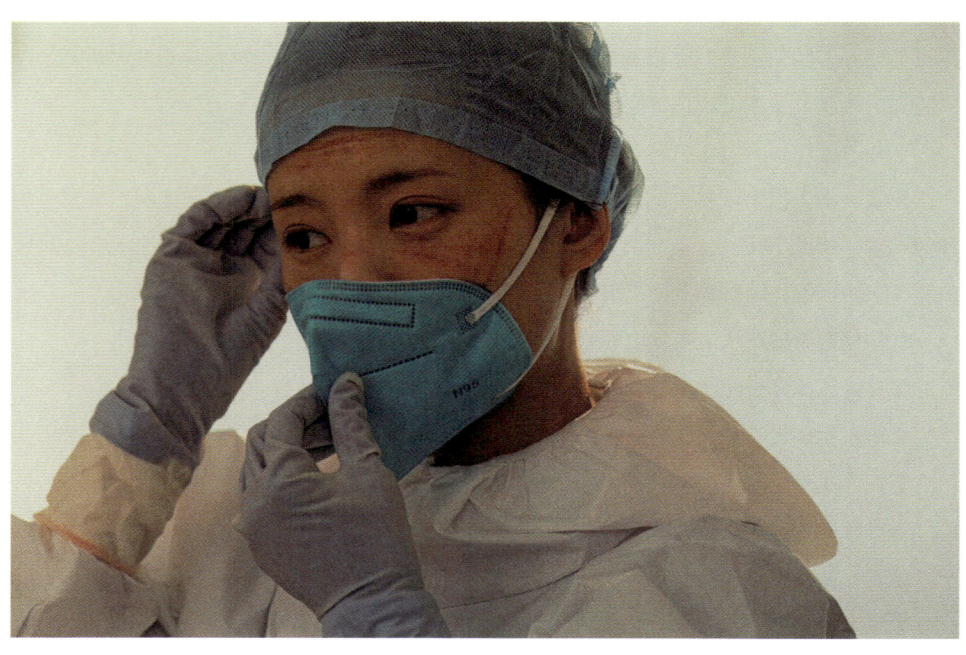

中年女患者：群名叫什么呢？

小伙子：叫……战胜病魔？

对面的患者：感恩的心。

另一名患者：拥抱太阳。

杜富佳：叫"一家人"吧。

杜家桌上，一杯绿茶热气腾腾，茶叶浮动，杜富国和杜富民坐在桌旁，杜富佳发来微信：哥，我的同事张英说武汉患者都很喜欢她，感谢她细心体贴的照顾和鼓励。他们还建了个微信群，群名叫"一家人"，不断有医生、护士和病人加进来。大家在群里聊天，让她在想家的时候能感到家的温暖。

穿着防护服的杜富佳、张英、文琪、李萱、席可欣、魏萌和其他医护人员走进隔离病区，杜富佳感到呼吸愈发困难。

张英察觉她的异样，问：姐，怎么了？

杜富佳摇摇头，说：没事。

话音刚落，她忍不住干呕起来，张英急忙轻拍她的后背。杜富佳强忍着，却觉得眩晕、恶心更严重了，最终吐了出来。文琪、李萱、席可欣、魏萌和其他医护人员见状急忙围过来。

杜富佳：我真没用……

抢救男患者的医生远远地看见一群人围着杜富佳，走近问道：怎么了？

张英：吐了，自责呢，觉得自己浪费了一套防护服。

杜富佳泪流满面。

医生安慰道：没事，再换一套就行了。

屋外细雨蒙蒙，杜富国正在家里满头大汗地锻炼，杜富佳发来微信：哥，我的同事张英说随着病人的增多，每天超负荷连轴工作，她快要崩溃了，觉得自己快坚持不下去了，有的患者也扛不住了，甚至有人不想活了。

杜富民端起桌上的一杯绿茶，凑到杜富国嘴边。杜富国喝了一口，脸上闪过一丝不易察觉的异样神情，说：富民，你说富佳今早回来过？

杜富民：天还没亮就回来了，拿了换洗的衣服就走了，临走时给你沏了杯茶。

杜富国：我记得你说她上次也是天没亮回来的。

杜富民：她特意挑那个时候回来，躲着咱们，怕传染。

杜富国：上次她临走时也给我沏了杯茶。

杜富民：每次我姐都不忘给你沏茶。

杜富国陷入了沉思。

那天，剪短头发的杜富佳走向在院子里锻炼的杜富国，说：哥，咱俩拍张照。

杜富国：不拍不拍，出了一身汗。

杜富佳：出汗怕啥。

杜富国：干吗突然要拍照啊？

杜富佳：你是英雄啊，跟别人能拍，跟你妹不行？

杜富国：把我 P 帅点啊。

杜富佳：不用 P，你就是最帅的！

说着，咔嚓一声，影像定格。

想到这里，杜富国：你骗我。

杜富民怔住了。

杜富国：你们两个合伙骗我。

杜富民：怎么了，哥？

杜富国：上次的茶淡了，这次又浓了，富佳泡的茶从来不会这样。

张英、文琪、李萱、席可欣、魏萌或趴在桌上或靠着椅子睡着了，杜富佳正在看合影，杜富民发来微信：姐，我露馅儿了。

杜富佳直起身，紧张地点开第二条杜富国发来的微信：富佳，我想跟你说，虽然你个子不高，但在我们心里，你也可以顶天立地。你长大了，懂事了，知道自己该做什么了。作为哥哥，我非常支持你，希望你多向你的前辈们学习，救护更多的人，同时也要注意自身的防护。向你和所有的医护工作者敬礼！我们全家都等着你平安凯旋，富佳，我们在一起！

听着听着，杜富佳不由得泪流满面。好不容易平复心情后，杜富佳给她哥回了微信：哥，对不起！我一直瞒着你，是因为怕你担心，不过我知道你会理解我、支持我的。我记得你曾经说过，中国军人在危险面前从不退缩。我是一名护士，今天又成为一名预备党员，面对危险，我也不会退缩！

"一家人"微信群来了新消息，是杜富佳发的：大家好，我的大哥是一名解放军战士，在执行扫雷任务时，为了保护战友，他失去了双手和双眼，遭受痛苦和折磨，前后做了大

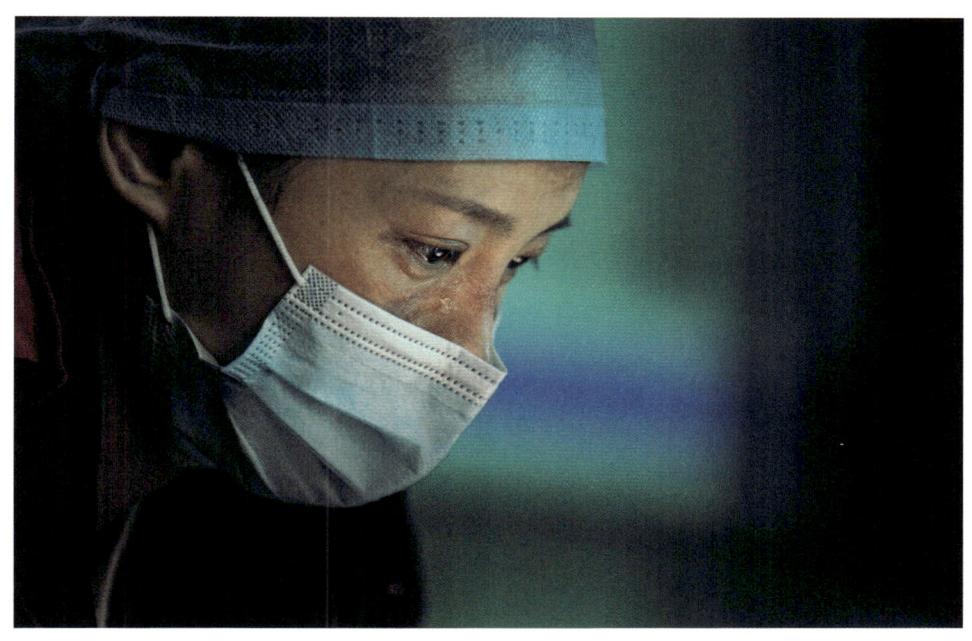

大小小十几次手术，但他勇敢地挺了过来，他说要坚强、乐观地活下去，生活的路还很长。

接着，杜富国被杜富佳邀请进"一家人"微信群。他发了一段语音：大家好，我是杜富佳的大哥杜富国，我听她说了很多你们的故事，为你们祈祷，祝你们早日康复！祝所有医护工作者平安健康！今天进了这个群，从此我们就是一家人。相信我们万众一心，会战胜所有困难，永远和你们在一起！

杜富佳来到病房，小伙子又朝她竖起大拇指，说：杜富佳，你是英雄的妹妹，也是英雄。

杜富佳笑了，"一家人"微信群不停地响着，人们纷纷发送：

杜富佳，你是英雄的妹妹，也是英雄！你们所有医护人员都是英雄！

杜富佳，为你点赞！

"舒肤佳"是英雄！

谢谢所有来武汉支援的医护人员，你们都是英雄！

对，你们所有医护人员都是英雄！

…………

杜富佳：谢谢大家，我不是英雄，我就是一名护士。

经过一次次练习，杜富国终于成功用假肢捏出茶叶，放进了玻璃杯。

贵阳机场，人们拉起"热烈欢迎援鄂医疗队凯旋"的横幅，一架飞机缓慢滑行，穿过了三道彩虹"水门"。

杜富佳和张英等人坐在回家的大巴车上，杜富国发来了微信：富佳，有记者曾经问我，对战友说完"你退后，让我来"，雷响前一刻在想什么，当时我记不起来了。后来我想来想去，也许就像你们所有的医护人员一样，想守住自己的岗位。